김이석문학전집 4
아름다운 행렬/허풍지대
# 달과 판잣집
김이석 지음

동서문화사

# 달과 판잣집
아름다운 행렬/허풍지대

차례

아름다운 행렬

# 송여사

봄비가 부슬부슬 내리는 밤.

전쟁에 아직도 정리가 되지 않은 명동의 뒷골목—피곤한 듯한 어두운 어지러움을 흔들며 한 대의 자동차가 퇴계로로 빠져나가고 있었다. 차안에는 깊은 쿠션에 묻힌 두 남녀가 서로 머리를 기대고 있었다. 검은 장갑을 낀 여인의 손이 젊은 남자의 레인코트 앞자락을 여미며 무엇을 생각하는 듯 고개를 숙이고 있다가 문득 얼굴을 들었다. 피워진 웃음으로,

"파리만 가면 나 같은 건 그시로 잊어버릴 게야."

"물론이지요. 지금 같은 행복이 그곳에서두 있어 준다면 사양할 필요야 없겠지만……"

말이 끝나기도 전에 여인은 젊은 남자의 무르팍을 꼬집어 눈을 흘기었다. 그러나 얼굴엔 역시 웃음이 밝은 그대로,

"그곳 계집애들에게 너무 정신을 잃지 말고 여기서 기다리고 있을 늙은 것두 때때로 좀 생각해요."

"내가 송여사를 잊기 전에 송여사가 먼저 나를 잊지 않으면 다행이라 하겠지."

"그랬으면 아주 편리하겠다는 말이구만."

송여사는 다시금 눈을 흘기었다. 그리고는 잠시 사이를 두었다가,

"아홉달이라지 아홉달. 아홉달에서 단 하루가 연기돼두 난 몰라. 그때는 정말 내가 무슨 짓을 할지 모른다니까."

"그러나 도중에 비행기라두 떨어져 영 못올는지도 모른다니까."

"저것봐, 저런 소리 또 하는 거. 그래두 좋아, 난 지금처럼 행복해 본 일은 없는 걸. 앞으로두 이런 행복이 있을라구. 그걸 생각하면 떠 난다는 성섭이가 미워 견딜 수 없다니까."

고개를 돌린 젊은 남자의 입술엔 미소만이 흘러졌다. 그러나 이어 그는 자기의 이 행복이 두렵기나 한듯 분주히 창밖으로 시선을 돌 리었다.

그때에 십여 미터 앞에 있는 빠에서 여윈 사나이가 비틀거리며 나 오는 것이 헤드라이트 불빛 속에 드러났다. 모자가 떨어질 듯 젖혀 서 쓴 채 길이 좁다하고 허청거리는 그가 그곳에서 나왔다니보다도 던져졌다고 해야 옳을 것이다.

그 순간 차안의 젊은 남자는 놀라면서 몸을 앞으로 일으켰다.

"허규 선생이······."

젊은 사나이의 그 소리가 속소리로 소리쳤을 때 술에 취한 사나 이는 요란스러운 경적 소리에 놀래어 뒤로 움쳐들었다. 차는 그의 옆 을 지나쳐 버리었다.

"어쩌면 저렇게도 취할 수 있어, 저런 사람 보면······ 누구야, 아는 사람이야?"

"소설 쓰는 허규씨입니다."

"허규? 그런 사람두 있었어?"

송여사는 일부러 구긴 표정을 지어 보이자 남자는 그것엔 대답이 없이,

"송여사와 이런 기억을 남기고 내일 떠나야 한다는 것이 어쩐지 자꾸만 슬퍼지는군요. 부슬부슬 내리는 비 때문만도 아니겠는데."

그는 혼잣말처럼 중얼거려 좀전에 송여사에게 안기었던 어지러운 도취를 다시 생각이나 하는 듯 슬며시 눈을 감았다.

"왜 이렇게 갑자기 센치해지는 거야? 그래서야 내 훌륭한 하트가 될 수 있어? 기운을 내라니까! 제발 그곳 가서 계집만 알구 오지말구 훌륭한 공부를 많이 해 가지구 와요. 그래서 훌륭한 〈포에트〉가 되야지. 성섭이 나두 때로서는 이렇게 고마운 이야기두 해줄 줄 알지 않아."

송여사는 조금도 부자연스러운 데가 없이 그의 손을 찾아 꼭 잡았다. 차는 어느덧 퇴계로를 빠져나와 해군본부 높은 건물에서 흘러지는 불빛 아래를 달리었다. 무심히 앉아 있던 남자는 손끝에서 느껴지는 정열이 높아짐에 따라 안타까와 견딜 수가 없다는 듯 손을 뿌리치고 송여사의 어깨를 힘껏 끌어안았다. 차는 우체국 앞 로터리를 지나 더욱 속력을 내어 광화문 쪽을 향하여 달리었다.

누상동으로 올라가는 언덕 중복에서 젊은 사나이는 내리었다. 비를 맞으며 치근스럽게 서 있는 그 사나이를 잠시 지켜보고 있던 송여사는,

"편지 잊지 말구 해요, 그러면 빠이빠이."

마치도 어린애에게 손을 흔들어 보이듯 하고 나서는 고개를 돌리었다. 차는 온 길을 도로 돌아 구르기 시작했다.

"어디로 갈까요?"

운전수가 물었다.

"장충단으로 가요."

차는 어두운 언덕길을 내려와 큰길로 나서자 그곳서부터 갑자기 스피드를 내었다. 뒷길을 달리는 차는 한참 동안 멈춰지는 일 없이 그대로 달렸지만 송여사는 지금에 헤어진 사나이의 체온이 아직도 가슴에 남아 있는 그대로 구멍이 뻥 뚫어진 듯한 미련이 남아 있었다. 그와 알게 된 것이 불과 한 달 사이면서도 그리고 그에게 학비의 명목으로 자기로서는 애정의 대가를 충분히 지불하고 있다는 것

을 알고 있으면서도—요즘에 송여사는 그러한 부질없는 자극조차 좀처럼 잊을 수 없는 여자가 되어 버리고 만 것이었다. 옛날은 어쩌면 그렇게도 바보처럼 그런 생활을 할 수 있었느냐고 송부인은 생각했다.

결혼 당시 처음으로 남편인 황경진이와 병원을 시작할 때 그는 스스로 간호사 대신의 일을 하는 것이 즐거웠고 임부와 산부의 시중을 돕는 것쯤 예사로운 일이었다. 수술대 위에 누워 있는 환자에게 마취주사도 해 주었었고 수술 도중에 그대로 목숨이 끊어지는 환자의 무서운 눈도 자기 눈으로 분명히 봐야했다. 재밤중에 일어나 수술기구와 분만기구(分娩器具)를 서둘러대며 소독해야 할 때도 한두 번이 아니었다. 아니, 그때는 기구 소독의 일체의 책임은 자기에게 있다고 생각했다. 때로서는 자궁 수술이라든가 해산 직후에 자궁 이완증(子宮弛緩症) 같은 무서운 출혈에 당황하다 얼굴에 피를 받을 때도 없지 않아 있었다.

그때는 경진이도 진실한 젊은 의사였다.

학위 논문이 통과되자 그는 연구실을 나와서 송여사의 집에서 얻은 약간의 자금으로 개업하였던 것이다. 그러나 그것은 입원실이 단 셋밖에 없던 명목상의 산과의원이었다. 그렇다해도 그들은 그곳에 애착과 즐거움을 가질 수가 있었던 것이다.

이곳에서 새로운 생명이 탄생한다. 세상에서 무엇보다도 귀중한 울음소리가 울려지는 것이다. 아름다운 고민 속에서 신성한 즐거움을 낳기 위한 보람 있는 노력이 이곳에서 매일 벌어지는 것다. 그것을 생각할 때 그들은 아무리 밤중에 문을 두드린다 해도 불평과 괴로움을 말할 수는 없는 일이라고 생각했던 것이다.

그래도 개업 초기엔 안될 것만 같은 불안스러운 마음도 있었지만 의외에도 번창했다. 박사학위가 효과가 있었는지 그렇지도 않으면 아담스럽게 꾸며 놓은 병원의 설비가 그 부근에 많이 살고 있는 소시민의 비위에 들어맞은 때문인지—

실상 병실에 조그마한 약장 하나를 놓아도 신경을 썼고 베드에 펴는 것도 언제나 따스할 듯한 두꺼운 담요를 썼고 커튼 하나도 값싼 것을 사용하는 법이 없었다. 물론 이런 세밀한 주의는 경진이의 생각이 아니고 송여사의 취미에서 오는 것이었다.

"될수록 집에 오는 환자에게는 기분을 좋게 해줘야 해요. 약값두 너무 비싸게 받지 말아요. 의사의 직분이란 남을 돕는다는 데에 홀륭한 데가 있지 않아요."

송여사는 남편에게 이런 말을 몇 번인가 반복했는지 모른다.

그러나 송여사의 꿈은 개업 시초부터 무너지기 시작했다.

왜 그러냐 하면 환자의 대다수가 새로운 생명을 탄생하기 위하여 오느니 보다도 오히려 그 반대의 경우가 많았다.

남편의 불순으로 아내까지 괴로움을 주는 자궁내막염, 인공 임신 중절 그리고 몸이 쇠약하다는 구실로서의 조기유산(早期流産) 같은 것이 태반이었다.

명랑하고 즐거우리라고 생각했던 병원은 이렇게도 범죄의 비밀을 싸주고 있는 것만 같은 침울한 기분이 잠시도 떠날 줄을 몰랐다.

송여사는 환자를 데리고 온 사람이 남편을 옆방으로 끌고 들어가서 수군거릴 때에는 또 무슨 일이 있는가 보구나 하고 가슴이 활랑거려 견딜 수가 없었다.

그러면서도 남편이 양심적인 메스를 움직일 때도 없는 것이 아니었다. 그런 땐 잃어버리려는 자기의 꿈도 되살아 오르며 생각을 고쳐 먹으며 이 생활 속에서 즐거움을 찾으려고 애썼던 것이다.

그러나 남편은 송여사와는 정반대로 병원이 번창함에 따라 돈에 대해서는 더욱 눈이 어두워져 갈 뿐이었다.

때로서는 환자가 소정의 수술료보다도 엄청난 금액을 지불할 때가 있었다.

"이렇게 많이 받을 수가 있어요?"

하고 송여사가 물으면,

"그편에서 그만큼 사의를 표하는 것 아니야, 잠자코 받아 둬요."

하고 경진이는 자기 혼자만이 알고 있는 비밀이 있으면서도 언제나 태연한 얼굴이었다.

그럴수록 송여사는 그것에 대하여 불안스러운 생각을 하지 않을 수가 없었다. 사례금으로 손쉽게 받기엔 너무나도 많은 경우가 많았기 때문이었다.

혹시나 도의에서 벗어난 수입이 아닌가, 그렇게 생각해 보면 으레 마음에 짚이는 일이 드러나는 것이었다. 전번에 조기유산을 한 환자의 경우를 생각해 보아도 짐작되는 일이었다.

대구에서 일부러 올라왔다는 환자의 아버지와는 몇 번인가 사람의 눈을 피해가며 이야기하던 것을 기억할 수 있는 노릇이었다.

송여사는 그곳에 수수께끼의 열쇠가 숨어 있다는 것을 별로 의심하지 않았다. 그러나 남편은 그 수수께끼를 유리하게 이용하기를 조금도 주저하지 않았다. 그리하여 그의 주머니는 날로날로 두터워져 갈 뿐이었다.

경진이는 순풍에 돛단 듯한 그 기세를 잠시도 늦추는 일없이 더욱 노골스럽게 이용했다. 물가가 올랐다는 구실로써 치료비와 입원료를 올리었다.

그것이 오히려 병원의 권위를 올려줬을 뿐으로 그렇다고 환자가 주는 일은 없었다. 그뿐만 아니었다. 링거 주사 같은 필요도 없는 주사를 놓아주고 엄청난 주사값을 받아내는 것도 예사롭게 생각하게 되었다. 환자로서는 큰 주사를 맞았으니 으레 비싼 주사값을 지불하는 것이 옳다고 생각하는 모양이었다.

더군다나 그때의 황산부인과의 젖 분석은 유명했던 것이다.

"영희 엄마 젖 검사 해 봤어요?"

"젖을 검사하다니?"

"영희 엄마두 자기 아이 먹이는 젖이 어드론지도 모르고 어떻게 먹이고 있어요. 빨리 황산부인과에 가서 검사해 봐요."

이렇게도 젖을 먼저 검사를 받은 부인이 옆집 부인에게 자랑하면 옆집 부인은 큰일이나 난 것처럼 다음 날로 부랴부랴 황산부인과를 찾게 되는 것이었다. 그러나 경진이는 그 귀찮은 젖 분석을 일일이 할 리도 없고 필요도 없었던 것이다. 시험관에 받아 넣은 젖의 농도로써 적당하니 함유량을 써주기만 하면 되는 일이었다. 그러고도 분석료는 충분히 받을 수가 있었다.

그래도 부인들은 그 분석표를 서로 비교해보며,

"형님은 부하니까 역시 나보다도 지방이 많다니까."

그렇다고 해도 서울의 유일한 오늘의 황산원(黃産院)이 될 수 있은 것은 8·15해방의 덕이라고 아니할 수 없었다.

남산 밑에 있는 대지가 오백 여평이나 되는 삼층 건물을 그때 불하(拂下)를 받았기 때문이었다. 그 집은 본시 호텔이었다. 그것을 병동으로 새로이 개조하여 분만실과 수술실을 새로운 설비로 꾸미었다. 진찰실로 일호, 이호로 나누었고 각종 처치실도 완비했다. 휴게실 겸 응접실은 호텔 로비를 그대로 이용했다.

간호원도 오륙명이나 두었고 부원장이란 이름으로서 젊은 의사도 한 명 채용했다. 그에겐 주로 외래환자의 진찰만 하게 했다. 이렇게도 병원의 설비와 종업원은 충분히 갖추어졌던 것이다.

그러나 황경진이 생각한 계획이 잘못이라는 것은 황산원이란 당당한 간판을 붙인지 몇 달이 못돼서도 알 수가 있는 일이었다. 무엇보다도 병원에선 제일 중요한 환자가 없었기 때문이었다.

그곳으로 옮긴 후로부터는 솔직히 말해서 전에 보던 환자를 절반도 못 보는 형편이었다. 거기에 비하여 병원의 비용은 전과 비할 바가 아니었다.

더구나 병원에 설비를 하기 위해서 여기저기 빚도 진 것이 있었으므로 실상 병원의 수입으로써는 그 이자를 물어나가기에도 벅찬 일이었다. 송여사는 병원이라는 것은 역시 위치에 대단한 영향이 있다는 것을 재삼 느끼지 않을 수가 없었다. 생각해 보면 그때에 주택싸움으로 안정이 없던 그곳에 환자가 있을 리가 없는 것도 사실이었다.

외래환자를 보던 의사도 그만두게 하고 간호사도 줄이고 송여사가 그 대리를 하다시피 한 것도 주로 이러한 이유가 있었기 때문이었다.

이렇게도 황산원을 운영하기에 매우 곤란한 경지에 처해졌을 때 6·25동란을 당하게 되었다. 그러나 동란은 황산원의 재생의 길을 열어준 셈과도 같이 된 것이었다.

개업 사년 동안 근본적 결함 때문에 성적을 올리지 못하던 그는 부산 피난생활에서 충분히 보충할 수가 있었다. 그와 동시에 동란 전에 졌던 빚이란 거의 없어진 것이나 마찬가지였다. 그뿐만 아니었다. 산원도 ECA의 구호대상이 된다는 것을 알게 되자 그 원조를 얻기에 노력했다. 물론 거기에는 송여사의 활동도 대단한 것이었다. 이리하여 환도 이후 황산원은 전보다도 더 화려하게 수리되었다.

옛날처럼 간호사도 늘고 1·4후퇴 때에 이북에서 나왔다는 의사도 한 명 채용했다. 김영호라는 아직 사십도 못된 그를 경진이는 별로 기대했던 것도 아니지만 그의 훌륭한 솜씨에는 자기로서는 도저히 따를 수가 없었다.

환자도 부산에서 안 환자들이 많이 찾아왔다. 또한 그때만 해도 환도한 채로 안정되지 못한 때문인지 분만환자도 많아, 입원실은 늘 만원이 되었다. 이렇게도 병원이 날로날로 번창하게 되자,

"봐, 내 계획이 틀릴 리는 없는 거야."

라고 경진이는 장담하는 것이었다. 그러면서 그는 환자에 대해서 차별을 두기 시작했다. 가난한 환자는 지불도 좋지 못하거니와 병원의 위신을 떨어뜨린다는 것이었다. 송여사는 그것이 마땅치 않아서,

"어떻게 그럴 수가 있어요. 어떻게 환자에 차별을 둘 수 있어요?"

하고 자기의 의견을 내세워 보기도 했다.

"입원할 때에 벌써 퇴원 걱정부터 하는 그런 환자야 무엇이 귀하다는 거야!"

남편의 그런 말에 송여사도 두 번 다시 반대할 수가 없는 노릇이었다.

차는 종로로 나와 삼가 고스톱에서 멈춰졌다.

송여사는 비에 젖은 밤거리를 내다볼 여유를 비로소 느껴 보며 시계를 보았다. 여덟시 십분 전이었다.

송여사는 장충단 공원 밑에 있는 조그마한 요정에서 그의 친구인 천여사와 만나기로 되어 있었었다. 그 시간에서 벌써 거의 한 시간이나 지났다.

성미가 남보다도 급한 천여사가 화가 잔뜩 나서 앉아 있을 생각을 하니 송여사는 웃음이 나면서도 미안스러웠다. 차가 다시 구르기 시작하자,

"빨리 갑시다."

하고 송여사는 차를 재촉했다.

송여사가 천여사를 알게 된 것은 부산 피난시에 병원의 입원환자로서 알게 된 것이다. 그의 남편은 군정시대 보건 후생부에 고문격으로도 있었던, 제약과 외래약품을 주로 수입하는 제일약품회사(第

一藥品會社)의 사장인 최필주였다.

천여사는 퇴원 후에도 때때로 진찰을 받으러 병원에 왔고 그때마다 비싼 과일과 과자를 들고와서는 송여사를 끌고 나가곤 했다. 그러면서 그들의 사이는 아주 친해진 것이다.

더욱이 환도한 후부터는 병원엔 사무원까지 두게 되어 할 일이 별로 없게 된 송여사는 천여사와 매일 놀러다니는 것이 일과와도 같이 되었다.

노는 데는 언제나 천여사가 선배격이었다. 송여사는 얼굴이 붉어지려는 정도의 술맛도, 젊은 남자에게 안기는 달콤한 감각도, 그리고 동생처럼 귀해하면서도 희롱할 수 있는 미묘한 맛도 또 그와 밀려다니는 사이에 어느덧 알게 되었다. 말하자면 지금 헤어진 사나이도 그런 대상의 하나였다.

그러면서 송여사는 〈새로운 탄생〉의 아름다운 소리라는 것도 여자의 원죄에서 오는 악을 부르짖는 소리로만 들리었다. 그 소리를 들으면 몸이 오싹해질 뿐이다.

오늘도 내일 떠난다는 성섭이와 만나자는 시간을 앞두고 약간 우울한 얼굴로 화장을 짓고 있을 때였다. 송여사를 따르는 조간호사가 놀러 들어왔다가,

"오늘 밤에도 큰 수술이 둘이나 있어요."

하고 말했다.

그 소리만 들어도 송여사는 찝찔한 피냄새가 얼굴에 풍겨지는 것 같았다. 더군다나 오늘같이 비나 내리는 밤에 그런 수술이라도 있다면 죽음의 그림자가 병원의 침침한 긴 복도를 타고 소리없이 자기 방으로 흘러드는 것만 같았다. 천여사로부터 전화가 온 것은 바로 그때였다.

"어쩌면 이렇게두 아침부터 비가 그칠 줄 모르니."

"그렇기 말이다."

"우리 영감 또 행방불명이다. 회사에서 만든 주사약이 불합격이 되어서 몇 백만환이 날아가게 되었다나. 그 핑계로써 벌써 집에 들어오지 않은 지 닷새째야. 벌써……."

"너 그런 걱정을 다 하구, 이제는 아주 현모양처되기로 결심했구나."

"망할 계집애두…… 동정해 줄 줄두 모르고, 그런데 너 요즘 왜 그렇게 보기 힘드니."

"그건 누가 할 소린지 모르겠다."

"오늘은 어쩐지 조금 마시구 싶구나."

"그건 나두 동감이다."

"그럼 한 시간 후에 장충단 그 집에서 만나기로 해. 그리고서 다음 일은 천천히 마시면서……."

"한 시간 후라면 난 좀 곤란하다."

그리고서 송여사는 만나기로 약속이 된 성섭이를 생각하며,

"친척애가 내일 영국인지 어딘지 떠난다는구나. 그래서 그 집에 잠깐 들러야겠어. 그러니까 일곱시까지 그 집에서 만나기로 해요."

"그래 그러면 일곱시까지, 오늘은 정말 코리안 타임은 서로 사양키로 하자."

"네네—잘 알겠습니다."

일식 전문인 남향(南香) 뒷방에서 송여사를 기다리고 있던 천여사는 기다리다 못해 목란이란 나어린 그 집 기생을 상대로 맥주를 마시고 있었다. 그러나 이제는 그것마저 마시기가 귀찮아졌다.

옛날엔 어느 일본인의 별장이었던 이 뜰에는 봄비를 맞은 나무들이 생기가 돌았고 뜰 앞으로 흘러지는 맑은 물소리가 들리었다. 그러나 지금은 어둠에 가리어 나무들은 더욱 어두워 보일 뿐이고 다

만 물소리만이 들려왔다.

뒤김밥을 갖고 들어온 옥란이가,

"정말 왜 이렇게도 늦을까요?"

하고 그의 앞에 음식을 놓아주며 말했다.

"여자란 그래서 남자들에게 수모를 받는 것이란다. 한 시간 두 시간 쯤 늦는 걸 예사로 생각하니."

"아무런들 누가 그렇게 생각해요?"

"옥란이야 자기 좋아하는 사람 만나러 가는 걸 한 초라두 어길라구."

"어머나······."

"사실 그렇지 않니? 여자가 한 번 나가자면 얼마나 수속이 드니. 얼굴에 분을 주어 바른다, 루즈를 긋는다, 머리를 빗구서두 앞을 본다, 뒤를 본다. 치마를 둘러본다, 그러자니 자연 그렇게 되는 일이지. 그러니 그런 버릇 없어지기 전엔 아무리 남녀평등이래두 별수없는 일이야. 너두 그런 것쯤 알아둬요."

적당하니 붉어진 얼굴에 웃음을 띠어 보이며 천여사는 이런 이야기로 흐린 기분을 풀고 있을 때 송여사가 들어섰다.

취하면 풀어진 눈시울이 더욱 다정해 보이는 천여사를 보자 송여사는 지금까지의 울적한 기분이 대번에 없어지고 확 밝아지는 대로,

"미안하다."

하고 머리를 굽신 숙여 보이었다. 그러나 천여사는 보기도 싫다는 듯 얼굴을 획 돌리었다.

"그러니 어쩌게? 어른들 앞에서 빠져나올 수도 없고."

변명대며 송여사가 상 앞으로 와 앉자 앉기가 바쁘게 옥란이는 그의 앞에 놓여 있던 빈 잔에 맥주를 뷔줬다.

"너 지금 몇신 줄이나 알어?"

"일곱시 오십칠분."

"표준시계로구나. 표준시계가 그렇게도 시간을 잘 지켜?"

"그러기 이렇게, 사과하는 거 아냐."

송여사는 양손을 귀에 올려붙여 보이었다.

"우리나라 기차두 이젠 그런 연착법은 없어졌단다."

천여사는 역시 풀어지지 않은 얼굴이었다. 송여사는 부어논 맥주를 단숨에 마시고나서 천여사에게 주며,

"기차에 사고가 생길 경우도 있는 것 아니까?"

"천만에. 그런 사고라기보다도 특별 열차가 지나간 때문이겠지. 이십 칠세의 미남과 사십 일세의 귀부인을 태운."

하고 천여사는 지금까지 골이 난 듯한 표정으로 감추고 있던 웃음이 터지려는 것을 분주히 잔을 들어 감춰 보았다. 그러나 잔을 놓기가 무섭게 웃음이 터지고 말았다. 그 웃음소리에 송여사는 갑자기 가슴이 수물거림을 느끼었다—애가 어떻게 성섭이와 자기의 일을 알 수 있을까. 결국 추측이 아닐까? 그러나 다음 말은 그런 정도가 아니었다.

"너 몰랐더니 요새 대담하더구나."

"뭐가?"

송여사는 새침을 뗄 수가 없어 웃었다.

"일가 아이가 떠난다구?"

그 말까지 듣고 나서는 그만 송여사가 자기의 비밀을 드러내 보이는 얼굴이 되어 버리고 말았다.

"그런 실없는 소리 그만하고 맥주나 마시자."

"난 싫다. 너 울면 어쩔라구."

"무슨 뚱딴지 같은 소리를 듣고 또 남을 조롱하는 거야."

"다 들려오는 정보망이 있단다."

"그래!"

하고 송여사는 일부러 놀라 보이며 천여사의 저 가슴속에는 얼마나 많은 비밀이 숨어 있을까고 생각했다.

"그러니 남몰래 연애 좀 할렸더니 그것두 못하겠구나."

"나를 따놓고 혼자서만 재미보구."

천여사는 자기 추측이 우연히도 들어맞은 것이 유쾌한 대로 송여사의 발목을 꼬집어 줬다.

"아야!"

"그래 얼마나 재미를 보고 있어?"

"재미두 볼 사이 없이 떠나게 된 걸."

"어디루?"

그런 것을 묻는 것을 보니 천여사두 제대로 아는 것이 아니었다. 그런 것을 이편에서 공연히 실토하려던 것이 송여사는 어이가 없는 대로,

"불란서에, 학비가 모자란다기에 내 〈휴머니즘〉을 좀 발휘했을 뿐이야."

"그 대신 넌 너대루 재미를 보구."

"천만에, 그런 애가 못되는 걸."

"그래두 네 얼굴엔 그렇게 써 있는 걸."

"그래, 옥란이, 내 얼굴에 뭐라구 써 있어?"

하고 송여사는 옥란에게 얼굴을 내대자,

"못된 계집애라고."

천여사가 옥란이 대신 대답했다. 옥란이는 그 얼굴이 우습다고 생글생글 웃다가 그의 잔에 맥주를 채워줬다.

그 사이를 이용하여 송여사는 표정을 고쳐,

"그래 영감의 행방불명은 어떻게 된 일이야?"

하고 말을 슬쩍 돌리었다.

"그 사람 일인걸. 저대로 내버려두는 것이 제일 편한 일이야."

"너두 그만큼 현명해졌구나. 때에 따라선 그걸루 구실두 삼을겸."

"그래 볼래두 나야 언제 귀애해 할 사람이 생겨야지."

"네게서 그런 소리가 태연히 나올 때두 있구."

그때에 천여사는 풀어진 눈시울에 미소를 띠어,

"너의 병원의 김선생, 왜 그런지 난 인상이 좋더라. 넌 그렇지 않어?"

하고 맥주잔을 매만적거리며 말했다.

"처음엔 어딘지 모르게 빈 것 같더니 그렇지두 않더라. 아주 이지적이면서두 섬세한 데가 있어요. 간호사들에게 인정이 아주 헤플 것 같으면서두 반드시 그렇지두 않을 거야."

"정말이지 지금 병원에 그 의사가 없으면 큰 야단이다."

"그런데 그 사람은 왜 내 병은 봐 주려고 하지 않더라. 특권계급은 원장에게로, 라는 언제나 그런 태도야."

"그래요. 그 사람은 말이 길고 귀찮을 것 같은 환자는 모두 원장에게 돌려 버린단다. 그러니까 우리 주인은 〈리스트〉에 오른 환자만 자연 보게 되지, 그런 환자가 없을 땐 할일 없이 담배나 피구 앉아 있구."

"리스트라니?"

"말하자면 돈 있구 품행이 방정치 못한."

"그러면 나두 그 〈리스트〉에 올랐단 말야?"

"물론, 올랐어두 처음에 올랐겠지."

"그런 리스트에 오른 거 난 싫다야. 오늘 당장으로 빠져나오는 운동을 해야겠다."

"그래두 벌써 등록된 건 어쩔 수 없을 게다."

"그런 소리 말구 비도 오는 오늘 같은 날 좋지 않니, 빨리빨리 김선생에게 전화를 걸어요."

하고 천여사는 송여사의 엉덩이를 떠밀어댔다.

송여사는 천여사가 분원장인 김에게 호감을 갖고 있다는 것을 처음 아는 것은 아니었다. 오늘도 자기를 불러낸 목적이 여기에 있다는 것을 알았다. 그들은 사무실로 가서 전화를 걸었다.

전화에선 처음엔 통화중이란 신호가 붕붕 울려졌다. 잠시 후에 다시 걸자,

"황산원입니다."

조간호사의 가냘픈 목소리가 들리었다.

"조간호사? 나다."

"사모님이세요?"

"원장님 아직 안 돌아오셨니?"

"이제 방금 전화가 있었어요. 오늘은 못 들어오실 것 같다고요."

송여사는 이제 그 통화중 신호가 남편에서 온 것인가고 생각하며,

"오늘 우리 주인두 행방불명이다."

하고 뒤에 서 있는 천여사에게 웃어 보이었다. 그러고는 다시 전화로 향하여,

"부원장님 계시지?"

"네, 방금 수술이 끝난 참이랍니다."

"그래, 그러면 그리로 전화를 좀 돌려다고."

저편에서 전화를 받는 소리가 들리자,

"김선생이에요? 저예요. 수술은 다 끝났다지요."

"전치태반 수술, 크게 걱정할 수술은 아니었습니다."

"난 이렇게 나다니구 늘 선생 혼자만 수고시켜서……."

"별말씀을……."

"그런데 나 지금 제일약품 최선생 부인과 둘이서 맥주를 조금 마시던 참이에요. 차를 보낼 게 김선생 그리루 나오세요."

"그렇지만 오늘밤은 안되겠는데요."

"수술두 다 끝나셨는데?"

"출혈이 좀 많았어요. 그래서 경과를 봐줘야겠어요."

"그래두 잠깐 나올 순 있지 않아요. 한 잔 마시고서 피로도 풀겸."

"물론 나두 그러고 싶은 마음 간절하지만 환자를 생각지 않을 수가 있어요?"

"난 김선생이 좋아지다가두 그런 고집 부릴 땐 칵 싫어지더라."

"하하…… 싫어져두 하는 수가 없지요. 제가 의사의 직업을 바꾸기 전엔……."

"한 시간이면 될 일인데."

"그 한 시간에 환자가 어떻게 될지 알 수 없지 않습니까?"

글렀다. 김선생의 고집은 유명하단다. 전화 앞에서 이야기하고 있는 이런 소리가 들리다가 천여사가 바꿔쳤다.

"김선생 오래간만입니다. 덕분에 저두 요즘엔 아주 몸이 좋아졌어요."

"정말 뵈온 지가 오래군요."

"지금 우린 맥주를 마시다 이야기가 끊어진 판이에요. 그래서 선생의 새로운 강의를 듣고저……."

"저도 언제 한번 천여사의 강의를 들으려는 용의를 갖고 있습니다만, 이제 원장부인에게 말씀드린 대로 오늘 밤은 어쩔 수가 없군요."

"그래두 오늘 같은 날은 점잖게 나오는 거랍니다. 원장부인의 낯을 생각해서두."

"그러면 전 더욱 곤란합니다."

"그대신 선생이 좋아할 예쁜 애를 불러 드릴께."

"아주 기분이 좋으셨군요."

"그리구 선생에게 여쭐 말씀두 있구."

"이야기라면 지금 하시구려."

"전화론 좀……."

"그러면 내일 병원에 오시도록 하시지요."

"정말 못 나오시겠어요?"

"네, 오늘 밤은 정말……."

"그러면 그 대신 오늘 일을 잘 기억해 두셔야 해요."

"네, 잘 기억해 두었다가 언제 한번 천여사 초대의 영광을 입겠습니다."

"그건 이편에서 할 소리, 하여튼 미워요."

저편의 웃음소리와 함께 전화가 겨우 끊어졌다.

"김선생 대단하구나. 원장부인의 명령을 아무 것으루두 안 여기니."

자리에 다시 가 앉게 되자 천여사는 약간 입술이 뾰죽해졌다.

"요즘의 의사로선 좀 보기 힘든 분이지."

"그래두 분해 견딜 수가 없다."

천여사는 불시에 깍지를 끼고 방바닥에 나자빠지며 무엇에 달뜬 눈을 굴리었다.

그리고는 부지중 생각한 듯이,

"너의 병원 약제사, 그 애두 귀여운 데가 있더라."

문득 그 소리에 송여사는 놀래었다.

"겨우 스물세 살 난 어린애를."

송여사는 천여사의 잔악면을 보는 것 같아 치를 떨었다.

# 난희

일요일 아침이었다.

허규는 아침부터 어두컴컴한 하숙방 침대에 누워서 하잘것없이 소설책을 읽고 있었다. 불란서에서 문제가 되어 베스트셀러가 되었다는 소설이었다. 그러나 허규에겐 별로 신통한 것 같지도 않았다. 작가가 너무나도 세상의 일을 무의미한 것으로 꾸며낸 듯한 불유쾌한 감이 느껴지기 때문이었다.

실상 작가가 꾸며논 것을 생각해 보면 그럴 수도 있으리라고 생각이 들지 않는 것도 아니었다. 그러나 읽어가는 중에 그것이 너무나도 눈에 거슬릴 리 만큼 부자연스럽게 보이었다.

허규는 그만 책을 집어던지고 어제 술에 아직도 채 풀리지 않은 머리를 찌푸리며 기지개를 켰다.

그렇다면 하루에 밥을 세끼씩 먹는다는 것도 의미가 없는 것 같고 밤이 되면 잠을 자는 것도 역시 의미가 없는 것 같이도 생각되었다. 그러나 이 작가도 이 소설을 쓰기 위해선 세끼의 밥을 먹었을 것이고, 피곤하면 잠도 잤을 것이 아닌가고 생각하니 어처구니가 없어지고 말았다. 허규는 쓴웃음을 웃다말고 뒤뜰 창 밖을 바라보니 담 너머 살구나무엔 가지마다 꽃봉오리가 빨갛게 달려 있었다.

"벌써 살구꽃이 피게 되었던가."

허규는 계절에 너무나도 둔감한 자기가 놀랍다는 듯 혀를 차고 나서,

"저것도 결국 무의미한 것이 아닌가."

하고 그 작가의 흉내나 내듯, 혼자 좋아라고 웃어댔다.

그러나 허규는 바람벽에 조그마한 들창이 없는 것보다는 있는 것이 편하다고 생각했고, 더욱이 지금에 꽃을 발견하고 마음이 즐거워진 것도 사실이었다.

그러면서도 세상을 살아나가려면 그 작가의 이야기대로 무의미한 노릇을 하지 않을 수도 없는 일이었다.

말하자면 지금의 자기와 난희의 관계도 그런 것이라고 생각했다. 그들은 한주일에도 몇 번씩 만난다. 만난 것이 저녁이면 같이 가서 저녁을 먹고, 보고 싶은 영화가 있을 때에는 같이 가서 영화를 보았다. 때로서는 난희가 허규의 술동무도 되어 줄 때가 있었다.

그들은 만나서도 별로 말이 많은 편도 아니었다. 그러면서도 만나지 않으면 섭섭한 기분이었다. 이렇게도 그들이 거의 삼년이나 교제해왔다. 그러면서도 그들은 결혼이라는 것을 한 번도 서로 생각해 본 일이 없었다. 아니, 될수록 그것을 멀리 피하려고 노력해왔다.

"난 미스 리가 스마트한 사나이와 아베크하는 것을 한 번 보았으면 좋겠어."

"그래요? 그렇다면 선생이 결혼을 하세요. 그때는 제가…… 그래두나야 연애를 어떻게 하는지 방법을 알아야지."

"연애하는 방법이야 아주 간단하지. 솔직하고 대담하면 그것으로 충분하니까."

"그것 참 쉽군요. 그러면 나두 내일부터 그렇게 작정하고 거리에 나서 볼까."

때로서는 이런 이야기도 없는 것은 아니었다. 그러나 그것은 남의 이야기처럼 언제나 바람에 스쳐 버리고 마는 것이었다.

생각하면 할수록 무의미한 일이었다. 그러면서도 그 무의미한 것이 또한 없으면 안될 것만 같은 기분이었다.

허규는 지금도 난희와 만나는 그 무의미한 일 때문에 얼마의 돈이 필요했다. 그는 어제 어느 잡지사에서 받아 넣었던 원고료를 생각했다. 그리고는 친구를 만나 빠에만 들르지 않았더라도 아직도 주머니에 칠 팔천 환은 남아 있을 것이라고 생각했다. 주머니를 뒤져보니 백 환짜리 두장하고 십 환짜리 몇장이 나왔다. 역시 술을 먹는 것은 무의미한 노릇이라고 절실히 느껴지며 그것이라도 남은 것을 다행이라고 생각했다. 친구를 찾으러 가려도 버스값까지 없지 않아 있기 때문이었다.

그는 불시에 와이셔츠를 새것으로 꺼내 입고 넥타이를 매기 시작했다. 그의 친구인 황산원 부원장 김영호를 찾기 위해서였다. 영호의 집은 이화대학 입구에서 천천히 걸어 십분쯤 걸리는 금화산 밑에 있었다.

작년 봄만 해도 퍼런 채소밭이었던 것이 가을에 시 후생주택으로 삼십 채가 들어앉게 되었다. 그 중의 하나가 말하자면 그의 집이었다. 건물은 말할 것이 못되었지만 그래도 뜰이 오십 평이나 되어서 채소도 심어 먹을 수 있었고 더군다나 공기가 맑고 조용한 점으로선 이를 데가 없었다.

"어머나 허 선생, 어서 오십시오."

동실동실한 얼굴에 언제나 웃음이 꺼질 줄 모르는 영호의 아내가 눈을 크게 떠 반기었다.

"아직 자구 있습니까?"

"아니랍니다, 방금 깼답니다. 어서 들어가요."

부인의 뒤를 따라 허규는 서재 겸 응접실로 쓰고 있는 낯익은 방으로 들어가 허물없이 다리를 펴고 앉았다.

"지금 얼굴에 막 비누칠을 하고 세수를 하느라고 야단입니다."

웃음을 피워가면서도 조금도 품위를 떨어치지 않는 명랑한 부인의 얼굴을 보면 허규는 언제나 즐거워졌다.

실상 거리에서 난희를 대할 때면, 왜 그런지 피곤을 느끼는 것이었다. 그것은 금속성과 같은 감정에서 오는 것인지도 몰랐다.

거기에 비하여 이 부인은 명랑하고도 상냥한 기질이 전신에 배 있어 남편을 편히 쉬게 할 수 있는 아늑한 정신이 언제나 흘러지는 것만 같았다.

옆방에서 아이들이 노는 소리가 들리었다.

〈찌리링 찌리링 비켜나세요〉 볼멘 소리로 노래를 부르는 것이 금년 일곱살이라는 큰놈인 듯, 그러한 분위기가 이 집의 행복을 말하여 주는 것 같기도 했다. 아직 잠이 설깬 듯한 영호가 수건으로 얼굴을 문지르며 나타났다.

"오늘은 어쩐 일인가. 새벽부터 나타났으니."

"새벽이라니 지금 몇신 줄 알아, 열시야."

"일요일날 열시면 새벽 아닌가."

"얼굴이 충혈된 것이 아직 잠이 부족한 모양일세그려, 어제 술 했나?"

"그랬으면 좋았기나 했지. 수술 환자가 둘이나 있어 밤을 새우다시피 했기 때문에……."

"그러면 좀더 잤어야 할걸."

"아니 아니 괜찮아, 그만큼 잤으면 되는 것이지. 그런데 정말 어떻게 된 일이야, 연인과 하이킹을 가기로 약속했다가 혼자만 나온 것 아닌가."

"글쎄 그랬는지두 모르지, 그래서 행복한 가정의 냄새라두 맡구 가려구."

"왜 아침부터 익살인가. 근데 임잔 금년 봄두 그냥 보낼 셈인가?"

"뭐?"

"뭐긴 장가말이지."

"······."

허규는 대답대신 웃고만 있었다.

"아직두 이북에 두고 온 사람 잊지 못하고 우물거리고 있냐 말야."

"그 때문도 아니고······."

"그러면 우물쭈물할 것 없지 않나. 하여튼 하숙생활이란 스물 소리 할 때 할 일이지 이제 사십이 가까워 오는 놈이 할 일인가."

그때에 영호 아내가 조반상을 들고 나왔다. 조기 부침에 장조림, 하숙집에선 좀처럼 보기 힘든 찬이었다. 맥주도 두 병 나왔다.

"우리 집사람두 이젠 제법이라니까. 손님 오면 맥주두 사올 줄 알구."

"돈만 많이 벌어와요. 그보다 더 좋은 것 사다 드릴께."

"돈을 많이 벌게 되면 자연 바람이 나게 되는데, 그렇다면 당신 어쩔라구 그런 소리 하우."

"그건 조금도 걱정되지 않으니까 어서 그래 봐요."

"이건 사람을 무시해두 너무한데."

"그건 자네가 지금까지 쌓은 실적이니까 별수 없겠지."

웃음소리가 갑자기 방안에 터지었다.

그러면서 허규는 그 웃음소리에도 그들의 행복이 숨어 있음을 느끼었다. 허규는 어젯밤 술이 가라앉지 않아 조반을 변변히 먹지 못하였던 판이었다. 영호네 내외가 권하는 대로 사양치 않고 상에 나와 앉았다. 몇잔의 맥주가 오고간 후 문득 영호가 아까와는 달리 정색하여 입을 열었다.

"정말 장가 안 갈 생각인가."

허규는 그러한 질문을 받게 된 지금의 자기 처지가 부끄럽다시피

하며,

"글쎄, 장가도 가긴 가야겠는데……."

하고 어물거리었다. 그러자 영호의 아내가,

"글쎄가 아니고 어서 가셔야지요. 불편해서 어떻게 사세요."

하고 허규가 풀어놓지 못한 말을 풀어놔 주었다.

"정말 갈 생각이라면 내가 잘 아는 여자를 하나 소개해 주지. 소개뿐만 아니라 내 발벗고 나서서 중신을 서두 좋다니까."

"당신이 안다는 여자에 뭐 대단한 여자가 있을라구요."

평시에 여자에 대해선 무관심한 것만 같던 남편의 입에서 잘 아는 여자가 있다는 말이 나오자 아내는 가만히 있을 수가 없는 모양이었다. 그러나 영호는 극히 태연스러운 얼굴로,

"병원에 있는 정숙이 말야."

하고 아내를 돌아다 보았다.

"정숙이요?"

그 한마디로 남편에 대한 불안은 없어지고 그 대신 정숙이라면 나무랄 데가 없다는 얼굴이 되며,

"정숙이가 결혼을 한데요?"

하고 그것을 물었다.

"본인이 물론 그런 말은 없지만 그 사람두 몇 살인가, 스물 여덟인가 아홉인가."

"아마 그렇겐 되었을 것입니다."

"그러니까 마음 속으로는 많이 서두는 편이겠지. 그러나 원체 얌전한 사람이니까 나타내 뵈지 않을 뿐이겠지."

"병원의 간호사인가?"

자기 말인데 가만 있을 수만 없어 허규도 한마디 물었다.

"간호사라기보다도—그렇지 간호사지."

그러나 간호사라기에는 좀 문제가 있는 듯한 표정이었다.

"서울의대를 다니다가 이학년 때 6·25동란을 만나서 공부를 계속하지 못하게 된 모양인데, 지금두 시험을 쳐서 의사가 되겠다고 밤마다 책을 펴는 것을 봐두 아주 독실하다는 것을 알 수 있지."

"정말 대단한 여자구만."

"대단한 여자지, 그렇다고 절대 전도부인 같은 타입은 아니야. 현대적인 지성미를 갖춘…… 하여튼 독일어 같은 것은 내가 따를 수 없는 정도라니까"

"그런 여자에게 내가 프로포즈 할 자격인들 있겠나. 첫째로 루즈한 나로서……."

"루즈하니까 임자에겐 그런 여자가 더욱 필요한 거야. 그 결점을 여자의 착실한 성격으로 보충해 나가야지."

허규는 자기의 약점이 찔리운 것 같아 쓴웃음을 웃었다.

"그래, 한번 볼 생각 없어? 우물쭈물하는 건 결국 인간의 퇴보 밖에 없어."

"그래요, 언제 날을 정해서 집에 한번 오래지요."

영호 아내가 역시 허규의 말을 대신해 주었다.

"그것도 좋지."

하고 영호가 말하고 나서 다시 생각하여,

"그럴 것두 없어, 임자 언제 병원에 한 번 오게나. 병원에만 오면 언제든지 볼 수 있으니까."

하고 맥주를 부으려다 없는 것을 보고,

"여보, 빨리 나가 맥주를 사와요. 이야기가 한창 무르익으려는데 술이 떨어져서야 되겠소"

하고 아내에게 소리쳤다. 아내가 맥주를 가지러 나가자,

"오늘 구경시켜 준다니까 기분이 좋아서 맥주 용달이 아주 잘돼.

술도 오래간만인데 좀 마셔보세."

하고 영호가 웃어댔다.

"그러다가 임자 취해서 구경을 못 가게 되면 그 원한은 누가 받구."

"그것 먹구 취하기야 하겠나, 하여튼 오늘 별일 없지? 별일 없으면 천천히 같이 나가 구경이나 하지."

"남 재미 보는데 장애물이나 되자구? 그런 짓은 그만두겠네."

하고 허규는 시계를 보니 벌써 열한시 이십분이었다. 난희와 만나자고 약속한 시간이 사십분밖에 남지가 않았다. 이곳에서 문안까지 빨리 들어간대도 사십분은 걸릴 것이다. 허규는 약간 당황해서 자기가 찾아온 목적을 이야기해야겠다고 생각하면서도 주저하고 있을 때에 영호의 아내가 맥주를 들고 다시 들어왔다.

그의 아내가 있는 자리에서 돈의 이야기는 더군다나 못할 노릇이었다. 허규는 영호가 부어준 맥주를 다시금 받아논 채,

"성백이 어머니 속지 말아요. 취한 체 해가지고 오늘 구경 시켜준다는 약속을 이행치 않을 계획입니다."

"그래요? 나는 허 선생이 결혼하게 되면 톡톡히 받아먹으려고 투자하는 것인 줄만 알았더니……"

이런 허물없는 이야기로 웃다가 아랫방에서 아이들이 울어 영호 아내가 자리를 뜬 틈을 타서 허규는 겨우 그 어색한 이야기를 꺼내었다. 영호는 서랍에서 만 환 뭉치를 하나 꺼내주며,

"오늘따라 연애자금이 떨어진 것 아닌가?"

하고 조롱했다.

"아무렇게나 생각하게나."

"그렇다면 나 중신 선다는 건 공연한 노릇인데."

"그렇지두 않아. 나두 좀 생각해 보구 병원에 한번 찾아가지."

"그래, 병원으로 한번 오게나."

허규는 영호네 집을 나와 분주히 버스 정류소까지 걸었다. 교외는 어디나 화창한 봄빛이었다. 빈터에서 소학생들이 볼을 차는 것을 보아도 봄날의 일요일 풍경이라는 것을 말해주는 것 같았다.

버스는 텅 비어 있었다. 허규는 햇볕이 비쳐지는 자리로 가서 앉았다. 그러자 바로 맞은 편의 대여섯 살 난 사내아이가 눈에 들어왔다. 그 옆의 중년남자가 그의 아버지인 모양이었다. 사내아이는 신을 벗고 자리에 올라앉아서 바깥 풍경을 보고 있었다. 차가 움직이자 눈앞에 흘려지는 풍경에 그는 고개를 돌리고서 하나하나 아버지에게 물었다. 아버지는 그것을 일일이 대답하기가 귀찮은 모양으로 잠꼬대를 하듯 응응하고 고개를 끄덕거려 줄 뿐이었다. 그의 무릎 위에는 조그마한 배낭과 수통이 놓여 있었다. 어디 근무하고 있는 사람인 듯 오늘 일요일이므로 아이를 데리고 창경원이라도 가는 모양이었다.

바깥을 내다보던 아이가 이윽고 돌아앉아서 아버지 가슴에 몸을 비비면서 잔등을 가리키었다. 그곳에 부스럼이 난 모양으로 그것을 긁어달라는 것이었다. 아버지는 아이를 무릎 위에 올려놓고 잠을 재우듯 가만가만 긁어 주었다.

허규는 아까부터 그것을 물끄러미 지켜보고 있었다. 그것은 물론 무의식 속에서 보고 있었지만 버스가 다음 정거장에 멈춰졌을 때 문득 자기가 왜 그것을 열심히 보고 있었다는 이유를 알았다. 그것은 사내아이 옆에 또 한사람이 있어야 할 어머니가 없기 때문이라는 것을 알게 되었다. 그와 동시에 그의 눈앞에는 이북에 두고온 아내와 아들놈의 얼굴이 떠올랐다.

─내 아들놈도 내가 떠나올 땐 저 아이와 마찬가지로 여섯 살이 아니었던가─

그리고는 허규는 지금의 자기 아이가 몇 살인지 손을 꼽아 알아내기도 귀찮은 듯 눈을 감아 버리고 말았다. 허규는 난희와 약속한 시간에서 약 십오 분이나 늦어 다방에 들어섰다. 일요일이라 어느 날과도 달리 다방 안은 한산했다.

그러나 이어 눈에 띄어야 할 난희가 보이지를 않았다. 허규는 텅 비어지는 듯한 기분이면서 다시금 시계를 보았다. 분명 십오 분밖에 늦지를 않았다. 그렇다면 왔다가 벌써 갔을 리도 없는 일이었다.

허규는 커피를 달랜 후 지금쯤은 버스속에서, 그렇지도 않으면 늦었다고 택시를 집어타고 달려오고 있을 난희를 머릿속에 그려 보았다. 그러나 뒤이어 가슴속에서 치밀어오르는 약간의 불안은 누를 수가 없었다.

요즘의 난희는 마치도 봄날의 계절처럼 풀어진 모습이었다. 그 풀어진 모습을 자기도 의식하면서 난희는 그것을 무기로 삼으려는 데가 없지않아 있었다. 그런 것을 알면서도 허규가 그 매력에 끌려드는 것도 어쩔 수가 없는 일이었다.

"벚꽃이 폈다고 거리에 들끓는 사람들을 보니 갑자기 바다가 보고 싶어졌어요. 끝없이 넓은 푸른 바다, 고향이 그리워졌는지도 모르겠어요."

그제밤 정동 뒷골목에 있는 조그마한 레스토랑에서 식사가 끝난 후 난희는 무심중 그런 이야기를 하고는 일요일 인천을 가자고 제안했다.

"인천에 가서 넘실대는 바닷물이라도 보면 가슴이 시원할 것 같아요. 그리구서 중국거리나 싸다니다가 지친 대로 아무런 여관이나 들어 하룻밤만 자고 와요. 이튿날 첫차를 타고 오면 제 출근에도 지장이 없을 게고……"

난희는 재미난 플랜을 세웠다고 좋아했다. 헤어질 때,

"일요일 열 두시 정각 〈미쓰 서울〉에서 알겠지요, 싫어요 늦으면……."

하고 어리광을 피워 다짐을 주었다. 그때의 그 소리가 아직도 기억에 남아 있어 허규의 귀를 간지럽게 하는 것 같았다.

허규는 확실히 그것은 자기의 약점인 동시에 저주와도 같은 것이라고 생각했다. 그러면서 그는 지금 어떤 분기점에 서 있는 자기를 느끼고 있는 것이었다. 허규는 만일 난희가 오늘 오지 않는다 해도 실망할 것은 없다고 생각했다. 오히려 지금까지의 어지럽던 생활이 단순해질지도 모른다고 생각했다. 그저 심신을 풀기 위한 아름다운 여자와의 관계를 더 이상 끌지 않고 깨끗이 끊어 버릴 수가 있기 때문이었다.

그러나 일박 여행 같은 놀라운 플랜을 스스로 세운 난희가 오지 않을 리는 없는 일이었다. 그렇다 해도 역시 분기점이 그 앞에 가로 놓여 있는 것만은 사실이었다.

허규는 난희를 기다리고 있다는 자기를 일부러 잊어보려고 오늘 따라 부럽다고 느껴진 영호네 단란한 가정을 생각해 보았다. 그러면서 영호가 이야기하던 정숙이란 간호사도 상상해 보았지만 한번도 보지 못한 여자의 얼굴이 생각될 리는 없는 일이었다. 다만 정숙이란 이름이 그대로 정숙한 여자일 것만 같은 생각이 들 뿐이었다.

그러나 그러한 생각도 다방 문이 열릴 때면 금시에 꺼져 버리고 그의 눈은 그쪽으로 쏠려지곤 했다.

앞에 앉았던 중년신사 한 패가 없어지고 향수내를 피우는 부인들 패와 바뀌졌다.

시계는 벌써 열두 시 사십분이었다. 언제나 이삼십 분을 기다리게 하는 것을 쾌감으로 생각하는 난희였다. 그것이 오늘은 반대로 약속시간을 지키는 허규가 늦은 것을 구실로 오늘의 약속을 피했는지도 모르는 일이었다. 허규는 난희쯤 할 일이라고 생각되며 지금쯤 어디서 웃고 있을 그의 얼굴까지 보이는 것 같았다. 그러자 그는 앉아 있기도 싫어져 그만 일어서려고 했다.

그때에 다방 안으로 들어선 양장한 젊은 여인이 가쁜 숨을 내쉬며 다방 안을 살피다가 분주히 허규 앞으로 왔다.

"허규 선생이시지요?"

그 여자는 부드러운 눈웃음으로 허규에게 목례를 했다.

"네!"

허규는 대답을 하면서도 눈이 커다랗고 맑은 이 여자가 누군지 알 수가 없었다. 그 여자는 익숙하니 허규와 마주앉으며,

"벌써 저를 잊다니요. 그런 법이 어디 있어요."

노염을 띠운 듯한 얼굴에 웃음을 피웠다. 그 웃음이 바바리코트 안으로 회색 원피스 가슴 위에 단 자줏빛 장미꽃과 함께 자연스레 눈에 들어왔다.

"여기서 난희를 기다리고 있지요?"

"네."

허규는 역시 대답은 하면서도 당황했다. 루즈를 진득스럽게 묻힌 입술에서 오는 인상이 어디서 본 듯한 기억이면서도 안개 속에 가리운 것처럼 묘연할 뿐이었다. 그 순간에 허규는 문득 그 여자를 생각해냈다. 한 달쯤 전에 난희와 명동을 걷다가 만난 여자였다. 난희가 소개해 줘 그때 차도 같이 마시었다. 이름은 잊었지만 그의 성은 분명 주(朱)였다. 그때도 그의 입술이 그의 성처럼 빨갛다고 생각하지 않았던가.

"아하, 이제야 알았습니다. 주선생이지요? 요즘엔 제가 너무 건망증이 심해서요."

"그렇겠지요. 난희만을 생각하기에도 바쁠 터인데 다른 일이야 생각인들 할 수 있겠어요."

허규의 마음을 들여다보는 듯이 주는 조롱대며 웃었다.

"주선생에게 그렇게까지 보입니까. 그렇다면 변명할 수도 없군요."

이런 대꾸도 할 수 있는 여유를 허규는 겨우 가질 수 있게 되었다. 그러면서도 이 여자가 어떻게 여기에 오게 되었는가고 생각했다. ─ 혹시 난희가 딴 곳에서 지금 기다리고 있는 것은 아닌가. 오늘 인천을 가자고 하고서도 둘이서 떠난다면 어떠한 일이 생길지도 모르니 그것이 무서워져서 이 여자를 데리고 가려는 것이 아닌가. 실상 낯선 거리를 걸으면 마음도 이상해지어 생각지도 않은 일이 일어나기도 쉬운 일이다.

그것을 또한 자기는 은근히 기대하고 있었던 것은 아닌가.

허규는 이런 생각을 하고 있는 자기 얼굴을 감추기나 하듯 차 심부름하는 처녀애를 불렀다.

"뭣 드세요?"

"커피나 하지요. 실상 전 난희 심부름으로 왔답니다."

"그래요? 그렇다면 정말 황송합니다."

허규는 머리를 굽신거리는 흉내를 피웠다.

"난희가 오늘 여기에 못 오게 되었어요. 어제 부산서 자기 언니가 올라와 오늘 난희를 꼭 만나야 된다구 해서 제 아파트로 전화를 걸어 왔어요. 기다리면 미안하겠으니 날보구 전해 달라구요. 그대신 허 선생님을 오늘 저게 아주 맡긴다나요."

"대단한 것을 맡았군요."

"정말 대단한 사람을 맡은 셈이지요. 한 달 전에 인사를 하구두 모르는 척하는 그런 사람을……."

주는 밉지않게 눈을 흘기었다.

"그것은 정말 크게 사과해야 하겠습니다."

"그렇지만 전 허 선생을 잘 알고 있답니다. 말하자면 허 선생의 애

독자인걸요.”

“그런 이야긴 오늘같이 날씨가 좋은 날은 그만두기로 합시다.”

“왜요? 나는 오늘 허 선생에게 소설 재료를 담뿍 드릴 생각이었는데요. 이래봬도 제 생활엔 소설의 줄거리쯤 될 이야기가 없지않아 있답니다.”

주의 밝던 얼굴에는 그늘이 스쳐지며 쓸쓸한 웃음이 흘러졌다.

그 소리에 허규는 생각할 수가 있었다. 그녀를 만났던 후에 난희가 말하던 말을.

“그애 직업이 뭔지 아세요? 첩이에요. 참 재미난 직업이지요.”

하고 난희는 정말 재미난 듯이 말하였다.

그래도 그때 그가 첩이라는 난희의 그 말이 허규에겐 믿어지지가 않았던 것이다. 물론 허규도 남의 첩노릇을 하는 여성이 많은 지금의 세상이라는 것을 모르는 것은 아니었다. 그렇다해도 그 여성하고 첩이란 세계는 너무나도 먼 것 같은 인상이었다. 그러므로 허규는 그런 그늘진 생활은 전혀 알지도 못하면서 공연히 입으로만 아는 척 해보고 싶어 하는 난희의 어린애 같은 부질없는 이야기라고 웃고 잊어버렸던 것이다. 그러나 지금의 허규는 그것을 다시금 생각하지 않을 수가 없었다. 만난 것이 오늘로 두 번 밖에 없는 그가 자기의 생활을 털어 보이겠다는 심정을 이해할 수가 없었기 때문이었다.

— 그렇다면 역시 난희의 꾸며낸 이야기만도 아니었던가. 허규는 흥미가 느껴지는 대로 다시금 여자의 얼굴을 바라보았다. 그러고 보니 살이 얄팍한 부드러운 코에 움푹 팬 커다란 눈이면서도 붉은 장미꽃을 물고 있는 듯한 그의 입술이 단순히 아름답다기보다도 어딘지 모르게 그늘진 미태(媚態)가 흐르지 않는 것도 아니다.

“왜 남의 얼굴을 자꾸 쳐다봐요. 난희가 아니래서 흥미가 없어진 것 아니에요?”

"천만에, 그와는 정반대겠지요."

"그렇다면 저도 난희의 대용품이 될 용의가 있지만……."

"대용품이라구요?"

하고 허규는 웃고 나서,

"왜 대용품이래요?"

"대용품이 아니라구요? 나는 오늘 어디까지나 난희의 대용품이에요. 대용품으로서 난희가 늘 선생님과 느끼던 그 신선한 바람을 저도 좀……."

"그러나 그건 신선한 바람이 결코 아니고 무미건조한 바람입니다."

"그래도 제겐 그렇지도 않을 거예요. 하여튼 오늘 난희와의 일정이 무엇이었어요?"

"난희와는 인천의 바다를 보러갈까 했지요."

"바다요! 가슴을 크게 벌려보자는 마음이었군요."

"그래, 따라나설 용의가 있습니까?"

"인천이 뭐 멀어서요?"

그런 것을 묻는 것이 우습다는 얼굴이었다. 그 얼굴에 반발이나 하듯 문득 허규는,

"그보다도 그곳에 갔다가 내가 만일 오늘 돌려 보내주지 않겠다면 그래도 갈 용기가 있냐 말요."

하고 지금까지 생각지도 못하였던 말을 꺼내 놓고서 여유를 찾기 위하여 다급히 웃음을 띠어 보이었다.

그러나 주는 허규의 그런 긴장을 가벼운 웃음으로 비벼 버려,

"그런 이야긴 이런 곳에서 하는 것이 아니에요."

"그러면 거기 가서 할 이야길 내가 너무 서둘렀구만요."

"그만해요. 저게 카운터 애들이 웃어요. 무슨 신나는 이야기나 하는 줄 알고……."

하고 주는 자리를 고쳐 앉으며 재미난다는 듯이 슬쩍 들창 밖으로 눈을 두었다가 다시금 웃는 눈을 돌려,

"허 선생은 아직두 모르시는가봐. 이야기엔 할 이야기가 있구, 할 필요가 없는 이야기가 있다는 것두."

조롱대는 듯한 그러면서도 틈바구니를 일부러 보여주는 듯한 엉너리치는 얼굴이었다.

"알겠습니다. 말하자면 암시의 암시 속에서 통해지는…… 나는 본시 우둔한 놈이 돼서."

"우둔하다기보다도 너무 정직한 것이 탈이지요. 그래두 난 그 정직한 것이 좋아요. 정말 선생의 이야긴 난희한테 늘 듣고 있답니다."

"정직하다는 건 칭찬이 아니라 지금엔 사람이 그만큼 모자란다는 의미밖에 안되겠지요. 하여튼 나갑시다."

허규는 전표를 집어들고 불쑥 일어섰다. 오늘 일이 어떻게 보여질지 지금의 그로서는 추측할 수도 없으면서 될대로 되라는 허탕한 생각이었다.

봄을 맞이한 명동의 거리는 쌍쌍이 걷는 남녀들의 다채로운 기분이 가득 찬 채 대단한 혼잡을 이루고 있었다. 그 혼잡을 무시나 하듯이 주와 허규는 되도록 천천히 걸었다.

"오늘 주선생이 나와주지 않았더라면 나는 이 거리를 걸을 자격조차 없을 법했군요."

"그것은 저두 마찬가지 아니에요."

"주선생이야 그럴 리가 없겠지요."

"그래두 그것이 사실이니 이렇게두 늘 쓸쓸한 얼굴이지요."

주는 일부러 밝은 얼굴을 지어 보이었다.

"그렇다면 우선 놀아야겠습니다."

"놀기 전에 저두 좀 데리구 다닐 생각을 해줘요. 물론 난희에겐 약

간 비밀로 하기로 하고……."

"비밀로 할 필요도 없지요. 그렇다면 오히려 난횐 기뻐할 터인데
요."

"기뻐한다구요?"

하고 허규의 말을 이해할 수 없다는 듯이 주는 잠시 어지러운 얼
굴이 되었다가,

"난희는 좋은 애에요. 역시 난 오늘 하루만 대용품이 되기로 하겠
어요. 그대신 오늘 힘껏 놀기로 해요."

하고 주는 허규 옆으로 한걸음 더 다정스럽게 다가섰다.

"인천은 늘 놀러가곤 했어요?"

"별로 간 일은 없습니다."

"그렇다면 오늘 제가 안내역을 맡기로 하지요. 중국거리 언덕 위에
있는 아주 더러운 조그마한 집이지만 참 맛나는 음식을 먹여주는
중국집을 알고 있지요. 그곳에서 저녁을 먹기로 합시다. 좁은 골목
을 돌아 구석에 있는 좀처럼 찾기 힘든 단골손님만 다니는 곳이에
요."

혼자 좋아하는 주의 이야기를 들으며 그가 그런 곳을 아는 것은
그의 주인을 따라다니며 배운 지식이 아닌가고 허규는 생각했다.

그러면서 아직도 정체불명이라 해야 할 이 여자에게 영문도 모르
게 자기가 순순히 끌려드는 듯한 어이없는 생각이 들며 이것은 혹
시 난희가 일부러 꾸며낸 계획이 아닌가 하는 생각이 불현듯 느껴
졌다.

그러자 허규는 자기가 조롱감이나 된 듯싶어 난희에 대한 일종의
복수심과 같은 불쾌감이 느껴졌다. 미도파 앞으로 나오자,

"어디로 갈까요."

허규는 약간 시무룩해진 얼굴을 돌리었다.

"어머나, 이제까지 인천 가신다구 하시더니……."

갑자기 주는 놀란 얼굴이 되었다. 허규는 놀란 얼굴이 귀엽다고 생각하면서도,

"인천은 그만두기로 합시다."

"왜요?"

그러면서도 주는 허규의 속심을 벌써 알겠다는 웃음이 배어 나올 듯한 눈으로 쳐다보았다.

"내 계획이 이미 드러난 셈인데 주선생과 인천까지 간댔자 별수 없는 노릇 아닙니까?"

"그것보다도 제가 대용품이니까 그렇겠지요."

"그럴 리야 있겠어요?"

"그렇지 않고요. 그렇지만 전 괜찮아요. 서로 마음이 내켜지지 않는 일엔 서로 사양하는 것이 좋으니까요. 그러면 전 여기서 실례하겠습니다."

"정말 오늘 미안하게 됐습니다."

"혹시 후에라두 대용품이 필요하게 되면 제 아파트로 전화를 걸어 줘요. 본국 칠칠오삼 나나 고상으로 기억해 두면 외기가 아주 쉬워요. 그리구 제 이름두 잊었지요? 그래서 주선생하면서. 제 이름 주선영이에요, 잊지 말아요."

"네네, 잘 기억하겠습니다."

선영이는 쩔쩔매는 허규를 보고 웃고는 얼마큼 걸어가다 다시금 고개를 돌려 웃었다. 그리고는 어지러운 혼잡 속에 숨어버리고 말았다. 허규는 그때까지 그의 뒷모양의 가벼운 모습을 바라보고 서 있었다. 아름다운 환영을 바람에 날려보낸 듯한 허전한 기분이었다. 허규는 머리를 한번 흔들어 보고는 그제야 걸음을 옮기었다. 그러나 어디를 갈까, 하숙에 들어가긴 싫고 영화나 볼까, 그런 생각을 해보

았다.

다방 〈미쓰 서울〉에서 허규와 주선영이가 만났을 그 무렵.

난희가 〈시네마 코리아〉로 들어가 천천히 구름다리를 올라가자 그 곳 휴게실에서 차를 마시고 있는 언니인 원희가 이어 눈에 띄었다.

연회색 바탕에 은근히 꽃무늬가 내비치는 옷으로 날듯이 차린 언 니를 보니 오래간만이면서도 더욱 젊어진 것 같이 보였다.

"너두 이젠 옷을 얌전하게 입을 줄도 알렴."

언니는 난희를 보고 반기는 대신에 그런 말부터 꺼내었다. 원피스 위에 걸친 회색 코르덴 웃도리가 마음에 들지 않는 모양이었다.

"왜, 내 옷에 뭔가 묻었어?"

난희는 태연스럽게 이야기하고는 손시계를 보았다.

"언니한테 시간을 지켜보려던 것이 십분이 늦었구나."

"그래두 다행이다. 속달우편을 받을 수 있었으니."

"형분 잘 있어?"

난희는 부산에서 병원을 하고 있는 형부와 언니의 사이가 원만한 편이 아니라는 것을 잘 알고 있으면서도 그런 말을 묻지 않을 수가 없었다.

"그 사람이야 언제나 그렇지."

하고 언니는 시원치 않은 대답을 하고 나서는,

"난 숙부를 만나 무엇 좀 의논하려고 올라왔단다. 그런데 벌써 일 주일째 나타나질 않는다는구나. 너 그집에 들리곤 하니?"

그 숙부란 사람은 바로 제일약품회사 사장 최필수였다.

"가본 지가 까마득한걸."

동생의 그런 대답에 원희는 약간 실망하는 빛으로,

"실상 난 숙부에게 돈을 좀 돌려달랄 생각이란다."

하고 자기의 속심을 밝히었다.

"언니가 그렇게두 돈에 궁하게 됐어?"

"부산의 병원두 시원치 않구 그래서……."

그리고는 동생에게 그 이상 더 이야기할 필요가 없다는 듯이 갑자기 얼굴을 달리하여,

"오늘 네 결혼 상대루 좋은 사람 보여줄랜다."

언니라기보다도 어머니답게 말을 꺼내었다.

"그래서 날 불러낸 거야?"

미리 알리지도 않고 혼자서 그런 계획을 세운 언니가 불유쾌한 대로 난희는 입술을 뾰죽하니 내밀어 보이었다.

"정말 좋은 사람이다."

"무엇하는 사람인데?"

"숙부의 회사에 있는 분이야. 상대를 나온 수재구."

"숙부의 회사에— 언닌 그런 사람들두 알구 있었어?"

"난 너를 위해서 많이 생각하구 있단다."

"그렇지만 언니와 나의 생각은 아주 다른 때도 많은 걸. 언니가 좋은 사람이라고 반드시 내게두…… 그렇지 않아?"

"그래두 난 너한테 고맙다는 말을 들으려 했는데."

그러고 나서,

"여기저기에 이야기가 많은 사람이란다."

"대단한 분이구만, 그래두 난 그런 사람일수록 싫어."

"왜?"

"그것도 아니고 저것도 아닌 그런 줏대없는 사람은 싫지 않고."

"그건 아니구 저편에서 벌써 너를 보구 마음에 든다기에 너두 보라는 것이지."

"내가 마음에 든다구? 그 사람이 나를 어디서 어떻게 보았는지 모르지만 하여튼 놀라운 일이네."

"비양치지만 말구 진정으로 생각해. 좀처럼 없는 후보자라고 생각했기에 언니가 이러는 것 아냐."

그때에 영화가 시작되는 벨이 울려졌다.

"그래서 난 그 사람들이 오기까지 기다려야 하나."

난희가 어이없다는 얼굴을 하자 언니도 어이가 없다는 듯 난희를 보고 있다가,

"네가 구경이 더 중요하다면 그러자꾸나."

하고 언니는 씨무룩해서 일어섰다.

영화가 시작된 지 얼마 되지 않았을 때였다. 안내되어 들어오는 청년에게,

"임선생, 여기에요."

하고 언니가 소리치는 품이 이야기의 사나이가 온 모양이었다. 그 청년은 언니에게 인사를 하고 언니 옆에 앉았다.

"약속시간을 어기는 것이 요즘 서울의 풍습인가보지."

그가 늦은 것을 언니는 이런 말로 꾸짖어댔다. 그것을 보면 먼 사이도 아닌 모양이었다. 난희는 되도록 모르는 척하고 영화만 보고 있었다. 영화는 어느 통속 작가의 단편을 각색한 것이었다.

지방에 있는 어느 대학교수 집에 말쑥하게 차린 그 집 조카딸이 서울서 내려오게 되자, 그 때까지 극히 평온하던 대학 구내에 있는 교수들의 집집에서는 일대 소동이 일어나게 되었다.

교수 부인들은 숙이의 몸치장은 물론 그의 걸음걸이까지 흉내를 내게 되었고 별로 없던 부부싸움이 집집마다 벌어지게 되었다. 그리하여 그 문제로 교수회의까지 열게 되어 숙이는 그만 추방 명령을 받게 된다는 간단한 이야기였지만 가벼운 수법으로 요즘의 경박한 가정부인들의 풍속을 풍자한 데서 지적인 웃음을 느끼게 하는 명랑한 영화였다. 특히 대화에서 사투리의 묘미를 살린 점은 놀랄 만한

데가 없지 않아 있었다. 한국영화라면 못 볼 것으로 생각하던 난희도 이 정도라면 꽤 볼 만하다고 생각했다. 불이 켜지자 밀려나오는 사람들로 장내는 갑자기 소란해졌다. 이곳에도 동반하고 온 사람들이 많았다.

"한국영화두 이젠 볼 만하구만."

이런 이야기를 하며 일어서는 언니를 따라 일어서던 난희는 언니 옆에 있는 청년에게 힐끔하니 눈을 던져보았다. 말쑥한 봄 양복에 머리도 곱게 빗질한 사람이었다. 난희는 사람들에게 밀리어 통로를 걸어나오며 이상스럽게도 가슴이 뛰는 것이 화가 날 지경이었다. 찻집에서 동무들의 소개로 남자들과 인사를 할 때처럼 가벼운 태도를 갖고 싶은 것이었다.

"어디가 점심이나 하지. 참, 지하실에 왜식하는 집이 있더라."

복도로 나와 언니는 누구에게 의논하는 것도 아니고 혼자서 결정해 버리었다.

난희는 그 청년과 눈이 부딪치자 가만 있을 수도 없어 머리를 숙여 보이었다. 특출하게 잘난 편도 아니고 못난 편도 아닌 평범한 청년이었다.

명동거리에만 나서면 그런 사나이는 얼마든지 볼 수 있는 것으로, 그곳에서 하나 뽑아 온 것만 같은 기분이었다. 그러면서도 이런 때에 자기는 남자보다 앞서야 하는가 뒤서야 하는가 잠시 생각하게 되었다. 그리고는 이것도 결국 자기가 잘 보이자는 심리에서 오는 것이라고 생각하고는 혼자서 얼굴이 홧홧해짐을 느끼었다. 그만했으면 모두가 언니의 생각대로 진행된 셈이었다. 지하실의 아담한 방으로 들어앉아 언니가 음식을 주문했다.

"임선생 맥주 좀 하시지?"

"그만두겠습니다."

"왜 오늘은 그렇게도 얌전을 피우시겠다는 거예요."

언니가 조롱치는 웃음을 던지고 나서,

"우리 난흰 맥주쯤 마시는 건 이해할 수 있으니까 겁낼 것 없어요. 그렇지 난희야?"

하고 언니가 얼굴을 돌려 난희에게 대답을 구했다. 이런 때에 잠잠히 웃음을 피워야 한다고 생각하면서도 난희는 그것을 모르는 척하려다가 그만 웃고 말았다. 오늘 자기가 생각지도 않았던 이런 자리에 앉게 된 것이 우스웠기 때문이었다. 그러면서 지금쯤 인천서 허규와 선영이가 무슨 이야기를 하고 있을지 모른다고 생각해 보고 더욱 웃음이 새어 나왔다.

그때에 언니가,

"나 잠깐만 나갔다 올께."

하고 갑자기 무슨 일이나 있는 듯이 일어섰다. 당사자끼리 남겨놓자는 언니의 그런 연출이 궤뚫어보일수록 그것이 또한 난희에겐 우습기만 했다.

임병수라는 그 청년은 난희가 웃는 것이 자기를 좋게 생각한 때문이라고 생각한 모양이었다. 언니가 자리를 뜨자,

"제가 난희 씨를 본 건 벌써 오랬지요."

하고 말했다. 그런 말을 태연스럽게 하는 그의 신경도 어지간하다고 생각하면서,

"그렇다면 여자란 마음놓고 거리도 못 다니겠군요."

하고 눈을 올려 슬쩍 쳐다보았다.

"그렇지만 언니가 승낙해서 한 일이니까요."

하고 그는 언니가 무슨 절대적인 것처럼 내세웠다. 난희는 그것이 더욱 불유쾌했다.

"그래서 내 인상이 어땠어요?"

핀잔을 주듯 일부러 웃음을 피워 얼굴을 내대었다.

"그거야 물론……."

그는 만족한다는 것을 알아달라는 표정으로 웃고 나서,

"언니는 참 좋은 분입니다."

하고 언니에겐 벌써 다 이야기했다는 듯이 그리 말을 돌리었다.

"그러나 언니와 나와는 모두가 달라요. 성격도 그렇고 취미도 그렇고……."

"그거야 물론 난희 씨가 훌륭한 개성을 갖고 있으니까 그렇겠지요."

"제게 무슨 개성이 있다구요? 아주 평범한 여자입니다."

"그거야 자긴 느끼지 못할지도 모르겠지만 퍽 명랑하시구두…… 인문공론사(人文公論社)에 계시다지요?"

"교정을 보고 있답니다."

"훌륭하십니다, 자기가 스스로 그런 일을 하신다는 건."

"먹을 수 없으니까 하는 것이지요."

"그거야 공연한 말이시구!"

난희의 뒤에는 언니가 있고 더욱이 자기 회사의 사장인 숙부가 있다는 것을 잘 알고 있다는 얼굴이었다. 그 얼굴이 난희에겐 몹시 비위에 거슬리었다.

"지금의 우리 한국 여자들도 직장을 갖게 된 후부터 가정에만 얽매어 있던 그때에 볼 수 없던 새로운 생활의 미를 갖게 되었다고도 할 수 있겠지요. 발랄하고도 명랑한……."

"글쎄요?"

그의 말에 난희는 자기도 모르게 고개부터 돌리었다.

"우리 일이란 인쇄된 활자하구 매일매일 싸움인 걸요. 한종일 교정을 보고 나면 집도 사람도 모두가 빙빙 돌며 활자처럼만 보인답니다.

일을 해야만 사람을 아름답게 한다는 건 부인잡지에선 이야기가 될는지 모르지만 나는 그렇게 느껴지지 않아요. 그건 좀 곤란한 이야기예요."

난희는 자기의 이야기가 좀 지나쳤다고 생각했다. 그러나 본론에서 벗어난 이야기는 아니었다.

"그거야 물론 피곤도 느끼겠지요. 그렇지만 그럴수록 자기 생활의 보람을 느낄 수 있지 않습니까?"

"그런 점야 없지않아 있지요."

하고 순순히 수긍하여 보이고서도,

"그러나 일을 해도 먹고 살기에 바쁜 그런 생활 속에서 생활의 보람이 무엇인지 생각이나 할 수 있어요? 그저 남는 것은 저녁의 피곤뿐이지요."

그에겐 그 이야기가 직접 몸에 오지 않는 모양이었다.

"영문과를 나오셨다지요?"

"그럴 생각이었어요. 그러나 학비가 없어 이학년에 중도 퇴학을 하고 말았답니다."

그는 그것도 믿어지지 않는 모양이었다.

"물론 영화도 좋아하시겠지요."

"좋다는 것은 보지요. 그보다도 요즘엔 동무들과 배갈에 얼굴이 홧홧해오는 것을 더 좋아한답니다."

언니가 돌아왔다.

"무슨 이야기가?"

"나 요즘 술먹는 이야기."

"저런?"

그때에 음식이 들어오느라고 열어놓은 미닫이 사이로 저편에서 초밥을 먹고 있는 허규의 뒷모습이 문득 난희에게 잡혔다. 난희는 홀에서 혼자 술을 마시고 있는 허규를 보고 놀라는 한편 이상스럽다고 생각했다. 지금쯤은 허규와 선영이가 인천 가서 재미나게 놀고 있으리라고만 생각하고 있었기 때문이었다.

(혹시 선영이가 약속을 어긴 것은 아닌가. 그럴 리도 없겠는데)

난희는 이런 생각으로 음식이 들어온 것도 잊고 있었다.

"자기 선전을 했으면 이전 실적을 꽤야지 않아요."

하고 임병수가 벌죽 웃으며 난희에게 맥주를 부어 주었다.

"임선생두 드세요."

하고 언니가 의미 있는 눈짓을 난희에게 했다. 그에게 맥주를 권하라는 모양이었다. 그것을 난희는 일부러 모른 척하자 하는 수 없이 원희가 맥주병을 들어,

"쭉 내세요."

하고 그에게 권했다.

"전 그렇게 못합니다. 회사에서두 술을 먹게 되는 기회는 많지만 피할 수 없어 나가 앉게 되는 편이니까요."

난희는 그 말에선 감을 깨문 듯이 입안이 뿌드드했다. 뿌드드한 대로 입가심을 하듯 맥주를 죽 들이켰다.

"넌 언제부터 그렇게 요란한 애가 됐니?"

"맥준 뭐 술이 아니라는데."

난희가 얼렁뚱땅 새침을 떼자 언니는 그만 어이없다는 표정이 되고 말았다.

"그래, 자기 하고 싶은 대로 못할 짓이 없을 때 그래보는 것두 좋지만 그래두 넌 너무 지나쳤다. 숙부한테 일러야지."

이런 때에 언니가 숙부를 내세우는 심정을 모르는 것은 아니면서도 난희는 웃기는 짓이라고 생각했다.

"숙부가 뭐라구 참견할 일이야?"

식사가 끝나자 난희는 서로 음식값을 내겠다고 싸우고 있는 그들을 뒤에 두고, 술을 마시고 있는 허규 옆으로 갔다.

"어떻게 된 일이에요? 난 지금쯤 선영이와 재미를 보고 있을 줄만 알았는데."

허규는 깜짝 놀라며 취기가 오른 가는 눈이 갑자기 둥그래졌다.

"정말 어떻게 되었어요?"

"어떻게 되긴, 그저 인천 가는 것을 그만두었을 뿐이지."

"허 선생은 정말 바보라니까. 내가 일껏 그런 기회를 만들어 준 것두 이용할 줄 모르고."

"그랬던가?"

"그랬던가가 뭐예요. 정신을 차려요."

"그렇다면 먼저 통고를 해줘야 알지."

"그래가지구 소설은 어떻게 쓴다구. 그래, 선영이 인상은 어때요?"

"좋은 사람이더구만."

"정말 좋은 애예요. 지금은 어쩌다가 남의 첩이지만……."

"그 이야기가 정말이지?"

"정말입니다. 황산원 아세요? 그 병원 원장의……그러나 딴사람에게 이야긴 말아요."

황산원이라면 김영호가 나가는 병원이 아닌가. 그 순간 허규는 복잡하고도 흥미가 솟는 듯한 무엇이 머리에 스쳐짐을 느끼었다.

그때에 회계를 끝낸 난희의 일행이 문어귀에서 기다리고 있었다. 허규는 그곳을 잠시 살피고 나서,

"저 분이 언니야?"

하고 물었다.

"아주 미인이지요. 남자들이 좋아할 수 있는."

"정말 미인이구만."

"그 옆의 청년은 어때요?"

"그 청년두 역시 스마트하구만."

"선생이 언젠가 스마트한 청년하구 내가 걷는 것을 보고 싶다고 했지요. 기억하세요?"

"그렇다면 오늘이 난희에게 대단한 날 아니야?"

"그래요. 난희가 바야흐로 인생 최대의 쑈가 벌어지려는……."

"그러면 우선 축배를 들어야지."

"그것은 다음에 들기로 하고 오늘은 쓸쓸히 혼자 술이나 힘껏 마셔 봐요."

난희는 바쁜 듯한 걸음으로 자기 일행한테로 갔다.

"아주 명랑하면서도 현대적인 지성을 갖춘 동생이란다."

임병수와 헤어지어 둘이서 걸으며 언니는 만족한 듯이 말했다. 난희는 별로 흥미가 느껴지지 않는 대로 잠자코 있었다.

"호텔로 가서 이야기나 하자."

원희는 차를 잡으려고 가로수 옆으로 나섰다. 가로수들도 잎이 트기 시작했다.

"멀지도 않은데 타고 가긴."

"그래, 그럼 걸을까."

원희는 반도호텔에서 묵고 있었다. 일요일이 되어 한가한 의사당 앞을 지나며 돈에 궁한 모양이면서도 그런 호화스러운 생활을 태연스럽게 하고 있는 언니의 심정을 난희로서는 이해할 수가 없었다.

"대해보니까 아주 부드럽구두 교양 있는 청년이지?"

언니는 임병수의 이야기를 다시금 꺼내었다.

"회사에서두 숙부의 신임이 대단한 모양이더라."

"……."

"네가 그와 결혼하게 된다면 으레 숙부두 기뻐할 게다."

난희는 오늘따라 숙부숙부 하는 언니의 말에 귀가 간지러울 지경이었다.

"언니가 이렇게 혼자서 나다녀두 형부가 좋아한대?"

하고 말을 돌리었다.

"그 사람이야 오히려 편해졌다구 좋아하겠지."

하고 구긴 웃음을 웃고 나서,

"숙부의 집안에 요즘 갑자기 저기압이 내습한 건 아닌가. 숙부가 한 주일이나 행방을 감추고 나타나지 않는다니……."

"글쎄?"

"하여튼 천여사인지 그 숙모님두 대단하신 모양이두구나. 그 행실이 부산까지 들린다."

"난 그런 이야긴 일체 마이동풍이야."

"그래두 숙부가 불쌍하지 않니?"

"언젠가 길에서 숙부를 만났더니 나를 빠로 데리구 가더라."

"역시 고독하신 모양이야. 그런데 넌 왜 숙부한테두 놀러가지 않니?"

"난 나대로의 생활이 바쁜 걸. 그런 한가한 짬이 있어?"

난희는 눈 하나 까딱하지 않고 대답했다. 그러한 동생을 원희는 잠시 동안 아래위로 살펴보았다.

호텔로 들어서자,

"로비에 가서 차나 마시고 올라가자."

하고 원희가 앞섰다. 넓은 로비에는 태반이 외국 사람들이었다. 그들은 빈자리를 찾아 앉았다.

"찬 것 마실래?"

"난 커피."

원희는 차를 주문하고 나서 콤팩트를 꺼내 얼굴을 고쳤다.

"나 상했지. 몹시?"

"으응, 아까두 난 언니가 예뻐졌다구 생각했어."

"너한테라두 그런 소리 들으니 좋구나. 그래 이제 그 이야긴 진전 시켜두 좋지?"

"그만 둬."

난희는 한마디로 다잡아 뗐다.

"왜?"

"왜랄 것두 없지. 난 아직 그런 마음이 아닌걸."

"넌 언제까지나 그래두 되는 줄 아니?"

"그래두 내 걱정은 내가 제일 열심히 하고 있다구 생각하는데."

"여자란 자기도 모르는 사이에 나이를 먹어 버리고 만단다."

"그러니까 난 일년에 나이를 하나씩 꼬박꼬박 먹는 것 잊기루 했어. 성가시구 귀찮은 걸."

"못하는 소리 없구나."

"언니두 역시 세월과 싸우는 건 마찬가지지. 언니 나이를 누가 알아볼 수 있어?"

"하여튼 그와 만나서 구경두 좀 다니구 그래봐. 그러면 자연 좋아지는 것이란다."

그러고는 갑자기 생각한 듯이 숙부집에 전화를 걸어봐야겠다고 일어섰다. 난희는 혼자 앉아서 높은 천장에 눈을 두어보며 언니가 지금 무엇을 계획하고 있기에 그렇게도 숙부를 만나려고 초조해 하는지를 생각해 보았다.

# 정숙

황산원 뜰앞으로 울타리를 삼아 줄줄이 서 있는 포플라들은 며칠 사이에 제법 푸를 대로 푸르러 싱싱한 잎들이 한가스럽게 바람에 흔들리며 햇볕을 받아 기름이 흐르듯 번쩍인다.

오전 진찰이 끝난 간호사들은 들창 앞으로 모여앉아서 서로 잡담을 하여가며 바깥 풍경을 즐기고 있었다.

앞을 막고 있는 낙산도 햇빛에 영롱해진 그대로 볼수록 단순히 푸른색만은 아니다. 누가 노래를 부르기 시작했다.

훌륭한 그 스파니올라 아름다운 그 자태에 빛나는 웃음에는 사랑의 웃음 찼다

사랑하는 나의 님 그대여 나의 가슴에 피는 꽃 나의 품으로 오세요

어느덧 노랫소리는 합창이 되어 버리고 말았다. 그들의 아름답고도 명랑한 노랫소리는 점점 더욱 높아지며 끝없이 넓은 공간을 울려 퍼지던 그때에—

바로 그때에 갑자기 원장실에서 고함치는 요란스러운 소리가 들려왔다. 뒤이어 유리 그릇이 부서지는 소리도 들리었다.

그 소리에 간호사들의 노랫소리는 뚝 그쳐지고 일순간에 모두가 불안스러운 얼굴이 되었다.

원장의 고함소리가 다시금 들려왔다.

"도대체 네 눈이 글러먹었어, 그 앙칼스러운 눈이……."

정숙이는 오늘도 또 원장인 황경진에게 매를 맞았다.

면상에 주먹이 몇 번인지 모르게 날려 들다가 가슴을 세차게 밀쳐버리는 바람에 뒤에 있던 책 선반에 뒤통수를 부딪치며 쓰러졌다. 그통에 선반 위에 놓여 있던 〈피펫드〉와 〈플라스크〉가 떨어지며 그의 팔에서 피가 흘러졌다. 그 피를 감싸쥘 여유도 주지 않고 원장의 발은 다시금 목덜미를 내려찼다. 아득한 채 옆으로 핑 돌며 쓰러진 정숙이는 반발이나 하듯 몸을 일으키려고 하자 또다시 그의 발은 어깨를 힘껏 눌러댔다. 정숙이는 머리와 허리와 어깨를 분별할 것 없이 마구 차는 광포한 사나이의 발밑에서 저항을 잃어버린 목석처럼 이를 악물고 있는 수밖에 없었다.

원장이 발작한 원인은 전기치료를 하는 〈울트라〉에 먼지가 올라 있다는 것이었다. 정숙이가 물리치료실로 불리어 가자 그곳엔 별로 들어가지도 않던 원장이 손수 환자에게 전기치료할 준비를 하며,

"이곳에 먼지가 이렇게 있는 것두 보이지 않아."

하고 눈을 흘기었다. 정숙이는 잠자코 그것을 훔치었다. 별달리 자기 태도에 감정이 있는 것도 아니었다. 그러나 원장은 어떻게 오해를 하였는지 환자를 현관까지 친절히 내보내고 들어오면서 정숙이를 다시금 자기 방으로 불러들여,

"아까의 그 태도가 도대체 뭐야?"

하고 뜻하지도 않은 일에 화를 내었다.

정숙이는 당황한 채 어쩔 줄 몰라 놀라는 눈을 했다. 그러자 원장은 고함을 쳐,

"그래 나를 보면 어쩌겠단 말야, 내게 반항한다는 심사지."

하고 험악하게 나왔다. 자기는 결코 그런 태도가 아니었다고, 서글

퍼지는 마음을 눌러가며 정숙이는 잠자코 머리를 숙였다. 그러나 경진이는 그것으로써 만족하지를 않았다.

"하여튼 〈울트라〉에 먼지가 오른 건 누구 잘못이야? 자기 잘못에 일일이 반항하는 게 어디서 배운 버릇이냐 말야."

이렇게도 압도적으로 나오는 원장 앞에서 정숙이는 무엇이라 변명할 말도 찾을 수가 없었다. 그저 잠자코 있자,

"그래서 잘못했다는 그 한마디도 하기 싫단 말이지."

경진이는 격분한 채 자리에서 벌떡 일어났다. 주먹이 날아들 것 같은 그 서슬에,

"저는 결코 반항하려는 마음이 아니었습니다."

간신히 입을 연 정숙이의 그 한마디가 떨어지기도 전에,

"그것이 반항이 아니고 뭐야."

고함소리와 함께 경진의 주먹이 정숙이 얼굴에 날아들었다.

원장이 나간 후에도 정숙이는 얼마 동안 그대로 쓰러져 있었다. 귀가 웽웽 울리고 허리가 시큰거리었다. 입술을 깨물어 그것을 참고 있자 자기도 모르게 눈물이 쭈르룩 흘러졌다.

잠시 후에 약국에 있는 주선일이가 들어와서 정숙이를 부축하여 일으켜 주었다. 겨우 간호사실로 돌아가자 〈무슨 일이야〉 하고 모두들 달려와서 물었다. 그 소리를 들으니 정숙이는 더욱 서러워졌다. 조간호사가 정숙이의 눈물을 닦아주며,

"언니 무얼 잘못했다구 그래?"

하고 자기도 서글퍼진 얼굴로 물었다.

"울트라에 먼지가 올랐다구."

"뭐 그런 일 가지구 사람을 때리구 차구 야단이야."

"원장이면 원장이지 사람을 어떻게 보구 그짓을 부리는지 몰라."

"우리들이 너무 얌전해서 그런 수모 받는다니까."

모두 한마디씩 원장에 대한 불평을 이야기했다.

불독처럼 배가 잔뜩 나온데다가 교만하기가 끝이 없는 원장을 누구 하나 좋아할 리가 없었다.

"그러면서 내 태도가 반항적이었다구, 나는 전혀 그런 생각 없었는데."

그 말엔 모두가 갑자기 입을 다물었다. 다만 조간호사가,

"혼자서 그렇게 생각해도 통하는가?"

하고 정숙이를 동정해 주었을 뿐이었다.

그것은 정숙이가 간호사들 중에선 아는 것도 뛰어나게 많고 무슨 일을 판단하는 것도 훌륭하므로 존경을 사고 있었지만 그와 동시에 여자들이 갖기 쉬운 샘을 사게하는 것도 사실이었다. 영리하면서도 마음이 부드러운 것이 믿고 싶은 마음이 있으면서도 어딘지 모르게 교만한 것이 미꼴사납기도 했다.

그러나 실상 이것은 그들의 표면적인 이야기일뿐이다. 좀더 깊이 파고들어가서 보면 부원장인 김영호가 정숙이를 끼고도는 것을 질투하기 때문이었다.

영호는 무슨 일이나 정숙이가 없으면 안되는 것처럼 언제나 정숙이, 정숙이 하고 정숙이를 내세웠다.

정숙이도 영리한 만큼 그것에 대해서는 스스로 주의도 하고 자중도 하지만 역시 옆에서 보면 영호의 등을 믿고 잘난 것처럼 군다고 오해를 사기도 쉬운 것이었다.

정숙이가 영호와 가까와질수록 그와 반비례로 원장과 멀어지는 것도 어쩔 수 없는 일이었다. 원장이 없는 자리에선 그를 경멸하는 말도 태연스럽게 튀어나왔다. 그럴수록 그래서는 안되겠다고 생각해 보지만 자기가 간직하고 있는 본심은 속일 수 없는 일이었다. 의식적인 태도가 원장에겐 반항적인 태도로 보이는지도 몰랐다. 정숙이가

원장에게 맞은 것은 오늘이 처음이 아니었다.

겸자분만(鉗子分娩)으로 찢어진 경관(頸管)을 홀가매려는데 바늘에 실을 늦게 꿴다고 경진이가 화를 내어 정숙이 얼굴에 지혈겸자(止血鉗子)를 집어던진 일이 있었다.

지혈겸자는 정숙이의 이마에 맞고 떨어지며 알콜병을 깨뜨렸다. 그의 이마에서는 피가 뚝뚝 흘러내렸지만 눈하나 까딱없이 그대로 실을 꿰서 주었다. 경진이는 결코 굴하지 않는 그러한 정숙이의 태도에 더욱 화가 났던 것이다.

그때부터 경진이는 정숙의 성격 속에 자기를 적으로 생각하는 반항심이 느껴진 것이었다. 점심시간이 되었으나 정숙이는 별로 식사를 하고 싶은 마음이 없었다. 간호사실에 혼자 남아서 멍하니 들창 밖만 내다보고 있었다.

책 선반에 부딪친 머리와 발길로 채인 허리에 아픈 것이 아직도 둔하게 느껴지는 대로 늘 보는 풍경이 그저 서글프게 보이었다. 그때에,

"몹시 아픈 데는 없습니까?"

이런 말을 하며 주선일이가 들어왔다.

선일이는 병원 약국에서 약제사의 일을 맡아보는 청년이었다. 머리를 길게 기른 희맑숙한 얼굴에 키가 늘씬한 그는 외양으로도 선량하게 보였지만 시험을 쳐서 약제사 면허를 얻겠다고 틈만 있으면 책을 펴놓는 성실한 청년이었다. 그런 점에서 정숙이와는 서로 통하는 데가 있어 퍽 가깝게 지내는 사이였다.

"아픈 데가 있으면 진정제라도 맞고 푹 쉬세요."

"괜찮다니까요."

"하여튼 원장이라는 사람은 말할 수가 없어요. 간호사랑 우리 같은 것을 무엇으로 보는지 모르지만 그래두 대학까지 나온 교양 있

다는 사람이 어떻게 그럴 수가 있어요."

"그것이 우리들에게 없는 그 사람의 권리이구 자랑인지도 모르지요."

정숙이는 어이가 없는 대로 비웃음 비슷한 웃음을 웃어 보이었다.

"그렇지. 야만과 무지에서 오는…… 그러나 우리들은 그에게 채용된 사람이니까 그런 일도 참는 수밖에 없겠지만 그러한 남편과 일생을 같이 살고 있는 송여사를 생각하면 정말 불행한 분이라고 생각돼요."

"……."

"그런 의미에서 나는 요즘 송여사가 바람을 피우고 다닌다는 심정도 이해할 수가 있어요. 그렇지만 부원장에게까지 손길을 던진다는 것은……."

그 소리에 정숙이는 문득 놀랐다. 놀란 눈을 그대로 들어 선일의 얼굴을 살피면서,

"송여사가?"

하고 간신히 속소리를 내어 소리쳤다.

"그러면 여태 그런 기색두 못 채리고 있었어요?"

선일이는 자기만이 아는 비밀을 털어놓게 된 것에 약간 우쭐해졌다.

"정말 놀라운 일이야."

"그 유인하는 방법이 아주 대단하거든요."

선일이는 며칠 전 비오는 날 밤 부원장이 송여사의 전화를 받던 것을 다시금 생각하며 자신있게 말했다.

"부원장을 유인하는 사람이 송여사 뿐만 아니라 경쟁자가 또 한명 있다는데 흥미가 있지요."

"그것은 또 누군데?"

"누군지 맞혀봐요."

"나두 아는 사람인데?"

"잘 알구 있는 사람이지요."

"내가 알구 있는 사람이 누구야?"

"그걸 모르겠어요. 알 수 있지 않아요?"

"누구인지 어서 말해봐요."

"제일약품 부인인 천여사."

"천여사?"

"그 사람의 소문은 장안에서두 유명하지 않습니까."

이 병원에서 누구보다도 제일 우대를 받고 있는 환자로, 치료를 받으러 오는지 놀러 오는지 분간할 수 없는 그 천여사를 물론 정숙이는 잘 알고 있었다. 또한 요즘에 그와 송여사가 자주 놀러다니고 있다는 것도 알고 있었다. 그러나 그들이 영호를 유인하고 있다는 것은 생각지도 못하였던 일이었다.

"물론 김선생이 그들에게 유인될 리 만무하겠지요만……."

영호의 인격을 믿고 있는 선일이는 끝으로 그런 결론을 내리었다. 그러나 그 한마디도 지금의 정숙에겐 불안스럽게 들릴 뿐이었다.

그때에 학교에서 강의를 끝내고 돌아오는 귀에 익은 영호의 구두소리가 현관으로부터 들려왔다.

"얼굴이 왜 그래, 눈이 분 것이……울었어?"

영호는 저고리를 벗고 가운을 입으면서 정숙이를 쳐다보았다. 그 소리를 들으니 설움이 더욱 북받쳐 오르며 눈물이 쏟아질 것만 같다.

"원장에게 꾸중을 받았어요."

"꾸중은 왜?"

"청소를 잘못했다구."

"그렇다면 꾸중을 받을 만두 하구만."

"……."

"그래서 우는 건 또 뭐야, 바보처럼."

"원장은 사람을 무시해두 너무해요. 때리구 차구……."

"그래?"

놀라운 듯이 바라보는 영호의 눈길을 받기가 부끄러워 정숙이는 고개를 숙이었다. 그러나 영호는 그뿐으로 아무 말도 없이 청진기를 찾아들고 나가 버리었다.

그래도 한마디의 따끔한 말이 있을 줄만 알았던 영호가 그대로 나가 버리니 정숙이는 갑자기 텅 비어지는 것 같았다. 그러자 지금까지 잊고 있던 허리가 시큰거리는 것이 다시금 둔하게 느껴지며 그의 태도가 확실히 전과는 달라진 것만 같이 느껴졌다.

문득 그의 책상 위를 보니 튤립이 피어 있는 꽃병이 놓여 있었다. 꽃을 사가지고 다니는 사나이도 별로 없는 일이지만 더욱이 영호는 그런 것을 생각지도 못할 사람이라는 것은 정숙이가 잘 알고 있었다.

그렇다면 역시 저 꽃도 송여사가 사다준 것이 아닌가. 분명 틀림없이 그렇다니까. 송여사들이 그를 유인한다면 그가 끌려들 위험성은 얼마든지 있는 것만 같았다. 정숙에겐 영호가 세상 일은 전혀 모르는 어린애 같이만 생각되었기 때문이었다. 수술에서는 누구에게도 지지 않을지 모르지만 그들이 쳐놓은 그물에 걸리면 벗어나지 못할 그런 사람이라고만 생각되었다.

만일에 영호가 그렇게 된다면 그의 조수로서 정숙이는 이 병원에서 일하는 즐거움도 잃어버리게 되고마는 것이었다.

사람을 사람같이 생각지 않는 그 거만한 원장을 아무 것으로도 생각지 않고 일하는 즐거움을 가질 수 있었던 것은 영호가 있기 때문이었다. 인류의 행복을 위하여 언제나 협조자라는 자부심이 있기 때문이었다.

(그러한 분이 자기로부터 멀어지게 된다면—)

정숙이는 그 생각만 해도 불안스러워 가슴이 활랑활랑 뛰며 앞으로 살 재미도 자신도 없어지는 것 같았다.

정숙이는 물론 자기 일생을 간호사로서만 보낼 생각은 없었다. 인류의 행복을 위하여 헌신할 수 있는 의사가 되겠다는 것이 그의 목적이었다. 그러므로 결혼만 하게 되면 그날부터 간호사를 그만둘 생각으로 월급을 타면 몸치장에 바쁜 그런 간호사들과는 태도가 근본부터 달랐다. 그는 틈만 있으면 자기의 목적과 이상을 위하여 노력했다. 그러나 그 목적을 이루는 것이 지금의 그의 환경으로선 좀처럼 쉬운 일이 아니었다. 더욱이 그는 이번 사변 통에 가족을 모두 잃어버린 외로운 몸이었다. 그만큼 그는 인생을 비관하기도 쉽고 실망하기도 쉬운 처지에 있었다.

그러나 부원장인 영호가 자기라는 것을 알아주고 늘 힘을 북돋워주는 데서 지금까지의 곤란도 참고 자기의 목적을 굽히지 않을 수가 있었던 것이다.

오늘 원장의 그 난폭한 행동도 그가 있기 때문에 그의 무지를 멸시할 수 있었던 것이다.

그러나 그가 자기에서 멀어진다면…….

정숙이가 여기까지 생각하고 있을 때 누가 콧노래를 부르며 들어오는 소리가 들리었다.

노래를 부르며 들어온 것은 조간호사였다.

언제나 빨쭉빨쭉 웃는 조은주를 누구나가 귀여워했지만 더욱이 정숙이는 이번 동란에 가족들을 모두 잃은 같은 처지에서 은주를 동생처럼 생각했다.

"언니 아직두 아파?"

은주는 노래를 뚝 그치며 물었다.

"괜찮아."

정숙이는 웃음을 띠어 고개를 돌리었다. 은주를 보니 지금까지의 허전한 기분도 어느 정도로 풀어지는 듯싶었다.

"넌 아주 기분이 좋은 모양이구나. 노래가 다 흘러나오는 품이."

"화가 나서 말야, 구호실 환자 정말 못 보겠다니까요. 남편이 옆에 있을 땐 해죽해죽 웃다가두 조금만 바깥에 나가면 쿨적쿨적 울어대는걸."

"구호실 환자라면…… 아, 댄서였다는 그 여자?"

"그래요. 지금 막 남편이 돌아왔는데 대번에 효과 백퍼센트 아니야, 금시에 울던 것이 뚝 그쳐지고 좋아서 해죽거리며 가슴을 쓸어다고, 잔등을 긁어다고, 손을 쥐어다고, 아이구 눈꼴사나워 뛰어나오고 말았어요."

"너두 결혼하면 그럴지 모를 애가 뭐 남보구."

"언니두, 뭣이 안타까워서……."

"그래두 벌써부터 그런 징조가 보이던데 뭘."

"절대루 난 그렇지 않다니까."

"더욱이 은주의 남편될 사람은 아주 선량한 사람이 돼서 무엇이나 다 들어줄 터인데."

"공연히 사람을 또 놀리자는 거지, 그런 언니 난 싫어."

"공연히가 아니구 그렇지 뭐야."

"그렇긴 뭐가? 난 몰라."

은주는 부끄러움을 감추듯이 획 돌아섰다. 그러고 나서는,

"저것 너무 끓어요."

하고 분주히 곤로 앞으로 가서 의료기구를 소독하는 〈신메르부

슈)를 내려 놓았다.

"뭐 또 끓일 것 없어?"

"주전자를 올려놓지, 김선생에게 차를 갖다드려야 할 텐데."

정숙이는 벌써 전부터 은주가 약국에 있는 주선일이와 사랑하는 사이라는 것을 잘 알고 있었다. 그것을 또한 자기로서 은근히 지지해 주고 싶은 마음이었다. 그러면서도 그들의 꿈을 생각할 때 자기 주위는 너무나도 쓸쓸하다는 것을 느끼지 않을 수가 없었다. 스물아홉이라면 아직도 청춘을 즐길 수 있는 연령이라 해도 결혼적기를 잃어버린 것 같은 초조감이 앞서는 것도 어쩔 수 없는 일이었다. 그러나 정숙이는 그것을 일부러 잊으려고 했다.

자기의 목적과 이상을 위해서…… 그러면서도 그게 쉬운 일이 아니었다. 그러한 마음이 급기야 영호에게로 기울어지며 지나친 생각이 자기도 모르게 느껴질 때가 없지 않아 있었다. 그럴 때면 자기는 무슨 죄를 진 것처럼 가슴이 울렁거렸다.

은주가 환자에게 놔줄 주사 준비를 해가지고 나가자 뒤이어 원장이 들어와서 아까 일은 벌써 잊은 듯이,

"김선생 왔나?"

하고 물었다. 그런 것을 보면 원장이 신경이 이만저만 둔한 사람이 아니라고 정숙이는 생각했다.

"십사호실 환잔 분명히 자궁근종(子宮筋腫)이니까 김선생보구 오늘 저녁으로 수술하도록 하라구 그래. 난 일이 있어 좀 나가니까, 알겠어?"

하고 한마디 던지고서는 나가려다가 다시 정숙이 옆으로 가까이 와서,

"아까 좀 아팠지."

하고 정숙이의 목을 쓸어 주려고 했다.

정숙이는 오싹함을 느끼며 순간적으로 몸을 움츠렸다.

"그 대신 내일이구 좋은 구경 시켜주기로 하지."

하고 살무사의 눈으로 웃어댔다. 그 웃음에 정숙이는 다시금 오싹해짐을 느끼었다.

정숙이는 그 순간, 만일에 무슨 짓이 있다면 소리라도 칠 생각을 하고 있었다. 그러자 가슴은 말할 수 없이 수물거리었다.

경진이는 여전히 미소를 흘리고 있었다. 그렇게도 떨고 있는 정숙이가 귀엽다고 생각하고 있는 모양인지,

"그러면 우리 내일 구경 가."

"고맙습니다."

조금도 고마울 것이 없었다. 그의 입에서 어떻게 그런 말이 태연스럽게 나올 수 있는지가 이상할 뿐이었다. 그것이 이상할수록 징그러운 무엇이 자기 몸에 묻어지는 것 같은 기분이었다. 그러면서도 그의 앞에서 얼굴을 들 수 없는 것이 분하였다. 경진이는 영호에게 전하라는 환자에 대한 이야기를 한 번 더 다짐을 주고 나가 버리었다. 정숙이는 갑자기 전신의 힘을 잃고 의자에 풀썩 주저앉았다. 거센 폭풍이 지나간 것처럼 아직도 그 여음이 가슴속에서 고동치고 있었다. 그 소리가 주전자의 물끓는 소리와 어울리어 귀에 울려졌다.

(사나이가 사십이 지나면 젊은 여자를 무슨 장난감처럼 혼자서 마음대로 생각할 수 있는 자신이 생기게 되는 것인가)

아무리 생각해 보아도 그것은 아닌 것 같았다. 그러고 보면 평시에 자기 행동에서 그럴 수 있으리라는 틈바구니를 보여준 것만 같아 불유쾌해 견딜 수가 없었다.

정숙이는 불시에 침착함을 잃고 서성거리며 방안을 빙빙 돌았다. 그러다가 물끓는 주전자를 내려놓으며 영호에게 차를 갖다 줄 여유를 겨우 갖게 되었다.

공부를 하기 위하여 혼자 쓰고 있는 영호의 방에 노크를 하고 들어가자 그는 열심히 책을 보고 있었다. 정숙이도 틈만 있으면 공부를 하는 것이었지만 한종일 분주스럽게 돌아가고 있는 그런 생활 속에서는 좀처럼 쉬운 일이 아니었다. 그런 것을 생각하면 영호가 이 조그마한 방을 쓰고 있는 것이 한없이 부러웠다.

"차를 갖고 왔어요."

"고맙습니다."

일부러 가볍게 경어를 쓰면서도 영호는 책에서 눈을 떼지 않았다.

"바로 지금 원장선생의 말씀인데요……."

정숙이는 그의 독서에 방해될 것 같아 조심히 입을 열었다.

"십사호실 환자, 김선생이 수술하시래요."

영호는 그제야 얼굴을 쳐들었다.

"십사호실 환자라면…… 그 중년부인네?"

"네."

"그 환자가 자궁근종이라구?"

"오늘 중으로 꼭 하시래요."

"원장선생이 요즘 어떻게 된 모양인데."

하고 영호는 어이가 없다는 표정을 하고 나서,

"그 환잔 수술할 환자가 아니구 보통 임신이야."

"그래요? 그러면 어떻게 할까요?"

"어떻게 하긴. 아이가 나올 때까지 기다려야지."

"원장선생에게 말입니다."

"내가 그렇게 말하더라고 그래."

"그렇지만 그런 말은 전 못하겠어요."

"왜?"

"왜라니보다도 무서워요. 방금 주먹찜을 받고 나서."

"그래…… 그러면 내가 가서 이야기하지."

"미안합니다."

"몹시 맞았어?"

"정신없이 때리는 걸요, 발루 막 차구."

"원장이 오늘 또 기분 나쁜 일이 있는 모양이구만."

"대항할 수도 없는 사람을 그렇게도 마구 때리는 건 비겁해요."

"어딜 많이 맞았어?"

"머리하구 허리."

하고 정숙이가 머리를 쓸어보이는 서슬에 둘이서는 눈이 부딪치며 웃어댔다. 그러면서 정숙이는 원장에 대한 이야기를 그 이상으로 더 털어놀 수 없는 것이 못마땅했다.

영호와 정숙이가 이런 이야기를 하고 있을 때 수위가 우편물을 갖다 주었다. 어느 의과대학의 월보와 일전에 출판된 허규 소설집의 출판기념을 알리는 청첩장이었다. 그것에서 영호는 문득 허규가 집에 왔을 때의 이야기를 생각하며,

"그러니까 미스 윤도 보호자가 필요한 거야."

하고 웃었다. 그러나 정숙이는 그 말뜻을 못 차리고,

"네?"

하고 반문했다.

"결혼을 해야 한단 말야."

"결혼요?"

"그래, 미스 윤 자기 아이를 낳고 싶은 마음 없어?"

그 말에 정숙이는 얼굴이 확 달아오름을 느꼈다. 그것을 분주히 웃는 표정으로 감추고 나서

"그거야 여자의 본능인걸요. 물론 낳고 싶다는 것이 정직한 이야기겠지만 그러나 지금의 제 생활과는 인연이 먼 이야기예요."

"어째서?"

"아직 제겐 그런 상대자도 없거니와 그보다도……."

"공부를 하기 위해서 말이지? 그러나 그것과 결혼과는 별문제 아니야?"

"……."

"그보다도 상대자의 자격이 문제겠지. 이만하면 자기 남편으로 삼고 싶다는…… 그래 미스 윤은 어떤 사람을 생각해?"

"그걸 아직 전 생각해 보질 못했어요."

"못했다는 건 이야기가 되지 않는 것이구, 가령 예를 들면 학력이라든가 연령이라든가, 직업과 수입, 그리구 술을 먹어두 좋다든가 먹어두 어느 정도로 먹어야 한다든가……."

"그거야 누구나가 욕심으론 미남이구 수재구 그리구 취미로서 음악을 좋아하든가 그런 분을 택하고 싶은 마음이겠지만 제겐 그런 사람을 택할 자격이 어디 있어요. 없으니까 생각을 아예 안했는지 못했는지 모르지요. 혹은 여유가 없어선지도 모르구요."

"역시 그건 대답이 아니라니까. 뭐 부끄러워서인가, 나한테야 그럴 필요도 없을 터인데 자기 생각을 솔직히 이야기해봐."

실상 정숙이는 그러한 물음에 태연스럽게 대답할 천성을 갖고 있지 못했다. 그러면서도 그는 지금 자기와 마주앉아서 자기에게 그런 것을 묻고 있는 영호를 생각하고 있는 것이었다.

지금까지 자기가 무조건으로 영호에게 호감을 갖게 되며 마음이 쏠려지는 것은 무엇 때문일까. 그의 옆에 있으면 쓸데없는 생각과 불안이 사라지고 일에 대한 즐거움이 느껴지는 그대로 저런 사람이라면 그의 아내로서 일생을 사랑할 수 있으리라는 막연한 자신과 기대를 갖기 때문이 아니었던가. 그러나 그것은 자기가 생각하면 안된다고 벌써 단념한 일이다. 이것이 정숙의 솔직한 대답일 것이다.

그러니 그런 기색을 얼굴에도 나타낼 수 없는 일이었다.

"그렇다면 내가 이런 사람은 어떠냐고 묻기로 하지."

영호는 지금과도 달리 정색한 얼굴을 들었다.

"그만 해요, 선생은 오늘 공연히 저를 놀리려고 하면서."

"결코 그런 것이 아니고 사실은 내 친구 중에 북에서 혼자 나온 이런 친구가 있는데……."

하고 그 청첩장을 보여주었다. 정숙이는 그것을 훑어보며 허규라면 자기도 짐작되는 소설가라고 생각했다.

"내일 저녁 출판기념에 같이 나가."

"제가 뭐라고요. 알지도 못하는 분의 그런 곳에……."

"알지 못하는 사람이 가장 가까울 사람이 될는지 그거야 누가 알어."

하고 영호가 웃자,

"그보다도 원장이 외출하기 전에 어서 가서 그 이야길 해요. 그렇지 않으면 난 또 뻰치예요."

하고 정숙이도 따라 웃었다. 그러면서도 갑자기 그와 간격이 멀어지는 듯한 허전한 감이었다. 원장 황경진이는 오늘은 유달리 아침부터 기분이 좋지 못하였다.

그의 아내인 송여사가 어젯밤에 집에 들어오지 않았기 때문이었다.

요즘 송여사는 밖에서 자고 들어와서도 미안스러운 얼굴 하나도 지어보이지 않았다.

"남을 나무라기 전에 자신을 생각해봐요. 그러한 당신에게 내가 어떻게 애정을 느낄 수 있겠어요."

이런 말을 태연스럽게 했다. 말할 것도 없이 이편에서 이혼문제를 꺼낸다면 저편에선 기다리기나 했던 듯이 고개를 끄덕일 모양이었다.

그러한 아내를 생각할 때 경진이는 자기의 행동은 어떻든간에 불유쾌하기가 짝이 없는 노릇이었다.

게다가 오늘 아침엔 그가 제일 질색하는 어느 민의원의 어머니라는 그 할머니가 또 찾아와서 한 시간이나 울고 갔다. 한 달 전에 자궁외임신(子宮外姙娠)의 수술로 딸을 잃은 그는 한 주일에 한번씩은 병원으로 찾아와서 울고 가는 것이었다.

경진이는 그 할머니만 보면 이상스럽게도 지금까지 자기가 범해온 양심에 꺼리는 일이 한꺼번에 머릿속에 떠오르며 무서운 협박을 받는 듯한 공포감이 느껴지는 것이었다.

그러한 뒤숭숭한 마음이 채 가라앉기도 전에 간호사 부장인 선부가 들어와서,

"원장님에게 이런 이야기는 벌써 했어야 할 이야기지만……."

하고 허두를 꺼내 놓았다.

이 간호사 부장은 이 병원에 제일 오래 있기도 했지만 경진이의 스파이로 대단히 중요한 역할을 하는 존재였다. 예를 들면 환자가 타고 온 차가 자가용인지 택시인지, 자가용은 또 어느 정도인지, 또한 환자의 옷과 소지품에서 심지어는 환자가 풍기는 향수 냄새에서까지 환자의 생활 정도가 어떻다는 것을 민첩하게 감별해내는 재주가 있었다.

그것은 물론 병원을 경리하는데 대단히 유리한 것이었다.

"아닙니다, 원장님. 그건 눈에만 화려하게 보이었지 빛좋은 개살구, 기껏 월급쟁이 아내라니까요."

이렇게도 그는 원장에게 귀띔을 해주는 것이 자기만이 할 수 있는 장한 일로 생각하는 것이었다.

그것을 노골스럽게 싫어하는 것이 정숙이었다. 그러나 간호사들 중엔 그러한 부장의 비위를 맞추는 것이 유리하리라고 생각하는 이

도 없지 않아 있었다. 이런 것으로 간호사들 사이에는 암암리에 분파가 생겨 부장파와 정숙파가 대립되었다. 따라서 부장파가 원장을 옹호하고 그와 반대로 정숙파가 부원장을 지지하는 것은 물론 말할 것도 없는 일이었다.

선부가 원장을 찾아들어온 것은 말하자면 정숙파를 말살해 버리자는 데에 목적이 있는 것이었다.

그는 먼저 요즘 영호와 정숙이의 관계가 어떻다는 것을 있는 이야기, 없는 이야기로 한참이나 떠벌렸다. 정숙이가 영호에게 꽃을 사다 주었다느니 정숙이의 외출이 많아졌다느니 영호 방에서 둘이서 쇠를 잠그고 두 시간이나 있었다는 둥 그리고 나서는 부원장이란 사람이 그렇게도 물을 흐려 놓기 때문에 단속할 수 없다는 불평을 이야기했다.

경진이는 듣는지 안 듣는지 모를 무관심한 태도로 앉아 있었지만 속으론 그들에 대한 적개심과 같은 불쾌한 것이 무럭무럭 치밀어 오름을 느꼈다.

오늘 대단치도 않은 일을 가지고 정숙이에게 그런 폭력을 가하게 된 것도 말하자면 그런 심리가 순간적으로 폭발된 것이었다.

그러나 지금 경진이는 내일 구경 가기로 약속한 것으로 그것은 화해된 셈으로 생각하고 있었다. 그것을 생각할 때 지금까지 바랄 수조차 없던 일이 이루어질 것 같은 어떤 기대 속에서 적이 흡족한 웃음을 웃을 수가 있었다. 그러면서 그는 외출하려고 모자를 썼을 때에 다시금 노크소리가 들리었다.

"나가시렵니까?"

하고 영호가 들어서며 경진이와 마주섰다.

"왜 이렇게 골치아픈 일만 많은지 오늘은 앉아 있을 수두 없구만."

"그게 저도 좀 이야기가 있어서……."

"또 골치아픈 이야긴가?"

"그런 이야긴 아닐 것입니다."

"골치아픈 이야기라면 정말 오늘은 그만두기로 하고 내일 듣기로 하자구."

"환자에 대한 이야기입니다. 아까 원장께서 말씀이 있은……."

"내가? 무슨 이야기?"

"미스 윤에게 이야기하셨다지요. 십사호 환자에 대해서."

"으응, 그 환자 자궁근종이니까 빨리 수술해 주는 것이 좋지 않아?"

하고 바쁜 듯이 손시계를 보았다.

"그러나 제가 보기엔 보통 임신으로 밖에 더 생각되지 않는데요."

"그럴 리가 어디 있어."

"월경도 없고."

순간 영호는 안해야 할 이야길 했다고 얼굴을 붉히자,

"이 사람아, 그것만으로 어떻게 그렇게 볼 수 있어?"

하고 원장은 거세게 나왔다.

"그거야 물론 그렇지요. 그렇지만 환자에게 압박감은 있다 해도 짚어보면 딴딴한 덴 없거든요. 그걸 보면……."

"자궁근종도 여러가지니까."

"그러면 원장은 어떤 점에서 그렇게 진단하였습니까?"

"자궁 정면으로 울툭불툭한 것이 짚어지는 것을 보면……."

원장은 자기 말을 우기기 위해서 자신 없는 말로 비벼댔다.

"글쎄요, 그런 것이 짚어져요?"

"하여튼 난 그렇게 생각했는데 김선생의 의견이 그렇다면 며칠 더 두고 보기로 하지. 그러면 확실히 알 수 있으니까."

"그렇지요. 그럼 그렇게 하기로 합시다."

영호는 그의 의견엔 어디까지나 반대이면서도 그런 타협에 수긍하지 않을 수가 없었다. 그러나 경진이는 적당히 지는 척하는 영호의 그러한 태도에 더욱 화가 났다. 화가 나는 대로 한마디 영호를 윽박아주고 싶은 마음이 있었으나 지금엔 그런 말을 찾아낼 수가 없었다. 하는 수 없어,

"선부 어디 갔어?"

하고 고함쳐 간호부장을 불러댔다. 어디서인지 간호부장이 분주히 뛰쳐나오자,

"내방 깨끗이 치워."

하고 배앝듯이 소리치고서는 현관 앞에서 기다리고 있는 자동차로 향하여 자갈을 밟으며 걸어나갔다.

차가 굴기 시작하자 그는 갑자기 침울한 얼굴이 되며 생각에 젖기 시작했다. 영호와 정숙이는 자기들이 해야할 일을 언제나 하고 있다. 그들은 모름지기 일에 즐거움을 느끼고 있을 것이다. 그러나 나는 의사로서의 생활을 잃고 있지 않은가. 그러면 나는 무엇으로써 그 말에 대항할 수 있는 것인가. 당연히 그 대책이 있어야 할 것이 아닌가. 그것을 찾기 전에는 앞으로 나는 영호와 정숙이와 그 외의 모든 직원들에게 한 개의 〈로봇〉으로 밖에 보이지 않을 것이다. 아무리 표면으로 원장이라고 소리쳐 보았댔자 빈 깍지라고 비웃을 것이다. 그들의 말과 태도가 내 앞에선 비굴한 듯 하면서도 속으론 아무 것으로도 생각지 않고 자기네들 마음대로 움직이는 것이다. 그들의 그러한 반항정신을 생각하면 생각할수록 불유쾌하기가 짝이 없는 것이다.

그렇다면 왜 오늘 나는 정숙이를 쫓아내지 못하고 영호의 말을 우기고 자궁수술을 강행하지 못하였던가. 그들을 통제하는 데는 이이상 더 좋은 방법이 없다는 것을 잘 알고 있지 않은가. 그러면서도 왜―그렇게 생각해보고 나니 경진이는 오늘 자기가 병원에서 순순

히 나온 것이 분하기도 하며 한편 큰 실패를 저지른 것같이 생각되었다.

실상 병원이 번창하게 됨을 따라 그곳에서 점점 멀어지게 된 것은 송여사보다도 오히려 황경진이 자신이었다. 자기의 이름만 내걸고 있으면 병원은 자연히 혼자서 움직여지고 있다는 것을 알게 된 그는 구태여 땀을 흘리며 메스를 들 필요도 없다고 생각했다.

그는 이미 의사라기보다도 하나의 기업체를 운영하고 있는 실업가였다. 돈의 단맛을 알대로 알게 된 지금의 그는 자본을 어떻게 돌리어 어디다 투자해야 한다는 데 더 관심이 있을 뿐으로 이런 의미에서 병원도 그에겐 다만 투자의 대상으로밖에 생각되지 않았다.

차는 들을 지나 포플러가 줄줄이 서 있는 병원 울타리 옆을 달리었다. 그는 문득 들창으로 눈을 돌려 삼층건물로 우뚝 서 있는 병원을 쳐다보았다.

(저것이 정말 내 병원인가)

그는 혼자서 자기에게 물었다. 확실히 그것은 자기의 병원이었다. 그러나 이곳에 내 생활이 있는가, 이렇게 다시금 자문자답하자 다음에는 무엇이라 대답해야 좋을지를 몰랐다.

경진이 의사로서의 직업을 태만한 것도 사실이려니와 더욱이 요즘에 와서는 병원에서도 그를 소홀이 대하는 것도 쉽게 알아낼 수 있는 일이었다. 병원은 경진이의 소유일지 몰라도 이 병원에서 생활하고 있는 것은 분명 이곳에서 매일매일 환자의 병을 보아주고 그들의 시중을 들어주는 그들임에 틀림없었다. 이런 점에서 매를 맞건 꾸지람을 받건간에 그 현실속에서 뿌리를 받고 생활하고 있는 영호와 정숙이에게 경진이로서 저항할 수 없는 압력이 느껴지는 것이었다.

영호가 처음으로 취직하였을 땐 옷차림부터가 의사라고 볼 수 없던 완전한 피난민의 한 사람이었다. 그것이 어느덧 환자와 간호사들

간에 신망을 얻게 되어 지금은 그의 의사의 위치를 경진이가 따를 수 없게끔 된 것도 사실이었다. 그는 진단도 신중히 하고 분만할 때도 극히 침착하여 좀처럼 겸자를 쓰는 법이 없었다. 환자의 출혈 같은 것을 처리하는 것을 보면 익숙하기가 그지없다. 실상 오늘 자궁 근종과 임신의 의견 차이로 논쟁이 되려던 것도 결국 경진이의 양보로써 진 셈이 되고만 것이다.

(그러나 나는 단순한 의사가 아니고 돈으로 병원을 움직이고 있는 자본가다. 나는 그들을 부리고 먹여 살리고 있지 않은가)

하고 경진이는 그런 때엔 그런 생각으로 자위를 얻는 것이었지만 오늘은 그런 생각이 더 한층 자기의 마음을 허전하게 해줄 뿐이었다. 아무리 돈을 냈다 하더라도 자기의 생활이 그곳에 없다는 것이 오늘따라 이상스럽게도 쓸쓸하니 생각되었기 때문이었다.

그는 지금 그러한 울적한 기분을 털기 위해서 애인 선영이를 찾아간다고 생각했다. 선영이의 현대적인 성의 매력—그 부드러운 살결 속에 안기어 어지러운 신경을 잊을 수 있는 즐거움. 그것을 생각할 때 그는 지극히 만족한 웃음도 웃을 수 있었지만 그렇다고 그것으로써 오늘 자기가 승리했다고는 자인할 수가 없었다. 오히려 그것은 자기의 완전한 패배로밖에 생각되지 않았다. 그렇게 생각될수록 그는 그들을 충분히 이용할 수 있으면서도 반항하는 자들의 머리를 눌러줄 수 있는 권력 같은 철저한 통제력이 필요하다고 생각했다.

서대문 로터리 부근에서 그는 차를 돌려보냈다. 병원에서는 그렇게도 무신경하게 구는 사람이면서도 이런 데는 몹시 신경을 써가며 주의하는 것이었다.

그곳에서 선영이의 아파트는 오분도 못 걸리었다. 그는 보도 위를 걸으며 가슴이 훗훗해지는 대로 그때는 선영 이외에 아무 것도 생각하는 것이 없었다.

# 선영

하숙이 북아현동인 난희는 아침 통근시간에 차를 얻어타려면 악을 써야 하는 것이 귀찮아서 소공동에 있는 직장까지 정동을 뚫고 나가는 길을 걸었다.

그 길은 비교적 한가스럽기도 하였거니와 아침마다 대하는 여학생들의 가벼운 발걸음을 따르는 즐거움도 있었다.

오늘도 난희는 통근하는 남녀들이 줄을 서 있는 서대문 정류소를 지나 정동길을 접어들려 할 때,

"난희씨."

하고 뒤에서 따라오던 차 속에서 남자의 소리가 들리었다. 그 소리에 고개를 들던 난희는 그만 당황한 얼굴이 되고 말았다. 당황한 대로 잠시 먹먹하니 서 있자,

"바래다 드릴께 올라 타세요."

며칠 전에 언니와 함께 〈시네마 코리아〉에서 만났던 임병수였다. 그는 문을 열고 기다리고 있었다. 그제야 난희는 뛰던 마음을 진정시킬 여유를 가지면서,

"전날은 너무나도 제가 실례가 많았어요."

하고 인사를 차렸다.

"그건 제가 할 이야기지. 하여튼 올라타세요."

"그렇지만 지금 회사에 나가는 길인 걸요."

"그러니까 회사에까지 바래다 드릴께요."

"여기서 이 길을 꺼나가면 바루 보이는 S빌딩인데 뭘 타요."

"그래두 문명의 이기는 언제나 현대인이 이용하라구 만든 것입니다."

"그래요."

너무 사양하는 것도 오히려 우스워져 난희는 차의 스텝을 밟았다. 차는 무성한 가로수를 스치며 달리었다.

"난 정동길을 좋아해요. 그래서 그 길을 매일 걸어다닌답니다. 더러 덕수궁의 돌담이 갑갑할 때두 있지만."

"그리론 〈원 웨이〉가 돼서 빠져나갈 수가 없어요."

"차가 참 좋아요. 이거 선생의 차예요?"

"앞으로는 그럴지도 모르지만…… 사장의 찹니다. 사장이 홍콩 가셨기 때문에……."

차가 광화문 네거리에서 멈춰졌다.

"숙부가 홍콩 가셨어요?"

"아직 모르고 있었어요? 그래서 최여사님두 부산에 내려가셨지요."

최여사라는 것은 물론 난희의 언니를 말하는 것이었다. 난희는 그러한 친척들의 이야기를 그에게 듣는다는 것이 이상한 기분이면서 그의 옆 얼굴을 눈을 돌려 슬쩍 훔쳤다. 전날의 인상과는 달리 균형이 잡힌 부드러운 얼굴이었다. 남자로서 너무나도 살빛이 흰 것이 흠이랄까. 옷도 전날의 옷이 아니고 윤기가 흐르는 진한 감색이었다. 넥타이도 품이 넓다.

(임선생은 몸치장이 아주 대단하시다니까, 여자 이상이야)

이런 말이 입안에서 굴려지며 조롱대고 싶으면서도 어벌쩡스러워 참아버리고 말았다. 그러면서 속으로 이런 남자의 부인이 된다면 무척 손이 들 거야, 하고 혼자 생각하고서는 이상스럽게도 가슴이 설렘을 느끼었다. 그것이 다시금 얼굴로 올라오며 낯이 붉어지는 것

같아,

"언니 언제 또 올라온다고 했어요?"

하고 난희로선 별로 묻고 싶지도 않은 말을 물었다.

"사장께서 이달 안으로 돌아오신다구 하셨으니까 그때쯤 가서 올라오실 것입니다."

"언니는 왜 자꾸 숙부를 만나려는 거예요?"

난희는 자기에게 또 필요없는 일을 묻는다고 생각했다.

"최여사는 지금 아주 훌륭한 계획을 세우고 있답니다. 말하자면 지금까지 우리나라에 없던 현대적인 설비를 갖춘 종합병원을……그것에 대해선 사장님과도 이야기가 있는 모양입니다."

"그래서 그것을 해 놓으면 돈이 막 생기는 건가요?"

"그거야 운영할 탓이겠지요."

"그래요?"

난희는 놀래 보았다. 그러나 자기는 무엇을 놀래는지 모른다고 생각했다. 고스톱의 신호가 바뀌지자 서 있던 차들의 움직임을 따라 병수도 천천히 운전하면서,

"차두 이쯤 돼야 좋은 아이디어가 떠오르는 모양이지요. 이것이 한국에선 제일 고급차랄 수 있는 〈크라이슬러〉지요."

하고 세일즈맨 같은 말을 했다. 차의 이름이라면 〈포드〉나 〈시볼레〉 밖에 모르던 난희는 그런 이름도 있는가고 듣고 있을 뿐이었다.

"그렇지 않아요? 버스나 전차 속에서 부대끼면서야 무슨 좋은 생각이 나오겠어요."

난희는 반드시 그럴 리도 없다고 생각했다.

"이번에 사장이 홍콩에 간 것두 말입니다, 피곤하셔서 어느 절이나 온천 같은 데 가서 쉬고 있는 줄만 알았는데 우리도 모르게 거기 가서 서독 B회사의 특약을 계약해 놓지 않았겠어요. 그걸 같은

동업자들이 알게 되면 깜짝 놀랄 것입니다."

"말하자면 그것두 이 〈크라이슬러〉의 덕이란 말이네요."

난희는 놀려댔다.

"물론이지요. 그러니까 오늘 우리두 이속에서 좋은 아이디어를 생각해 내기로 합시다."

"그거 참 좋은 생각이시군요."

차는 그들이 처음 만났던 〈시네마 코리아〉 앞을 지나가고 있었다.

"실상 난 오늘 난희씨가 술 잘한다구 자랑했는데 그걸 실제루 보고 싶은데요."

그는 운전에 정신을 쓰면서 말했다. 그런 말에도 난희는 오늘 별로 신경이 거칠어지지 않았다. 오히려 귀여운 얼굴이라도 지어보이고 싶은 마음이었다.

"그날 일루 저두 알고 싶은 일이 있어요. 어째서 임선생이 그날 술을 사양하셨어요?"

"그건 솔직히 말해서 난희씨에게 잘 뵈자는 심사였겠지요."

"연극이었다는 거지요?"

"그러나 지금 제 속심을 뒤집어 보이지 않았습니까?"

하고 그제야 그는 난희에게 눈을 돌려 웃었다.

그 눈길을 받으며 난희는 이상스러운 압박감이 느껴졌다. 그러나 그러한 압박감도 한번 친해지면 그것이 매력으로 변해질지도 모른다고 생각했다.

"오늘은 솔직하겠어요?"

"물론이지요. 여섯 시에 시청 앞으로 나와요. 그곳에서 차를 갖고 와서 기다리겠으니."

차는 B빌딩 앞에서 멈춰졌다.

"고맙습니다."

"여섯 시 기억하세요."

난희가 내리자 차는 소리도 없이 미끄러졌다. 마치도 귀치않은 짐짝을 부려놓고 달아나듯이. 그 뒷모양을 바라보며 잠시 서서,

〈〈크라이슬러〉 속에서 생각하는 〈아이디어〉〉

하고 혼자서 미소를 흘려 보았다. 그리고는 이런 수단으로 그가 여자를 얼마나 농락했는지도 모른다고 생각했다. 그럴수록 이상스럽게도 그에 대한 흥미가 더욱 느껴졌다.

(오늘 여섯 시 시청 앞에서)

난희는 그와의 약속을 다시 외어 보았다. 그 순간 오늘 그 시간에 허규의 출판기념회가 있다는 것을 생각하고 난희는 벌써 멀어진 차를 불시에 따라가려다 주춤 서고 말았다.

"그까짓 것 뭐 대단한 약속이라구 당황해서."

그러면서도 허전한 기분이었다. 누가 어깨를 툭 쳤다.

"뭘 보구 섰니?"

같이 일하는 선옥이었다.

"괜히."

"다 보구 있었다야. 대단하구나."

"뭘, 나두 좀 그래 보자꾸나."

그러고선 난희는 지금의 그 일을 이렇게 동무들에게 장난처럼 말하는 그런 종류의 것일지도 모른다고 생각했다.

선영이는 미용원에서 돌아와 나들이 옷을 차리고 경대 앞에 서 보았다. 흰 계통의 가벼운 옷에다 산뜻하니 땀을 씻어내린 얼굴이 자기가 보기에도 귀한 집의 며느리와 같이 아름다왔다. 그는 다시금 치맛자락을 걷어쥔 채 뒷자태를 보고 있었다. 바로 그때에 황경진이가 들어섰다.

"어딜 가려구 그렇게 차려."

경진이의 헤쳐 놓은 웃음을 보자 선영이는 얼굴이 흐려졌다. 울고 싶었다. (밉다니까 이런 때까지 나타나서—) 그렇다고 싫은 얼굴을 그대로 나타내는 것은 손해였다.

"좋은 데 가려구요."

"좋은 데가 어디?"

"동무와 구경가기로 했어요."

"별로 좋은 곳은 아니구먼."

"왜요, 젊은 사람하곤데요."

그러나 경진이는 곧이 들리지를 않는 모양이었다.

"대학생인가?"

"그런지도 모르지요."

그런 대답이면서도 선영이는 허규와 난희가 기다릴 생각을 하니 몹시 초조했다. 경대를 들여다보며 고치지도 않을 입술을 고쳐봤다.

"오늘은 몹시 덥구만."

경진이는 저고리를 벗어던지고 넥타이를 풀기 시작했다. 여느날 같으면 그것을 도와주던 선영이었다. 그러나 오늘은 경대만 들여다보고 앉아 있었다.

경진이는 와이셔츠까지 다 벗고 나서,

"부채 없어?"

하고 소리쳤다. 선영이도 어서 옷을 벗고 자기 옆으로 와 앉으라는 소리였다. 또한 여느날 같으면 선영이도 그랬었다.

그러나 선영이는 고개를 약간 돌려 웃었다. 어이없는 웃음도 아니고—그냥 그런 웃음이었다. 그리고 거울 속에 담겨진 경진이의 비대한 몸을 들여다보면서 자기는 어째서 저런 사나이에게 안길 수 있었는가 싶으면서 지금 칵 싫어지는 그 심정도 이상하다고 생각해봤다.

부채를 그의 옆에 던져주고 나서,

"오늘은 정말 약속한 시간을 어겨서는 안되겠어요."

"그렇게두 중요한 사람인가?"

"당신보다도 더 중요한 사람."

선영이는 눈을 치떠 경진이의 기색을 잠시 살폈다.

"선영에게두 그런 사람이 있었던가?"

"아직두 할머니는 아닌 걸요."

"그야 그렇지."

경진이는 달뜬 웃음을 웃고 나서,

"선영이가 중요하다면 저편에서두 중요하겠으니 기다리라지. 우선 십분만."

하고 부치던 부채를 놓고 선영이의 손을 잡으려고 했다. 선영이가 손을 뿌리쳤다.

"왜?"

"그리구서 만나고 싶은 사람 아니에요."

선영이는 솔직한 말대로 심각해졌다.

경진이는 놀라운 얼굴로,

"그렇다면 나 같은 건 전혀 안중에 없단 말인가?"

"저를 그만큼 희롱했으면 이젠 자유를 베풀어 줘도 좋으리라 생각해요. 또 물리기두 했겠는데."

"나는 지금의 선영이처럼 자유로운 몸은 별로 없으리라 생각하는데. 돈엔 별로 궁색할 리 없겠다, 젊은 남자와두 마음대로 연애할 수 있겠다……."

"너무 좋은 것두 염증날 때는 있답니다."

"그렇다면 역시……."

"그래요. 나두 여러가지로 생각해 본 결과 역시 그것이 옳다고 생각했답니다."."

"흠."

경진이는 담배를 꺼내 쥔 채 한숨을 크게 쉬었다.

"성냥 여기 있어요."

선영이는 분주히 성냥을 켜줬다. 그러면서 이렇게 쉽게 나올 수 있은 것이 다행이라고 생각했다.

난희는 시청 앞에서 기다리고 있을 병수를 생각하니 미안했다. 이제라도 가서 이야기를 하고 올까 하는 생각을 하면서도 선영에게 끌려가듯이 그대로 걸었다. 미도파 앞에 왔을 때,

"그래 무엇을 사준다구?"

하고 선영이가 허규에게 줄 선물을 다시금 걱정했다.

"하여튼 이곳에 들어가 보자꾸나. 적당한 것이 뭐 눈에 띄겠지."

그들은 그곳에서 은수저를 한 벌씩 사가지고 나왔다.

"수저를 택하는 것을 보니까 난희두 살림군 같은 데가 있다니까."

"그건 허 선생이 빨리 결혼을 하라는 독촉장과 같은 것이야."

"결혼의 독촉장이란 건 참 명언이다. 그러구 보면 그건 남의 일이 아니었구나."

"남의 일이 아니라니 그건 또 무슨 의미야?"

"그걸 내게 물어?"

"네 이야기니까 네게 물었지 누구에게 물어?"

"얼렁거리지 말아. 난 네 마음을 묻고 싶다는 거야. 넌 도대체 무슨 기분으로 허 선생과 사귀고 있나 말이다."

"그건 대단한 질문이구나."

난희는 가슴을 찔린 듯한 기분을 웃음으로 감춰 버리며,

"내가 허 선생을 대하는 기분, 그건 내가 어떤 생각으로 살고 있다는 그런 문제와 아마 통하는 문제일지두 몰라."

무슨 의미가 있는 듯하면서도 아무 의미가 없는 그런 말로써 얼버

무려 치려는 난희 말에 선영이는 미묘한 감정을 엿볼 수가 있었다.

"그것이 무슨 대답이라구. 난 근본적인 문제를 묻는 거야. 말하자면 난희는 허 선생을 좋아하지?"

"그거야 물론 좋아하겠지, 싫다면 동무로서도 사귈 수가 없는 노릇 아냐."

"그 정도뿐이야?"

"그만하자, 여긴 한길인 걸. 그런 이야기 할 장소가 아니야."

"또 이야길 피하려는구나. 난희 넌 장난을 해두 좀 지나쳐요. 다른 일이라면 아무리 장난을 쳐두 좋지만 이런 일만은 문제가 다르다니까. 허 선생은 아주 좋은 사람 아냐. 그런 사람을 장난삼아 끌구 다닌다는 건 난 좋지 않다구 생각해."

"오늘 너 허 선생에 대해서 왜 그렇게두 신경을 쓰니? 너 아무래두 좀 이상하다."

"저것 보지, 또 이야기를 피하는 거. 넌 그것이 좋지 않더라. 좀 더 정직하구 솔직할 필요가 있어. 어쨌든 자기한테만이라도, 그렇지 않으면 후회할지도…… 모른다니까. 그런 후회는 일생 영향을 주는 것인데."

"어쩐지 네 가슴에 묻혀 있는 비장한 이야기를 듣고 있는 것 같구나. 그것 무슨 의미야? 좀 더 분명히 이야기해."

"말하자면 네가 그런 마음이 있다면 좀 더 솔직하니 적극적인 태도가 되란 말이야."

"적극적인 태도라면?"

"허 선생두 너를 좋아하면서두 결국 용기가 모자라기 때문에…… 서로 솔직하면 너두 행복할 수 있구 허 선생두 행복할 수 있지 않아."

어느덧 그들은 출판기념회의 장소인 〈K그릴〉 앞까지 왔다. 난희

가 문득 발을 멈추고,

"그럼 너는 누가 솔직하고 적극적인 태도가 되면 안된다구 했나?"

하고 선영이의 마음을 찾듯이 반문했다. 그 소리에 선영이는 가슴이 찔리는 것을 느끼며 그 시선을 피하다가 그 뒤의 차에서 내리는 사나이를 보고 얼굴이 새하얗게 질려졌다. 차에서 내리는 사나이는 바로 김영호였다.

선영이는 영호의 눈을 피하여 분주히 몸을 돌리고 나서,

"차에서 내리는 저 사람은 내가 만나서 안 될 사람이야."

하고 저편으로 가자고 난희의 손을 끌었다.

"왜?"

"왜라니 보다도 하여튼 저리로 가."

하고 선영이는 앞서서 걸었다. 난희는 영문을 모르는 채 따라갔다. 선영이는 얼마큼 걸어가다가 K그릴로 들어가는 영호를 돌아다보고 나서야 걸음을 늦췄다.

"넌 그 사람을 보고 왜 갑자기 당황해서 야단이니?"

"그럴 이유가 좀 있어."

"무슨 이유인데?"

"그건 지금 간단히 이야기할 수가 없어."

"네가 저 사람에게 무슨 잘못한 것이 있기 때문이니?"

"물론 내가 잘못한 일이지. 그러나 그건 저 사람의 책임도 있다구 할 수 있는 거야."

"무슨 말인지 알 수 없구나."

"물론 내가 그렇게 말해선 네가 알 리가 없겠지."

하고 선영이는 잠시 무엇을 생각하고 있는 듯한 표정이 되어 있다가,

"저 사람이 누군가 하면 지금의 내 〈파트롱〉이 경영하는 병원의

부원장인데, 말하자면 저 사람 때문에 내가 황경진의 첩이 되었다구
할 수 있단 말야."

"더욱 모를 소리를 하는구나."

"그래 더욱 모를 소리지. 그렇지만 내 언제 거기에 대해서 상세한
이야기를 할게."

하고 선영이는 손목시계를 보았다.

"벌써 여섯시가 다 됐다. 오늘 정말 네겐 안됐다만 출판기념회엔
너 혼자 참석해라. 난 이대로 돌아가겠으니."

하고 몹시 서글픈 얼굴이 되어 자기가 들고 있던 선물을 난희에게
주었다.

"그 사람 때문에?"

"정말 내가 만나면 곤란한 사람이야."

"그렇지만 오늘 네가 안 오면 허 선생이 몹시 섭섭해 할 터인데."

난희는 농담으로 이야기한 것이 아니고 그것이 사실일 것이라고
이야기한 것이었다.

"그거야 나두 여까지 왔다가 그대루 가고 싶은 마음은 없지
만……."

하고 선영이는 더욱 얼굴에 난처한 빛을 드러내었다. 그것을 보면
말 못할 사정이 있다는 것을 분명히 알 수가 있었다.

"네가 간다니 나두 그만 들어가고 싶어지네."

"그런 농담은 그만하구 어서 들어가 봐. 네가 없다면 정말 허 선생
이 얼마나 섭섭해 할라구."

난희는 그 말도 사실이라고 생각했다. 그럴수록 오늘 자기가 그 자
리에 빠지는 것이 좋을 것만 같은 생각이 들면서 이제라도 차를 잡
아타고 시청 앞으로 달려가면 자기를 기다리고 있는 병수를 만날지
도 모른다고 생각했다.

그러한 자기의 감정을 웃음으로 부벼대 보다가,

"그러면 허 선생을 여까지 잠깐 나오랠까?"

하고 물었다.

"그만둬. 허 선생이 나와서 그 사람을 왜 꺼리느냐고 물으면 지금에 당장 대답할 말이 없는 걸 어떻게 하니."

"네겐 그 사람이 그렇게도 무서운 사람이니?"

"그래."

하고 선영이는 쓸쓸히 웃어 보였다.

"난 오늘밤 출판기념회가 끝나면 셋이서 이차 모임을 열어서 좀 더 기세를 올릴 생각이었는데."

"정말 미안하다."

선영이는 난희와 헤어져 혼자 보도를 걷기 시작했다.

선영이는 걸으면서도 영호가 뒤에서 따라오는 것만 같은 불안스러운 마음이었다.

(왜 이렇게도 가슴이 설레대는 것인가. 그가 따라올 리도 없는 것이고, 아니 그보다도 그는 벌써 나의 얼굴을 기억도 하지 못하고 있을 것이 아닌가. 그렇다면 역시 나의 양심에서 오는 가책 때문인가.)

선영이는 자기도 모르게 얼굴을 돌려보았다. 난희가 〈K그릴〉로 들어가는 것이 멀리 바라 보였다. 그것을 보니 마음이 더욱 허전해질 뿐이었다.

그가 가던 걸음을 잠시 멈추고 가로수 옆으로 가 서서 지금 자기는 어디로 가야 좋을까를 생각해 보았다. 그때에 택시가 그의 앞에서 멈춰지며 문을 열어줬다. 그는 생각지도 않은 일이면서도 차에 올라탔다.

"어디로 갈까요?"

운전수가 물었다. 그 물음에도 선영이는 어떻게 대답해야 할지 모

르는 채,

"서대문으로 가요."

하고 말했다. 그러면서도 지금부터 집으로 들어가고 싶은 마음이 아니었다. 그는 다시금 어디로 갈까를 생각했다.

(영화구경이나 갈까. 참 오늘 이대 강당에서 〈터커〉의 독창회가 있다는데……) 그러나 그런 곳은 더욱 가고 싶은 마음이 아니었다. 그러면 (남산에나 올라가 풀밭에 누워서 해지는 저녁노을이나 보고 내려올까) 이런 덧없는 생각도 해보았다.

이렇게도 자기의 마음의 갈피를 잡지 못하는 채 정동으로 빠져나가는 차속에서 문득 〈레스토랑〉이라는 간판을 보고 차를 멈춰달라고 분주히 소리를 쳤다. 그 조그마한 레스토랑은 난희가 좋아하는 집으로 선영이도 몇번 온 일이 있는 집이었다. 선영이는 이층 구석방으로 들어가서 맥주를 청했다.

들창 바깥의 무성한 나무들을 바라보며 혼자서 맥주를 기울이는 동안에 어느덧 그의 얼굴에 홍조를 띠기 시작했다.

그러자 그의 눈앞에는 아까 차에서 내리던 영호의 검은 얼굴이 다시금 떠오르며 지난 날의 어지러운 기억이 소용돌이처럼 들려쳤다.

(역시 그의 얼굴엔 그때나 지금이나 진실을 의미하는 긴장한 아름다움이 있지 않은가. 눈빛부터가 다르다니까) 하고 맥주잔을 쥐고 있으면서도 마시지 않고 생각했다.

(그런데 그 사람이 어떻게 오늘 허 선생의 출판기념회에 나타나게 되었을까)

그것을 생각하니 그의 가슴은 불시에 뛰기 시작했다.

(그렇다면 내가 지금 그를 피했다는 것은 허 선생에게 나의 비밀이 알려질 것이 겁이 난 때문이 아닌가. 비밀이라야 내가 아이를 배가지고

그에게 낙태할 것을 의논했을 때 그에게 거절 당한 것뿐이었다. 그러나 결국 나는 낙태를 하지 않았던가. 황경진에게 정조를 제공하는 대가로써…… 그것을 그가 모를 리는 없는 것이다. 그리하여 그것이 실마리가 되어 지금에 내가 황경진이와 관계를 맺고 있다는 것도 그는 잘 알고 있을지도 모르는 일이다)

여기까지 생각하고 나서는 결국 자기는 허규를 생각하기 때문에 그를 더욱 두려워하는 것이 아닌가고 생각했다. 그러자 너는 왜 허규에 대해서 솔직하고 적극적이 될 수 없느냐고 묻던 난희의 말이 급기야 가슴에 젖어들었다.

(그러나 그것은 오히려 나에 대한 비난의 말인지 몰라. 도대체 허 선생은 내가 좋아질 일이 없는 것이고 나는 또한 그를 좋아할 자격조차 없다고 해야할 것이 아닌가)

선영이는 이렇게도 생각을 달리 먹으며 아무렇지 않은 기분이 되려고 애써 보았지만 기분이 밝아지질 않았다. 오히려 울고만 싶은 마음이었다. 그러면서 그는 자기의 이 불행이 어디서부터 시작되었는지 그 실마리를 찾는 듯한 얼굴로 멍하니 앉아 있었다. 그때는 아직 선영이의 어머니가 살아 있을 때였다.

6·25동란으로 아버지와 오빠를 잃게 된 그는 자기가 어머니를 돌보지 않을 수 없게 되었다.

"늙으니까 자꾸 키두 줄어지는구나."

이렇게 말하는 늙은 어머니를 모시고 피란 갔던 부산에서 고향인 인천으로 다시 돌아온 것은 정부가 환도하기 바로 전인 이른 봄이었다. 그곳에서 선영이는 타이피스트로 미군 부대에 다녔다. 그러면서 같은 오피스에 있던 이성우라는 청년과 사이가 깊어져 만국공원 밑에 있는 그리 아름답지 못한 〈나가야〉 한 채를 얻고 살림을 하게 되었다. 그때도 어머니는 같이 있었다.

"싫지요, 어머니가?"

하고 그의 마음을 알아주듯이 선영이가 말하자,

"실상 난 어머니의 정이란 건 모르구 산 놈이니까 당신의 어머니라면 효도도 한번 해보구 싶군요."

이렇게 대답한 그였지만 막상 대하고 나서는,

"생각보다는 퍽 늙었군요."

하고 쓴웃음을 웃었다.

"그래두 보기보다는 아직 강장해서 빨래니 뭐니 나를 못하게 한답니다."

하고 선영이는 변명 같은 이런 말을 분주히 주워댔다.

(그때의 일을 생각하면 얼마나 즐겁던 것인가)

그들이 같이 살게 된지 얼마되지 않아 성우는 노무자에 대한 대수롭지 않은 문제로 직장 책임자와 감정을 사게 되어 실직하게 되었다. 그러나 선영이의 월급으로써 어떻게 살아 나갈 수는 있었고 또한 그도 때때로 어디선지 돈을 갖고 와서 〈용돈 없지〉하고 꺼내 놓곤 했다.

"당신도 고독하고 나두 고독한 놈이니 서로 통하는 데가 있어 행복할 수도 있겠지요."

이것은 선영이가 처음으로 그로부터 애정을 느끼게 한 말이었다. 선영이는 자기의 감정을 죽여가며 그를 이해하려고 애썼고 그런 중에서 그들의 행복도 쌓아올릴 수가 있었던 것이다.

더욱이 어머니가 돌아가시게 되자 아무도 의지할 곳이 없게 된 선영이가 생각하는 것은 그 밖에 없었다. 언제나 그를 위하여서는 있는 애정, 있는 정성을 남김없이 기울였다. 말뿐이 아니라 그의 일이라면 어떤 일이라도 한다고 생각했다. 물론 성우도 그의 애정을 충분히 받아들여 주었던 것이다.

언제부터인지 분명하지는 않지만 성우는 밤마다 술이 취해가지고 동무들을 데리고 들어오게 되었다.

"내 친구인데 인사해요."

하고 선영에게 소개를 시키고 나서는 차를 마시며 잡담을 하다가는 〈늦었는데 자고 가게나〉 하고 처음부터 그런 예정이면서도 미안스러운 듯이 그런 말을 꺼내었다. 선영이는 물론 그것을 처음부터 잘 알고 있었다. 그러므로 손님에 대하여 더욱 친절하니 대하려고 에썼다. 그렇게 늘 자러오는 사람은 한둘뿐이 아니었다. 몸집이 커다란 사람도 있었으며 몸은 호리호리해도 눈이 매섭게 날카로운 사나이도 있었다. 말이 별로 없는 무거운 사람도 있었고 그와 반대로 우스운 말로 선영이를 곧잘 웃겨놓는 이도 있었다. 그러면서도 그들은 보통사람으로서는 볼 수 없는 어떤 긴장을 띤 사람들같이 보였다.

"그이 무엇하는 사람이에요?"

그때까지 그들에 대하여 한마디도 묻지 않았던 말을 어느 날 손님이 자고 간 후에 선영이가 물었다.

"왜?"

성우는 지금와서야 그런 질문을 받는 것이 오히려 당황한 듯,

"걱정할 것 없어."

"걱정하는 건 아니지만……."

하고 선영이는 그를 똑바로 봤다. 그래도 그는 능청스럽게 웃음으로 부벼대어,

"걱정될 사람들이 아니니까."

하고 그 시선을 피했다.

일부러 웃음을 웃어가며 태연스럽게 보이려면서도 내심으론 몹시 동요하고 있는 성우를 보고 선영이는 놀라지 않을 수가 없었다.

그는 들창을 열고 월미도가 바라보이는 바다를 묵묵히 내려다보

고 있었다. 산 밑의 댄스홀에서 트럼펫의 단조로운 소리가 들려왔다. 잠시 후에 그는 고개를 들었다.

"선영이를 걱정시킬 그런 일은 절대로 안할 터이니까."

"그렇기 말예요."

선영이는 불시에 그의 목에 매달리었다.

"그러니까 이야기할 수가 있지 않아요, 감추는 건 난 싫어요."

성우는 자기의 목을 안은 선영이의 양팔을 가볍게 쥔 채,

"그거야 그렇지."

하고 평소에 없던 침착한 말로 선영이의 맑은 눈을 물끄러미 보고 있었다.

그 순간 선영이는 그가 어떤 일에 관계되어 있다는 것을 직감적으로 알아낼 수가 있었다. 지금까지 자기만을 생각해 주는 사람이었는데…… 선영이는 쓸쓸하지 않을 수가 없었다.

"못할 이야긴 아니지만 그러나 좀더 있다가 알려줄게."

"그래요, 그래두 좋아요."

"그렇다구 기분을 상한다면 바보야."

"기분을 왜요. 걱정두 안할 터예요."

하고 선영이는 웃었다.

"당신이 좋아서 하는 일인데 내가 무슨 걱정이겠어요."

"그래?"

하고 성우는 다시금 들창 밖으로 눈을 두었다.

선영이는 되도록 그의 일에 무관심한 듯한 태도를 보이려고 빨래감을 찾아 수돗가로 나갔다. 빨래를 널고 들어오자 그는 외출하려고 거울 앞에서 넥타이를 매고 있었다.

"어디 나가세요?"

"응, 좀 만날 사람이 있어."

"그래요. 난 오늘 일요일이라구 같이 영화나 보러 갈까 했는데요."

"그런 생각 알았더라면 약속을 내일로 미루어서두 좋았을걸."

하고 그는 선영이의 마음을 맞춰가며 변명했다.

"나두 같이 가면 안되나요?"

"그건 좀 곤란한 데야."

하고 난처한 얼굴을 짓자 그 이상 더 그를 괴롭힐 생각을 하지 않고,

"그러면 되도록 빨리 들어와요."

하고 말했다. 그가 나간 후 선영이는 혼자서 집을 지키고 있자니 몹시 심심했다. 머리를 감고 나니 정말 할 일이 없어졌다. 부대에서 얻어 온 잡지를 뒤져보았으나 두 페이지를 넘기기 전에 하품이 났다. 오늘은 일요일이므로 외국 군인들을 상대로 하는 홀에서 낮부터 춤을 추는 모양이었다. 그곳에서 들려오는 재즈 소리가 더욱 견딜 수가 없어 그만 집을 나왔다.

초여름의 뜨거운 햇볕이 내려쪼이는 만국공원 중턱에서 바다를 바라보며 아직도 사람들이 들지 않은 한산한 관사거리를 지나 해안통까지 나왔다. 영화를 볼까 하고 포스터를 찾아보며 걸었으나 별로 보고 싶은 것도 없었다. 외국 군인들을 상대로 골동품과 카메라들을 진열한 진열장을 하잘 것 없이 들여다보면서 〈청가(중국거리)〉까지 올라가 어느 조그마한 중국 음식점에 들렀다.

그곳에서 완탕을 먹고 있는데 이층에서 손님들이 내려왔다. 문득 보니 그중에 성우가 끼여 있었다.

"어머나……."

그가 이런 곳에 와 있었던가고 선영이가 반기는 반대로 그는 몹시 당황한 얼굴이었다. 성우와 같이 온 사람은 세 사람이었다.

그 중에서 얼굴에 윤기가 흐르며 드럼통처럼 비만한 중년신사는

분명히 중국사람이었다. 감색 포라에 파나마를 쓴 그의 옷차림은 이곳 중국사람들에게서는 볼 수 없는 사치스러운 데가 있었다.

선영이는 그들이 나가는 것을 바라다보며 성우가 당황해서 자기에게 마치도 다른 사람에게 인사하는 것처럼 손을 쳐들어 〈자ㅡ〉 하고 나가는 것이 우스워 견딜 수가 없었다. 그것을 생각하고 혼자서 웃고 있자 심부름하는 중국애가 이상스럽다는 표정으로 그를 보고 있었다. 그 순간에 선영이는 이것은 웃을 일이 아니라는 것을 문득 느꼈다. 그러면서 지금까지 방심하고 있던 그 얼굴이 갑자기 긴장으로 죄어들었다.

(성우는 지금 분명 무엇인가 해서는 안될 위험한 일을 하고 있다. 그것도 우리들의 행복을 위해서라고 그는 생각할는지 모른다. 그러나 나는 그것을 말려야 한다. 어떻게 해서든지……우리들의 행복이 깨어지기 전에……)

선영이는 이렇게 생각해 보면서도 그가 자기의 말을 들을 리가 없다는 것도 잘 알고 있었다.

그는 무엇을 잃는 것만 같은 불안스러운 마음으로 덩그렇게 앉아 있다가 식은 차를 한 모금 마시고 나서 일어섰다.

아직도 해는 멀었다. 그는 아무도 없는 집으로 돌아가기가 싫어서 극장에 들러 보고 싶지도 않은 서부활극을 보았다. 그곳에서 남을 따라 자기도 신이 나는 듯 손뼉을 쳐보다가 지금쯤은 어두워졌겠지 하고 중도에서 나와 버렸다. 역시 거리가 어두워지니 어느 정도 마음이 가라앉는 듯싶었다.

선선한 해풍이 불어오는 언덕길을 올라가며 집을 바라보니 전등이 켜 있었다. 불시에 걸음을 자주 놀렸다.

"왜 이렇게도 오늘은 일러요."

집을 비고 나갔던 것을 사과하는 양으로 선영이는 미안스러운 웃음인 채 슈미즈와 하나가 되었다.

밖에서 자고 들어오는 일은 없다해도 언제나 늦어야 들어오던 그가 오늘은 그답지도 않게 침대 한끝에 걸터앉아서 놀랍게도 심각한 얼굴을 하고 있었다.

자기를 그런 음식점에서 만난 것을 불유쾌하게 생각하는 줄만 알고 선영이는 장난처럼 〈자〉 하고 그때의 그의 흉내를 피워보려다가 용기가 안 생기는 대로,

"당신이 내버리고 나간걸요. 갑갑하기에 거리에 나갔다가 배가 고파서 들렀던걸 뭐."

하고 풀이 죽은 변명을 했다.

"그래서 다 알았단 말이지?"

"무엇을요?"

"내가 하는 일을?"

하고 그는 선영이를 뚫어지라 쏘아봤다.

"모른다니까요."

선영이는 가만히 들었던 고개를 떨어뜨렸다. 매니큐어를 바른 엄지발가락이 유난스럽게 눈에 띄었다.

"그렇다면 내 모두 이야기해 버리지."

지금까지 이글거렸던 그의 눈이 갑자기 식어지며 침울해졌다. 선영이는 급기야 무서움이 느껴졌다. 그의 이야기를 들으면 자기들의 이 즐거운 생활이 끝날 것만 같았다.

"싫어요, 싫어요. 아무 것두 듣고 싶지 않아요."

선영이는 다급히 그의 가슴에 달려들어 손으로 입을 꽉 막아 줬다.

"당신이 하는 일이면 아무 것두 좋아요. 무엇이건……."

떠미는 그를 그대로 파고들었다. 그러면서도 무엇이 슬픈지 그의

뺨 위에 그만이야 눈물을 적셔놓고야 말았다.

그러나 며칠 후에 그가 어떠한 일을 하고 있었다는 것을 분명히 알게된 기회는 오고야 만 것이었다.

그때까지 성우는 밖에서 자고 들어오는 일이 별로 없다시피했다. 그것이 수원 비행장에 있는 어느 친구를 만나러 간다고 나간 그가 이틀이 되어도 돌아오지 않았다.

그 이튿날 아직도 밝기 전인 이른 새벽 잠결에 현관문을 두드리는 소리를 듣고 〈누구예요? 당신이우〉 하고 선영이는 침대 속에서 눈을 비비며 일어났다. 성우밖에는 다른 사람이 올 사람이 없다고 생각했던 것이 그의 목소리가 아닌 무뚝뚝한 소리로,

"빨리 문열어, 서에서 왔어."

하고 소리쳤다. 그 소리를 들은 순간 선영이는 정신이 확 들며 가슴이 선뜻했다. 그러나 그 순간이 지나자 무섭게 뛰던 가슴이 이상스럽게도 점점 가라짐을 느끼었다.

벌써 전부터 느껴오던 그에 대한 불안이 이것으로써 분명해졌다는 일종의 체념에서 오는 일과도 같은 것이었다.

(당신은 걱정할 것 없다고 하지 않았어요. 그러나 걱정해야 할 일이 이렇게도 오고야 말지 않았어요)

선영이는 침대에 걸터앉아서 그를 나무라는 듯이 가슴 속에서 중얼거려 보았다. 그러자 눈시울에 눈물이 번지며 손에 쥐어진 채 베드 아래로 흘러내린 치마의 무늬가 어지러워졌다. 그는 계속해서 요란스럽게 문을 두드리는 소리를 들으면서도 일부러 천천히 옷을 주워 입었다. 머리까지 쓰다듬고 나서 사발시계를 보니 세시에서 조금 지났다. 치마를 고쳐 잘라맨 후,

"누구에요?"

이미 알고 있는 말을 다시금 물어보며 커튼을 젖혔다. 하늘엔 별

도 없이 컴컴한 채 월미도 부대들의 등불이 밤 안개속에 졸고 있으면서도 휘황찬란하니 밝다. 들에는 몇 사람인지 알 수 없는 검은 그림자가 눈에 띄었다. 그것으로써 결코 작은 사건이 아니라는 것을 선영이는 비로소 짐작할 수가 있었다.

이윽고 현관을 열어주자 물밀리듯이 쏟아져 들어왔다. 구둣발로 이방 저방 쓰지도 않는 장지문을 마구 열어젖혔다. 파나마를 젖혀서 쓴 이가 뒷창문을 요란스럽게 열고 회중전등으로 아래를 살펴보았다. 그러고 나서 뒤에서 들어오는 선영이에게,

"어디 갔어?"

턱을 받쳐 소리를 질렀다.

"누구 말예요?"

"누구긴……."

골이 나서 얼굴을 찡그리다 못해 콧방귀를 쳤다.

"네 서방 말이다. 요즘 말룬 뭐 〈하니〉라구 하던지."

"……."

"성우가 어디 있나 말이다!"

다시 노기를 띠어 소리쳤다.

"안 계세요."

"없다는 건 나두 보면 알 것 아니냐. 어디루 빠져나갔나 말이다."

"빠져나가긴요. 어제 들어오질 않았습니다."

"어제 안 들어왔어? 그럼 어제 몇 시에 나갔어?"

"어제……."

하고 선영이는 말을 하려다 급기야,

"그건 보지 말아요.  그건……."

하고 책상서랍이며 옷장이며 찬장을 마구 뒤섞여 무엇을 찾으려는 두 청년에게 소리를 쳤다. 그것은 여자로서 남자에게 보이고 싶

지 않은 물건이 들어 있는—그러나 그것도 뒤집어 놓고야 말았다.

"어제 몇 시에 나간지 대답해야지."

파나마가 그의 새하얗게 질린 얼굴을 자기 앞으로 돌렸다.

"어제…… 어제두 들어오지 않았어요."

"그러면 그제 나가서 아직도 들어오지 않았구만. 헛소리 아니지?"

"네."

"그럼 그날은 몇 시쯤 나갔어?"

"글쎄요, 그건 잘 모르겠어요."

"모른다는 것이 무슨 대답이야."

"그렇지만 전 아침에 출근했기 때문에 그땐 아직 그 사람은 자고 있었으니까요."

"그래, 하긴 그렇구만."

하고 그는 고개를 끄덕이고 나서 무엇을 생각하는 듯이 입술을 꾹 다물고 있었다.

"최근에 중국사람이 집에 온 일이 있었지?"

생각에 젖어 있던 중년은 문득 얼굴을 들어 눈을 굴리며 물었다.

"중국사람요? 없어요."

하고 선영이가 고개를 돌리자,

"장 서방이란 사람 말야, 왔었지?"

"없어요."

선영이는 사실 장 서방이란 사람을 알지도 못하고 집에 온 일도 없었으므로 분명히 대답할 수가 있었다. 그러면서도 언젠가 중국음식점에 성우와 같이 왔던 그 사람이 장 서방인지도 모른다고 생각하니 가슴이 뛰었다. 자기의 그런 태도가 보일 것 같아 그것을 감추려고 불시에 몸을 돌려 들창가로 갔다.

"어딜 가?"

파나마가 소리쳤다. 물건을 뒤지고 있던 청년들도 그 소리에 문득 고개를 돌렸다.

"창문 닫으려는 거예요. 남들이 봐요."

창 밖에는 무슨 영문인지 모르는 옆집 사람들이 잠이 설깬 눈을 비비며 들여다보고 있는 것이 보였다.

"그래 남이 보면 창피하다는 것을 알아?"

하고 파나마는 조롱대듯 웃으면서 담배를 꺼내 불을 붙여 물었다. 선영이는 그의 말을 들은 척하지 않고 창문을 닫고 커튼을 획 쳤다.

"그런 것이 창피하다는 것두 다 잘 아는 사람이 왜 해필 그런 사나이에게 반해 가지구서……."

조롱대니보다도 오히려 동정한다는 듯한 어조였다.

"응 좀 말해봐. 그 사람이 특히 좋게 해주는 뭣이 있는 모양이구만. 그렇지?"

그러면서 선영이의 대답이 있으리라고는 생각지도 않는 대로 하품을 켜고 나서,

"뭐 좀 쓸만한 것 나왔어?"

하고 얼굴을 돌려 물건을 조사하고 있는 동료들에게 물었다. 그제야 그들은 허리를 펴면서 고개를 흔들어 보였다. 그리고는 셋이서 선영이를 곁눈질을 쳐가며 수군거리기 시작했다. 그것은 선영이를 어떻게 하자는가를 의논하는 모양이었다. 선영이는 그것을 보고 있자니 화가 나서 견딜 수가 없었다.

그러면서도 걱정되는 것은 성우였다.

(그는 지금 어디 있을까. 하여튼 오늘 없는 것은 다행이다만 이 일을 빨리 알려줘야 할 것이 아닌가. 그러자면 어떻게 해야 할까?)

이런 생각을 두서없이 하고 있을 때에 파나마가 그의 옆으로 다시 와서 부드럽게,

"우린 가겠으니까 이젠 자두 좋아. 그렇지만 당신 애인이 돌아오게 되면 그건 곧 경찰에 알려줘야 해. 뭐 대수로운 일이 아니니까. 그것이 그 사람에게두 유리할 거야."

"이제 어떻게 잘 순들 있어요."

"자구 말곤 그거야 마음대루지. 그러나 오늘은 한 종일 집에서 한 발자국이라두 나가면 안 돼. 그리구 그의 친구가 와두 알려줘야 해. 알겠어? 이분이 여기서 지키구 있겠으니까."

"그렇지만……."

선영이는 화가 치밀어올라 말을 더듬었다.

"난 그럴 순 없어요. 부대에 출근하고 있는 걸요."

"그건 하루이틀 쉬어도 월급은 다 받을 수 있게 해줄 테니까 걱정 말아."

"월급이 문제가 아니에요, 일이 밀린 걸요."

"그래, 그렇다면 그것 참 곤란한데. 그러면 어떻게 할까. 하는 수 없구만. 우리와 같이 유치장에 가서 자기 애인이 들어올 때까지 얌전히 기다리랄 수밖에……."

하고 금시에 손을 끌고갈 듯이 선영이의 손을 잡아끌었다. 선영이는 손을 뿌리치고 나서 앞니로 입술을 눌러가며 파나마를 치떠보았다. 그러나 파나마는 그러한 선영이가 오히려 귀엽다는 듯 싱글싱글 웃어대며,

"가기 싫어? 거야 물론 싫겠지, 그리 좋은 곳이라고는 할 수 없으니까."

선영이는 아무 말 없이 그대로 그를 노려보았다.

"우리야 물론 같이 데리구 가는 것이 일하기야 편하지만 그래두 예쁘구두 아름다운 사람을 차마 그런 곳에야 데리구 갈 수가 있어. 그러니까 내 말을 듣고 얌전히 있으란 말야."

그리고는 그는 나가려고 했다. 그의 뒷모습을 보며 선영이는 무엇이라 한마디 해주고 싶었다. 그러나 말이 생각나질 않았다. 그러면서도 악이 받쳐 목구멍이 카해지는 대로,

"이것 좀 봐요."

하고 자기도 모르게 불렀다.

그는 문득 돌아섰다. 너무나도 심각한 선영이 얼굴에 약간 놀란 기색이었다.

"왜?"

대답이 몹시 거칠었다. 선영이는 앞이 아득한 흥분을 참아가며 악을 써서 대답을 찾았다.

"저…… 무슨 일이에요. 그 사람이 무슨 잘못한 일이라두 있어요?"

"그걸 내게 물어? 이건 왜 이래, 너이 남편이 밀수배였다는 걸 그래 여태 모르구 있었단 말야?"

파나마는 갑자기 얼굴이 붉어지며,

"너두 한번 가서 정말 맛을 봐야 정신이 들 모양이구나."

하고 화를 내 소리쳤다. 그러고 나서는,

"박군, 우리 돌아가겠으니 오늘 좀 수고하시우."

하고 노타이를 입은 젊은 청년을 남겨놓고 서원들을 데리고 나가 버렸다. 젊은 청년은 책상 앞에 있는 의자에 앉고 나서,

"미안합니다만 용서하십시오."

하고 선영이를 힐끔 쳐다보고는 자기가 뒤섞어 놓은 어지러운 방안을 둘러보았다. 그러고 나서는 책상 위에 있는 잡지의 그림을 보다가 하품을 입으로 막기도 하고 콧병이 있는 코찐 자리를 뜯기도 했다.

선영이는 되도록 그에게 눈을 주지 않고 침대 위에서 바람벽을 기대고 앉아 있었다. 아침이 되어서도 밥질 생각이 없었다. 화장은커녕

얼굴을 씻을 생각도 나지 않았다. 그러면서도 생각되는 것은 다만 성우가 금시라도 들어설 것만 같은 걱정이었다.

"밀수야 사나이로 나서 한번 해볼만 한 일이지요."

젊은 청년도 어지간히 지루했던 모양으로 선영에게 이런 말을 건네었다.

"하여튼 돈 있구 봐야 하는 세상. 되기만 하면 잘 먹고 잘 쓰는 양반이 대번에 될 수 있으니까요."

정말로 이야기하는지 그렇지 않으면 뒷거리를 치는지 알 수 없는 그의 그런 말을 선영이는 들어주는 척도 하지 않자 흥이 죽는 모양으로 그는 다시금 하품만 켰다.

열시가 좀 넘어서 선영이는 그와 같이 나가서 오늘 몸이 아파서 쉰다고 부대에 전화를 걸고 들어왔다. 그때도 선영이는 혹시 성우가 들어오지 않는가 하고 사방을 살피면서 걸었다. 오정이 지나자 선영이는 지칠 대로 지쳤다. 화장도 하지 않고 옷도 되는 대로 입고 점심도 굶었으므로 기력도 없었다. 여자란 그렇게 되면 이어 더러워지는 것이었다. 탄력을 잃은 누런 살빛, 새둥지 같은 머리, 거울을 들여다보던 선영이는 자기의 얼굴이 이랬었던가고 놀래 볼 지경이었다.

그 날 저녁 새벽에 왔던 젊은이가 와서,

"좀 서에 와달랍니다. 물어볼 것이 있다고……."

하고 말했다.

결국 그날 선영이는 끌려가고야 말았다.

그런 곳에 가게 되리라고는 평시에 한 번도 생각해 본 일이 없었던 그는 누구보다도 공포의 타격이 더욱 심했던 것이다.

어두컴컴한 지하실 유치장에는 위에 뚫린 조그마한 들창 사이로 밝은 광선이 새어들 뿐으로 그가 처음에 들어갔을 때에는 움지적거리는 검은 덩어리밖에 보이지 않았다. 그것이 차차 눈에 익게 되자 분명해졌다. 옆에 아편쟁이 듯 핏기없는 젊은 여자가 갑갑한 듯 머리를 긁어댔다. 팔을 드러낸 녹색의 원피스를 입은 헵번 머리도 있었다. 곗돈 때문에 들어온 듯한 의젓한 중년부인도 있었다. 또 하나는 오십도 넘어 보이는 조그마한 노파가 혼자서 무엇을 중얼거리고 앉아 있었다. 이 노파는 좀도둑의 상습범이라는 것을 후에 알았지만 이마가 얄밉게도 도드러진 얼굴에 비루한 웃음을 띠어,

"처음에 들어온 사람이야 이런 것을 먹나."

하고 선영이의 밥그릇을 당겨갔다.

"너두 이 애와 같은 일루 들어완?"

하그 원피스를 가리키며 선영에게 묻는 것도 이 늙은이였다.

같은 일이라는 것이 무엇을 의미하는지 물라 선영이는 잠자코 그의 쪼그러진 주름살을 바라보고 있자,

"갈보질하다 말이다."

하고 노파가 악취를 뿌려줬다.

선영이는 그런 노파와 이야기하고 싶지도 않았기 때문에 들은 척도 하지 않았지만 속으로는 불유쾌하기가 짝이 없었다. 그래도 그 노파는 지질스럽게,

"그렇겠지, 그렇지 않고야 뻔뻔한 젊은 계집들이 이런 곳에 들어올 리가 있나."

하고 틀림이 없다는 듯이 그렇게 단정해 버렸다. 그리고서는 정조를 파는 것처럼 더러운 일이 없다면서, 그 때문에 얼마나 많은 남자들이 타락하며 가정의 불화를 일으키는지 모른다고 떠벌렸다.

그때에 낡은 잡지를 보고 앉아 있던 교도관이 하품을 켜고 나서,

"계집들이 왜 그렇게 떠들어."

하고 뚜벅뚜벅 걸어와서 감방 안을 들여다보았다.

노파가 비굴스러우면서도 얄미운 웃음을 헤쳐 놓으며 지금 몇 시

냐고 물었다.

"그건 알아서 무엇해. 여기선 그런 것 알 필요 없어."

하고 꾸짖고 나서 선영에게,

"군부대 다니구 있었지?"

하고 아는 기색을 보였다. 선영이는 그것이 반가운 대로 무슨 수가 생길 듯해서,

"네."

하고 분주히 대답했다.

"그래 집에서 살던 맛하구 어때. 하긴 이것두 인생 수업의 하나니까 당해보는 것이 좋지."

그리고는 아까 앉았던 그 자리에 가 앉았다. 선영이는 실망에 더욱 서글퍼졌다. 다음날 아침 집에 왔던 청년이 내려와서 선영이를 불러 좁은 방으로 끌고 갔다. 그곳에는 안경을 쓴 이가 앉아 있다가 들어오는 선영이를 지켜보며 눈을 떼지 않았다. 선영이는 되도록이면 태연한 태도를 가지려고 했지만 발이 후들후들 떨리는 것은 어쩔 수가 없었다.

안경쟁이는 뽑아든 만년필을 한손으로 장난치며 선영이에게 묻기 시작했다. 처음엔 본적, 연령 그리고 성우와 언제부터 알게 되었는가 그런 것을 물었다.

선영이는 되도록 간단히 대답했다.

"성우가 그런 일을 하기 시작한 것은 언제부터야?"

안경쟁이는 지금보다 어조를 달리해서 물었다.

"모릅니다."

"모른다구. 그러나 네 남편은 너두 다 알구 있다구 이야기했는데……."

순간 선영이는 그러면 성우는 잡혔는가고 가슴이 선득 내려앉음

을 느꼈다. 밤이 깊을수록 선영이는 신경이 더욱 날카로와졌다. 단순히 땀냄새만도 아닌 이상스러운 냄새가 배어 있는 군대 담요를 둘러쓰고 잠을 재촉해보는 것이었으나 잠이 올 리가 없는 일이었다.

옆의 노파는 저고리와 치마를 벗어 차곡히 개켜놓은 후 태평스럽게 코를 골고 있었다. 약기운이 떨어져 아까까지 악을 쓰던 아편쟁이도 다시금 약기운을 얻자 고통을 참지 못하던 피로도 잊어버리고 잠이 들어 있었다.

선영이는 몇번인지 모르게 몸을 뒤채며 뿌연 전등을 바라보다가는 눈을 감아보곤 했다. 그럴수록 그의 정신은 더욱 맑아질 뿐이었다.

(성우는 정말 잡혔는가. 그러면 우리들의 앞으로의 생활은 어떻게 되는가. 아니 설사 잡히지 않았다 하더라도 우리의 생활은 이미 그른 것이 아닌가. 나는 지금 이런 기막힌 일을 당하고 있으면서도 그를 원망하지도 않고 나무랄 것도 아니지만 그렇다고 무슨 수가 있겠는가?)

그는 그지없는 설움에 눈물이 핑 돌았다. 뺨 위에 흘러지는 눈물을 씻고 일어나 앉아보았다.

교도관의 구두소리가 들려왔다. 밤도 어지간히 깊은 모양인데 자동차가 달려오는 소리가 점점 가까와지다가 멀어졌다. 그 소리를 들으니 바깥 세상은 조금도 달라진 것이 없으면서도 자기들만이 불행을 갖게 된 것이 더욱 애통했다. 이튿 날 새벽 안경쟁이는 선영이를 다시금 불러낼 듯이 감방으로 와서,

"어서 집에 돌아가서 얼굴두 씻구 화장도 해야 하지 않아. 예쁜 사람이 꼴이 됐어."

하고 딴소리를 하고 나서,

"담배 피워."

하고 담배를 꺼내 권했다. 선영이는 담배를 피우지 않으므로 물론

받을 생각도 하지 않고 잠잠히 고개를 숙이고 있자 노파가 분주히 일어나 대신으로 손을 내밀었다.

"이 노파는 왜 이러는 거야, 남 연애하려고 그러는데 속두 모르구."

안경쟁이는 노파의 손을 탁 치고 나서,

"성우 만나고 싶어?"

하고 싱글싱글 웃으며 안경 위로 선영이를 넘겨다보았다.

"만나게 해줘요."

선영이는 솔직히 대답했다.

"만나고 싶으면 말야."

하고 그는 갑자기 얼굴이 굳어졌다.

"공연히 감출 것 없이 사실대로 다 이야기하란 말야. 그러면 일이 이어 끝나서 그 사람두 돌아가게 될 터인데, 그렇지 않으면 자기두 기소가 될는지 모를 걸."

그 소리에 선영이는 다시금 고개를 떨어뜨렸다.

"그래 이야기할 생각 없어?"

"……"

"아직 생각이 잘 나질 않는 모양이구만. 그러면 며칠 더 있어 천천히 생각하도록 하지."

하고 가버렸다. 그리고는 그뿐으로 다시금 선영의 감방에 나타나지를 않았다. 선영이에겐 그것이 더욱 애타고 초조했다.

이렇게도 닷새가 지나 원피스가 처음으로 웃음을 웃어보이며 나가던 그날 저녁에야 선영이도 나오게 되었다.

"어떻게 된 일이야? 예쁜 얼굴이 말이 아니구나."

옆집 아주머니가 동정과 의아함을 한꺼번에 섞어서 반겨줬다.

"글쎄 말입니다. 저두 무슨 일인지 모르겠어요."

선영이는 말은 하면서도 자기 정신이 아니었다.

방안은 어디서부터 손을 대야 할지 모르게 어지러웠다. 선영이가 없는 동안에도 그들이 다시 왔던 모양이었다.

며칠 동안 걷지 못했기 때문에 힘이 빠져 후들거리는 다리에 억지로 힘을 줘가며 간신히 집에 돌아와보니 이 모양이었다.

옆집 아주머니는 자기네 목욕탕에 물을 끓여 놓을 테니 그동안 한잠 자고 옷을 갈아입으라고 했다. 때와 땀에 그을은 검은 얼굴에 눈만이 반짝이는 것이 자기가 보아도 무서웠다.

옆집 아주머니는 퍽 상냥한 분이었다. 선영이는 극도로 신경이 약해진 때문인지 그러한 친절을 대하니 눈시울이 뜨거워졌다. 그러면서도 걱정되는 것은 성우였다. 선영이는 그의 일을 처음부터 묻고 싶었던 대로 입을 열었다.

"우리 그 이는 못 보셨어요?"

앞서 선영이가 유치장에서 나오던 때 그는 무엇보다도 성우의 일이 알고 싶은 대로 자기를 취조하던 이에게 물었다. 그러자 그는 갑자기 화기를 띤 웃음으로,

"그건 집에 가 보면 알 것 아냐."

하고 수수께끼 같은 말을 했다. 그런 말에 선영이는 일종의 기대를 가지고 집으로 돌아오는 길에 자기를 반겨주는 성우를 상상해 보았던 것이다. 그러나 집에는 그가 돌아온 흔적이란 아무 것도 없었다. 그래도 선영이는 자기가 없는 동안에 그가 혹시라도, 하는 생각으로 옆집 아주머니에게 그것을 묻지 않고는 견딜 수가 없었다.

"그러면 그 사람은 잡혀가지 않고 너만 갔었니?"

옆집 아주머니는 선영이가 자기에게 그런 것을 묻는 것이 오히려 이상하다는 듯 이러한 대답이었다.

그 후로 성우의 소식은 끊어지고 말았다.

풍문으로 들려오는 소리를 들으면 일본으로 밀항했다기도 하고

장이란 중국 사람을 따라 홍콩을 갔다기도 했다. 그러나 그것이 사실이라면 편지 한 장도 없으리라고는 생각되지 않았다. 그러므로 선영에겐 그것은 다만 뜬소리로 밖에 들리지 않았고 죽었는지 살았는지도 알 수 없는 덧없는 생각이 앞설 뿐이었다.

그는 신문에 밀수사건이 나기만 하면 그것에 끌려들 듯이 몇번인가 읽었다. 그곳에서 옛날 집에 드나들던 이름도 모르는 그들의 사진이라도 혹시 나지 않았는가, 하고 알아볼 수도 없는 동판사진을 뜯어보는 것이었다. 그럴수록 그는 무서운 열병에 걸린 것처럼 성우가 견딜 수 없게 그리워질 때가 있었다. 그것은 주기적으로 오는 일종의 히스테릭한 발작이라는 것을 자기 자신도 잘 알고 있었다. 그러면서도 그 격렬한 충동에 밀리면 자기로서도 어쩔 수 없는 듯이 난폭한 기분이 되어 버리고 마는 것이었다.

그런 때면 같은 오피스에 있는 군인들을 자기편에서 먼저 끌어내어, 먹을 줄도 모르는 술로 얼굴을 붉혀보며 그들과 겨누어 맘보를 춘다고 발을 차고 손뼉을 쳐가며 몸부림을 쳐보는 것이었다.

이렇게도 미친 노릇을 하고 나서는 으레 전보다도 더 무서운 공허에 사로잡히는 것이었다. 그것을 잘 알고 있으면서도 또한 그렇지 않고는 견딜 수 없는 것이 그의 기분이었다. 그리고는 더욱 맥을 잃고 혼자서 쓸쓸히 어두운 언덕길을 걸어 텅 빈 집으로 돌아오곤 했다. 이렇게도 그는 계절이 달라지고 해가 바뀌는 동안에 하루하루 고독한 풍경 속에 묻혀버리는 자기를 느끼게 되었다.

지난 날의 추억으로 머리가 산란해진 선영이는 그것을 떨쳐버리려는 듯 손에 쥔 맥주잔을 물끄러미 들여다보고 있었다. 거품이 까라진 맥주를 보다말고 반쯤 들이켰다. 그러고 나서는 지금의 자기가 고독을 잊기 위해서 술을 마시는 것과 마찬가지로 그때도 역시 자기는 고독을 잊기 위해서 술을 마셨다고 생각했다. 그러나 그것이 지금의 덧없는 자기 생활의 실마리였다는 것을 모른 척할 수는 없었다.

그날의 일은 지금도 선영이는 분명히 기억되었다. 그것은 낙엽이 지기 시작한 가을 어느 날 밤이었다.

그날은 부대에 무슨 파티가 있어 초저녁부터 선영이는 오피스에 있는 동무들과 함께 떠들어대다가 군인들이 끄는 대로 카바레와 홀로 돌아다녔다. 그러는 사이에 술이 지나치게 취했던 그는 목이 타올라 눈을 뜨고 나서는 문득 자기가 낯선 침대 위에 누워 있다는 것을 느끼고 불시에 몸을 일으켰다. 그 순간에 몽롱한 머릿속에도 어지러운 흥분을 저지른 기억이 분명해지는 대로 몸부림을 쳤다. 그것이 아니라고 우겨볼래도 가슴에 털이 무성한 사나이가 옆에서 코를 골고 있었다.

(여자란 이렇게도 타락해 버리고 마는 것인가)

선영이는 그만 입술을 질근질근 깨문 채 울명해진 눈으로 옆사람을 노려볼 뿐이었다. 그 사나이는 그때까지 늘 함께 밀려다니던 그룹의 한 사람으로 선영이에게 호의를 갖고 있다는 것은 누구나가 알고 있던 얌전한 미국 군인이었다. 선영이도 그를 별로 싫어한 것은 아니었지만 그때까지도 성우를 잊을 수 없었던 그로서는 친구 이상의 교제라는 것은 생각지도 않았던 것이다.

선영이의 그런 태도일수록 그와는 정반대로 그 군인은 더욱 심각하게 달려들었다. 그는 자기의 호의를 보이기 위해서 선영이에게 물건도 많이 부쳐다줬다. 구두로 핸드백으로 몸의 장식품을 둘러볼 때 그에게서 받지 않은 것이 없게끔 되었다. 이래서는 안되겠다고 그것을 새삼스럽게나 느끼듯이 그는 자기를 꾸짖어 보는 것이었다. 그러나 언제나 생활이 텅 비어 있는 것 같은 허전한 그의 마음은 그렇게도 그날 그날을 보내는 것이 편하고 즐거웠으므로 자연 그쪽으로 끌리게 되었다. 그날도 선영이는 아무런 생각도 없이 술을 마시고 춤을 추며 떠들어댔던 것이었다.

"나는 오늘처럼 행복해 본 날은 처음이요."

잠이 깬 군인은 부드러운 웃음으로 선영이를 품에 안으려고 했다. 그것이 거짓된 몸짓이 아니라는 것을 선영이는 느껴지면서도 징그럽기만 했다.

"놔요, 집에 가야겠어요."

구긴 스커트를 펴가며 구두를 신자 아직도 술기운에 머리가 어지러운 것을 억지로 태연한 얼굴을 하고 일어섰다. 그가 불시에 일어나 선영이를 못가게 손을 잡았다. 그 손을 뽑아내려고 허덕이는 바람에 목이 더욱 타왔다. 침대 옆에 물그릇이 보이는 것도 그대로 손을 뽑아낸 채 문을 차고 뛰쳐나왔다.

어두운 거리로 나오자 찬바람이 정신을 들게 했다. 밤은 어지간히 깊은 모양으로 거리에는 자동차의 불빛도 보이지 않았다. 뒤에서 따라오는 그를 피하기 위하여 선영이는 집 모퉁이에 숨었다.

"미스 주―미스 주―"

하고 그는 어두운 적막을 깨쳐 소리치면서 따라오다 선영이가 숨어 있는 곳을 지나쳤다.

선영이는 알 수 없게 울고만 싶은 마음이면서 자기는 하루바삐 이 생활에서 벗어나야 한다고 생각했다.

"미스 주 미스 주."

하고 미군이 선영이를 부르는 소리가 점점 멀어졌다.

선영이는 그 소리를 멍청하니 듣고 서 있다가 갑자기 양손에 얼굴을 묻고 흐느끼기 시작했다. 자기를 부르는 그 소리가 점차로 멀어지면서 지금까지의 흥분이 꺼지며 자기 몸이 더럽혀진 것에 대한 무서운 설움이 폭발된 것이었다.

야단을 쳐가며 기분에 달떴던 것을 다시 생각해 보면 결국 남자의 놀림감 밖에 된 것이 없지 않은가. 자기가 멸시하던 양갈보와 조금도 다름이 없지 않은가. 왜 그것을 벌써 느끼지를 못하였던 것인가.

선영이는 자기 생활이 더럽다고 단정지으려고 했다. 그러므로 같이 밀려다니던 그들과 더욱이 자기에게 호감을 갖고 있는 군인은 자기를 타락의 구렁이로 몰아넣으려는 음예(淫穢)한 자들이라고 일부러 과장을 해서 생각하는 것이었다. 그렇지도 않으면 그대로 줄줄 끌리어 무의미한 생활에 빠지다 못해 도저히 헤쳐나올 수 없는 구렁이 속에 떨어질 것만 같았다.

(성우를 잃은 안타깝고 고독한 마음을 풀어본다는 것이 주책없게도……)

생각하면 생각할수록 분했다. 분한 마음은 자기도 모르게 손가락을 마구 뜯어 깨물었다. 그래도 아픈 것을 느끼지 못했다. 그저 지금까지 자기 몸에 없던 더러운 피가 아래서부터 위로 서멀서멀 올라오는 것만 같은 것이 두려울 뿐이었다.

(오늘 밤의 일은 나를 일부러 취하게 만들어, 그들이 꾸며놓은 계획에 빠지게 한 것이 틀림없다니까. 비겁한 것이라니까)

그는 다시금 분한 마음으로 가슴이 끓어올랐다. 그러면서도 한편 그 군인은 나를 진심으로 사랑하는 것이고 그들도 역시 내가 좋아하는 선량한 친구들이며 그들의 그러한 계획도 나를 생각하기 때문이 아닌가 하는 생각이 마음 한켠 구석에서 움틀거리고 있었다.

(정말 그들하고 이렇게 헤어지기에는 너무나 서운한 일이 아닌가)

그러나 동시에 악이 치밀어 오르는 대로 머리를 절레절레 저어가며,

(아니다 아니다. 너는 그런 약한 마음을 갖고 있기 때문에 결국 이

지경이 되지 않았느냐. 그리고도 아직 깨닫지를 못한 셈이냐)

하고 혼자서 소리쳤다.

이렇게도 복잡한 생각에 가슴을 치며 선영이는 죽은 듯이 고요한 어두운 거리를 걸어 집으로 돌아왔다.

방문을 열고 들어갔으나 그를 맞이해 주는 것은 어둠 속에 숨어 있던 고독뿐이었다. 그곳에서 성우가 잠을 자고 있었다면 자기는 이러한 괴로움을 받지 않아도 좋았을 것이 아닌가고 술에 마비된 그의 어지러운 머리가 감상적으로 흘러가며 뺨 위에 눈물이 쭈루룩 쏟아졌다.

벽에 걸려 있는 그의 파자마며 레인코트, 넥타이, 그리고 책상 위에는 그가 아끼던 이조자기의 꽃병이며 그 위에 고갱의 그림이며 모두가 옛날 그대로 정돈되어 있었다. 선영이는 울음을 터뜨리며 찬 침대 위에 몸을 던졌다.

(그것이 내 잘못이 아니고 누구의 잘못이란 말인가. 내게는 성우밖에 다른 것을 생각해서는 안된다는 것을 알면서두……)

그는 흐느껴 울면서 생각했다.

(하여튼 나는 그들을 멀리 해야 한다. 그가 돌아올 때까지 건실한 생활을 하기 위해선 그런 허위맹랑한 생활을 버려야 한다. 그러기 위해선 내일로 부대를 그만 두자. 그렇지 않고는 나를 구해낼 길은 없다)

그의 결심은 비창한 것이었다.

대학에서 한반이었던 난희의 편지로 서울 어느 무역회사에 취직 자리가 있다는 것을 알게 된 것은 그런 일이 있은 며칠 후였다.

인천을 떠나 서울을 간다는 것은 성우와 영원히 헤어지는 것만 같은 생각이 앞서 그의 머리를 어지럽혔다.

(이대로 기다리고 있으면 그가 언제 찾아올 희망이 없지 않아 있지만 그러나 내가 이곳을 떠나게 된다면……)

그러한 불안이 털어지질 않았다. 그러면서도 좀처럼 얻기 힘든 일자리인데, 하고 용기를 내어 지배인을 만났다. 지배인은 오랫동안 해외에서 지낸 모양으로 그의 차림이나 거동에는 서양풍이 돌았다.

늙은 사람이 젊은 여자에게 이것저것 묻는다는 것은 실례되는 일이니까, 웃으면서 옆에 있던 영문잡지를 읽어 그것을 받아쓰라고 했다. 다시금 그것을 타이프를 치라고 하여 어학과 기술을 한꺼번에 시험을 보게 하고 나서는 그 자리에서 손가락을 비틀어 딱 하고 소리를 내며 오케이했다.

그리고는 근무조건과 월급을 이야기해 주고서는 계약서에 서명을 하라고 했다. 대우도 부대 있을 때보다는 훨씬 좋았다. 이렇게 일이 너무나도 순조롭게 되어 선영이는 송구스러울 정도였다. 원남동에 방을 얻어놓고 선영이는 드디어 인천을 떠나게 되었다. 그날 선영이는 옆집 아주머니에게 성우로부터 무슨 소식이 혹시라도 있으면 전해달라는 부탁을 단단히 하고 마지막으로 혼자서 인천의 거리를 걸어봤다.

그와 잘 가던 뒷골목의 조그마한 중국집에 가서 그가 좋아하던 난자완스도 먹어봤다. 만국공원으로 올라가 풀밭에 오랫동안 누워서 기적이 들려오는 바다와 어지러운 거리를 굽어보기도 했다. 그러면서 지난날 그와 지내온 일을 더듬어가며 그곳을 떠나는 서운한 마음을 금치 못하였다.

서울에 오게 된 그는 그렇게도 취직이 간단히 된데 비하여 그의 생활은 결코 간단한 편이 아니었다.

실상 서울에 온 후로 그는 인천의 무의미한 생활에서 완전히 탈피했다고만 생각하고 따라서 앞으로 혼자 살아나갈 수 있는 건실한 설계와 자신도 가져보았던 것이다.

그러나 그날 밤에 저지른 씨가 그의 몸에서 점점 커가고 있음을 느꼈을 때 절망과 함께 그는 당황하지 않을 수가 없었던 것이다.

그것을 처음으로 느끼던 바로 그날, 선영이는 밤늦게 영화를 보고 돌아오는 길에서 걸음걸이까지 성우와 꼭 같은 사람을 보고 자기도 모르게 그의 팔을 붙잡으며,

"웬일이에요!"

하고 소리쳤다. 그러나 놀란 표정으로 얼굴을 돌린 사람은 그와 비슷은 하였지만 성우는 아니었다.

그만 실망과 충격을 받은 그는 그날 밤 젊은 몸뚱어리를 어떻게 건사할 줄 몰라 이리저리 뒤채기만 하다가 눈을 뜬 채 밝혔다. 아침밥을 짓기도 귀찮고 속이 메슥메슥한 것이 먹고 싶지도 않아 그대로 기운없는 얼굴로 회사에 나갔다.

수면부족으로 키를 치는 손끝이 뜻대로 놀지를 않아 신경이 자꾸만 날카로워졌다.

"왜 그렇게도 기운이 없니, 몸이 아파?"

하고 옆의 동무가 걱정했다. 그 소리를 들으면서 선영이는 견딜 수 없게 구역질이 남을 느꼈다. 그와 동시에 그는 몸의 괴로움보다도 더 괴로운 불길한 예감이 머릿속에 번개쳤다.

그것이 임신이라고 확정했을 때에 선영이는 이중 삼중으로 어지러운 고민에 휩싸였다. 그것을 처음으로 진단해 내린 것이 영호였다. 선영이 스스로가 생각해 보아도 그런 징조가 없은 것은 아니었다.

몸이 무겁고 자꾸만 눈이 감기며 눕고만 싶던 것은 벌써 전부터였다. 그러나 일에 밀리어 피곤한 때문이라고 별로 마음에 두지도 않았다. 그러는 동안에 입맛이 없어지며 몸이 축가기 시작했다. 이래서는 안되겠다고 퇴근할 때면 시장에 들러 이것저것 먹고 싶은 것을 사다가 해먹기도 했지만 별로 구미에 당기는 것이 없었다. 여자로서 다달이 있어야 하는 것도 끊겼다.

임신에 대한 막연한 지식밖에 없는 그로서는 그것이 약간 마음에 걸렸지만 전에도 그런 일은 간간 있은 일이므로 대수롭게 생각지 않았다.

그러나 지금에 와서 생각해 보면 그것을 일부러 모른 척한 일인지도 모른다고 생각되었다.

"기쁘겠군요."

진찰이 끝나자 영호는 그를 기쁘게 하려는 듯이 처음으로 웃음을 띠었다.

"첫 아이니까 입덧이 좀 고통스럽겠지만 며칠만 참으면 아무렇지두 않습니다."

역시 웃는 얼굴이었다. 빨리 남편에 알려 같이 기뻐하라는 표정이었다. 집에 돌아오자 개키지 않고 그대로 있는 이불 위에 풀석 주저앉았다. 자기도 모르게 배위에 손을 얹자 태아의 모습이 눈앞에 떠올랐다. 눈알이 파랗고 머리카락이 노란, 그는 불시에 몸을 떨고 눈을 감았다. 그러나 그 모습은 어둠 속에서도 지워지지 않았다.

성우와의 부부생활에서는 없던 일이 그 실수로 생긴다는 것은 어떤 의미인가고 그는 운명의 인과를 캐어 알고 싶다고 생각했다.

배꼽에서 떨어지며 아버지를 모를 아이의 가련한 신세가 눈물로 그려지며 뭇 조롱을 견디어 그 아이를 생활의 목표로 삼고 살아보겠다는 용기가 가슴을 뛰게 했다. 그러나 뒤이어 자기 혼자의 힘으로 기를 수 있는가, 하는 불안이 뒤따랐다. 더욱이 아이가 있으면 지금처럼 취직도 할 수 없는 것이 아닌가. 그러면서도 그 군인에게 이런 일을 알리고 싶지 않은 것은 자기로서도 알 수 없는 일이었다.

가을의 기나긴 밤을 자문자답과 함께 눈물로 보냈다. 이튿날 그는 병원을 다시 찾아가서 영호에게 낙태할 것을 의논했다. 그러면서 선영이는 자기가 처음으로 무서운 말을 했다고 생각했다.

영호는 선영이의 이야기를 처음부터 몹시 동정하는 태도로 듣고 있다가,

"그러나 의사의 직분이란 한계가 있는 것입니다. 의학상으로 피치 못할 경우가 아니라면."

하고 한마디로 거절해 버렸었다. 그 말에 선영이도 단념했다. 그러면서 자기는 아이를 낳기 전에 먼저 죽을지도 모른다고 생각한다.

지금도 그는 그날 약국에 있는 주선일을 만나지 않았더라면 자기는 죽었을는지도 모른다고 생각했다.

그는 선영이의 육촌동생이었다. 6·25동란으로 생사조차 모르던 그로부터,

"어제 김 선생의 차트를 정리하다가 누님의 이름을 보고 깜짝 놀랐지요. 그래두 혹시 딴 사람이 아닌가 했는데, 매분 어떤 분이에요. 아이가 생겨서 기쁘겠습니다."

선영이는 동생을 멍청하니 바라보고 서 있을 뿐이었다.

선일이는 선영이의 말을 듣지 않아도 다 알 수 있다는 얼굴이었다. 병원 정문까지 따라나와서,

"내일은 토요일이니까 김 선생은 학교에 나갈 것입니다. 그러니까 내일 다시 한번 와서 원장에게 이야기해 봐요. 들어줄지도 모를 것입니다."

그래도 그는 다시 이 병원을 찾을 생각은 못하였다. 그러나 그의 절박한 심정은 결국 다음 날 다시 와서 원장의 진찰을 받고야 말았다. 원장은 선영이의 딱한 사정을 듣고 나서,

"그렇다면 난처한 일이구만."

그러면서도 그의 얼굴엔 난처한 빛은 조금도 없었다. 다만 야릇한 표정으로 선영이의 자태를 다시 한번 훑어보고 나서,

"하여튼 오늘 입원을 해요. 좋은 방을 줄게."

하고 말했다.

선영이는 그것으로 자기의 요청을 들어주는 것이라고 생각했다. 선영이가 입원한 방은 삼층에 있는 독방이었다. 해도 잘 들었다.

그날 저녁 선영이는 겨우 안정을 얻어가며 침구와 함께 집에서 갖고 온 잡지를 뒤적이고 있을 때 원장인 황경진이가 들어왔다. 그의 입에서는 술냄새가 약간 풍겼다. 그는 선영이에게 별로 필요 없는 이야기를 한참 묻다가,

"다시 한번 진찰을 해볼까."

하고 선영이의 웃통을 벗겼다. 진찰을 끝내고 나서,

"고운 사람을 걱정시킬 수야 있나. 걱정을 풀어주겠으니까 안심해."

하고 농담처럼 말하면서 선영이의 볼을 두어번 두들겼다. 선영이는 고맙다고만 생각했다.

다음 날도, 그 다음날도 마찬가지였다.

"수술을 언제 하게 되는가요?"

나흘째 되던 날 선영이는 기다리기가 불안스러운 대로 물었다.

"환자는 의사가 하라는 대로만 하구 있으면 되는데 무슨 걱정을 해."

그날도 경진이는 선영이의 볼을 두들겨주고 나갔다.

닷새째 되는 날 비로소 경진이는 교환조건을 꺼내 놓았다.

"힘든 청을 들어주는데 나두 힘든 청을 할 수 있겠지. 그러나 달리 생각하면 그건 아주 서로 쉬운 청이지."

선영이는 그것이 처음엔 무슨 말인지 몰랐다. 다음 순간으로 그 뜻을 알 수 있었을 때,

"그렇다면 나를 아주 사주구 말아요. 내 몸을 선생에게 내 맡기구 말 터이니."

발악치듯 소리쳤다.

선영이는 지금 자기가 무슨 부질없는 생각에 젖어 있었던가고 문득 생각에서 깨어났다.

레스토랑에서 나오자 바깥은 어두워지기 시작했다. 그는 정동 골목을 빠져나와 극장에서 터져나오는 사람 떼에 밀리어 걸었다.

그는 오늘도 또 자지 못하리라고 생각했다. 지금까지의 경험으로 이렇게도 초조한 것은 히스테리 발작 때문이란 것을 알고 있었다. 수건으로 이마의 땀을 씻고 책방으로 들어가서 읽을 책을 찾다가 별로 사고 싶은 책도 없어 그대로 나왔다. 그리고는 싸구려라고 소리치며 길바닥에 놓고 파는 물건들을 하나하나 들여다보다가 달 떨어진 잡지를 하나 잡아들었다. 목차에서 허규의 이름을 보고,

"얼마여?"

하고 핸드백에서 백환짜리를 하나 꺼내 쥐었다. 그리고는 지금까지의 지금의 어지러운 기억을 모두 잊어버리려는 자기의 심정이 우습기도 하고 가련하기도 했다.

# 훈풍

오늘은 환자가 특히 많아 규정의 시간인 네 시에서 한 시간이나 늦어 겨우 끝냈다.

언제나 환자의 진찰이 끝나면 완전히 지쳐버리는데 영호의 눈시울은 가벼운 충혈로 아름답게 느껴졌다.

영호가 시간의 빈틈을 잠시 이용해서 신문을 훑어보고 있는데 종양(腫瘍)의 표본을 보기 위해서 현미경을 준비하고 있던 정숙이가,

"선생님 다 됐어요."

하고 알려줬다.

영호는 언제나 마찬가지로 잠자코 현미경을 들여다보다가 이윽고 정숙에게 얼굴을 돌려,

"자기두 좀 봐. 〈랑그한스〉 거대세포층이 분명히 보이니까, 그것이 말하자면 곤란한 거야."

하고 정숙이의 몸을 끌었다.

정숙이는 분주히 현미경에 눈을 갖다댔다. 그러자 영호의 손이 자기 잔등에 있는 것을 느끼고 불시에 그는 정신의 안정을 잃어버리고 말았다. 현미경의 수많은 조그마한 구멍 속에는 알 수 없는 세계가 숨어 있는 듯 그것이 수축되었다 확대되었다 하는 것밖에는 아무 것도 보이지가 않았다.

"잘 보이지?"

하고 귀밑에서 들리는 말에도 정숙이는 잠자코 고개를 끄덕여 보

일 뿐이었다. 정숙이는 자꾸만 남자의 가슴속에 묻혀 들어가려는 자기와 싸워가며 현미경의 구멍들을 찾으려고 허덕였다.

(이렇게 어쩔 수 없게 묻혀 버리는 이 상태를 무엇으로 설명할 수 있는 것인가. 그것은 사랑이라고 밖에 설명할 수 없는 것이 아닌가. 그가 힘든 수술을 무난히 해치울 때나 원장과 의견이 충돌되었다가 이길 땐 마치도 내 일처럼 기뻐하지 않는가. 그것은 단순히 정신적인 연결에서 오는 것이라기보다도 일종의 미묘한 생리상태의 지배를 받는 것과도 같은 것이 아닐까. 그러므로 수술실은 그와의 협동작업장인 동시에 거역할 수 없는 그의 애정의 비밀이 나를 부드럽게 포용해주는 곳이라고도 할 수 있는 것이 아닌가. 그것이 나를 즐겁게 하기도 하고 또한 말할 수 없는 불안과 공포 속에서 나를 괴롭힐 때도 있지 않은가. 그렇다해도 나는 매일 죄악이 벌어지다시피 하는 이 병원의 생활 속에서 언제나 바른 길을 찾기 위해 그를 따르는 것만은 사실이다. 그런데 그가 나를 사무치게 하는 것은 무엇인가)

잔등에 올려놓은 영호의 손은 그러나 그 이상 더 힘껏 끌어안으려는 기색이 없었다. 그것이 정숙이의 가슴을 더욱 설레게 했다. 그의 유방 부근이 답답하게 간지럽고 마른 침이 꿀꺽 넘어갔다.

그때 정숙이의 귓전에서,

"미스 윤에게 이야기가 좀 있는데."

하고 낮은 그의 소리가 부드럽게 울려졌다.

그것이 마치도 사랑을 고백하려는 남자들의 그런 어조였으므로 정숙이의 가슴은 북을 울리듯 더욱 세차게 울려졌다.

영호는 정숙에게 할 이야기가 있다고 말을 해 놓고서도 차트를 꺼내 현미경에서 본 증상을 독일어로 슬슬 쓰고 있었다. 정숙이는 옆에서 그것을 보고 서 있으면서 마음이 더욱 초조하게 타올라 왔다.

(내게 할 이야기가 뭘까? 정말 나를 놀라게 할 그런 말은 아닌가)

차트 작업이 끝나자 영호는 회전의자를 돌려 정숙에게로 향하였다.

"간호부 부장이 우리들에 대한 무슨 이야기를 하고 있다지?"

그 소리에 정숙이는 지금까지 긴장했던 기분이 너무나도 맥없이 풀어짐을 느꼈다. 그러면서 또다른 긴장 속에 사로잡히며 고개를 숙였다.

"간호부 부장은 그런 사람이니까 그의 말에 미스 윤이 별로 관심을 갖지도 않겠지만……."

그러나 요즘에 간호부 부장이 일부러 자기에게 감정을 사려고 고압적으로 나오는 것을 생각할 때 정숙이는 입을 다물고만도 있을 수 없는 일이었다.

"없는 말을 지어내서 남을 모욕하려는 걸요."

"무슨 말로?"

"선생이 저와 둘이서 방문을 잠그고서……."

말을 못맺은 채 붉어진 얼굴을 숙이고.

"그런 말을 간호사들에게 태연스럽게 하고 있는 모양이랍니다."

"그래."

하고 영호도 어이가 없는 듯 쓴웃음을 웃고 나서,

"하긴 우리가 그런 일이야 있지 않나. 수술실에서 수술하느라고 한 시간두 두시간두 문을 잠그고……."

농담처럼 웃었다. 그러고 나서는 다시 정색했다.

"그러나 저편에서 아무런 말을 해도 이편에서 아무 반응이 없다면 자연 흥이 죽고 말겠지. 그러니까 되도록 그런 소리엔 무관심하란 말야."

"그렇지만 선생님, 순수하다는 것은 그저 피해야만 하는 것인가요?"

"그건 피하는 것이 아니고, 절대로 그런 것은 아니고."

"그렇지만 간호부 부장은 이긴 기분으로 간호사들에게 호감을 사고 있는 걸요."

"그것이 그렇게도 분하다면 내 이야기하지. 윤정숙이는 이 병원에서 누구보다도 제일 훌륭한 일꾼이야."

"그런 말을 듣자는 것은 아닙니다."

"글쎄 내 이야기를 들어봐. 미스 윤이 학교의 석차를 따져서 말한다면 첫째란 말야. 그런 점에서 부장이 따를 수 없는 것이고 또한 모두가 부러워하는 것두 사실이지."

"......"

"그렇지만 그들이 미스 윤을 부러워하는 동시에 교만하다고 보는 면도 없지 않아 있을 것이거든."

"......"

"물론 그것은 여자들의 본성인 질투심에서 생기는 일도 있겠지. 그렇지만 재능 있는 사람은 그렇게 보이기 쉬운 결점이 있다는 것을 알아야 해."

"......"

"사실 개인의 재능이라는 것은 사회적으로 또는 집단적으로 살리고 계발하는데 비로소 의의가 있는 거야. 말하자면 높은 개성이 필요하단 말이지. 알겠어 내 말?"

"네 알겠어요."

"그렇다면 자기의 순수성이 존귀한 것도 알 수 있는 일 아니야."

영호의 눈이 빛났다. 아까부터 긴장되어 있던 정숙이는 그 순간 그와 눈이 부딪치면서 뜨거운 것이 목구멍으로 넘어가는 것을 느꼈다. 그것은 슬픈 것도 아니고 기쁜 것도 아닌 좀 더 복잡한 감정의 파동이었다. 바로 그때에 간호사가 편지 한 통을 들고 와서,

"진찰시간이 넘었대도 이것만이라도 전해 달래기에……."

하고 말했다. 겉봉의 최난희란 이름이 눈에 띄었다.

최난희라는 이름을 읽고 나서도 누군지 몰라 영호는 잠시 고개를 비틀다가,

(아, 그 여자구나!)

하고 혼자서 속으로 소리쳤다. 십 여일 전에 허규의 출판기념회에서 만났던 여자였다.

그날 영호의 옆에 난희가 앉았던 것이다. 영호는 그의 아름다운 얼굴에 끌리는 대로 때때로 훔쳐보지 않을 수가 없었던 것이다. 헵번 머리가 산뜻한 대로 싸늘하면서도 부드러운 미소가 담긴 듯한 느낌이 그의 얼굴에서, 몸에서 흘러지고 있었다.

누구하고도 이야기가 없이 무료하니 앉아 있던 그가 핸드백에서 담배를 꺼내들었다. 그리고는 주위가 약간 거리끼는 모양으로 피울까 말까 하고 망설이고 있었다. 영호는 자기 앞에 성냥이 있었으므로 그에게 집어줬다.

"고맙습니다."

그러면서 시선이 부딪쳤다. 영호는 알 수 없게 가슴이 뛰며 어떤 여자인가 하고 알고 싶은 호기심을 느꼈다.

이윽고 사회자의 인사가 끝나고 식순에 따라 자기 소개로 들어갔다. 옆의 여자의 차례가 돌아오자 사뿟이 일어나,

"〈현대공론〉에 있는 최난희입니다."

하고 한마디만 하고는 앉았다. 그 목소리가 돌돌 흘러지는 맑은 물소리 같아 그를 더욱 아름답게 했다.

뒤이어 영호가 일어서게 됐다.

별로 그런 자리에서 이야기를 해 본 일이 없는 그는 얼굴이 오를 대로 오른 채 자기의 직업이 의사라는 것을 소개하고 나서, 허규는

중학시절에 문학의 길을 같이 걷던 친구로 그런 점에서 그가 오늘의 작가로 성공을 하여 훌륭한 작품을 써준 것을 무엇보다도 기뻐하는 동시에 부럽다는 것을 약간 더듬어가면서 이야기했다. 그러고는 자리에 앉고서도 가슴이 두근거리는 흥분이 가라앉질 않아 그것을 잊으려고 찻잔을 들어 밑에 남았던 차를 마시었다.

"황산부인과에 계시지요?"

옆에서 난희가 미소를 띠고 물었다.

"어떻게 아십니까, 저를?"

영호는 놀라며 이상하다는 얼굴로 난희를 유심히 쳐다봤다.

"알 이유가 있어요."

"어떻게요?"

"어떻게라니 보다도……."

난희는 미소를 흘리며 무엇을 잠시 생각하는 표정으로 있다가,

"그건 차차 이야기를 하기로 하고 제가 선생을 한번 찾아가서 진찰을 받을까 해요."

영호에게 더욱 알 수 없는 말이면서도 벌써 친해진 듯한 말씨였다.

"학생 때 폐병을 앓은 일이 있어요. 그것이 나빠진 때문인지 다달이 있는 그것이 고르질 못한 때가 많은 걸요."

"하여튼 한번 오십시오. 진찰해 보지 않고서는……."

"그렇겠지요. 그러면 한번 가겠어요. 그렇지만 또 몰라요. 그런 마음이 없어질지두……."

처음으로 대하는 영호에게 부끄럼도 없이 익숙하게, 그렇다고 조잡스러운데도 보이지 않는 호호(晧晧)한 태도에 영호는 마음이 끌렸다.

모임이 끝나 모두 일어나자 여러 손님에게 악수를 해가며 인사를 하던 허규가 그들을 찾아서 왔다.

"바쁜데 나와줘서 고맙네."

그러고는 옆에서 그들의 이야기를 들으며 웃고 있는 난희를 보고,

"난희, 김선생 모르지. 황산부인과의……."

하고 소개하려고 하자,

"소개하기 전에 벌써 다 알았어요. 그런데 허선생은 선영이가 보이지 않는 것이 섭섭하지요? 그건 김선생 때문예요. 김선생이 무섭다고 도망친 걸요."

그것이 무슨 소린지 영호로서는 도저히 알 수 없는 이야기였다. 처음 며칠 동안은 난희의 알 수 없던 그 이야기가 궁금한 대로 영호는 난희가 병을 뵈러 오지 않는가 하고 은근히 기다려졌다. 그러나 처녀의 몸으로 산부인과 병원 찾기가 쉽지 않으므로 그런 생각은 완전히 잊어버렸던 것이다.

그러니만큼 영호는 난희가 갑자기 나타난 것이 기쁘기도 하고 놀랍기도 했다.

"이리로 들어 오래."

하고 영호는 간호사에게 말했다. 그러고는 옆에 정숙이가 있는 것이 어쩐지 어색해져,

"전날 허규의 출판기념회에서 만난 사람인데 아아주 예쁜 사람이야."

하고 필요없는 변명 같은 말을 했다. 이어 문이 열리며 간호사 안내로 난희가 들어왔다.

"진찰시간이 네 시까지인 줄은 몰랐어요. 그렇지만 전 퇴근시간이 다섯 시인걸요. 어떻게 해요."

이러한 말로 난희는 자기가 늦게 찾아온 것을 사과했다.

"괜찮습니다. 특히 아름다운 환자는 언제나 환영이니까요."

"어마나 선생님두, 사람을 곧잘 놀리시네."

난희는 장미꽃이 그려진 원피스 앞자락으로 무릎을 끌어덮으며 그의 앞에 가 앉았다. 영호는 난희를 진찰하기 위해서 차트를 쓰려고 꺼내 놓고,

"연령이 몇이신가요?"

하고 물었다.

"몇이라구 생각돼요?"

"의사와 환자 사이에 그런 질문은 곤란합니다."

"그래요?"

하고 난희는 웃고 나서,

"스물일곱이랍니다."

하고 솔직히 대답했다. 영호는 그의 연령보다는 너무나도 젊게 보인다고 생각했다.

"결혼 전이지요?"

이것도 환자를 진찰하기 위해서는 한번 물어봐야 하는 말인 모양이었다.

"결혼 전이라니 보다도 아직도 결혼을 못한 셈이지요. 그러나……"

하고 말을 떼어 눈시울을 약간 붉히고서,

"전 병을 보러온 것이 아니에요. 전날 밤에 이야기한 건 선생에게 갑자기 할 이야기가 없어서 그런 이야기 해 본 것이지……"

하고 옆의 정숙이를 슬쩍 쳐다보며 웃었다.

"그러면 내가 한바탕 속은 셈이군요."

영호는 어이가 없어지는 대로 쓴웃음을 웃었다.

"그래두 요즘 어쩐지 입맛이 통 없는 걸요. 왜 그런가요."

하고 사실대로 말했다.

"밥맛이 없다는 것은 여러 이유로 오는 것이니까 대중을 잡을 수 없는 것이지요. 그렇지만 우리 산부인과에선 임신의 징조가 아닌가

하고 보기 쉬운데 결혼 전이라니 간단히 그렇게 생각할 수도 없는 것이고 그것 참 진단하기가 곤란한데요. 혹시 누구를 몹시 생각하는 분이 있거나 그렇진 않습니까?"

그 말은 농담이 좀 지나친 감이 없지않아 있었다. 그러나 난희는 고운 눈으로 흘길 뿐으로,

"선생님두, 전 있는 대로 이야기하는 것입니다."

"그러니까 있는 대로 이야기하란 것 아닙니까. 환자란 의사가 묻는 말을 분명히 대답해야 한답니다."

"알겠어요. 아마 제겐 그런 사람이 없기 때문에 그런가봐요. 그렇다면 선생님 오늘 저에게 그런 사람이 되어줄 수 없어요? 제 병을 고쳐 주기 위해서."

"그건 의사의 직분이니 하는 수 없군요. 그럽시다."

물론 영호는 난희가 자기에게 무슨 이야기가 있다는 것을 눈치챘다.

가운을 벗어 걸고 옷을 갈아입으려 하자 정숙이가 그것을 도와줬다.

"벌써 나가세요?"

정숙이는 영호가 늘 어두워서야 퇴근했으므로 그것이 이상하다는 얼굴이면서 약간 조롱대는 기색을 보였다.

"내게 무슨 이야기가 좀 있는 모양이야"

"좋은 이야기겠지요. 재미 많이 보세요."

영호가 그래도 무엇이라 변명해 주는 것이 정숙이는 기뻤다.

"하여튼 오늘 수술한 환자 잊지 말구 계속 주의해요. 지금 같아선 별다른 변화가 없을 것 같지만"

하고 사무적인 어조로 돌아가고 말았다. 정숙이는 영호가 이렇게도 사무적인 말을 정확하게 할 때는 순종하는 것밖에 없었다.

정숙이는 그들이 나가는 뒷모양을 바라보며 혼자 남겨진 쓸쓸한 마음을 다스릴 길이 없어서 영호의 책상을 분주히 정돈하기 시작했다.

—스물일곱 결혼 전.

영호가 쓰다 버린 차트가 문득 눈에 들었다. 독일어로 쓴 그 글자들이 이상스럽게도 그의 눈에 달려들며 가슴을 활랑거리게 했다. 정숙이는 그것이 알 수 없는 심리라고 생각하며 차트를 찢어 쓰레기통에 넣어 버렸다.

그때 밖에서 차가 구르는 소리가 들렸다. 영호와 난희가 타고 나가는 자동차의 소리였다.

"제가 선생을 처음 찾아온 목적은요, 선생과 연애를 좀 해볼까 하는 생각이었어요. 그러나 그것은 단념해 버리기로 했어요."

그런 농담을 하면서도 조금도 어색한 기분이 보이지 않는 난희의 말이었다.

"그런 법이 어디 있소. 상대의 의견도 들어보지 않고 단념한다는 이야기."

영호도 웃어가며 대꾸했다.

"선생님에겐 좋은 조수가 있는 걸요. 참 좋은 분일 것만 같아요."

그 말에 영호는 약간 찔린 것 같은 기분으로 난희에게 얼굴을 돌렸다.

"정말 내가 이렇게 안심하고 나올 수 있는 것도 그가 있기 때문입니다."

하고 영호는 솔직히 이야기했다.

"그러니까 딴 이야기나 하는 수밖에 없지 않아요."

하고 말을 어떻게 꺼내야 할지, 하고 생각하는 모양이었다.

그 순간에 영호는 지금까지 생각하지 못했던 불안에 사로잡혔다.

혹시 처녀들이 저지르기 쉬운 실수가 그의 몸에 생긴 것이 아닌가, 하는 생각이 들었기 때문이었다.

"그것이 무엇일 것 같아요?"

난희는 웃으면서 그것을 알아 맞히라고 했다. 그럴수록 영호는 더욱 그런 일인 것만 같았다.

"글쎄, 남의 일을 알 수가 있나?"

하고 영호는 일부러 대답을 머뭇거렸다.

"허 선생의 결혼문제예요."

"허규의 결혼문제루?"

영호는 난희의 말을 앵무새처럼 따라 외면서 자기가 그런 불안을 느꼈던 것이 부끄럽지 않을 수가 없었다. 그것을 감추듯이,

"좋은 사람이 있습니까?"

하고 물었다.

"좋은 사람이라는 것보다도 요컨대 서로 마음이 통할 수 있다는 것이 중요하겠지요."

하고 난희는 갑자기 침착한 얼굴이 되었다.

"사실 난 여러가지로 생각해 보았지만 혼자서 결정지을 수가 없네요. 내 생각은 모두 이야기해두 괜찮을까요?"

그리고는 영호의 대답을 기다렸다.

영호는 난희에게서 무슨 말이 나올지 몰라 입을 다물고 있는데 난희도 더는 말이 없이 대답을 기다리고 있었다.

"허규의 결혼문제라면 나도 알고 싶은 것은 사실이지만, 그렇다고 나에게까지 와서 의논할 필요는 없는 일이 아닙니까?"

"물론 그 뜻은 저도 알 수 있어요. 그렇지만 이 일엔 김 선생이 나서지 않곤 안될 일이에요."

"어떤 관계로?"

"허 선생의 상대되는 사람이 병원과도 관계가 있고 더욱이 김선생을 꺼리는 이유가 있기 때문에……."

"우리 병원과 관계가 있다고요?"

영호는 더욱 알 수 없다는 얼굴을 했다.

"그러면 제가 그 이유를 상세히 이야기해 드릴께요. 접때 허 선생의 출판기념회 때 말입니다. 제 동무가 선생을 보고 도망쳤다고 하지 않았어요? 그애가 왜 도망쳤는지 아세요? 선생에게 낙태를 해달라고 했다가 거절 당한 일이 있기 때문이에요. 그렇다면 그것이 누군지 짐작할 수 있겠지요?"

그래도 영호는 알 수 없다는 얼굴을 하고 있었다.

"원장인 황경진이를 후원자로 갖게 된 주선영이 말입니다."

영호는 그제야 알 수 있는 대로 약간 난처한 얼굴이 되었다.

"말하자면 허규의 상대가 그 여자란 말이지요?"

"혹시 반대예요?"

"천만에, 내가 반대할 이유가 어디 있어요. 그들이 좋아하면 그뿐이지."

"그렇다면 선생도 그들을 위해서 힘을 써 줘요. 사실 선영이는 허 선생을 사랑하고 있답니다. 그것은 지금까지 제가 허 선생을 좋아하던 것과는 분명히 다르다는 것을 알 수 있어요. 그러면서도 선영이는 주저하고 있답니다."

"……."

"그건 원장과의 생활을 정리할 수가 없어서 그런 것은 아니에요. 선영이는 지금의 생활은 벌써 전부터 벗어나려고 생각하고 있었어요."

"……."

"그가 주저하는 것은……."

하고 말을 떼었다가,

"자기를 불행케 한 비밀 때문이랍니다. 그것을 선생도 잘 알고 있는데 허 선생에게 숨겨야 할 생각을 하면 자기가 무서워진다는 거예요."

하고 영호의 얼굴을 쳐다보며 말했다.

"그래서……."

하고 영호는 그 다음 말을 재촉했다.

"그래서 말입니다. 허 선생에게 그런 점을 충분히 이해시킬 분이 선생이라고 생각되는데요."

"그러나 허규도 그를 진정으로 사랑한다면 그런 것쯤 문제가 되지 않으리라고 생각하는데."

"허 선생은 물론 그럴는지도 모르지요. 그러나 선영이 마음은 그렇게 간단하달 수 없는 것이니까요. 허물을 풀어놓고 서로 이해하는 것보다 더 좋은 일이 있겠어요?"

"알겠어요, 그들이 행복할 일이라면 물론 나두 힘을 쓰지요."

"고마워요, 그들을 위해서 적극 행동하겠다고 약속을 걸어요."

난희가 손가락을 걸자고 내밀었다. 영호는 오늘 난희에게 한몫 접히는 것만 같은 기분이었다.

차가 퇴계로를 나와 우편국 앞을 돌고 있었다.

"그런데 미스 최는 동무의 일로 자기 일을 잊어버리고 있는 것이 아닙니까?"

"그런 모양이에요. 그래서 요즘 입맛도 다 잃은가봐요."

"참 그건 내가 의사로서 고쳐줄 책임이 있으니 어디 가 맛나는 음식이나 먹어봅시다."

그런 말로 영호는 그제야 겨우 웃어볼 수가 있었다.

소공동 뒷골목에 있는 아담한 레스토랑에 난희와 영호는 자리를 잡았다.

영호는 맥주로써는 좀처럼 취할 것 같지가 않았다.

"이렇게 앉아 있으니까 미스 최를 유혹하는 것만 같구만."

난희는 단숨에 잔을 내고 나서,

"같구만은 뭐예요. 그런 실없는 소리 그만하시고 유혹을 해봐요."

"해볼까?"

"정말이에요?"

하고 난희는 정말이란 얼굴을 지어 보였다.

그 얼굴은 마치도 여자의 조심성 같은 것은 집어던진 듯한 표정이었다. 그러면서도 조금도 어색하지 않은 명랑한 동작은 이편의 심리를 꿰뚫어보는 것 같은 그의 높은 교양을 그대로 말하여 줬다.

"술도 잘하고."

"아버지가 술로 돌아가신 걸요."

"그렇다면 술엔 유전적으로 무엇이 있구만."

"그래요. 별로 자랑할 만한 유전은 못되지만 그래도 때때로 아버지가 어떠한 심정으로 돌아가신가를 알고 싶어지는 걸요. 사업에 실패하시고 술을 벗으로 삼다가 끝내 돌아가셨답니다."

난희의 얼굴엔 갑자기 침울한 그늘이 서려졌다.

"선영이와 허 선생은 제가 아주 좋아하는 동무예요. 그런데 왠지 오늘부터 갑자기 멀어지는 것 같은 기분인 걸요. 쓸쓸해요."

"그 심정은 나두 알듯 하우. 아름다운 것이 아닙니까."

"아름답다느니 보다도 제게는 숙명과도 같은 것이겠지요."

난희는 탁자 위의 꽃을 만져보며 쓸쓸히 웃었다.

그때 영호가 부탁했던 전화가 연결됐다고 보이가 알려줬다.

그는 포크를 놓고 일어나 전화 앞으로 가서 받자 정숙이의 목소리가 들렸다.

"환자에 대해선 별일 없어?"

"네. 오늘 수술한 환자는 대체로 좋은 편이에요. 열도 점점 내리고 맥박이 구십으로 약간 불규칙한 정도이고 잠도 잘 자고 있어요. 그런데 십칠호 산모가 약 삼십분 전부터 출혈을 하기 시작했어요. 어떻게 하면 좋을까요?"

하고 물었다.

"탈락막(脫落膜)이 남아 있기 때문일 거야."

하고 영호는 그 원인을 알려주고 나서 맥각제(麥角劑)를 놔줘도 멎지 않으면 큐렛으로 그 안을 긁어내면 멎으리라는 것을 알려줬다.

"그러면 선생님, 다시 병원에 들르지 못하게 되겠군요?"

"글쎄 어떻게 될는지."

"영화구경을 가기로 했어요? 춤을 추러 가기로 했어요?"

"왜 이래……."

"다시는 전화 걸 일이 없겠지만……."

"들르지 못하게 되면 전화 걸게."

"어머!"

"왜 놀라는 거야?"

"선생에겐 좀처럼 없었던 일이라서요."

"나두 때루 맥주 좀 먹고 싶어지는 걸."

"맥주쯤만이 아니에요."

"그렇지 않구 뭐야?"

"그만 둬요. 저한텐 영화구경 한번 데리고 가본 일 없이 소문만 내놓구서, 화가 나요."

"그랬던가."

"그런 말 싫어요. 나두 모든 것 집어치우고 훌쩍 나가 버리고 싶은 마음이에요."

그 소리와 함께 전화가 끊어졌다.

응석을 부리며 자기 가슴에 뛰어드는 듯한 정숙의 목소리가 귀에 남아 있는 채 영호는 그대로 잠시동안 멍하니 서 있었다. 지금까지 알지 못했던 정숙이의 심정을 안 것만 같은 기분이었다. 영호가 자리로 돌아오자 난희가 흰 꽃에 담뱃재를 뿌려주고 있다가,

"아까 그 간호사가 전화를 받았지요?"

하고 알겠다는 웃음을 보였다.

"그래."

영호는 숨길 필요가 없는 일이면서도 어색하니 웃었다.

"뭐래요?"

"산모가 출혈이 좀 있다구……."

"곧 돌아가셔야 하나요?"

"괜찮아, 어떻게 치료하라구 알려줬으니까."

"그러면 천천히 있어두 되겠구만요."

"그래요."

"아, 안심이 되네."

하고 난희는 일부러 한숨을 몰아 내쉬고서,

"의사란 정말 싫어요. 언제 불러넬지 모르는 걸요."

"정말 그렇지요. 시간이 언제나 자기 시간이랄 수 없이 남에게 매여 있는 셈이니까요. 그러나 오늘은 괜찮겠지요."

"겠지요는 역시 불안스러운 일이 아니에요?"

"사실 환자들은 별 걱정이 없겠지만 간호사들이 불안해하지요. 내가 있는 것과 없는 것으로."

"아까의 그 간호사가 제일 불안해 하겠지요."

"무슨 말이요?"

"선생의 얼굴에 그렇게 써 있는 걸요."

"그래! 그렇다면 하는 수 없구만. 미스 최에게 그런 놀림이래두 받는 것을 영광으로 생각하는 수밖에."

"그분 참 인상이 좋더라. 이름이 뭐예요, 동무삼고 싶어요."

"윤정숙이라고 정말 이름처럼 정숙한 사람이지요. 다음에 오면 소개해 주지."

"꼭 소개해 줘요."

그때에 또다시 전화의 벨소리가 울렸다.

"어마나, 또 전화에요."

하고 난희가 예쁜 눈썹을 구겼으나 이번엔 다른 손님에게 온 전화였다.

"전화소리가 겁이 나요. 마음을 놓을 수 없게 정숙이가 감시하는 것 같아서."

"이젠 안 올 것입니다."

"누가 알아요. 대단히 훌륭하구 바쁜 선생을 유인해 내왔는데."

"유인해 놓구서두 그렇게 자신이 없어서야 되겠어."

"그거야 선생이 좋아졌으니까 그만큼 불안이 생긴 것이지요. 그렇다고 정숙이란 분이 싫어진다는 의민 아니에요."

"그렇다면 내가 좋아졌다 해두 별로 대단한 의미가 아니구만."

"선생님두…… 그런 건 아니에요. 말하자면 선영이와 허 선생이 내게서 멀어지는 것 같은 기분에서 선생과 정숙이와 같은 좋은 동무가 생겨서 다행이라고 생각하기 때문이에요."

"그렇다면 그것두 일종의 신진대사로구만."

하고 영호가 허허 웃자,

"그런 의미에서 한잔 들어요."

난희가 잔을 들어 축배를 청했다.

식사의 디저트가 나왔다. 오래간만에 먹는 술로 영호는 심신이 부

드러워진 대로 잠시동안 멍하니 도취경에 젖어 있었다. 그때에 문득 난희가,

"어떻게 해요, 병원에 또 돌아가셔야지요?"

하고 묻자 그렇다고 대답하고 싶지 않은 마음이었다.

"오래간만에 홀에나 가볼까?"

"어머나 선생님이 춤을 출 줄 아세요?"

"그런 실례의 말이 어디 있어."

"그렇다면 테스트를 한번 해 봐야겠는 걸요."

하고 웃으면서 시계를 보고 나서,

"그렇지만 오늘은 안되겠어요. 부산서 온 언니를 만나기로 했어요."

"그렇다면 다음에 가지."

하고 영호가 먼저 일어섰다. 난희와 영호는 충무로를 나와 우편국 앞에서 헤어졌다.

난희는 언니가 머물고 있는 반도호텔을 가려고 소공동으로 들어서다가 문득 길 건너편의 영호를 바라보았다. 종로쪽으로 걸어가는 것을 보니 병원엔 들르지 않을 모양이었다. 그렇다면 이제라도 가서 춤을 추러 가자고 할까, 하는 생각이 불현듯 떠오르며 걸음을 주춤거려봤다.

언니를 만난대야 무슨 종합병원을 하기 위한 자금을 숙부에게 돌려 달랠 의논을 하자는 것 밖에 없다는 것이 뻔한 일이기 때문이었다. 그렇다고 숙부가 만만스럽게 돈을 내놓을 리가 없다는 것은 난희로서도 짐작되는 일이었다.

그렇게 생각할수록 난희는 언니를 만나는 일이 귀찮고 싫어졌다. 그러면서 시청 앞까지 왔을 때 난희는 언젠가 차를 갖고 와서 그곳에서 기다리고 있겠다던 병수를 생각했다.

그때는 허규의 출판기념회 때문에 만나주질 못했지만 지금 그를

만나면 쓸쓸한 마음이 잊어질 것만 같은 기분이었다. 난희는 공중전화로 가서 그의 사무실에 전화를 걸었다. 전화에는 소녀가 나왔다.

"임 선생 벌써 퇴근하신지 오랬어요."

"어디로 가신다는 이야기 없었어요?"

"글쎄요, 잠깐 기다리세요."

하고 전화의 말소리가 끊어졌다. 그것을 기다리며 난희는 몹시 초조했다. 다시 전화에서 말이 들려왔다.

"아무도 아는 이가 없군요. 거기 어디신가요? 내일 나오시면 전해 드릴께요."

"좋아요, 내일 다시 걸지요."

난희는 수화기를 놓고 총총히 나왔다. 그러고는 그대로 집으로 돌아가고 싶은 마음이면서도 언니가 미안스러워 호텔 앞까지 왔다. 그러고도 들어가고 싶은 마음이 생기지 않았다. 그는 별로 볼 것도 없는 그곳의 쇼윈도를 들여다보고 서 있다가 병수가 언니한테 와 있을지도 모른다는 생각이 들었다.

투르크 사람인 듯한 백인이 아닌 신사가 차에서 내리어 호텔 문을 밀고 들어가는 것이 보였다. 그 사람에게 문을 여는 것을 배운 듯이 난희도 태연스럽게 문을 밀고 들어섰다.

혹시 로비에 언니가 있지 않을까 하고 찾아보았으나 보이지 않았다. 투르크 신사는 승강기를 기다리고 서 있었다. 난희도 그 옆으로 가서 섰다. 내려오는 줄도 모르게 승강기의 문이 슬쩍 열려졌다. 이제는 타기만 하면 된다고 난희는 생각했다.

투르크 신사는 여자라고 길을 비켜 난희가 먼저 들어서자 그제야 따라 탔다. 다시금 문이 철꺽 닫혔다. 이상스럽게도 소리가 없이 올라가기 시작했다.

난희는 핸드백에서 언니의 방 호수를 적어둔 것을 꺼내 보고 나서 그것이 몇층인가고 엘리베이터 보이에게 물었다.

"피프스 플로어."

하고 영어로 알려줬다. 오층이라는 것은 알았지만 난희는 자기도 모르게 미소가 흘려졌다. 서울에 있으면서도 서울에 있는 것 같지 않은 생각이 들어서인지도 몰랐다. 언니의 방은 놀랍게도 잠겨 있었다.

방 호수를 잘못 본 것이 아닌가 하고 호수 적은 것을 다시 꺼내 보았으나 틀림없었다. 시계를 보니 약속한 시간보다 사십분 늦었다. 그렇다면 일부러라도 방에 있지 않을 언니의 심정을 알 수 있는 일이었다. 그러나 오늘은 자기도 일부러 약속시간을 어긴 것을 생각하니 입술에 간지러운 미소가 흘려지는 것이 자기로서도 느껴졌다.

난희는 공연히 전등이 밝은 빈 복도에 서서 어떻게 할까 잠시 생각에 젖어 있었다. 언니를 안타까이 찾고 싶은 마음이 아니면서도 저편 구석에 빠가 눈에 띄는 대로 그곳으로 갔다.

언니와 병수가 혹시 그곳에서 술을 마셔가며 무슨 이야기를 하고 있지 않을까 하는 생각이 들었기 때문이었다. 그래도 혼자 찾아들어가기가 어색하여,

"부산에서 올라오신 최여사 오시지 않았어요?"

하고 물었다.

"글쎄요."

보이는 알 수 없다는 얼굴을 했다. 난희는 알 리가 있을 리 없다면서 빠로 들어갔다. 언니는 그곳에도 보이지가 않았다. 한국 손님들도 보였으나 외국 손님들이 더 많았다. 여자 손님들도 있었다.

보이가 난희를 보고 옆으로 왔다. 난희는 이런 곳에 혼자 오기는 처음이므로 약간 낯색을 붉히며 물었다.

"여기 앉아두 좋아요?"

"앉으십시요."

권하고 나서 무엇 마시려는가를 물었다.

"레몬 스카치루 찬 것 줘요."

의자에 앉고 나서 난희는 그제야 맘을 놓고 주위를 둘러봤다. 처음으로 들어와 보는 곳이지만 막상 들어와놓고 보니 겁날 노릇도 아니었다.

스탠드에도 외국 사람들뿐이었다. 스탠드 한쪽에 일본 것인 듯한 붉은 커다란 꽃병에 흰 백합이 한가득 꽂혀 있었다. 싱싱한 꽃이 볼수록 청초한 것이 향기도 풍겨오는 것 같았다. 그러면서도 꽃병의 붉은 빛깔이 몹시 눈에 거슬렸다.

옆자리에서는 한국 사람과 미국사람이 무슨 상담을 하고 있는 모양이었다. 한국 사람이 유노 미노식의 영어로 열심히 떠벌리고 있었다.

난희는 그들의 이야기를 일부러 들으려는 것도 아니었지만 때때로 들리는 이상한 영어에 웃음이 새어나왔다. 그래도 미국 사람은 용케 알아듣는 모양으로 심각한 얼굴인 채 오케이를 연발했다. 몇천만환이 오가는 모양이었다. 그러나 난희에게는 자기의 월급에 비하면 레몬 스카치 한잔도 대단한 낭비였다. 그러면서도 그런 낭비로 그들의 허황한 짓거리를 구경할 수 있는 것이 이(利)를 보는 것 같은 마음이었다.

"이것도 언니의 덕이라고 하는 수밖에 없지않아."

하고 생각하고서는 어이가 없어지는 대로 웃었다.

〈종합병원 건으로 그간 타협하던 황산부인과와는 대체로 합의된 모양이다. 그러므로 앞으로 남은 문제는 자금 문제뿐이다. 그 일로 나도 볼 일보러 올라가겠지만 너도 숙부에게 잘 이야기해 주길 바란다〉

며칠 전에 언니에게서 온 편지였다. 그 편지를 생각하면 언니가 이런 호화스러운 호텔에 방을 잡고 있다는 이유를 도시 이해할 수가 없었다. 어떻게 생각하면 정신이 나간 사람 같기도 하고 불쌍한 것 같기도 했다. 그러므로 오늘 난희는 영호를 만났을 때도 그런 말을 입밖에 내지도 않았던 것이다.

레몬 스카치를 마시고 있는 동안에 옆의 손님이 바뀌었다. 사오명의 미국 사람인 듯한 사람들 사이에 한국 여자가 끼어 웃고 있었다. 얼굴도 고왔지만 발음도 별로 어색하지 않았다. 난희는 어디서 본 듯한 사람이라고 생각하다가 문득 저편에서 병수가 들어와 앉는 것을 보고 언니가 아닌 자기의 숙모뻘이 되는 천여사를 보고 놀랐다. 난희가 있다는 것을 물론 알지 못하는 병수는 천여사와 웃으며 이야기를 하다가 보이를 불러 무엇을 주문했다. 아주 익숙한 태도였다. 난희는 놓여 있던 전표를 보고 분주히 셈을 치르고 나서 나왔다. 소리없는 승강기가 그를 아래층까지 내려다줬다. 현관의 문을 밀자 여름밤의 훈풍이 풍겨졌다.

난희는 걸어가다 방방이 불이 켜진 빌딩을 쳐다보며 휘파람이라도 불고 싶은 어쩐지 즐거운 마음이었다.

# 풍속

영호가 피가 묻은 수술복을 벗고 나서 담배를 피우며 쉬고 있다가,

"송여사가 자기 친척네 집에 왕진을 나가자는데 또 가봐야겠구만."

하고 정숙에게 왕진 준비를 시켰다. 정숙이는 가방에 주사약과 의료기구들을 집어넣으며,

"선생에겐 요즘 참 좋은 일만 생기는구만요. 어제는 예쁜 사람과 영화구경을 갔겠다, 오늘은 예쁜 마담과 춤을 추게 됐겠다……."

하고 눈을 샐룩거려가며 조롱댔다.

"그것이 정숙이와 같이라면 나두 정말 좋아할는지 모르겠는데……."

생각지도 않은 농담이 불쑥 튀어나오자,

"그런 쓸데없는 소리 그만하시고 어서 이거나 들고 가보세요."

하고 영호에게 가방을 내주었다. 정숙이가 자기 가슴에 달려드는 것 같아 영호는 가슴이 설레었다.

송여사는 마루에 걸터앉아서 매니큐어를 바르고 있었다. 파란 치마 밑에 고무신을 걸친 발이 눈에 띄었다.

방에는 밖에서 지금 들어온 듯한 황경진이가 등의자에 앉아서 그동안 쌓인 신문을 뒤적거리고 있었다.

"수술이 벌써 다 끝났어요? 그러면 곧 가도록 하겠어요."

하고 송여사가 영호에게 말했다.

영호는 원장에게 인사를 하고 나서,

"선생이 오셨는데 전 그만두지요."

하고 사양했다.

"저 사람이 갈 리가 있어요."

하고 송여사는 경진에게 얼굴을 돌려,

"난 김 선생과 숙모님을 보고 오다 저녁을 먹기로 약속했답니다."

하고 말을 보태어 일부러 자랑했다.

"그건 참 좋은 일이구만. 나두 다시 나가야 할 터인데 그 집까지라면 같이 차를 타구 나가두 좋은데 그것두 방해된다면 하는 수 없구."

"혼자 다니더니, 같이 가자구도 하구요."

"내가 이젠 그렇게두 무용지물이 됐는가?"

"짐작두 곧잘 하셔."

송여사는 매니큐어를 바른 양손을 모아보고 나서,

"그러면 내 곧 옷을 갈아 입을 테니 잠깐만 기다려 줘요."

하고 일어서면서 영호에게 말했다.

"그동안 내가 김선생을 잠깐만 빌리도록 하지."

하고 경진이는 놀리는 듯한 웃음을 영호에게 돌리고 나서,

"준비가 다 되면 알려줘. 김선생과 여기서 이야길 하고 있을 테니까."

하고 화장실로 들어가는 송여사에게 소리쳤다. 그리고는 담배를 꺼내 영호에게 권한 후 자기도 붙여 물고 나서,

"사실은……."

하고 자리를 바로 앉았다.

"나는 앞으로 병원 경영방침을 아주 뜯어고칠 생각이야."

갑자기 서두를 이렇게 꺼내므로 영호는 의외란 생각이 없지 않아

있었다. 말투도 보통 때 원장의 태도와는 아주 다른 데가 있다는 것을 알 수가 있었다. 그것을 보면 무슨 계획이 있어서 하는 이야기라는 것을 영호도 알 수가 있었다.

"다시 말하면 황산부인과 병원이 이 모양으로 아이나 받고 있자면 차라리 병원 간판을 내리고 호텔을 경영하는 것보다도 못하단 말야."

"⋯⋯."

"그래서 병원 경영방침을 하루바삐 고치는 동시에 이 기회에 이름도 새로 가는 것이 좋으리라고 생각했어. 어떤 이름이 좋겠다는 것은 물론 김 선생과도 상의하고 싶은 일이지만, 우선 내가 생각한 것은 모든 것에 앞서 환자에게 안심시킬 수 있다는 의미로 안심병원이라고 하고 싶은데 어때?"

"글쎄요."

영호는 따지고 싶은 것을 억지로 참고 있었다.

"병원의 이름은 차차로 생각할 수 있겠지. 그건 하여간에 우리가 세상 돌아가는 것을 염두에 두지 않고 병원을 경영해 온 것만은 사실이야. 그 때문에 환자 수는 별로 줄지 않았다 해도 수입면을 따져 보면 반이나 준 편이거든. 그 원인이 어디 있냐 말야. 그건 짐작할 수 있는 일이지만, 우후죽순 격으로 산부인과 병원이 많이 생긴 때문이 아닌가. 산부인과가 된다 하니까 이건 산 자도 모르는 어중이떠중이들이 산부인과 간판을 내걸고 날뛰는 판이니. 물론 그것은 전문의에 대한 규정이 있는데도 지키지 않는 당국의 불찰이라고도 하겠지만 하여튼 그 때문에 우리 병원에 미치는 영향은 대단한 것이고. 사실 산부인과 환자란 큰 병원을 거리끼게 되고 뒷골목 병원을 찾는 것이고. 그런 환자일수록 짭짤한 환자가 아닌가."

경진이는 약간 어색한 웃음을 웃으면서 눈을 굴려 영호를 살폈다.

"그러니까 거기에 대한 대책을 세워야겠단 말야. 즉 그 환자들을 어떻게 하면 모두 끌어올 수 있냐 말야."

그리고는 이야기는 이제부터라는 듯 옷깃 속에 손가락을 넣어 헤집고 나서,

"생각해 보면 우리가 서로 의견이 대립돼서 다툰 일이 한두 번이 아니었지. 물론 그것은 병원의 발전을 위해서라기보다 기술면에 그치는 것이었지. 병원을 운영하는 실제면과는 전혀 관계가 없는 추상적인 문제에 지나지 않았단 말야. 그래서 나는 느낀 바가 있는 거지. 즉 나는 당분간 의사라는 것을 잊어버리고 앞으로 이 병원의 경제적 확립을 위해 전적으로 노력할 결심이란 말야."

하고 잠시 쉬었다가,

"그러나 이것은 물론 김 선생의 이해 밑에서 하지 않는다면 의미가 없는 것이지. 본시 김 선생은 정의감이 센 사람이라는 것은 나도 잘 알고 있지만 그렇다고 병원의 발전을 위한 합리화에는 반대할 리는 없으리라고 생각하는데……."

하고 영호의 의견을 알고 싶어하는 눈으로 쳐다봤다. 그러나 영호는 영호대로 그의 심정을 벌써 알고 있었지만 섣불리 입을 열 필요가 없다고 생각하고 잠자코 듣고만 있었다.

"그러니까 지금과도 달리 나와 손을 잡고 한번 해보잔 말야."

하고 경진이는 자기 말에 혼자서 다짐을 주고 나서,

"그래서 위선 구체적인 계획에 들어가 지금까지의 산부인과 단일 병원을 고쳐서 내과와 소아과를 증설할 생각이란 말야. 그렇게 하면 환자들이 산부인과라구 드나들기를 꺼릴 리도 없고 더군다나 내과는 유산 적응에 대한 합법적인 관련을 가질 수 있단 말야. 이것은 벌써 전부터 생각하고 있던 것인데 최근에 우리와 같이 손을 잡고 일을 해보자는 사람이 나섰어. 그 사람은 부산에서 개업하고 있던

사람인데 의사로서도 우수하지만, D약품 상사라는 뒷배경을 갖고 있는 사람이야. 하여튼 그 사람은 앞으로 종합병원을 계획하고 있으니까."

결국 병원의 개혁이라는 것이 이런 곳에 귀착되는 것인가 하고 생각하니 영호는 어이가 없었다.

"그래서 김 선생의 생각은 어때? 내 이야길 종합해서 잘 생각해봐. 물론 찬성하지 않으리라고는 생각하지 않지만 만일 김 선생이······."

하고 담배를 빨아 말을 떼었다가,

"이 안에 불찬성이라면 이 기회에 서로 손을 끊는 것이 좋을 듯한데, 그러니까 태도를 분명히 해달라는 것이지."

하고 경진이는 결국 이런 말로 끝을 맺었다.

"잘 알겠습니다. 제게도 중대한 일이니까 신중히 생각해 보겠습니다."

영호는 그렇게 대답하는 수밖에 없었다. 바로 그때 송여사가 나들이 차림으로 나왔으므로 그 기회로 영호는 자리를 일어섰다. 환자를 보고 돌아오던 길에 영호는 송여사가 끄는 대로 중국집으로 들어갔다. 기나긴 여름 해는 일곱 시가 넘었는데도 아직 대낮처럼 밝다. 공중에 한가롭게 떠 있는 광고풍선의 영화 광고를 들창 너머 바라보며 영호는 몇 병째인지도 모르게 맥주를 들이켰으나 좀처럼 취하질 않았다. 아까 나올 때에 원장에게서 들은 이야기가 가슴 속에서 뭉글거리고 있기 때문이었다.

"그 사람이 그런 이야기를 해요?"

하고 송여사는 그 이야기를 듣고 나서 놀란 얼굴을 했다.

"그러면 송여사두 몰랐습니까. 병원을 뜯어고쳐 안심병원인지 무슨 병원인지로 한다는 이야기도······."

"안심병원이라면 환자가 안심하고 유산할 수 있단 말이구만. 그렇다면 차라리 유산병원이라고 할 게지, 환자가 막 몰려들 텐데."

"그렇지요. 그것이 더 좋구만요. 요컨대 이번 원장의 개혁안이라는 건 부산에서 올라온다는 그 내과의사와 인공유산 적응증의 연락을 긴밀히 취하자는 것이 골자겠지요."

"부산에서 올라온다는 의사라니, 그게 누구에요?"

"글쎄요, 제가 알 수 있습니까. D약품 상사라는 뒷배경을 갖고 있는 사람이라구 합디다."

"D약품 상사라면 제일약품 상사가 아니야."

"그럴는지도 모르지요."

"그렇다면 짐작이 가는군요. 그래요, 그 사람일 거예요."

"어떤 사람인데요?"

"아주 대단한 사람이지요. 하여튼 독일에 전보 치면 주사약이 닷새만에 온다고 환자들을 속여먹는 사람들이니까요."

"이왕이면 화성에 전보 친다구 할 게지."

"어머나 화성에…… 선생님두 멸시가 보통이 아니군요."

"그래두 속는 환자는 속고 마니까요."

그러나 사실은 그런 멸시나 하고 있을 때가 아니었다. 이번 안은 부산에서 올라온다는 그 의사라는 자의 생각인지도 모르는 일이었다. 그렇다면 그것엔 원장이 생각할 수 없는 더 음흉한 계획이 숨어 있는지도 몰랐다.

그렇다면 그것은 다만 영호 혼자의 문제가 아니고, 병원 전체에 미치는 문제인 동시에 병원의 고용원들이 지금보다도 더 부자유스러운 억압을 받게 되리라는 것은 뻔한 일이었다.

"나두 병원을 이런 상태로 내버려 둔다는 것은 좋지 않다고 생각하지요. 그러나 내 진정을 이야기한다면 병원은 아무렇게 돼두 좋다는 거예요. 그곳에서 열심히 일하고 계신 선생 앞에서 이런 이야기하는 것은 안될 일이지만요. 물론 나두 한때 병원에 열정을 가졌을 때가 있었지요. 황경진이와 둘이서 돈이라는 것을 생각하지 않았을 때 자나깨나 병원만 생각한 걸요. 그러나 지금은 그때의 열정과 희망은 안전히 없어지고 말았지요."

"어째서 그렇게도 마음이 바뀌었습니까?"

"말하자면 양심이 약간 비틀어진 때문이겠지요. 그것이 비틀어지기 시작하자 희망도 열정도 모두가 한꺼번에 없어져 버리고 마는 걸요. 그리고는 될대로 되라는 듯이 허영의 세계가 유혹하는 대로 양심이 마비된 방향으로 자꾸만 나가게 된 것이겠지요."

송여사는 체념에 젖어든 감정으로 일종의 자기비판을 하듯이 말했다.

"결국 양심을 배반했기 때문에 지고 만 셈이지요."

"그러나 원장은 그렇게도 생각지 않는 모양인데요. 아까도 자기는 의사를 집어치우고 완전히 기업주가 된다고 했답니다."

"그 사람이야 물론 그럴 수도 있겠지요. 양심에서는 벗어난 사람이니까. 문제는 나같은 사람이겠지요. 아직도 어떤 양심에 간혹 구속을 받고 있는……."

송여사는 아름다운 눈을 내려뜨며 장지손가락의 반지를 잠시 보고 있었다. 영호도 송여사의 길다란 손가락에 눈을 주어 보며,

"그렇지만 송여사는 지금 누구보다도 자유스러운 처지에 있다고 생각하는데요."

"그럴는지도 모르지요. 모두가 일하고 있는데 나는 마음대로 돌아다니고 있으니까. 그렇지만 김 선생은 그것이 정말 자유스러운 것이라고 생각하세요? 그건 자유스러운 것이 아니에요. 클클한 마음을 풀기 위해서 그래 보는 것이겠지요."

"그렇다면 참다운 자유는 어떤 의미를 말하는 것입니까?"

"내가 그 대답을 한다면 김 선생이 먼저 웃을 것입니다. 아니꼬운 소리 한다고. 그러나 지금의 내 자유라는 것이 참다운 자유가 아니고 나를 조금도 행복하게 해주지 못한다는 것은 잘 알고 있어요. 오히려 나를 불행하게 해줄 뿐이지요."

송여사는 술기운에 홍조를 띤 얼굴이면서도 가슴에 깔려 있던 생각을 그대로 내어놓듯 몹시 침착한 음성이었다.

영호는 잠자코 듣고만 있었다. 그러나 그의 불행하다는 뜻만은 알 수 있는 것 같았다. 이 여인은 자신의 양식(良識)이 현실에 부딪친 마찰 속에서 커다란 상처를 받고 있다고 생각했다. 그러니까 소극적인 방향으로 모색하고 있는 자의식이란 부패와 부딪칠 땐 미약하기가 짝이 없는 것이다. 송여사가 될대로 되라는 퇴폐적인 면으로 흘러간 것도 그 때문이다. 그러나 그런 위험에 빠지는 일이 비단 송여사에게만 있는 것은 아니다. 영호 자신의 주위에도 그러한 위험에 빠질 독소는 얼마든지 있다. 병원의 개혁안에 대해서도 어떠한 태도로 나가야 하는 것인가 어물거리다가는 지금 자기 앞에 앉아 있는 이 아름다운 부인처럼 모든 희망과 이상을 잃게 될 것이 아닌가.

물론 병원의 기구가 달라진다면 산부인과는 자연 자기가 맡게 되므로 거기에 따라서 보수도 많아질 것은 사실이다. 그러나 그 대신에 황경진이는 들어서는 안될 메스를 들라는 명령을 수시로 내릴 것이 아닌가. 그렇게 된다면 의사로서의 양심은 구할 수 없는 구렁이 속에 빠져 버리고 만다는 것은 너무나도 뻔한 일이다.

영호는 앞으로 닥쳐오는 자기의 운명을 바라보듯이 멍하니 들창 밖을 내다보고 있었다.

"무엇을 그렇게 봐요?"

송여사가 가만히 물었다. 영호는 담뱃재를 털면서 대답이 없었다.

"일껏 나왔는데 병원 이야기 이젠 그만합시다. 귀찮아졌어요."

하고 송여사가 기분을 바꾸기 위해서인지 갑자기 밝은 웃음을 띠어,

"이집에 연애하는 패가 몇이나 왔을 것 같아요?"

"글쎄요?"

문득 그런 질문에 멍청하니 앉아 있던 영호도 따라 웃지 않을 수가 없었다.

"열은 더 될 것입니다."

"그렇게두 많을까요?"

"중국 사람들은 그걸 노리구 방방이 막아놓은 걸요. 저것 봐두 알 수 있지 않아요."

송여사는 반쯤 열린 미닫이 사이로 바라보이는 저편 방문 앞에 남자 신과 여자 신이 가지런히 놓여 있는 것을 가리켰다.

"그러나 우리 같은 사람들도 있을 것이 아닙니까?"

"우린 정말 특별한 경우지요. 그래두 남이 본다면 어떻게 생각하실 줄 아시구……"

하고 송여사는 어린애를 위협주듯 하고 나서,

"이 집을 모두 뒤져보면 혹시 우리 원장두 와 있을지도 모른답니다. 그 사람에게 요즘 젊은 여자가 생겼다는 것 아세요?"

하고 영호가 뿜는 담배 연기 속에서 약간 찌푸린 얼굴로 웃었다.

송여사의 그말에 영호는 흠칫 놀랐다.

"그것 봐요. 알고 있으면서두 내겐 감추고 있었지요?"

"사실 알고 있었습니다. 그러나 그것은 최근에 우연한 일로 알게 됐습니다."

영호는 달리 변명할 말을 찾을 수 없어 솔직히 이야기했다.

"그렇다구 그걸 나쁘게 여기는 것은 아닙니다."

"그렇지만 그 여자두 원장하구 헤어질 생각인 모양입데다."

"그래요? 어떻게 잘 아세요?"

"어떻게 잘 안다느니보다도……"

영호는 여기서 허규에 대한 이야기를 꺼낼 필요가 없었으므로 말끝을 얼버무려쳤다.

그러나 송여사는 그것을 더 추궁하지 않고,

"헤어진다면 거게두 무슨 이유가 있겠지요?"

하고 그것을 물었다.

"글쎄요. 남의 일이니 알 수야 없지만 그런 생활이 싫어진 때문이 아닐까요."

"여자편에서요?"

"그렇겠지요."

영호는 어디까지나 말을 멀리 돌려가며 이야기했다.

"그렇다면 아주 현명한 사람인 모양이군요. 난 그 사람과 벌써 헤어진다면서두 이러구 있는데."

하고 자기자신을 비웃듯이 웃었다. 그러고는 영호의 잔에 맥주를 채워주고 나서,

"김 선생, 오늘 내 일신상의 이야기 좀 들어 주겠어요? 말하자면 내 고민."

하고 고개를 숙인 채 잠시 입술을 깨물고 있다가,

"지금에 난 김 선생밖에 내 마음을 이야기해 보고 싶은 사람이 없어요."

생각지도 않게 심각한 말에 영호는 경계하듯이 그의 얼굴을 다시 한번 쳐다봤다.

"나같은 사람에게 이야기했댔자 무슨 도움이 될 리가 있어요. 그런 복잡한 문젤 사모님의 세계에서 본다면 나같은 건 정말 철부지 어린애일 터인데."

"사모님, 사모님은 싫어요. 그만둬요."

"그럼 뭐래요?"

"아무렇게나 불러요. 사모님은 정말 싫어."

"그렇다면 송여사라구 하지요."

"그래요, 차라리 그것이 좋아요."

송여사는 그대로 입을 다물고 시무룩하니 있다가,

"황경진이와는 헤어지기로 결심했답니다."

아주 예사로운 말처럼 말하고 나서 다시금 다짐을 주어,

"정말입니다, 정말 말뿐이 아닙니다."

영호는 그의 말에 약간 놀란 얼굴이면서도 잠자코 듣고만 있었다.

"그거야 물론 하루 이틀에 쉽게 되지 않을는지도 모르지만 하여튼 그에게서는 벗어날 생각이에요."

"……."

"김 선생두 응원해 주겠지요, 나를."

"……."

"왜 대답이 없어요. 이런 때 김 선생까지 나를 모른 척한다면 난 죽고만 싶어져요."

"……."

"물론 내가 김 선생을 잘 알고 있기 때문이지요. 입이 무겁고 뚝한 것이 인정이 도제 없는 것 같으면서두 마음이 아름답고 진실한 분이라는 것을……."

"……."

"탈이라면 너무나도 진실한 것이 탈이지요. 그러므로 나는 선생을 상대로 불장난을 하자는 것은 아니에요. 그보다는 좀더 중요한 일을 위해서 내겐 선생이 필요한 것이랍니다."

그러고는 입을 다무는 동시에 눈도 감았다. 감겨진 아름다운 눈시

울엔 어지러운 감정의 정열이 요동했다.

"실상 여자로서의 자존심이니 뭐니 모두 털어놓고 이야기한다면 황경진이가 싫어지자부터 김 선생은 내게 없으면 안될 존재라는 것을 알게 되었답니다. 그것을 분명히 느끼기 전에두 그러한 것이 내 가슴 속에 묻혀 있었던지도 모르지요. 일년이구 이년이구 아니, 그 전부터인지도 몰라요. 그렇다고 지금 주책없는 그런 이야기하겠다는 것은 아닙니다. 내 운명을 김 선생이 어떻게 해달라는 것은 아니란 말예요. 그렇게 해준다면 거야 물론 내 운명은 구원받을는지 모르지만 그 반대로 선생의 운명이 어려워지고 말터이니까요. 그러니까 처음에 말한 것처럼 아무 것두 바라는 것은 아니랍니다."

"......."

"그렇지만 그것은 괴로운 일입니다. 나를 사랑해 주신 어머니나 아버지도 이 괴로움을 어떻게 해줄 수는 없는 것이고. 그것은 그들의 책임과는 전혀 관계가 없는 것이지요. 그럴수록 내 주위에 누가 있어요? 나는 때때로 내 주위를 돌아다보고는 자신이 오싹해짐을 느끼곤 한답니다. 마치도 황량한 벌판에 혼자 서 있는 것만 같은 걸요. 나는 밤중에 문득 눈을 뜨고서 그것을 생각하고는 신경이 곤두서서 그대로 미치지 않는가, 하고 생각하게 된답니다."

"......."

"내가 황경진이와 헤어진다 해도 선생의 아내가 될 자격이 없다는 것은 잘 알고 있어요. 선생에겐 훌륭한 가족이 있지 않아요. 그렇지만 이대로 나 혼자라면 무슨 일을 저지를지 나로서도 모르는 걸요. 내가 김 선생에 바라는 것은 단 하나. 가련하게도 나는 나로서 내가 살아나갈 길을 붙잡을 자신이 없는 걸요."

"그것을 찾기 위해선 생활을 고쳐야지요."

하고 영호는 침묵을 깨치고 입을 열었다.

"저도 그렇게 생각해요."

"그리고 감정도."

"감정이라뇨?"

"습성에서 오는 감정 말입니다. 그것을 고치지 않고는 어찌할 도리가 없겠지요."

"말하자면 자기가 어떤 특수 계급에 속해 있는 것 같은 그런 감정 말이지요?"

"그렇지요. 그것을 버리기 전에는 새로운 휴머니즘의 정신 확립은 곤란할 것입니다. 야만과 허위로부터 이성을 지키고 또한 그것을 지키기 위하여 싸울 수 있는 정신과 용기가 언제나 필요한 것입니다."

"……."

"나도 사실을 말하면 병원의 기구가 달라지는데 그대로 있어야 할지 그만둬야 할지 지금까지도 망설이고 있었습니다. 그것이 지금 송 여사와 이야기하는 중에서 결심이 된 셈이지요. 그 병원을 지키기 위해 내가 남아서 어디까지나 싸워야겠다는 것을. 즉 기술적인 지식인의 생활과 의학적인 휴머니즘을 위해서 말입니다. 그러므로 때에 따라서는 원장이 나의 적이 되는 결과가 생길는지도 모르지요."

"그런 것은 나두 벌써 전부터 알고 있어요."

"그러나 말보다 실제에선 그것이 그리 간단한 문제는 아닙니다."

"나두 황경진이와 헤어져 김 선생의 편이 될 수 있으리라고 생각해요."

"정말입니까? 그 아름다운 손으로?"

"김 선생이 도와만 준다면."

송여사는 자기의 결심을 보이는 말을 하면서도 고개를 떨어뜨렸다. 영호는 그의 애달픈 마음이 가슴에 스며드는 것만 같았다. 뭐라고 한마디로 이 복잡한 감정을 털어 놓을 수 있는 격렬한 말을 배앝고 싶었다.

그러나 다음 순간 그는 겨우 그러한 감정을 억제할 수가 있었다.

"요컨대 나쁜 풍속이 자꾸만 생기려는 우리 주위를 아름다운 풍속으로 만들기 위해서 노력하는 것이 우리들의 일이지요."

영호는 가슴에 부족한 듯하면서도 그런 말을 할 수 있는 것이 다행이라고 생각했다.

선영이는 난희가 허규와의 결혼문제를 막상 꺼내 놓았을 때는 당황했다.

"하여튼 허 선생은 선영이를 무조건 좋다는데야."

선영이의 마음을 더욱 달뜨게 하듯 난희가 말했다.

"그렇다면 난 더욱 곤란하다니까."

"무슨 이유로?"

"이유가 아니고 감정이라니까. 내 감정이 그것을 허락할 수 없다니까."

그말에 난희는 드디어 몸을 비꼬더니 웃음을 터쳐 놓고야 말았다.

"내말이 뭐 그렇게 우스워?"

"우습지 않고?"

얼굴을 드는 동시에 난희는 쏘듯이 말했다.

"좋아하는 남자가 부끄러워서 꽁무니를 빼는 것처럼 우스운 일이 없단다."

이 말에 선영이는 대답은 못하면서도 가슴이 찔린 웃음을 그대로 흘려놓았다.

"사실 그런 감정을 가져본다는 것이 아름다운 것이지 뭐야."

"너무 추어 올리지 말아."

"그래 어떻게 하겠? 허 선생, 오늘 만나고 싶지 않니? 하여튼 난 부탁을 받았으니 말이다."

"어디서 만나기로 했다구?"

"자연장에서 여섯시 반에."

하고 난희는 시간을 보고 나서,

"약속시간두 이십분밖에 남지 않았다."

"그러면 미안하지만 너 먼저 가서 허 선생을 만나주렴. 내 미장원에 들러 머리 좀 고치고 갈께."

"저것봐, 저렇게두 만나고 싶으면서두."

"거야 물론 만나고 싶지. 그렇지만 결혼 같은 일로 만나겠다는 것은 아니야. 앞으로 살기 위한 취직 거리를 구해 달랠 생각인걸."

난희는 선영이와 만날 장소와 시간을 다시 정하고 그의 방을 나오면서,

"그러면 이따가 만나자. 신부처럼 예쁘게 채린 네 얼굴 구경해 줄께."

하고 조롱댔다.

〈자연장〉에는 이름 그대로 담배가 자욱한 채 손님이 가득 차 있었다. 그 속에서 난희는 알지 못하는 손님과 같이 앉아 있는 허규를 보고 안심하듯이 수건으로 이마와 목덜미의 땀을 씻어냈다.

"선생의 덕분으로 이 모양이에요. 전신에 땀인걸요."

"그건 나 때문이 아니겠지."

"그러면 누구 때문이에요?"

"자기의 성격 때문이지."

"선생은 또 그런 말야."

난희는 다음 말을 이으려다가 주위를 꺼려 그만두고,

"나갑시다."

그들은 거리로 나왔다.

"허 선생이 이번엔 어물거리면 안돼요. 분명히 해야지."

"분명히 한다는 건 어떻게 하면 좋은 거야?"

"말하자면 손을 내밀기만 하면 되는 것이에요. 용기를 조금만 내면 그것으로 모든 것이 해결된다니까요. 선영이도 행복할 수 있고 선생도 그렇고……."

어느덧 그들은 덕수궁 앞까지 왔다. 허규가 걸음을 멈추고,

"어디로 가는 거야?"

하고 물었다.

"선영이와 약속한 시간이 아직 있어요. 선영이가 예쁘게 하고 나온다니 우리 산책이나 좀 합시다."

"난희하구 걸으면 나두 젊어지는 것 같을까."

"그만둬요, 공연히 늙은 사람처럼. 그래 지금 이야기 결심했어요?"

"그렇게 간단히 결정질 수야 없는 일 아니야. 말하자면 일을 되도록 빨리 결정짓겠다는 난희의 마음은 알 수 있지만 이러한 일은 역시 어느 정도까지 내버려두는 것이 자연스럽겠지. 선영 씨가 그런 마음이고 나도 그렇다 해도 그것이 성숙해서 하나의 결실을 이룰 때까지 기다리는 것이……."

허규는 그러나 자기의 조급한 마음과는 어긋나는 말이라고 생각했다.

"알겠어요, 그말을 들을 수 있으면 충분해요. 그것으로 내 일은 끝난 셈이니까요."

난희는 새삼스럽게 구두 끝으로 조약돌을 차보았다.

# 결렬

오늘도 난희가 회사에서 하는 일은 같은 일이었다. 병수를 만났던 것도 크라이슬러의 아이디어도 삽시간에 사라져 버리고 말았다. 다만 인쇄된 활자 속에서 오자를 골라내기에 급급할 뿐이었다.

점심시간에 회사의 동무들과 거리로 나왔다. 어느 오피스에서나 사무원들이 풀려져 나오는 시간이므로 보도가 좁을 정도였다. 별로 목적도 없이 물밀듯 밀리는 사람떼들에 묻혀서 진열장을 들여다보는 것도 그들의 일과의 하나였다.

"어머나, 그 넥타이 그만 팔렸네. 돈이 생기면 내가 사서 선물하렸더니."

하고 같이 나온 동무가 말했다. 그러나 그에겐 연인이 있는 것이 아니었다. 그 넥타이가 꼭 맞을 사람을 상상해 보는 것이었다. 그러므로 돈이 생긴다 해도 살 리가 없는 것이었다. 그 진열장에는 남자의 물건이 많이 진열되어 있었다. 요즘 한창 유행하는 파자마, 여행용 화장도구·여름바지—난희는 그것을 보면서 오늘 허규 출판기념회에 무엇을 선사해야 좋을까 생각해 보았다. 그러자 지금까지 잊고 있던 병수의 일이 생각났다. 그에게 전화라도 걸어줘야 할 것을 생각한 것이었다. 회사에 돌아와서 전화를 걸어보았으나 통하지가 않았다.

난희는 전화를 놓으며 오히려 그것이 잘된 듯한 생각이 들었다.

그날은 일이 좀 분주했기 때문에 퇴근이 가까워오자 난희는 몹시 피곤해졌다. 그는 출판기념회에 가기 위해서 회사로 오기로 약속된 선영이가 오면 단과자를 먹으러 가리라고 생각하고 있었다. 그때에 심부름하는 소년이,

"최 선생, 누가 찾아왔습니다."

하고 면회 온 것을 알려줬다. 나가 보니 한복으로 잘 차려입은 선영이가 웃고 있었다.

"난 웬 귀부인이 나를 찾나 했더니 오늘은 왜 이렇게 잘 차려입었니?"

"남의 첩 꼴이 나니?"

"으응 조곰두."

"그러면 실망이다. 오늘 나는 한껏 천비 꼴을 내느라고 애썼는데, 바빠?"

"그래, 오늘은 좀 바빴어."

"그러면 나 지하실 다방에 내려가 있을께."

"아니야, 오늘 일은 다 끝났어. 같이 나가."

난희가 퇴근 준비를 하러 들어간 동안에 선영이는 들창가에서 거리의 풍경을 내려다보고 서 있었다. 거리에는 가지각색의 수많은 사람들이 오고갔다. 그 많은 사람들도 모두가 먹기 위해서 저럴 것이라고 생각했다. 그러고는 지금의 자기 생활도 역시 그런 수단의 하나라고 생각하면서도 갑자기 서글퍼졌다.

"기다리게 해서 미안하다."

얼굴을 고치며 나오는 난희에게서 분냄새가 풍겨졌다.

"오늘 허 선생에게 무엇 사줬으면 좋겠니?"

"나두 그래서 너하구 의논하려구 그냥 왔다."

"꽃은 싫구."

"왜?"

"남자가 꽃은 해서 무엇하니, 더군다나 허 선생 같은 분이."

"허 선생은 꽃을 받으면 안되나, 오늘 같은 날이야."

"그래두 난 그런 낭빈 싫다. 늘 갖고 쓸 수 있는 실용적인 것을 사주고 싶다."

"그 의민 나두 알겠다. 시드는 꽃보다 언제나 변치 않는…… 그렇지?"

"넌 또 별난데 의미를 붙이는구나."

난희는 선영이의 마음을 보는 듯싶으면서 손목시계를 보았다. 다섯시 반이다. 그러면 지금쯤 병수가 차를 갖고 살롱 앞에 와서 기다리고 있을지도 모르는 것이 아닌가.

같은 차로 경진이와 선영이는 시청 앞까지 나왔다. 경진이는 이대로 헤어지긴 아무래도 미련이 남는 모양이었다.

"하여튼 내일 또 갈께."

"오는 건 좋아요. 그러나 오늘 제가 이야기한 건 진정입니다."

선영이는 한마디 하고서는 총총히 소공동 쪽으로 걸어갔다. 그것을 잠시 바라보고 서 있다가 그도 오래간만에 명동이나 나가볼까 하고 을지로 쪽으로 향하였다.

그는 명동에 있는 어느 양품점에 들러 넥타이를 골라가며 여점원을 집적거려 보았으나 역시 선영이의 생각이 머리에서 떠나지 않았다.

그동안 병원 일이 바빠서 여자를 가까이할 틈이 없었던 때문인 모양이었다.

(오래간만에 뿌듯한 기분을 풀어 보겠다던 것이 이렇게 되고 말았으니……)

이러한 생각을 하여가며 그는 넥타이를 싸고 있는 여점원의 얼굴에 부스스 돋은 선정적인 솜털을 바라보면서 거기에 점점 끌려들듯 선영이의 부드러운 살결이 그리워졌다. 그럴수록 오늘 선영이를 그렇게 만만히 놓아준 것이 억울해 견딜 수가 없었다.

"기다리게 해서 미안합니다."

예쁜 여점원이 웃으면서 그에게 싼 것을 내줬다. 그것을 받아들고 나와 목적없이 걸었다.

선영이와 관련된 때문인지 오늘은 유달리도 젊은 여자에게 눈이 끌렸다. 명동에는 맨 형체 모를 여자들이었다. 여사무원이 빠에 있는 여자 같기도 하고 어떻게 보면 여학생 같기도 했다. 그런 바탕의 계집인지 여염집 부인인지 그것조차도 분간할 수 없는 여자들이 많았다. 그런 것을 흥미있게 관찰하고 있는 사이에 선영이가 헤어지자는 것은 오히려 잘된 것만 같은 생각이 문득 들었다.

(계집은 얼마든지 있는 거 아닌가, 새 것으로 갈수록 거긴 단맛이 있는 것인데)

그는 흡족한 웃음과 함께 안타까운 욕망이 타올랐다.

언젠가 자기에게 호의를 보이던 옥주라는 기생을 찾아가 볼까. 그보다도 간편한 홀이 있는 것을 생각하고 댄서와 놀기로 결정했다. 그릴에서 진을 서너잔 들이켜고 그곳을 찾았다.

아직도 바깥은 밝은데 홀안은 어지러웠다. 광선 때문인지 선영이와 비슷한 여자가 문득 눈에 띄므로 경진이는 손짓을 했다. 여자는 정말 춤을 즐기는 듯한 경쾌한 스텝으로 조금도 상대방을 무겁게 해주지 않았다.

이미 알콜과 재즈에 흥분될대로 된 경진이는 마음껏 대담스럽게 굴어봤다. 여자가 생긋 웃어줬다. 싫지 않았다.

그는 여자를 힘껏 안고 몇번인가 돌아가는 사이에 자기의 부끄러운 연령도 잊어버리고 그 여자를 유혹해 보는 단계까지 이르렀다. 실상 취한 사람의 장난 같은 이야기였지만.

"좋아요, 먼저 나가 기다리세요."

뜻밖에도 그런 대답이었다. 경진이는 너무나도 간단한 것에 놀랐다.

어두운 골목을 빠져나와 차를 잡았다. 차에 오르자 경진이는 여자의 어깨 위에 팔을 올려 놓은 채 잠이 들어 버렸다.

"어디로…… 가는 데 있어요?"

흔들어 깨우면서 물었다. 귀치않은 채,

"아무데나 가, 자기가 더 잘 알 터인데."

하고 다시 눈을 감으며 여자의 가슴에 얼굴을 묻었다.

"그러면 이것봐요."

하고 운전수에게 몸을 약간 드는 듯하면서 가는 곳을 가리켜 줬다. 아직도 꿈의 연장만 같았다. 머리가 어지러울 뿐 아니라 배가 부글부글 끓어대며 전신이 무거운 것이 자기 몸 같지가 않았다. 경진이는 경찰에서 왔다는 소리에 눈을 뜬 것이었다.

여자는 옆방에 끌려가서 조사를 받는 모양이었다. 셔츠바람으로 일어나 앉은 그는 으쓱 몸이 떨렸다.

경찰은 그의 소지품을 모두 꺼내 놓으라고 했다. 신분증과 오백환 뭉치가 아직도 반 이상 남아 있는 것을 보고 의심과 존경이 동시에 느껴지는 모양이었다.

신분증과 대조해 보며 주소와 이름을 묻기 시작했다. 경진이는 난처한 일이 되었다고 생각하면서 할 수 없이 솔직하게 대답했다.

"직업은?"

"의삽니다."

"그러면 왜 숙박장엔 상인이라 썼어?"

"그건 사실……."

그는 그제야 어젯밤 여자에게 끌려 호텔로 왔을 때의 일이 어렴

풋이 기억에 떠올랐다. 그 여자가 과일을 먹고 싶다고 호텔 급사를 불렀을 때 숙박장을 쓰라고 하므로

"아무렇게나 써 줘."

하고 소리친 것이 생각났다. 그리고는 결코 깨끗하다고 할 수 없는 방에 화를 내어

"이것두 명색이 호텔이야. 하긴 그런건 아무래두 좋다, 예쁜 사람이면 그만이지."

하고 여자를 끌어안았던 것도 기억났다.

"사실 조그맣게 장사를 하는 것두 있습니다."

경진이는 궁하게 말을 돌려댔다.

"무슨 장살?"

"약장사입니다."

"의사가 약방을 한다면 위법이 아니오."

"아니 아니, 약을 취급하는 어느 회사에 투자를 하고 있습니다."

경진이는 어색한 변명을 했다.

"여보, 그러지 말구 바른 말을 해요. 도대체 이름은 왜 딴 이름을 썼나 말요."

그것은 여자가 자기 마음대로 썼다고 솔직히 말해도 대답이 될 것 같지가 않았다.

"하여튼 빨리 옷을 입어요. 저와 좀 같이 갑시다."

"아니 그런 것이 아니고……."

더욱 당황해서 무슨 변명을 대려도 다음 말이 나오지 않았다. 이런 때에 수단을 쓰는 법이 있다는 것을 들은 일이 생각됐다. 그러면서도 이런 일을 처음으로 당하는 그로서는 섣불리 그러다가는 오히려 불리한 처지가 될 것만 같았다.

옷을 주워 입으면서 그는 말할 수 없는 모욕감을 느꼈다. 그것에

반발하듯 일부러 늦춰가며 담배를 붙여 물었다. 그 동작이 또한 경찰의 화를 사게 했다.

"뭘 그렇게 어물거리는 거요."

눈살을 찌푸리며 소리쳤다.

경진이는 병원에 전화를 걸어 알릴까 하다가 그것은 더욱 망신스러운 일이므로 명함을 꺼내 자기는 의심을 받을 만한 사람이 아니라고 다시금 빌붙기 시작했다.

"글쎄, 당신이 훌륭한 사람인 줄은 알아요."

하고 경찰은 핀잔을 주면서도 얼마큼 어조가 부드러워졌다.

"여자와는 얼마에 약속했소?"

"아니, 그것이 아니고 그 여잔 댄서입니다."

"누가 그걸 모른다는 거요. 돈을 받고서 자러 다닌다면 단속하지 않을 수 없다는 것은 당신두 잘 알고 있는 일 아니오."

경진이는 여기서 겨우 어젯밤에 술이 지나치게 취했던 데서 비롯된 실수라는 것을 말했다.

"아무리 술이 취했다 해도 당신의 사회적 지위를 잊을 수는 없는 것이 아니오."

경진이는 그의 힐책에 머리를 긁고 있는 수밖에 없었다.

"당신의 체면에도 관계되는 일이니까 이번만은 특별히 용서하겠습니다만 앞으로 주의하시오."

그것으로써 그는 겨우 안심할 수 있는 한숨을 내쉬었다.

그는 호텔을 나와 차를 잡으려고 서 있다가 무엇을 놓고 나온 듯한 생각이 들었다. 생각해 보니 모자를 놓고 나왔다.

그러나 호텔에 놓고 나왔는지 어젯밤 홀에서 차를 탔을 때에 이미 잊었던지 생각나지가 않았다. 다시금 호텔로 들어가서 그것을 물어보기도 귀찮아 잠이 모자라서 피곤한 몸을 그대로 차에 실어 버리고 말았다.

운전수가 어디로 가냐고 묻자 선영이를 찾아가서 어젯밤의 화풀이라도 해볼 생각을 했다. 그러나 이대로 가면 선영이의 기분을 더욱 나쁘게 할 것만 같은 생각이 들었다. 그는 선영이의 비위를 맞춰줄 수 있는 물건들을 이것저것 생각해 보다가 구태여 그럴 필요도 없다고 생각했다.

그러면서 그는 문득 온천에나 가서 며칠 쉬고 싶은 생각이 들었다.

아직도 피부에 남아 있는 듯한 어젯밤의 불유쾌한 것을 탕물에 씻어볼 생각이 났던 때문인지 그렇지 않으면 어제의 부족감을 온천의 계집들과 함께 마음을 탁 터놓고 놀아보고 싶은 생각이 났던 때문인지 알 수 없는 일이었다.

아직도 자리에 누워 있는 송여사에게 이삼일 여행을 하겠으니 보스턴백을 꺼내달라고 했다. 여행준비를 하고 있는 옆에서 보고 있던 송여사는 언제부터 이야기하겠다던 이혼 이야기를 문득 꺼내놓았다. 경진이도 그 말엔 놀랐는지 송여사의 얼굴을 잠시 멍청하니 쳐다보고 있다가 되지도 않은 소리, 그만두라고 웃어버리고 말았다. 경진이가 쉽게 응하지 않을 것이라는 것은 이 한마디로 알 수 있었다. 그렇다면 정식으로 헤어지기 위해선 하루 이틀의 절충으로는 도저히 불가능하다는 것도 생각됐다. 역시 이 사람하고는 몸부림을 쳐가며 싸워야 하는가, 하고 송여사는 등골이 서늘해지는 것을 느껴졌다.

"웃는 말이 아니에요. 진심입니다."

송여사는 어디까지나 정색한 얼굴이었다. 그러나 경진이는,

"잠꼬대 같은 소리 그만두라구."

하고 행장을 꾸리는 데만 바빴다. 이것으로써는 이야기가 되지 않

겠으므로 송여사는 잠시 그의 모습만 보고 있었다. 그러고는 어디로 가느냐고 물었다.

"부산에 우리 병원에 오게 된 내과의사와 상의할 일이 갑자기 생겨서."

"원장이 일일이 그런 사람을 찾아가서 이야기해야 하는가요?"

"그럴 일이 있어."

"그렇다면 서대문에 있다는 예쁜 사람두 동행이겠군요."

그 말엔 경진이도 가슴에 찔리는 듯 손을 멈추고 송여사를 쳐다봤다. 그러나 이어 억지의 웃음을 비벼대며

"그걸 이제야 안 모양이구만. 그건 벌써 옛이야기야."

"옛이야기구 새 이야기구 아무래두 좋아요. 그 대신 제게두 자유를 줘요. 이런 생활이 전 견딜 수가 없어요."

"아니꼬운 소리 그만둬. 마음대로 싸다니면서 이 이상 무슨 자유가 필요하단 말야?"

"제겐 그런 자유보다도 본질적인 자유가 필요해요. 나는 여기서 벗어나지 않으면 못견디겠어요."

"그래서 어딜 가겠어?"

"……."

"응, 어딜 간다는 거야."

"……."

"나두 좀 물어보자. 그래서 상대가 누구란 말야?"

"그런 사람 내겐 없어요."

그러자 경진이는 송여사의 팔을 꽉 쥐고서,

"누구야?"

"……."

경진이는 더욱 세차게 꽉 쥐었던 팔을 획 던져 놓아줬다.

"알겠어? 다시 그런 이야기한다면 언제나 이렇다는 것을—."

송여사는 팔이 부러지는 것같이 아픈 것을 느끼면서도 그런 야만에 자기가 결코 질 리는 없다고 입술을 힘껏 깨물었다.

병원의 간판이 드디어 바꿔려는 그 무렵에 영호는 처음으로 내과부장으로 오게 된 서영팔이와 대면하게 되었다.

금테 안경을 쓰고 커다란 검은 보석반지를 낀 그의 옷차림을 보아도 그의 교양이 어떻다는 것은 알 수가 있는 일이었다.

"실상 좀더 빨리 올라올 예정이었지만 부산병원의 정리가 뜻대로 되지를 않아서 자연 늦게 된 셈이지요. 내 병원은 그래도 부산에선 일류였으니까 인수해 보겠다는 사람이 좀처럼 나서지를 못하더군요."

하고 그는 자기 자랑 같은 이야기를 하고 나서,

"황산부인과 병원이 이름은 달라진다 하더래도 역시 이 병원의 전통과 명실이 달라지는 것은 아니니까 그런 점에서 생각할 때 내가 학위는 있지만 결국 앞으로도 활약해 주실 분은 선생입니다."

남을 춰주는 척하면서 역시 자기 자랑을 했다.

"아무 것도 모르는 사람을 갖고서 너무 조롱하지 마십시오."

영호는 어디까지나 겸손한 태도였다.

"천만에, 절대 빈말이 아니고 선생의 명성이 어떻다는 것은 원장에게 이미 들어 잘 알고 있으니까 하는 말이지요. 하여간에 젊은 분이 그렇게도 명성을 얻을 수 있다는 것은 그 사람의 실력을 말해 주는 것이니까요. 뭐 이번 가을엔 학위를 얻게 되었다지요. 우선 축하합니다."

그런 공연한 소리는 그만두라고 하자,

"너무 겸손하셔서 자기 일을 자꾸 감추려고 하는군요. 그런데 선생……."

하고 서영팔은 갑자기 앞으로 다가앉았다. 급기야 그의 본심을 털어놓을 생각인 모양이라고 영호는 가슴이 뜨끔했다. 그러나 그날은 별로 그 노골스러운 이야기인, 즉 임신중절의 합법적인 협의를 하자는 구체적인 이야기는 꺼내지를 않았다. 상대인 영호를 보자 그렇게 만만스럽게 보이지 않으므로 마구 그런 말을 꺼내놓을 수는 없다고 경계하는 모양이었다.

"그런 의미에서 당분간 나는 선생의 보조나 되는 수밖에 없지요."

하고 선배로서 어이없다는 웃음을 웃었다. 그러고는 다시,

"그러니까 말하자면 나는 선생의 도움을 많이 받아야 할 처지에 있는 셈이지요. 그런 것을 선생도 생각해서 만일 내게 돌려줄 환자가 있다면 돌려주고, 소개해 줄 사람은 소개해 줘서 이 병원의 번창을 위해 같이 힘을 내 보자는 것입니다."

"잘 알겠습니다."

"사실 황 원장과는 종합병원 이야기까지도 있었지만 여러가지를 생각해서 그렇게 서둘 필요는 없다고 생각한 것이지요. 무엇보다도 나를 서울에선 알아주는 분이 아직은 몇 되지 않으니까요. 그러나 그것도 결국 시일문제겠지요. 내 기반만 닦게 된다면 그때는 정말 우리 굉장한 병원을 한번 계획해 봅시다. 다행히도 내가 하는 일이라면 얼마든지 자본을 대주겠다는 분이 있으니까."

"……"

"그러니까 선생도 자기 기술을 좀더 널리 알리기 위해서 힘 써주기 바랍니다. 의사가 명성을 얻는 데는 환자를 대담하게 대하는 것밖에 더 좋은 일이 없겠지요. 물론 그러자면 실수하는 경우도 없지 않아 있겠지만 그렇다고 겁낼 것은 없습니다. 의사가 설혹 실수해서 환자측과 싸우게 된다 해도 대체로 의사편이 이기게 되어 있으니까요. 이것은 일종의 관습적인 힘이지요. 그러지 않고서는 의사가 법이

무서워 사람의 배를 쨰고 수술인들 할 수 있는 노릇입니까?"

하고 크게 웃었다. 그러고도 그는 가지가지 언사를 늘어놓아 자기 자랑을 하다 돌아갔다. 그것은 노골적은 아니었지만 요는 원장이 계획하는 그 일에서 벗어나지 않은 이야기였다.

물론 영호는 병원의 경영방침이 달라짐에 따라 자기에게 여러가지로 곤란한 일이 닥쳐오리라는 것은 예기치 못하였던 것은 아니지만 그러나 생각보다도 고통이 더욱 심했다. 그래도 그는 언제나 자기 감정을 죽여가며 참고 견디었다.

그것은 이곳을 말하자면 자기가 지켜야 할 것을 지키고 명백한 판단을 굽히지 않는, 가장 양심적으로 나아갈 수 있는 사람다움의 연습장으로 생각한 때문이었다.

그러나 그는 전혀 예기치 못하였던 일로 원장과 충돌하여 마지막 결렬을 보지 않을 수 없게 되었다. 그것은 안심병원이란 간판이 걸린 지 불과 두 달도 못되서 일어난 일이었다.

충돌의 원인은 원장이 정숙이를 불러 영호에게 다음과 같은 명령을 전달하라고 분부한 데서부터 시작이 되었다.

"이삼일 전에 임신 이개월이라고 진단한 부인을 알아?"

"네, 알고 있어요."

그 환자라면 간호사실에서도 이야깃거리가 되고 있었다. 스물 세 살의 처녀가 환갑이 지난 영감에게 시집을 가서 어쩌면 불의의 애를 밴 것이 아닌가고 쑥덕거리는 것을 정숙이도 들은 일이 있었다.

"그 환자 말야, 서선생이 폐가 나빠서 낙태시키는 수밖에 없다니까 오늘 저녁이라두 빨리 수술해 주도록 김선생에게 말해."

"네."

그리하여 정숙이는 그 말을 영호에게 전해줬다. 영호는 그 소리에 갑자기 안색이 흐려지며 그렇다면 차트를 갖고 오라고 했다.

영호는 그것에 기재된 것을 읽고 나서 며칠 전 진찰실에 나타났던 그 여자를 생각해 냈다. 환자는 어렸을 때에 폐병을 앓은 일이 있다면서 일부러 기침을 컬럭거렸다. 슈미즈를 내리는데 하얀 젖가슴에 손을 얹고서 아파 견딜 수 없다는 듯한 얼굴을 하고 있었다. 그러나 그의 몸은 살이 포동포동 오른 그대로 타진과 청진으로는 그런 증상을 전혀 발견할 수가 없었다. 그래서 영호는 그 요구에 응하기는 곤란하다고 대답했던 것이다. 영호는 차트를 정숙에게 도로 내주며,

"그 환자는 아무렇지두 않은 사람이야."

하고 화를 내듯 소리쳤다.

"그러면 원장께 그렇게 말씀드릴까요?"

"아니, 내 직접 가서 이야기할게."

영호는 자기 감정을 절대 폭발시켜서는 안된다고 생각하며 원장실에 들어섰다. 그러나 잠시 후 원장의 고함치는 소리가 이층에 있는 간호사실까지 들리게 되고야 말았다.

"뢴트겐으로 보고서 그렇다면 낙태시켜 줘야 할 것이 아닌가."

원장은 그렇게 주장했다.

"서선생이 혹시 잘못 본 것이 아닐까요."

하고 영호도 양보를 하지 않았다.

"하여튼 김선생은 산부인과 전문 아니요. 폐에 대한 진단은 내과에서 할 일인데 쓸데없는 참견을 해 가지구서……."

"그러나 나는 나대로의 판단이 있습니다."

"그것은 판단이 아니고 남을 공연히 적대시하기 때문이야."

"절대로 그런 것은 아닙니다. 어디까지나 바른 것을 주장하기 때문입니다."

"결국 수술을 못하겠단 말인가?"

"할 수가 없습니다."

"그렇다면 나로서는 더 생각할 여지가 없는 것이지. 결렬하는 수밖에."

"저도 하는 수가 없습니다. 그러면 오늘로 사표를 내겠습니다."

영호의 목소리는 비교적 침착했지만 정신은 극도로 흥분되어 있었다. 원장과 영호가 싸운 바로 이튿날.

정숙이는 입원 환자들에게 주사를 놔주고 내려오다가 구름다리에서 원장과 마주쳤다. 원장은 문득 정숙이를 쳐다보며,

"정숙이가 왜 그렇게 기운이 없어?"

하고 뜻밖에도 부드러운 웃음을 웃었다. 정숙이는 놀란 채,

"그래요!"

하고 고개를 숙이자 원장은 그 옆으로 올라와 서며,

"닭고기를 좀 먹어야겠어. 오늘 나하고 같이 나갈까?"

그런 말로 장난처럼 정숙이 어깨 위에 손을 얹으려고 했다. 정숙이는 더욱 놀란 채 재빨리 그 손에서 벗어나며 대여섯 계단을 뛰어내려갔다. 황경진이는 그의 유들유들한 비웃음을 치다가 갑자기 정숙이를 내려다보며 배알듯이,

"김선생에게서 무슨 말 없어?"

하고 소리쳤다. 정숙이는 김선생이라는 소리에 자기도 모르게 몸을 돌렸다.

"없어요."

"그 사람은 병원을 그만두기로 했어."

그 말을 듣고서도 무슨 뜻인지 정숙이는 알 수 없었다.

"정숙이에게 아무 말 없었어?"

"김선생이 그만두시다니요?"

"정숙에게두 그런 말이 없었다면 너무 비정한 사람인데. 어제부터 그만두기로 돼 있어."

"정말입니까?"

"믿어지지 않는다면 그 사람이 오늘 보내온 사표를 봬줄까?"

하고 저고리 안주머니에서 사표가 든 봉투를 꺼내 뵈었다.

"그래요!"

정숙이는 놀란 것뿐이 아니었다. 앞이 캄캄해지는 것만 같았다. 간호사실로 돌아와서 한참 동안 멍청하니 앉아 있다가 하여튼 영호를 만나야겠다고 생각되는대로 거리로 나와서 신촌행 버스를 탔다.

정숙이가 그의 집에 들어서자 그의 아내는 보이지 않고 영호 혼자 누워서 책을 읽고 있었다.

"선생님."

그 소리에 영호가 반사적으로 몸을 일으켰다.

"선생님 어떻게 된 일이에요?"

"어떻게 되긴."

"병원을 그만두었다면서요?"

"그래, 그만두었어."

"제 걱정은 조금도 해주지 않고."

"미스 윤 걱정을 안 한 것은 아니야. 그러나 미스 윤은 거기 남아 내 대신까지 싸워주기를 바란 거지."

"그건 말도 안 되는 거예요. 자긴 싫다고 빠져나오고……나같이 약한 여자가 어떻게 그런 무서운 곳을 견뎌낼 수 있어요. 그건 선생님이 나 같은 건 잊어버리겠다는 것과 같은 것이지요."

"절대로 그런 것은 아니야."

"그렇지 않고요?"

정숙이는 원망스러운 눈을 떠보였다.

"하여튼 올라와 앉아."

하고 영호는 그제야 정숙이를 올라 앉게 하고 나서 원장과의 결렬

된 이야기를 상세히 해줬다. 말이 끝나자 정숙이는 고개를 번쩍 들어,

"그런 일은 조만간에 있으리라고 저도 예기했던 일이에요. 선생님 태도가 훌륭해요."

"훌륭한 것이 아니라 내가 냉정을 잃은 것을 비판받아야겠지."

"아니예요. 저도 이번 기회에 병원을 그만두겠어요."

정숙이는 병원을 나올 때에 결심한 말을 그때 처음으로 말했다.

"그래서야 되나."

"선생님이 없으면 일의 즐거움을 찾을 수 없는 걸요. 무엇이 옳다는 것도 저 혼자서는 분명히 구별할 수도 없구요."

"그만두면 어떻게 하자고?"

"선생님이 취직할 때까지 기다리겠어요."

"그 동안은 어떻게 지내고?"

"그건 약간 준비되어 있어요."

"하루종일 뛰어다녀야 하는 병원두 좋아?"

"밤에 충분히 자면 되지 않아요?"

"두메산골 벽촌이라두 따라가겠어?"

"산두 보고 강도 보고 좋지 않아요?"

둘이서는 잠시 말이 없다가 눈이 부딪치면서 불시에 웃음이 터져 나왔다.

허풍지대

# 일품향

사십에 가까운 사나이가 언덕을 올라가고 있었다. 손에는 책 같은 것을 싼 보자기가 들려 있었다. 몸이 그쪽으로 기울어진 것을 보니 무거운 모양이다.

정오가 지난 대낮의 주택거리는 아주 조용했다. 오월의 신록도 지나 이제는 제법 뜨겁기 시작한 햇빛에 양쪽 담 너머 보이는 나뭇잎들이 반짝이고 있을 뿐 그리고는 어디선가 풍겨오는 아카시아 향기뿐이다.

그는 급히 걷는 것도 아니었지만 그렇다고 아무런 목적도 없이 그냥 걷는 것 같지도 않았다. 그저 맥이 빠진 걸음이었다. 남보다는 몸이 가는데다 키가 커서 그렇게 보이는지—그는 문득 가던 길을 멈추고서 분주히 뒤를 돌아다봤다. 한곳을 응시하고 한참이나 보고 있었지만 그곳에는 아무도 보이지 않았다.

그러나 그는 분명히 어떤 사나이를 본 모양이었다. 자기보다도 사오년 아래라고 생각되는 감색 양복의 사나이. 그 사나이는 그가 고개를 돌렸을 때는 보이지가 않았다.

(내가 착각을 했나?)

그런 생각을 하며 수건을 꺼내 땀을 씻고 나서는 다시 걷기 시작했다.

(그렇다면 대낮에 환상을 본 것 아닌가)

그는 피식 웃었다. 힘없는 자조와 같은 웃음이었다. 이렇게도 초라스럽게 살고 있는 자기 생활의 혐오가 그런 환상으로 나타난지도 모른다고 생각했다.

이런 생각으로 걷던 그가 갑자기 걸음이 빨라졌다. 문득 자기가 걷고 있는 목적이 생각된 모양이었다. 드디어 그는 돌구름 다리를 올라가 어느 집 대문 앞에 섰다.

초인종을 눌렀다.

책을 싼 보자기를 무겁게 든 것을 보면 거리의 서점에서 책을 잔뜩 사 갖고 자기 집으로 돌아온 사람 같이만 보였다.

그가 입은 옷은 빛깔이 약간 낡기는 했으나 그래도 회사원이나 중학교 교원 정도로 보기엔 그리 어색한 옷은 아니었다.

"아주머니 계시니? 부인공론사에서 왔다고 말씀드려."

현관에 나온 식모애가 경계하는 눈으로 그를 훑어보다가 안으로 들어갔다.

그는 그 틈을 타서 무거운 숨을 한번 내쉬면서 현관으로 들어가 앉아 책보를 풀었다. 금박이 박힌 꽤 두꺼운 책이 십여 권 나왔다.

안에서 라디오 소리가 갑자기 꺼졌다. 누가 나오는 발소리가 났다. 그는 긴장 때문에 귀가 윙윙 우는 것이 느껴졌다. 그의 앞에 나타난 여인은 삼십 전후의 예쁘장한 부인이었다. 부인이 예쁘면 예쁠수록 그는 무슨 모욕을 느낀 것 같은 기분이다.

"본사에서 발간한 《가정백과사전》에 대해선 댁에서두 신문 광고로 알고 계시겠지만……."

그의 목구멍에는 선전문구가 꽉 차 있었다. 그러나 술술 나오지는 않았다. 집에서 그렇게도 열심히 따로 왼 선전문구들이면서도…….

"그런 책 우리 필요 없습니다."

단 한 마디로 거절했다. 생긴 얼굴로 보아서는 너무나도 매정스러운 말이었다.

그러나 이런 말은 어느 집에서나 마찬가지였으므로 새삼스럽게 실망할 필요는 없었다.

"책값은 지금 지불하지 않아도 좋습니다. 댁에서 편한 대로……."

그는 이 말도 아무 효과가 없다는 것을 알면서도 중얼거렸다.

(내 생활이 이렇게도 떨어졌는가)

그는 길가에 나와서 지금 들어갔던 집을 다시 한 번 쳐다봤다. 손에 싸든 책은 아까보다도 더 무거워진 듯한 얼굴이었다.

그는 실직하기 전인 이년 전만 해도 훈장의 똥은 개도 안 먹는다는 소리는 들었을망정 지금처럼 개에 대한 적개심을 갖는 신세는 아니었다.

여고(女高)선생이던 그는 새 학기를 시작해서 바로 이맘 때가 되면 학생들을 앞세우고서 가정방문을 했다. 그때는 아무리 굳게 닫혔던 철옹성 같은 문도 그가 가기만 하면 저절로 열렸고 개들도 꿈쩍을 못했다. 그뿐이냐, 물수건을 가져온다, 딸기물을 타온다, 맥주를 들여온다. 아! 그때와 지금은 어떻게 달라졌는가.

"선생님!"

어느 집에서 나오던 청년이 문득 그를 보고 소리쳤다. 그도 바른 손에는 뜸직한 책가방이 들려 있었다.

"선생님, 어떻게 된 일입니까?"

청년은 아주 반갑게 말을 건네었다. 그러나 그는 알 수가 없는 모양으로 그 청년을 멍하니 보고만 있었다.

"절 벌써 잊었어요? 제가 바로 그때의 이상묵이입니다."

"이상묵이?"

반사적으로 그 청년의 이름을 따라 외었다.

이상묵이라면 이름도 이상하니까 쉽게 생각날 것 같기도 했다.

그러나 통 생각이 나지 않았다. 생각이 나지 않은 대로 그를 한

번 더 훑어봤다. 지아이(GI)머리에 홀쭉바지가 요즘에 유행인 모양이다.

그 인상만으로는 거리에서 흔히 볼 수 있는 깡패 같기도 했다. 그러나 책가방을 들은 것을 보면 학교에서 돌아오는 대학생에 틀림이 없었다.

"저도 어디서 많이 뵌 것 같은데 통 생각이 나지 않으니……."

그러자 젊은 청년도 자기가 잘못 보지나 않았는가 하고 생각한 모양인지,

"김부창 선생이지요?"

하고 꼬집어 물었다.

"네, 전 틀림없는 김부창입니다만……."

"그런데 그렇게 절 생각할 수가 없어요?"

"생각나지 않는데."

고개를 비틀었다.

"그렇게두 생각나지 않으면 제가 선생님 처음 뵌 이야길 하지요. 제가 언젠가 한번 선생님 계신 학교에 불려갔던 일이 있지 않아요?"

"무슨 일루?"

"무슨 일이긴요. 사내 녀석이 여학교에 불려갔으면 그야 뻔한 일 아냐요."

"뻔한 일이라니?"

"그렇게까지 이야기해 드려두 모르시다니……."

멸시하듯이 얼굴을 약간 찡그리고 나서

"연애편지 사건이었지요, 그걸 썼다가 발각이 나서……."

"아, 자네가 바루 그 학생이야?"

그제야 생각난 부창은 입을 딱 벌린 채 소리쳤다. 소리치고 나서 생각해 보니 그것은 벌써 오년 전의 일이다. 그때의 여드름 투성이의

학생이 지금엔 신사복에다 GI머리로 변한 것을 알아보라고 하니 도대체가 무리스러운 일이다.

그러나 그의 아버지가 이정권 때의 국회의원이었다는 것은 지금도 기억하고 있다. 아니, 그때의 그 사건을 무마시켜준 값으로 론진시계 하나를 받았던 일도 잊을 수 없는 일이었다. 물론 그 시계는 그의 팔목에서 떠나가 버린 지는 오랬지만.

론진시계 생각에 문득 가슴이 뜨끔해진 그는 분주히 손을 내밀려고 했다.

그러나 바른 손엔 무거운 책보가 들려 있기 때문에 그것을 바꿔쥐는 수밖에 없었다. 그 순간에도 그는 4·19 이후로 젊은 대학생들의 기질이 거세졌다는 것을 의식하고 있었다.

"알고 보니 알아도 이만저만 알 사람이 아니구만."

반긴다는 얼굴이 그만 아첨에 가까운 비굴한 웃음이 되었다.

"그때는 정말 선생님한테 괴로움을 많이 끼쳤어요."

"지금 와서 무슨 그런 소릴. 학교 선생이란 모두가 봉건적인 케케묵은 머리가 돼서 그런 게 다 문제가 됐지."

상대편에 적의가 없는 것을 알고 나니 말도 수월스럽게 나왔다. 그는 뒤이어,

"지금 학교는 어느 학교야?"

"학교요? 그런 것 집어친 지가 언제라구요."

놀랍게도 또 이런 말을 했다.

"난 학교에서 돌아오는 길인 줄 알았는데."

부창이는 상묵이의 손에 든 가방을 힐끔 봤다.

"아, 이걸 보시고요?"

가방을 쳐들어 보이고 나서,

"선생님은 이게 책가방인 줄 아신 모양이군요. 이 속엔 책 대신에

내가 밥을 먹는 물건이 들어 있어요."

"그래?"

부창이는 이상스러운 표정이 되며 그의 가방에 다시금 눈을 던졌다.

"책은 선생님이 많이 사셨군요. 선생님은 아직도 그 여학교에?"

상묵이도 부창이가 든 책보를 보면서 말했다.

"나두 그 학교에서 그만둔 지 오래지."

자기두 모르게 얼굴이 붉어졌다.

"그럼 대학으로 옮기셨는가 보군요?"

"나 같은 사람을 대학에서 무엇에 쓰겠다구."

"왜 그렇게 겸손하십니까?"

"겸손이 아니라 그게 사실이지."

"그래두 공분 여전히 많이 하시는 모양이군요. 책을 그렇게 잔뜩 사신 것을 보니……."

"이거……."

부창이는 자기가 든 책보에 눈을 두면서 웃었다. 그러면서 어물어물 대답을 넘기려던 순간에 양심의 가책 같은 것이 문득 느껴지는 대로,

"사실은 나두 이 책을 좀 팔아보려고 갖고나온 거야."

"네?"

이번엔 상묵이가 놀란 얼굴이 되었다.

"어느 출판사 하는 친구가 심심풀이루 해보라기에 몇 권 싸갖고 나왔는데 팔려야 말이지."

"그러면 선생님두 저와 마찬가지로 세일즈맨이군요."

"세일즈맨! 내겐 그런 이름두 어울리지가 않어."

"왜 그런 말씀이에요. 하여튼 이걸로써 우린 이백만이니 삼백만이

니 하는 실업자의 부류에서는 벗어난 셈이 아닙니까. 그것만 해두 대단한 것이지요."

상묵이는 부창이와 직업이 같으면서도 그렇게 절박한 소리가 아니었다.

"글쎄, 실업자는 면했는지 모르지만 이건 정말 내 성격으로선 못하겠구만."

"며칠이 됐기에 그런 말씀이세요?"

"일주일쯤 됐나?"

"그리구서 벌써 그런 비명이세요. 좀 더 참으세요. 처음엔 누구나가 그런걸요. 그러면서 요령을 알아 틀이 잡히게 되면 어딜 갔다 봐두 먹는 걱정은 않게 되는 걸요. 그런데 세일즈맨의 상품으로서 책이라는 것이 그렇게 좋은 상품이 못되지요."

"그런 모양이야."

"무슨 책인가요?"

《가정백과사전》

"그건 가정에서 필요한 책이니 혹시…… 그러나 그 책두 마찬가지일 것입니다. 우리나라 가정에서야 책을 사는 습관이 있어야 말이지요."

"왜 그럴까?"

"한 마디로 이야기하자면 모두가 가난한 때문이지요."

"그렇지, 밥도 제대로 못 먹는 판에 책 살 여유가 있을 리 없지."

이런 일은 전에도 느껴본 일이 있으면서도 부창이는 아주 동감한다는 얼굴이 되었다.

"그렇다고 돈 있는 집에서 책을 사는가 하면 역시 마찬가지거든요. 그건 역시 어렸을 때부터 가져야할 독서습관이 없기 때문일 거예요."

"흐음……."

부창이는 또 고개를 끄덕였다.

"아버지들이란 사람이 도대체 책을 읽지 않으니 자기 자식들에게 책을 사줄 생각인들 하겠어요. 주머니에 돈이 생기면 대포나 들이킬 생각이나 했지."

듣고 보니 부창이 자기도 교과서 이외에는 아이들에게 책을 사주어본 기억이 없었다.

그들은 그런 이야기를 하면서 어느덧 언덕 위로 올라섰다. 그 언덕 위에서는 서울거리가 한눈으로 내려다 보였다.

부창이는 이 언덕을 올라설 때면 으레 한 번씩은 생각하는 것이 있다. 서울거리의 저 많은 사람들은 도대체 뭐를 해먹고 살아가고 있는가.

그러나 지금은 그런 생각도 잊고 상묵이 말에 아주 동감했을 뿐이었다.

(기껏 불량학생이라고 생각했던 저런 녀석이 어쩌면 저렇게도 씨가 있는 이야기를 할까. 집을 나왔다는 그 자체부터가 제대로 살겠다는 의욕이 엿보이지 않는가)

언덕 위에는 과일을 파는 구멍가게가 대여섯 채 있었고 그 옆의 공터에는 지나가는 행인들의 푼돈을 노리는 행상들이 잇달아 있었다. 요즘 나오기 시작한 딸기장수, 이런 곳엔 으레 한둘은 있는 냉차장수, 아이들에겐 대환영인 아이스크림장수, 바로 그 옆의 판잣집은 꼬마들에게 만화책을 빌려주는 가게였다.

지금 그곳에는 학교에서 돌아오던 꼬마들이 근 이십 명이나 붙어서 만화책을 열심히 보고 있었다.

상묵이는 문득 그쪽을 가리켜,

"선생님, 저 꼬마들을 봐요. 모두가 만화에 미쳐 있지 않아요."

"그렇구만."

"그런데 저것이 또 큰일이란 말예요."

"그렇지, 저기서 받는 영향이 대단히 나쁘겠지. 모두가 황당무계한 이야기뿐이니."

부창이는 하늘에서 금덩이라도 떨어져 주었으면, 하는 그런 처지면서도 그냥 심각한 얼굴이 됐다.

"물론 그 해독도 크겠지요. 그러나 지금 그것을 말하려는 것은 아닙니다. 그보다도 저것이 꼬마들의 독서습관을 아주 빼앗아 버리니 야단이라는 말이지요."

"그럴까?"

"그럴까가 아니지요. 저런 만화나 봐 버릇하면 어떻게 되겠나 생각 좀 해봐요. 웬만큼 긴 글은 읽는 건 고사하고 보기만 해도 가슴이 답답해서 얼굴을 찡그리게 될 게 아니에요."

"그렇지."

듣고 보니 역시 자기가 생각지 못한 것을 말하고 있다.

"그뿐이 아니지요. 저래서 꼬마들에게 책을 사는 습성을 아주 빼앗아 버리는 것이지요. 그러니까 책이란 그저 십환 정도로 빌려보는 것이지 사서 보는 것이 아니라는 생각을 꼬마들 머릿속에 꽉 채워 버리지요. 그러니 책이 귀하다는 것도 알 리가 없고 책을 읽고 그 속에서 무엇을 배우겠다는 그런 생각이 있을 리가 없지 않아요. 심심풀이로 한번 읽고서는 집어던지는 것이라고 생각하게 되니 그렇게 되면 앞으로 우리나란 어떻게 되겠어요. 물론 맨 처음에 울 사람은 책장수들이겠지만……."

하고 말을 뚝 끊고서는 문득 생각한 듯이,

"참 선생님두 책장수였지요? 그러니 남의 이야기가 아니었군요."

하고 웃는 말에 부창이는 자기 처지가 드러난 대로 부끄러워지며,

"나두 책장순 밥을 먹을 것 같지 않아서 집어칠 생각을 했는데 자

네 밥을 먹여준다는 그 물건은 뭔가?"

"내가 갖고 다니는 거요?"

상묵이는 히죽 웃었다.

"이런 장사엔 역시 제가 먼저 나선만큼 선생님두 절 선생이랄 수밖에……."

상묵이는 여전히 웃으면서 이런 말을 하고 나서는,

"저야 물론 팔리는 물건을 갖고 다니지요. 그렇지 않구서야 밥을 먹을 수가 있어요."

결코 장난으로 이런 일을 하는 것이 아니라는 그런 얼굴이었다.

"팔리는 물건은 무엇인데?"

"이것저것 다 갖고 다니지요."

"이것저것이라니?"

"아니, 그보다도 잘 팔릴 물건을 선택하는 방법을 가르쳐 드리지요."

"어떤 방법인데!"

"한 마디로 이야기해서 남이 생각지 못하는 심리를 파악해야 한다는 것이지요."

그리고 상묵이는,

"선생님, 저 앞에 가는 여자는 어떤 종류의 여자 같습니까?"

하고 뚱딴지같은 것을 물었다.

"그건 왜 갑자기……."

"그게 다 제 이야기하구 관계가 있으니 말입니다. 장살 해 먹자면 첫눈으로 남의 직업쯤 알아맞추는 직감이 있어야지 할 것 아닙니까."

"그렇겠지……."

"그러나 그런 것쯤은 관심만 갖게 되면 누구나가 알 수 있는 일이지요. 저 여잔 얼핏 보기엔 다방 마담 같지만 그런 곳에 있는 여자라면 이렇게 늦게 나갈 리가 없잖아요. 그러니 틀림없이 술집 여자겠지요."

"그래, 나두 그렇게 생각되는구만."

상묵이 말에 끌려들면서 부창이는 그 여자에게 다시금 눈을 던졌다.

"저런 여자라면 무슨 물건에 신경을 쓸 것 같아요?"

"글쎄, 옷이 아닐까?"

"옷에도 물론 신경을 쓰지만 그보다도 더 생각하는 건 화장품일 겁니다."

"흐음."

"여자들이 화장품에 왜 그렇게 신경을 쓰냐 하면 가짜가 많기 때문이지요. 어떤 여자는 가짜 화장품을 만드는 녀석은 모두 총살해야 한다는 그런 말까지 했다니까요."

부창이는 그 말에 문득 생각한 모양으로,

"그럼 그 물건은 그 화장품인가?"

"옳게 맞추었어요. 선생님두 그만했으면 훌륭한 세일즈맨이 될 소질이 있군요."

하고 슬쩍 칭찬을 해주고 나서,

"그런데 이번에 새로 생긴 정부에서는 밀수입을 엄금한다고 떠들고 있지 않아요. 물론 그건 되지도 않을 소리지만 그러나 하루도 화장품이 떨어져서는 못사는 부인네나 아가씨들이야 어디 그렇게 생각해요. 분 같은 것은 대여섯 곽쯤 사놓아야 안심이 되니 그것도 맨가짜로만 있는 판에 진짜를 사자니 말입니다."

"진짜란 외국 건가?"

"그렇지요. 국산이 아무리 질이 좋다해도 그들은 가짜라고 생각하지요."

"그러니 학생들의 신생활 운동도 제대로 되지 않지."

부창이는 자못 한탄을 해본다.

"그렇지만 난 그들의 허영을 이용해서 장사를 합니다. 말하자면 국산을 외국 것으로 그들의 비위를 맞춰가면서……."

"그렇다면 위조품을 판다는 이야기가 아닌가?"

"질이 아주 떨어진다면 몰라두 질이 같은 수준이면 위조품이라고 할 수 없지요. 사실 화장품이란 그렇게 외국 것과 국산이 차이가 있을 리 없는 겁니다. 우리나라 위조품이 질이 나쁜 것은 외국 것의 빛깔과 냄새만은 같게 하려고 하기 때문에 불순물이 들어간 때문이지 그들보다 못 만드는 것은 아닙니다. 그러니까 요는 상대에게 이것은 좋은 물건이라고 믿고 살 수 있게 하는 수완이지요. 프랑스의 아무리 훌륭한 회사의 분도 그 사람의 피부에 따라서는 먹지 않는 사람도 있으니. 외국산이라는 레테르로 물건을 판다고 상대를 속인다고는 할 수 없지 않아요."

그러고 나서는 어조를 고쳐,

"그런 이야기는 그만 집어치우고 오래간만에 만났는데 어디 가 술이나 한잔 합시다."

그의 입에서 이런 말이 나오는 것을 보니 역시 그의 말대로 책보다는 화장품이 잘 팔리는 모양이었다.

광화문 뒷골목은 극장이 몇 생기면서부터 갑작스레 발전하여 지금은 명동에 다음가는 유흥가가 되어 버렸다.

그 좁은 지역에 다방이 십여 집이나 있으며, 곰탕집·냉면집을 비롯해 중국집·일식집이 몇 집씩이나 되며, 베이커리·빌리어드·바·미용실·양재점, 하여튼 있을 만한 것은 모두 백여 있다.

그 통에 덕을 본 것은 전부터 있던 술집들이다. 얼마 전만 해도 빈

대떡이나 순대를 팔던 판잣집들도 옛 모습은 찾아볼 수 없게 하나 하나씩 개장(改裝)하여 지금은 아주 훌륭한 술집들로 바뀌었다. 〈일품향(一品香)〉도 그런 집의 하나다.

그 집은 옛날엔 순대로 유명했지만 지금은 그런 누린내 나는 것은 싹 집어치우고 튀김을 전문으로 하고 있다. 튀김이라면 닭튀김으로부터 새우튀김·돈가스·파튀김까지 무엇이나 안 나오는 것이 없었다.

우리나라 사람들은 대체로 지방이 부족한데다 튀김이라면 별로 싫어하는 사람이 없다. 그것이 또 일식집이나 중국집에서 먹는 절반의 값도 내지 않고 먹을 수 있으니 손님들이 몰려들지 않을 수가 없었다.

대학교수 송학범이는 이 집의 단골손님이 되었다. 머리가 희뜩희뜩 센 것을 보면 오십에 가까운 모양이다.

그가 이 집에 매일 저녁마다 들르는 것은 어지간히 튀김을 좋아하는 탓도 있었지만 독신이기 때문에 저녁을 먹기 위해서였다.

그렇게도 매일 튀김을 먹는다면 얼굴에 살점이 붙을 성싶은데 그는 빼빼 마른 창백한 얼굴이었다. 손가락은 길고 가는 것이 여자 손처럼 고왔다. 그의 손에는 언제나 책가방이 아주 귀한 물건이 들어 있는 것처럼 들려 있었다. 누가 봐도 첫눈으로 틀림없는 대학교수라는 것도 알 수가 있었다.

그러한 대학교수가 이 집의 단골손님이라는 것은 어떻게 보면 어울리지 않는다고도 할 수 있는 일이다. 이 일품향에는 주머니가 가벼운 월급쟁이나 브로커, 어쩌다가 원고장이나 팔아갖고 떼를 지어 들어오는 문학청년들, 그리고는 실속을 찾아다니는 장사꾼, 그런 사람들이 손님들의 대부분인 것에 비하면 대학교수 송학범이는 단연 이채로운 존재였다. 또한 그 때문에 대중을 상대로 하는 튀김집 일품향이 한층 격이 올라간 감을 주는 것도 사실이었다.

언젠가는 일품향에서 일하는 차돌이와 바로 그 옆집인 일식집에서 일하는 뚝보가 싸운 일이 있다.

처음 싸움의 발단은 집앞에 싼 개똥이 너희 것이니 우리 것이니 하는 대단치 않은 일이었지만 그것이 말이 오고가는 동안에 나중에는 자기들이 있는 술집의 격까지 다투게 되었다. 뚝보가 있는 일식집도 내력을 캐보면 본시는 빈대떡 집이었다. 그러므로 크게 뽐낼 것도 못되는데 일식집으로 된 후부터 뚝보는 자기 집이 한층 격이 위인듯 툭하면 그것을 내세웠다.

"우리 집의 초밥은 싸고도 맛있다고 국회의원들이 자동차를 타고 와."

사실 의사당과 그곳은 엎드리면 코닿는 거리라 차를 타고 올 리도 없는데 그런 소리로 뽐냈다.

"이 자식아, 국회의원이면 제일이냐? 왜놈의 음식이나 찾아다니는 그게 무슨 국회의원이야. 술집은 음식도 좋아야 하지만 분위기가 좋아야 하는 거야. 우리 집에 훌륭한 대학교수들이 오는 걸 봐."

차돌이도 지지않고 해주었다.

차돌이가 일식 음식을 깔보는 데는 언제나 뚝보는 기가 죽었다.

자기로서도 초밥이나 빚고 왜놈 된장국이나 끓이는 것을 자랑으로 삼을 바가 못 된다고 생각했기 때문이었다.

그렇다고 차돌이가 국회의원과 대학교수를 비교하는 데는 할 말이 없을 리가 없었다. 자기도 장차는 국회의원이 되겠다는 굳은 결심을 갖고 있는 뚝보이기 때문이다. 그런 결심이 있기 때문에 그는 틈만 있으면 《중학강의록》을 들여다보는 것이었다.

"넌 어쩌면 그렇게도 상식이 없니?"

뚝보는 어이가 없다는 얼굴로 차돌이를 아주 멸시하듯이 말했다.

"누구보구 상식이 없대—"

"상식이 있는 아이가 국회의원하구 교수 같은 거하구 비하냐 말야."

"이 자식아, 말은 똑바로 해라. 내가 교수라구 했지 교수 같은 거라구 말했어?"

"그래, 네 말대로 교수라고 하자. 그래서 교수라면 국회의원하구 비할 수 있냐 말야."

"너 그런 소리 하는 걸 보니 아직 교수가 뭣인지도 모르는 모양이구나. 교수라는 것은 대학교에서 대학생들을 가르치는 사람을 보구 말하는 거야. 철학이니 물리학이니…… 참, 자식이 무식해서 그런 말이 무슨 말인지 알아야 말이지."

중학교 이학년까지밖에 다니지 못한 차돌이도 그것이 무엇인지 알 리가 없으면서도 뚝보를 옥박아 주기 위해서 가끔 이런 유식한 단어를 꺼내는 것이다.

"응, 난 그런 건 몰라두 국회의원이 교수보다 더 훌륭하다는 건 알고 있지."

"어째서 더 훌륭하단 말이야."

"어쨌다니 보다도……."

뚝보는 뭐라고 대답을 못하고 우물거리고 있다가 문득 손뼉을 치고 나서,

"국회의원이 왜 더 훌륭하냐 말이지? 이 자식아, 똑똑히 들어두어. 국회의원은 대학교수두 투표해서 된 사람이야. 그러니까 더 훌륭할 것이 아니야."

우쭐해서 말했다. 그러나 차돌이는 여전히 멸시하듯이 뚝보를 슬쩍 쳐다보고 나서,

"그럼 네 말대로라면 동장이 국회의원보다 더 높겠구나. 동장선거

때두 국회의원은 투표를 하니 말야."

이 말엔 뚝보도 꼼짝할 수가 없었다. 그렇다고 입을 다물고 있을 수도 없는 일이므로 차돌이가 물은 것을 되물었다.

"그래서 넌 어째서 교수가 더 훌륭하다는 거냐?"

"거야 뻔한 일이지. 국회의원 치구두 똑똑한 사람은 대개가 옛날 대학교수한테 배운 걸. 그러니까 대학교수가 더 훌륭하지."

이 말에 뚝보는 그만 지고 만 셈이 되고 말았다. 자기도 장차 국회 의원이 돼도 똑똑한 국회의원이 되려는 것이고, 그러기 위해서는 대학도 다녀야 한다고 생각하고 있었기 때문이었다.

그날 밤 저녁을 먹으러 온 송 교수에게 이집 마담인 정담이가 이 이야기를 했다. 송 교수는 그 이야기를 듣기가 약간 열없은 듯이 싱글싱글 웃고 있다가,

"그래두 마담이 뚝보네 일식집으로 간다면 나두 그리로 따라가는 수밖에 없겠는데."

그 말이 떨어지기 전에 정담이는 송 교수의 어깨를 꼬집어 주었다. 물론 아플 정도는 아니었지만 송 교수는 노상 아픈 듯이 어깨를 비꼬았다.

세상에 아무리 맛있는 음식이라 해도 매일 먹게 되면 물리는 법이다. 하물며 기름으로 된 튀김이 물리지 않을 수 있으랴.

대학교수라고 하면 보통 사람하고는 약간 다른 괴벽한 데가 있다고는 하지만 그러나 매일 저녁 튀김만 먹으라면 좋아할 사람은 없으리라. 그런데도 송 교수가 튀김에 물린 기색도 없이 매일 저녁이면 으레 일품향에 들르는 이유는 강 마담한테 때때로 꼬집히는 그 맛이 있기 때문인지도 모른다.

물론 강 마담도 송 교수의 그런 엉뚱한 마음을 짐작하지 못하는 것은 아니었다. 그렇다고 그것이 송 교수를 싫어할 이유가 될 리는

없었다. 마담이 이곳에 온 지는 그럭저럭 벌써 일 년이나 되었지만 그는 비가 오나 눈이 오나 매일 변함없이 찾아주었다. 술값도 월급날이면 틀림없이 지불했다. 식사를 하기 전에 청주를 한두 잔, 간혹 기분이 내키는 날이면 청주 대신 맥주를 마시는 조용한 술이었지만 다른 손님들이 유행가를 부르며 떠들어대도 시끄럽다는 얼굴 한 번도 해 본 일이 없었다.

아니, 때로는 그들의 노래에 장단을 쳐주다 자기도 노래를 부를 때가 있었다. 그가 늘 부르는 노래는 한 옛날 유행하던 〈이 풍진 세상〉이었다. 그가 그 노래를 부를 때에는 〈이 풍진 세상〉의 가사 그대로 푸른 하늘 반공중에 곰곰이 생각하는 심각한 얼굴이었다.

그러나 그의 목소리는 유감스럽게도 음치에 가까운 소리였다. 그래도 송 교수는 일품향에서 노래를 불러 한 번도 박수를 받지 못한 일이 없었다. 그가 대학교수라는 것을 알고 있는 이 집 단골손님들은 노래를 불러 자기들과 흥을 같이 한 것만으로써도 만족하는 모양이었다. 아니 그것으로써 전보다도 더 그를 존경하고 싶은 생각이 나는 모양이었다.

하여튼 그는 일품향에서는 사람 좋은 교수라는 말을 들어가며 누구에게나 존경을 받는 존재인 것만은 틀림이 없었다.

그러나 그는 일품향에서 한 발짝만 나서면 괴짜라는 소리를 들었다. 그가 괴짜라는 소리를 듣는 최대의 원인은 그가 독신자이기 때문인 모양이다.

그는 환도 이후로 지금 있는 아파트에 쭉 계속해서 있었다. 아침에는 토스트 빵을 먹고 대학의 강의를 나가고, 점심은 학교 식당에서 먹고 저녁이면 일품향에서 튀김을 먹는 전혀 변화없는 생활을 십년이나 계속하는 것으로도 괴짜라는 소리를 듣는 모양이었다. 그러나 아내를 맞지 않았다고 괴짜라는 말을 들어야 하는 일인가.

서양에는 남자나 여자나 독신자가 대단히 많다. 우리나라에서는 제대로 살 능력도 없으면서 결혼하고, 교육을 시킬 여유도 없으면서 아이를 다섯 여섯씩을 낳는다. 성욕을 쉽게 처리하기 위해서 결혼을 하는 모양이다.

송 교수는 자기가 있는 아파트의 사람들을 보면 젊은 부부나 중년 부부나 하나도 부러운 것은 없고 오히려 그 반대로만 보였다. 먹고 자는 이외에는 아무런 목적도 없는, 마치도 벌레가 생식이 끝나면 죽기를 기다리는 그 모양으로 보였기 때문이다.

물론 송 교수가 그런 생각을 갖는 것은 그래도 자기는 무엇을 하면서 산다는 자신을 갖고 있기 때문이었다. 그는 이십 년 이래로 하루같이 우리나라 근세사를 연구해 왔다. 그러나 그의 연구 범위는 대단히 넓어 과거의 역사뿐만 아니라 현재의 국제정세에 대해서도 깊은 관심을 갖고 있었으므로 매일 내외의 신문·잡지를 읽는 데도 대단한 시간이 필요했다.

그런데다 교무부의 무슨 위원회니 교수들의 집단인 학술연구회니 하여 하루 건너 회의가 없는 날이 없었고, 이밖에도 신문·잡지·라디오의 좌담회며 원고 청탁이 있어 사실 죽으려도 죽을 짬이 없는 몸이었다.

그러한 송 교수가 매일 저녁 비가 와도 눈이 와도 일품향에 나타나게 되었으니 강 마담의 힘이 위대하다는 것을 감탄하는 수밖에 없는 일이었다.

그러나 그날은 어찌된 일인지 송 교수가 열시가 넘어서도 나타나지를 않았다.

정말 어찌된 일일까.

그가 나타나지 않는다면 갑자기 앓기라도 하는 모양이었다. 그렇지도 않다면 자동차 사고라도 난 모양이라고 생각할 수밖에 없었다.

자동차 사고라면 그 자리에서 즉사하는 일도 있다. 단골손님에게 그런 생각까지 하는 것은 안 될 일이다. 아니 우리나라 사학계를 위해서도 그런 생각을 할 수 없는 일이다. 그러므로 일품향의 계집애들은 않는다고 생각했다.

계집애들은 대체로 그렇게 인정이 있는 법이다. 그러나 계집애들의 성미에는 남이 이것이라면 아니라고 우기는 성미도 있는 법이다. 아니 그런 성미는 정치들을 하는 점잖은 어른들도 있는 모양이니 계집애들을 탓할 것은 아니다. 일품향에는 강 마담을 내어놓고도 계집애가 셋 있었다. 옥희·난희·영희 모두 아래에 희자가 붙는 것도 이상했지만 모두가 열아홉 살이라는 것도 약간 이상했다. 하기는 이런 술집에 있는 계집들이란 으레 두세 살은 속이는 법이니 나이를 똑같이 만들 수도 있는 일이었다. 그들은 모두가 뛰어나게 예쁜 얼굴도 아니었다. 그러므로 서로 시기하는 일도 없었고, 마담도 역시 그들을 공평히 귀여워해 주었다. 그들은 일품향에서 일을 할 땐 손님들과 농담도 곧잘 하고 키스쯤도 쉽게 허락할 듯이 대단한 서비스이지만 그곳을 한 발짝이라도 나가서는 딴사람이 된 것처럼 새침을 뗐다.

그만큼 그들은 명랑하면서도 영리한 데가 있었다. 강 마담이 그들을 동생처럼 귀여워해 주는 것도 그런 데가 있기 때문이라고도 할 수 있었다.

열 시가 넘자 오늘은 손님이 일찍 끊어졌다. 손님이 없으면 그들은 할 일이 없는 대로 송 교수가 나타나지 않는 일에 더욱 관심을 갖게 되었다.

그들은 송 교수가 이제라도 온다, 안 온다 하고 서로 자기 말이 옳다고 우기다가 결국은 냉면을 걸고 내기를 하기로 했다.

옥희와 난희는 안 온다는 편이고 영희는 온다는 것이었다. 그러나

두 명과 한 명으로써는 내기가 되지 않으므로 영희는 마담보고 자기 편이 되어달라고 졸랐다.

"그래, 난 영희 편이 되지."

쉽게 응하는 것을 보면 강 마담도 은근히 송 교수를 기다리고 있은 모양이었다.

그러나 열 시 반이 되어도 송 교수는 나타나지 않았다.

송 교수가 열 시 반이 넘어도 나타나지 않는 것을 보면 내기는 이미 영희 편이 진 셈이다.

"송 교수가 오늘은 특별히 무슨 좋은 일이 있는 모양이야."

하고 옥희가 말했다.

송 교수 덕으로 냉면을 얻어먹게 되었으니 되도록이면 좋게 생각해 주고 싶은 모양이다. 사실 그 말을 듣고 보니 좋은 일이 생겨서도 못 올 수 있는 일이었다.

"송 교수가 좋은 일이 생겼으면 무슨 일일까?"

역시 내기에 이긴 난희가 말을 받아 궁금하다는 얼굴을 했다.

"혹시 어떤 여자와 선을 보는 것 아닐까?"

"네 말 맞어. 그래그래, 그렇지 않구야 안 올 리 없잖아."

그들은 둘의 생각이 꼭 들어가 맞는 것을 보아도 틀림이 없다고 생각했다. 그러자 그 둘과 좀 떨어져서 침울히 앉아 있던 영희가,

"송 교수가 오늘 안 와두 절대로 그 때문이 아닐 거야."

머리까지 흔들어대며 자신있게 말했다. 손님에게서 얻은 육백 환을 냉면 값으로 내어놓자니 억울해서도 그런 말이 나오는 모양이었다.

그 말에 옥희와 난희는 급기야 마담의 기색을 살피지 않을 수 없었다. 송 교수가 그렇게도 열심히 일품향에 오는 것은 마담 때문이라는 것을 너무나도 잘 아는 그들이었다. 그러면서도 마담 앞에서

선이니 어쩌니 그런 말을 태연스럽게 지껄였으니—

사실 그들은 너무나도 잘 아는 일이기 때문에 깜박 잊었던 것이다.

그러나 강 마담도 그 말엔 역시 당황한 얼굴이었다.

바로 그때 마담은 카운터 위에 턱을 괴어 무료하니 앉아서 일품향 주인인 박화삼이와 송 교수를 저울질하고 있었기 때문이었다.

박화삼이는 종로 삼가에서 고철(古鐵) 장사를 했다. 옛날엔 운전수였던만큼 성격이 대단히 거칠었다. 그 대신에 단순하고 소박한 좋은 면도 있었다. 그는 강 마담이 종로의 다방을 나갈 때부터 봐 두었던 모양이었다. 일품향이 문을 열게 되자 판매액의 일할이라는 조건으로 강 마담에게 교섭을 했다.

조건이 좋을 땐 반드시 경계를 해야 한다는 것을 알고 있는 강 마담은 주인이 절대로 딴 생각을 해서는 안 된다는 조건을 맺고서 일하기로 했다.

박화삼이는 처음의 약속대로 매달 틀림없이 판매액의 일할을 지불했다. 그것으로써 강 마담의 수입은 육만 환에서 약 팔만 환까지 되었다.

가게 뒤에는 조그마한 방도 하나 있었으므로 강 마담은 따로 하숙비가 필요 없었다. 그 중에서 쓰는 돈은 때때로 옷이나 해 입는 것뿐이고 그리고는 다달이 시골 있는 어머니에게 만 환씩 부쳐주는 것뿐이다. 그러므로 한 달에 아무리 못 남아도 삼사만 환은 남았다. 그러니 자연 계로 돈을 불쿠는 일도 알게 되었다.

내달이면 오십만 원 구찌가 떨어지는 것도 있으므로 요즘은 좋아서 잠도 잘 자지 못하는 정도이다.

종로에서 다방 마담으로 삼만 환의 월급을 받던 일 년 전까지와는 천양지차다. 그러니 그것이 모두가 이집 주인인 박화삼의 덕이라고 하지 않을 수가 없었다.

그런데 그 박 주인도 요즘은 처음의 약속과는 달라진 데가 있었다.

전에는 일주일에 한 번씩 들르던 박 주인이 요즘은 사흘에 한번은 으레 일품향에 들렀다. 그렇다고 전보다 간섭이 심해져서 그런 것은 아니었다.

박 주인은 본시부터 잔소리란 별로 없는 대범한 사람이다. 강 마담도 일품향을 맡은 이후로 여태까지 그이한테서 이래라 저래라는 말을 한 번도 들어본 일이 없었다. 사람을 쓰는 것까지도 강 마담에게 맡기고서는 자기는 일절 간섭을 하지 않았다.

그가 전보다 자주 일품향에 나타나는 것은 역시 마담에게 딴 마음이 있기 때문이었다. 마담도 무르익을 대로 익은 삼십이니 남자가 싫을 리는 없었다. 때로는 바람도 피우고 싶은 마음이면서도 박 주인의 그런 마음은 알아주려고 하지 않았다. 박 주인이 아주 싫어서 그런 것도 아니었다. 박 주인은 자기의 은인이라고도 할 수 있으니 싫어질 리도 없는 일이었다. 그렇다면 어째서 마담은 모른 척만 하는가?

마담은 덕을 보는 것은 보는 것이고 몸을 허락하는 것과는 전혀 관계가 없는 딴 문제라고 생각하는 모양이었다. 아니 박 주인도 자기 때문에 그동안 상당한 이익을 봤으므로 덕을 보기는 서로 매일반이라고 생각하는 모양이었다. 그러므로 몸까지 허락할 의무는 없다고 생각하는지도 모른다.

그러나 박 주인은 강 마담이 생각하는 것과는 아주 반대로 생각하는 모양이었다. 물론 박 주인은 마담이 그동안 계를 해서 돈을 불린 일까지야 알 수 없는 일이었지만 전보다는 모든 것이 좋아졌다는 것은 알고 있었다. 그것은 무엇보다도 활짝 편 강 마담의 얼굴로서도 알 수 있는 일이었다.

강 마담의 얼굴은 본시 예쁜 얼굴이었지만 예쁜 얼굴도 가장 예쁠 때가 있는 법이다. 지금 마담의 얼굴은 바로 그 얼굴이다.

꽃에 비한다면 치자 꽃처럼 청초하고도 신선한 맛이랄까, 백합꽃처럼 향기롭고도 부드러운 맛이랄까. 하여튼 박 주인은 강 마담의 그 얼굴만 보면 딴 생각은 않기로 한 강 마담과의 처음 약속 같은 것은 잊어버리고 마는 모양이다.

그러나 강 마담은 모른 척하고 새침만 떼고 있으니—자기가 그만큼 해주었으면 이편의 마음도 알아줄 성싶은데도 새침만 떼고 있으니—.

결국 박 주인은 마담의 눈치를 살피고 있다 못해 자기의 진심을 털어놓았다.

그것은 바로 전번 월요일이었다. 매 월요일은 마담과 박 주인이 마주앉아서 일품향의 결산을 보는 날이다.

바로 그일이 끝났을 때,

"밤낮으로 튀김 기름내만 맡아가며 이렇게 일을 많이 내주었으니 오늘은 내 시원하고 산뜻한 점심이나 한턱 하지."

하고 바로 옆집인 뚝보네 일식집으로 끌었다. 일을 잘 봐준 답례를 하고 싶다는 데는 강 마담도 싫다고는 할 수 없는 일이었다. 아니 자기도 오래간만에 입에 당기는 산뜻한 음식을 먹고 싶기도 했다.

주문한 맥주가 들어오자 마담이 부어주는 대로 몇 잔이나 받아마시던 박 주인은,

"마담의 손은 어쩌면 이렇게도 예뻐. 이건 정말 보고만 있을 수 없잖아."

볼록하니 살이 오른 마담의 부드러운 손을 슬쩍 잡았다.

강 마담은 다방을 나가던 일 년 전만 해도 이런 경우라면 손을 획

잡아챘을는지도 모른다. 그러나 지금의 그녀는 달랐다. 이런 일쯤은 매일 밤 손님들에게 당하는 일이었다. 그러므로 자기의 은인이며 주인인 박화삼이에게 자기 손쯤 만지게 할 아량을 베풀지 못할 리가 없다.

아니, 강 마담은 생긋 웃어주기까지 했다. 강 마담이 웃는 것은 달뜬 얼굴에 이마가 까진 박 주인의 대머리가 우스워 웃은지도 모른다. 그러나 웃어주면 누구나가 자기에게 호감을 갖기 때문이라고 해석하기 쉬운 일이다. 박화삼씨도 필경 그렇게 생각한 모양이다.

"마담의 손까지 잡고 보니 어쩔 수 없구만, 그 말을 해야겠어."

"무슨 말예요?"

"무슨 말이긴, 마담이 내가 하려는 말을 모를 리가 없으면서……."

"그게 무슨 말인데? 아, 알겠어요. 전보다 매상이 떨어진다는 말이지요? 그건 저로서도 할 수 없는 일예요. 4·19 이후론 모든 장사가 그렇다나 봐요."

강 마담은 딴청을 부렸다.

"그 말이 아니구……."

"그 말이 아니면 뭐예요? 혹시 가게를 남에게 판다는?"

"그런 일 다 아니구 이제는 정담이도 내 마음을 알아줄 때가 되지 않았어?"

박화삼의 얼굴이 붉어진 것은 맥주 때문만도 아닌 모양이다.

"네?"

정담이는 급기야 놀란 얼굴이 되었다.

아니, 용케 놀란 얼굴을 했다고 해야 옳을 것이다.

"싫다고 할 이유야 없겠지?"

"그렇지만 그건 처음 약속하고 다르지 않아요."

"그건 나두 알고 있어. 알고 있지만 이제는 어쩔 수 없게 됐어. 말하자면 잎이 다 떨어진 감나무에 달랑 달려 있던 감도 익을 대로 익으면 떨어지게 마련인걸. 바로 그것이 지금의 내 마음이라면 정담이도 불만은 없겠지."

"그건 주인님의 혼자 생각인 독단이에요. 내 마음속에 맺힌 열매는 아직도 익으려면 먼 걸요."

"그렇다 해두 이제는 더 기다릴 수가 없어. 물론 그렇게 되면 일품향은 완전히 정담의 것이 되는 것이구, 그 대신 내 전속이니까 딴 남자와 바람을 피우거나 그래서는 안 되지."

"지금 제 기분으로서 도저히 그럴 수는 없다면요?"

"그때는 나도 생각이 있어."

"그걸 지금 말해줘요."

"지금 말할 순 없어."

"왜 말을 못한다는 거예요?"

"나는 남의 약점을 잡아서 위협하는 걸 제일 싫어하는 사나이야. 그래서 지금은 이야기하고 싶지 않아. 이래봬도 나는 남에게 한 번도 비겁한 적이 없이 사나이답게 살아온 사나이란 말야."

"그런 분이 왜 자기 집의 마담을 설득하려고 야단이세요?"

"반한 때문이지. 반했어도 정정당당히 일 년을 기다렸어. 사나이답게 기다렸어. 아니, 정담이가 집에 오기 전부터니까 꼬박 이년을 기다린 셈이지."

"그렇다면 이왕 기다리던 바에 일 년만 더 기다려 주어요. 그러면 제 가슴속의 열매도 익어 떨어질지도 모르니 말요."

강 마담이 박 주인의 말을 망설이고 있는 것은 말할 것도 없이 송 교수가 있기 때문이다.

송 교수는 지금까지 마담에게 박 주인처럼 노골스러운 프러포즈를 한 일도 없고 야비스럽게 손목을 잡은 일도 없었다. 아니, 영화를 같이 보러 가자는 그런 말 한마디도 해본 일이 없다. 그러나 송 교수가 자기에게 호감을 갖고 있다는 그것만은 너무나도 잘 알고 있었다.

비가 오나 눈이 내리나 그가 변함없이 일품향에 나타나는 사실로써 알 수 있었다. 그것은 구체적으로 그의 심정을 보여주는 것과도 같은 것이었다. 사실 일 년 열두 달 삼백 육십 오일을 하루도 빠짐없이 그것도 시간을 맞추어 오후 일곱 시면 틀림없이 들어서는 그 열성이야말로 얼마만한 정성을 갖고서는 될 수 없는 일이다. 그야말로 가슴 속에서 타는 연정이 없고서는 도저히…….

그러한 송 교수를 모른 척하고 박 주인에게 고개를 끄덕인다는 것은 강 마담으로서는 큰 손해를 보는 것만 같았다. 뿐만 아니라 큰 죄를 짓는 것 같은 기분이기도 했다.

사실 송 교수에 비한다면 박 주인은 말인즉 무역을 합네 하지만 실상은 고철이나 주위 모아다 파는 모리간상배에 지나지 않는 존재다.

박 주인은 을지로에 빌딩도 한 채 갖고 있다니 이 점에선 송 교수는 비교가 되지 않지만 그렇다고 송 교수의 수입이 결코 적은 것은 아니다. 그의 월급으로도 둘이서 먹고 쓰고도 남을 법한데 그밖에는 교과서 인쇄니 원고료니 그런 잡수입이 있는 모양이다. 그러고 보면 그 많은 수입을 송 교수가 혼자 다 썼을 리도 없는 일이다. 그러므로 몇 백만 환쯤 저금해 두었을는지도 모르는 일이다. 아니, 그건 고사하고라도 박 주인은 결국 첩이 되라는 이야기다. 그렇지 않아도 혈압이 높다는 박 주인이 죽어 넘어가는 날이면—

(하기는 일품향은 내 이름으로 고쳐준다고는 했으니 그런 걱정은 안 해도 될 수 있지만 그래도 첩이라면 남의 손가락질은 면할 수 없는 일이다. 그것이 만일 송 교수와 결혼한다면 어떻게 되는가. 결혼하는 그날

부터 교수의 부인이 아닌가. 남의 첩과 교수의 부인은 이만저만한 차이가 아니다. 남들이 불러도 모두가 사모님, 사모님 할게고 더군다나 그는—)

여기까지 생각한 강 마담은 무엇에 놀란 사람처럼 갑자기 얼굴이 검어졌다. 송 교수가 아직도 총각이었다는 것을 생각했기 때문이다.

강 마담은 송 교수가 노총각이라는 것을 잘 알고 있으면서도 거기에 대해서는 이상스럽게 한 번도 생각해 본 일이 없었다. 총각이라기엔 너무나도 연령이 지나쳐 머리가 희끔희끔 센 관계도 있었을 것이다. 그러나 늙었어도 총각은 총각이다.

결혼을 한 번도 아니고 두 번이나 한 자기로서 그를 남편으로 맞을 자격이 있을는지, 더군다나 아이까지 달린 몸으로서—.

강 마담에게는 고향 어머니에게 맡긴 세 살 난 아이가 있었다. 다달이 어머니에게 꼬박 꼬박 만 환씩 부치는 것도 그 때문이었다. 그것을 생각한 강 마담은 앞이 아득해지며 가슴에서 찰싹 하고 절망 같은 소리가 들렸다.

(그렇다면 내가 송 교수를 생각했다는 것은 역시 주제넘은 생각이었던가)

송 교수가 친구를 데리고 일품향에 나타난 일은 지금까지 없는 일이었다. 그것이 열한 시가 거의 된 그런 시각에 술까지 취해갖고 왔으니 참으로 놀라운 일이다. 그는 무슨 일에 몹시 흥분까지 한 얼굴이었다.

"송 선생님, 어서 오세요."

송 교수가 들어오자 누구보다도 먼저 소리친 것은 난희였다. 내기에 졌다고 단념했던 것이 역전됐으니 기쁘지 않을 수가 없었다.

"송 선생님 정말 어떻게 됐어요?"

강 마담도 지금까지의 침울한 얼굴이 갑자기 밝아졌다.

"어떻게 이 집이 오늘은 텅 비었어?"

"송 선생님이 늦는다구 해서 손님들을 몰아내구 기다리고 있은 걸요."

역시 난희는 기쁨을 감추지 못했다. 그러자 화가 난 옥희가,

"선생님, 오늘은 왜 이렇게두 늦었어요? 늦었기 때문에 영희와 전 손해예요."

"왜?"

"내길 한걸요. 선생님이 이렇게 늦는 법이 없으니 우린 안 오신다구 한걸요."

"늦는다구 내가 이 집에 안 들를 순 없지. 마담, 그렇지 않아?"

송 교수는 마담 앞으로 가 앉으면서 웃었다.

"물론이지요. 그 덕택에 나두 저애들한테 냉면 한 그릇을 벌은 걸요."

"그렇다면 마담두 나를 기다려 준 편이구만."

송 교수의 입에서 흡족한 웃음이 비어지자,

"그 대신에 우리가 내기에 진 건 송 선생님이 갚아야 해요. 송 선생님 책임인 걸요."

옥희가 따졌다.

"그런 법이 어디 있어. 내긴 자기들이 지구 진 값은 날 보구 물라니……."

"그래두 송 선생님이 늦질 않았다면 이런 내기 없었을 것 아녜요."

"그래서 날보구 진 값을 물어라, 그래그래 오늘은 내가 다 물지. 자이제부턴 우리끼리 맥주파티야. 마담, 맥주를 주어."

"오늘은 대단히 좋은 일이 있는 모양이군요?"

"좋아두 대단히 좋은 일이 있었어. 오늘 같은 날은 아주 취해야 하는 거야."

"무슨 일인데요? 좋은 일, 저두 좀 알면 안돼요?"

"안될 것도 아니지만 하여튼 마담도 내가 좋은 일이 생긴 줄만 알아요."

"그렇다면 의미 없잖아요. 같이 기뻐하려두 무슨 때문인지 알아야 하지 영문도 모르구 어떻게 기뻐해요. 그렇지? 옥희야."

옥희를 돌아보며 응원을 청하자,

"그렇지 않구요. 기쁜 일인데 우리에게 말 못할 것 뭐예요."

그러자 송 교수는 팔을 끼고 잠시 생각해 보고 나서,

"그러나 지금은 역시 이야기하지 않는 것이 좋겠어. 그렇지만 내가 이렇게 가슴이 뛰는 걸 보면 얼마나 좋은 일이 생긴 것이란 걸 알 수 있잖아."

그 말에 강 마담은 문득 가슴에 오는 것이 있었다.

(송 선생은 역시 아까 옥희 말대로 좋은 사람하고 선을 본 것이 아닌가)

바로 그때에 맥주가 나왔다.

송 교수는 그제야 자기를 뒤따라 들어온 두 친구가 생각난 듯이 그들에게 고개를 돌려,

"이리 와요."

하고 소리쳤다.

그 두 사나이는 부창이와 상묵이었다. 부창이와 상묵이가 송 교수 옆으로 와서 앉자,

"손님들 가방이랑 책보를 주어요."

정담이는 그들이 들었던 것을 달래고 나서,

"송 교수님이 오늘 밤은 기분이 아주 좋으신 모양인데 무슨 일이에요?"

맥주를 부어주며,

"글쎄요. 우리도 도중에 선생을 만나서 술을 사준다기에 따라온 것뿐이니 알 수 없지요."

상묵이는 아무 부끄러움이 없이 태연히 말했다.

"이 선생님두?"

"네, 저도 마찬가지입니다."

부창이는 상묵이보다는 더 취한 얼굴로 어서 맥주나 부어달라는 듯이 말했다.

그러자 송 교수는 더욱 기분이 좋아져서 키득키득 웃으며,

"내가 어떻게 좋은 일이 생겼다는 것은 아무리 생각해도 알 수 없을 거야."

"왜 몰라요. 선생님 얼굴을 보니 알 수 있어요."

"마담이 안다구?"

"알지 않구요. 좋은 여자라두 생긴 모양이지요."

드디어 정담이는 이런 말로 농담 비슷이 등떠봤다.

"여자? 그런 소소한 문제가 아니야. 이야말로 우리나라의 역사가 바뀔 수도 있는 큰 문제지."

그 말을 듣고 보면 여자에 관한 일은 아닌 모양이었다. 정담이는 우선 안심되는 대로,

"아, 그럼 선생님께 장관자리라도 굴러온 모양이지요?"

하고 일부러 놀란 얼굴을 했다.

사실은 정담도 그에게 그런 일이 있으리라고는 생각되지 않으면서도 오늘은 그를 좀 추어주고 싶었던 것이다.

그러나 송 교수는 그런 말을 한 정담이를 아주 경멸하듯이,

"장관이 뭐 그리 대단한 거라구."

하고 나서,

"하기는 지금의 나로서는 장관도 될 수가 있지. 그러나 내 포부는

그보다도 원대한 거야."

"포부가 원대한 것이 뭐예요?"

옆에서 난희가 물었다.

그러자 그 옆에 있던 옥희가 아는 척한 얼굴로,

"앤 그것도 모르니. 더 훌륭한 사람이 된다는 거야."

"그럼 장관보다도 더 훌륭한 사람이라면 대통령? 송 선생님이 대통령이 된다는 거예요?"

믿어지지 않는다느니보다도 송 선생이 약간 돌지를 않았느냐는 얼굴이다.

그러나 송 교수는 그네들의 그런 말을 듣고서는 더욱 즐거운 모양이었다. 히죽히죽 웃고 있다가,

"난흰 아직두 아무 것도 모르는 어린애로구만."

"왜요?"

"무턱대고 대통령이면 다 훌륭한 사람인 줄 아니 말야."

"그렇지 않은가요?"

그러자 송 교수의 접시에서 콩을 집던 옥희가 문득 손을 멈추면서,

"넌 정말 왜 그렇게 모르니. 이승만 대통령 같은 사람은 자기 나라에서두 못 살구 쫓겨나 간 걸 보구서두."

"그럼 어떤 사람이 더 훌륭한 거예요?"

난희도 콩을 집으면서 송 교수를 쳐다봤다.

"사람이 훌륭하단 건 반드시 지위가 높은 사람을 말하는 것이 아니야. 자기가 맡은 일을 훌륭히 해 나가면서 다른 사람들에게 본이 될 수 있는 사람, 그런 사람이 참으로 훌륭한 사람이란 말야."

"그럼 우리같이 이런 술집에 있으면서도 일만 열심히 잘하면 훌륭한 사람이 될 수 있다는 거예요?"

난희는 알 수 없다는 듯이 눈을 반짝였다.

이 말엔 송 교수도 약간 대답이 곤란한 얼굴이었지만 이어 웃음을 헤쳐 놓으며,

"난희는 이런 술집에 있는 것이 불만인 모양이구만?"

"이런 데 있는 걸 누가 좋다고 생각하겠어요. 영희두 옥희두 그리구 마담두 마찬가지지요."

그러고 나서는 마담은 혹시 자기들과는 다를지도 모른다고 생각되어,

"그렇지 않아요. 마담?"

하고 슬쩍 물었다. 마담은 대답 없이 웃기만 했다.

맥주가 새로 나오자 부창이와 상묵이는 시원스럽게 한잔씩 쭈욱 들이켰다.

"그런데 선생님, 아까 말씀하신 중에서 자기가 맡은 일만 잘하면 훌륭한 사람이 된다고 하지 않았어요?"

"그건 그 사람뿐만 아니라 모두가 그렇다면 우리나라가 또한 훌륭해질 수 있지요."

송 교수도 대단히 취했지만 교수로서의 위신은 잃지를 않았다.

"그런데 말씀입니다, 나같은 사람은 어떻게 됩니까? 일을 열심히 하려도 맡은 일이 없으니 말입니다."

"실직이시군요?"

"그렇습니다. 아무리 열심히 찾아다녀도 직업을 구할 수가 없으니 말입니다."

"그렇다면 더욱 잘됐군요. 하여튼 나를 만난 이상 이제부턴 그런 걱정은 필요 없으니 염려 말아요."

"선생님두, 그런 말씀을 하시는 걸 보니 몹시 취했군요."

부창이의 그런 말에 상묵이가 뒤이어,

"우린 정말 실직자 인걸요. 그러다가 선생님 집에 찾아가서 정작 늪게 되면 큰일 아니에요."

하고 싱글싱글 웃었다.

"이 사람들은 밤낮 속아 버릇해서 남의 말은 통 곧이들을 줄은 모르는구만."

그러고는 마담에게,

"마담, 내가 S대학의 교수라는 걸 말 좀 해주어. 결코 거짓말하는 사람이 아니란 것 말야."

하고 마담을 쳐다보자,

"그런 말이야 언제구 할 수 있지만 선생님 정말 너무 취한 것 같아 걱정돼요."

마담도 이제는 그것이 정말 걱정인지 그늘진 얼굴이 되었다.

"마담까지 그렇게 말하는데, 내가 취해서 공연한 말을 벙벙 지껄이는 줄 아는 모양이야?"

"취하지 않았다는 사람은 벌써 엉망으로 취한 사람이에요."

"그렇게도 내 말을 못 믿어준다면 내 말하고 말지. 마담에게 맡긴 저 가방엔 일억 환두 아니구 십억 환두 아닌 백억 환두 더 되는 것이 들어 있단 말야. 그것이면 여기 있는 사람을 힘껏 행복하게 할 수 있겠지?"

송 교수는 따지듯이 좌중을 둘러봤다.

이 말에 마담과 부창이와 상묵이는 송 교수가 아주 취한 모양이라고 생각했지만 계집애 셋은 눈부터 둥그래지는 연령이었다.

그들은 눈이 둥그래진 것뿐만 아니라 일시에 놀라는 소리까지 치고 나서,

"그 많은 돈이 오늘 갑자기 생겼다는 거예요?"

하고 먼저 옥희가 물었다.

"말하자면!"

"그럼 선생님 벼락부자가 된 셈이군요?"

"된 셈이 아니라 지금 당장에 내 가방에 들어 있으니 이미 된 것이나 다름없지."

"어마!"

셋이서는 다시금 한꺼번에 입을 벌렸다.

그중에서 영희는 입을 벌린 채 문득 의심나는 것이 있는 대로,

"그 많은 돈이 어떻게 그 가방에 다 들어갈 수 있어요?"

그러나 그런 대답은 송 교수가 할 필요 없게 옥희가 가로채서,

"너 왜 그만한 생각두 못하니. 아무리 많은 돈이라두 수표인 데야 뭐 종이 한 장이면 되지 않아."

아는 척하는 눈이었다.

그 말에 송 교수는 더욱 흡족한 모양으로 빨죽 웃고 나서,

"저기 든 건 물론 현찰도 아니구 또한 수표도 아니야."

# 달과 판잣집

우리나라에 그것도 서울 한복판에 크렘린 궁전이 있다면 깜짝 놀랄 일이다. 그러나 알고 보면 그렇게 놀랄 일도 아니다.

옛날 소련 영사관이 있던 언덕에는 판잣집이 육백여 세대나 들어있다. 그곳을 크렘린 궁전이라고 하는 모양이다. 웃는 말 하기 좋아하는 어느 험구쟁이가 지어낸 말이리라.

4·19 이후에 새 정부가 생기기가 무섭게 그곳에는 관광호텔을 짓는다는 소문이 떠돌았다. 금년은 관광의 해라고 하니 눈치 빠른 친구들이 그런 것쯤 생각할 만도 한 일이다. 물론 그런 친구일수록 관광의 해라고 떠들어만 댄다고 외국손님들이 물밀듯이 모여들 리가 없다는 것을 잘 알고 있다. 외국손님을 끌자면 그들에게 즐거운 여행을 누릴 수 있는 설비부터 먼저 해놓아야 한다는 것도 잘 알고 있다. 그러니 그들은 그곳에 저마다 호텔을 지어보겠다고 머리를 싸매고 덤비는 모양이다. 대출만 받으면 수가 나는 판이니 그럴 수밖에 없다. 좀 더 분명히 이야기하면 대출만 받게 되면 호텔은 짓건 말건 자기 땅이 되고마는 판이니 그럴 수밖에 없다. 그러니 빽이 필요할 것은 두말할 필요가 없다.

그러나 그곳에서 살고 있는 판잣집 주민들도 집을 헐고 나가란다면 만만히 나갈 생각은 아니다. 국가기관에서 필요하다면 또 모르지만 개인이 경영하는 관광호텔이나 짓겠다는 데는 곱게 내줄 뱃심이 아니다. 그렇다고 그들은 누구 하나 등을 댈 만한 빽이 있어서 그런 것은 아니다. 자유당이 민주당으로 바뀌었다고 해도 그들은 마찬가지인 사람들이다. 앉으라면 앉고 서라면 서는 그들이다.

그러면서도 그들이 자기들의 집을 지키기 위해 할 말이 있다고 뱃심을 부려본다는 생각은 무엇인가. 그들은 대개가 이북에서 나온 피난민들이다. 그중에는 소련놈들 때문에 몇 십만 평의 땅을 통째로 빼앗기고 나온 영감도 있었다. 그까짓 땅은 고사하고 남편과 아들까지 잃고 나온 과부도 있었다. 그뿐만 아니다. 그곳에서 겪은 정신적 타격이란—

그러한 댓가로 지금 판잣집을 지은 겨우 손바닥만한 땅을 차지한 걸 누가 뭐랄 수 있느냐는 것이다. 그들의 생각 같아서는 국제재판소에 가서 사리를 따져도 결코 질 것 같지는 않았다. 그러니 뱃심도 부리고 싶은 마음이 없으랴.

하기는 그들도 처음부터 그곳에서 오래 살 생각도 아니었고 지금 살고 싶어서 사는 것은 아니다. 갈 곳이 없으니 사는 것뿐이다.

대개 그들은 1·4후퇴 때 부산까지 밀려갔다가 서울로 올라왔으나 있을 곳이 없으므로 그런 빈자리에 말을 치고 살기 시작한 것이다. 그것이 어느덧 칠팔 년이 되었다.

그러는 동안에 그래도 집이라고 문짝도 달게 되었고 거적을 달아 부엌도 꾸렸다. 그러나 살림은 조금도 나아지는 것이 없었다. 아니 전보다도 못해가는 것만 같다. 〈이 고생하자고 고향을 버리고 왔던가. 하기는 빨갱이 없는 세상에서 마음 편했으면 됐지〉 이런 자위나 해가며 살게 마련이다.

그렇다고 이곳에서 사는 사람이라고 모두 하나같이 못살라는 법은 없었다.

그 중에는 장마당 장수로 돈 벌어 딴집을 사갖고 나간 사람도 있다. 그러므로 이곳에도 판잣집 매매가 없을 리 없다. 얼마 전에 이

크렘린 동네로 이사 오게 된 부창이도 사실은 그런 집을 사갖고 온 것이다.

6·25 전만 해도 부창이는 가회동에서 살았다. 가회동에서 살았다고 누구나 다 잘 살았다는 이야기가 될 리는 없지만 그러나 그는 이백 평이나 되는 정원에 날아가는 듯한 양옥집에서 살았으니 분명히 잘 살은 것만은 틀림이 없다.

그것이 어떻게 돼서 이렇게도 유위전변(有爲轉變)하여 이 크렘린 촌에 신세를 지게 되었는지—

물론 그것은 한 마디로 이야기해서 전쟁 때문이다. 전쟁만 없었다면 폭격으로 집이 날아갔을 리는 없는 것이고 그가 살던 대지를 그렇게 헐값으로 팔아넘길 생각도 안했을 것이다.

그러나 부잣집 그럭치기가 삼 년은 간다는 그 말대로 환도한 그때는 그도 그렇게 곤란한 편은 아니었다. 그저 가회동 집이 원효로의 적산가옥으로 바뀌었다는 것뿐이고 집터를 팔아 집을 사고도 남은 돈이 삼백만 환이나 되었다. 그것이 화폐개혁 직후인 지금처럼 부난 없는 돈도 아니었으니 그 정도라면 무슨 걱정이 있었으랴.

그뿐만 아니라 그때는 신문사에도 나가고 있었다.

그는 일본 어느 사립대학 일학년 때 학병으로 끌려갔다가 돌아온 후에도 취직이라곤 해본 일도 없었지만 환경이 달라지자 역시 놀고만도 있을 수 없다고 생각했던 모양이다.

그는 돌아간 부친의 신세를 진 어느 유지의 소개로 H신문사에 취직을 하게 되었다.

신문사에서도 처음엔 이 청년을 어떻게 대우해야 할지 난처한 모양이었다. 생각다 못해 결국 운동부로 돌렸다. 그때만 해도 지금같이 신문 지면이 많지도 않았으므로 운동부란 늘 한가했다. 그런 관계도 있었지만 여유 있게 자란 사람이라면 대체로 운동에 관심이 있기 때문이었다.

그러나 부창이는 어렸을 때부터 운동이라면 무엇이나 싫어해서 무슨 운동이나 손을 대본 일이 없었으니 운동에 관한 룰을 알 리도 없는 것이고 운동 신경이 발달되었을 리도 없었다.

하여튼 그가 중학을 다닐 때는 경평전(京平戰)을 비롯해 해마다 축구대회가 수없이 있어 그야말로 우리나라의 축구 전성기라고 할 수 있었지만, 그때도 축구 구경을 한 번도 해본 일이 없고 축구 룰도 모르고 지나왔다니 그가 얼마나 운동에 관심이 없었다는 것을 알 수가 있다.

축구라는 것도 그의 눈에는 젊은 청년 수십 명이 공을 하나 갖고 공연히 땀을 흘리면서 따라다닌다고 생각했을는지도 모른다. 그렇게 생각했다면 역기(力技) 같은 것은 더욱 우스웠을는지도 모른다. 그 무거운 것을 한번 들었다 놓으면 어쨌단 말인가? 무거운 것을 드나 가벼운 것을 드나 남보기에는 다 마찬가지가 아닌가. 그런데 무슨 필요가 있어 무거운 것을 든다고 젖먹은 힘까지 다 내어 끙끙거리는가, 그래 갖고서 기껏 삯짐이나 지어 먹자는 생각인가?

하기는 운동을 극도로 싫어하는 사람의 눈으로 본다면 그렇게밖에 보이지 않을 것도 사실이다.

그는 자기가 운동부 기자로 맞지가 않는다는 것은 알고 있으면서도 그것을 말하는 사나이가 아니었다.

그러므로 싫건 좋건 운동부 기자 노릇을 하자면 남에게 덕을 입는 수밖에 없었다.

다시 말하면 남에게 기사를 써달라는 수밖에 없었다.

그때의 D신문의 운동면 기사와 H신문의 운동면 기사가 언제나 꼭 같은 것도 그 때문이었다.

남에게 기사를 부탁하자면 이편에서도 그만한 생각을 해야 하는 것은 물론이다. 그렇지 않다면 누구나가 귀치 않은 그런 일을 맡아 갖고 해줄 리가 없다. 세상이란 공짜가 없는 법이다. 더욱이 6·25 이후로는 그런 기풍이 심해진 판이다.

그러나 그는 그런 염려는 없었다. 기사를 써주는 친구가 미안할 정도로 술만은 시종일관으로 잘 샀으니 그런 일이 있을 리가 없었다.

그가 술을 잘 산 것은 옛날 호부자의 아들로서 돈을 쓰던 그때에 남은 버릇이었든지 그렇지도 않으면 몰락한 신세를 감추기 위한 허세였든지 그것은 알 수 없었으나 어쨌든 술값만은 남보다도 먼저 꺼냈다. 말하자면 술값을 꺼내는 경쟁에만은 언제나 스포츠 정신을 발휘한 셈이었다. 그러고 보면 그도 스포츠와 무슨 관련이 있는 것 같기도 하다.

그러나 스포츠에 대한 상식이 없는 것은 어쩔 수가 없었다. 드디어 그것이 백일천하에 그만 드러나게 되고 말았으니—

그것은 어느 핸가 서울에 있는 각 신문사 기자들의 친목을 위한 축구대회가 있었을 때의 일이다.

그는 운동부 기자이니만큼 H신문사의 축구단에서는 자연 주장격이 되는 수밖에 없었다. 그러나 운동에 자신이 없는 것은 누구보다도 자기 자신이 잘 알고 있었다. 더욱이 뛰는 일은 죽어도 못하는 그였다. 그렇다고 운동부 기자가 빠지겠다고도 할 수 없는 일이므로 자원해서 키퍼를 맡았다. 그때는 지금처럼 키만 큰 것이 아니라 몸도 뚱뚱했으므로 골문에 들어오는 볼을 자기 몸의 면적으로 막아낼 생각을 했던지, 아니 그보다도 축구엔 키퍼가 제일 중요한 포지션이라는 것을 알 리가 없는 그는 자기 보기엔 키퍼가 제일 한가해 보였기 때문이었다.

그러나 축구 룰을 모르는 그라 키퍼를 서고서도 아웃볼을 어디다 놓고 차야 하는지 몰랐다(그때는 키퍼가 아웃볼을 차는 것이 유행이었다). 그러니 아웃볼을 아무데나 놓고 찰 수밖에 없었다. 그러자 심판은 키퍼라인에 놓고 다시 차라고 호각을 불었다. 볼은 그에게로 다시 왔다. 무엇이 잘못돼서 볼이 다시 왔는지 모르는 그는 전번과 마찬가지로 아무데나 놓고 찼다. 호각을 다시 분 심판은 약간 화가 나서 키퍼라인에 놓고 차라고 소리까지 쳤다. 그러나 키퍼라인을 알 리 없는 그는 여전히 아무데나 놓고 차는 수밖에 없었다.

이러기를 대여섯 번이나 반복했으니 심판이 부락부락 화가 났을 것은 물론이려니와 그보다도 더 굉장한 것은 관중들의 웃음이었다. 같은 선수들은 설마 그가 룰을 몰라 그러는 줄은 생각지 못했다. 관중들의 인기를 얻자는 장난인 줄만 알았다. 그러나 그런 일을 몇 번이나 반복하는 동안에 당황해서 그의 얼굴이 붉어지다 못해 검어지는 것을 보고서는 단순히 장난이 아니라는 것을 알게 되었다.

결국 풀백이 들어가서,

"이 사람아, 운동부 기자가 아니라도 그만한 것쯤은 상식으로 알아야 할 것 아닌가." 하고 충고를 한마디 해 주는 대신 아웃볼을 차 줬다. 그리하여 경기는 계속되었지만 그 일로 그는 대번에 사내에서 유명한 사나이가 된 동시에 신문사와도 이별을 해야 했다.

부창이를 소개한 사람이 사의 아무리 유력한 간부라고 해도 신문사로서의 체면이 있기 때문이었다.

그가 신문기자로서 실패한 것은 반드시 운동부에 들어간 때문만도 아니었다. 다른 부에 들어갔다고 해도 역시 실패하긴 마찬가지였을 것이다. 그가 글쓰는 일을 또한 운동에 못지않게 싫어했기 때문이다. 지금까지 봉함 편지는 써본 일도 없고 엽서도 두 줄 이상은 써본 일이 없다고 하니 글쓰는 일을 얼마나 싫어한다는 것은 짐작할 수 있는 일이다.

그러므로 그는 일본에 유학할 때도 편지쓰기가 귀찮아 늘 전보를 이용한 모양이다. 그 때 〈돈〉이라는 단 한자의 전문(電文)은 그의 에피소드 중에서도 유명한 이야기다. 그러나 아무리 신문기자는 붓으로 글을 쓰는 것이 아니고 발로 쓴다는 말이 있다고 해도 그로서는 도저히 감당해 나갈 직업이 아니었다.

그렇다고 그에게 맞는 적당한 직업이 있는가 하면 그것도 선뜻 떠오르지 않았다.

그러한 그가 신문사를 쫓겨나오고서 두 번째로 취직한 것이 여학교 선생이었다.

이 여학교도 물론 누구의 소개로 들어갔다. 좀 더 분명히 이야기하면 이 여학교의 이사가 옛날 그의 부친과는 막역한 친구였다. 그러고 보면 그의 부친은 무덤속에 묻혀 있으면서도 그를 도와주는 셈이다. 그것이 한 번도 아니고 두 번씩, 그러니 세상에 망령(亡靈)이 없다고 할 수 있으랴.

그러나 궁극에 가서는 그 여학교도 쫓겨나오게 되고 말았다. 그렇다고 그 학교에서는 신문사처럼 창피를 당하고 쫓겨나온 것은 아니었다. 그와는 아주 반대로 그가 너무나도 정당하고 용감했기 때문에 쫓겨나오게 된 것이다.

학교에서도 처음엔 체구가 작지도 않은 그 인물을 어떻게 대우해야 할지 몰라 곤란했던 모양이었다.

그에게 맡길 적당한 과목이 없었기 때문이었다. 그는 장차 외국을 만유라도 할 생각으로 대학에서는 영문과에 적을 두었던 것이다. 그러므로 응당 그가 맡을 과목은 영어였다.

그러나 정직한 그는 취직한 첫날로 대학에서 배운 영어는 깨끗이 잊어버렸다는 것을 밝혔다. 그러니 학교에서 그에게는 부득부득 영어를 떠맡길 수도 없는 일이었다.

결국 그는 명목상으로는 한 주일에 한 번씩 있는 국어 작문을 통

틀어 맡게 되었지만 그가 영문학을 했다면 다소 문학적 교양이 있을 터이므로 어련히 작문쯤이야 못 가르치랴 하고 맡긴 모양이었다.

물론 그때 그는 작문이란 소리에 앞이 캄캄했을 것이다. 그러나 영문과에 다닌 사람으로서 영어도 작문도 가르칠 수 없다면 아무리 유력한 학교 이사의 소개라 해도 하는 수 없다고 고개를 돌릴 것만은 너무나도 뻔한 일이다. 뿐만 아니라 작문을 제쳐놓고 따로 자신이 있는 과목이 있는가 하면 그렇지도 못했다. 어느 과목을 맡아도 곤란할 건 매일반이었다. 그런데야 작문이라고 구태여 싫다고 할 필요도 이유도 없었다.

이리하여 결국 그는 S여고의 작문선생이 된 것이지만 막상 그가 작문을 맡게 된 후로는 학생들 간에 대단한 인기였다. 그러니 세상의 일은 알고도 모른다고 할 수밖에 없는 일이다. 사실 그가 학생들 간에 인기가 있은 것은 무엇보다도 작문 점수가 후했기 때문이다. 그는 호부자의 외아들인 만큼 그때까지도 남에게 인색하게 군 일이 없었다. 하물며 하나 같이 귀여운 여학생들에게 그가 인색할 리가 없었다. 그런데다 학생들의 작문은 하나같이 자기보다는 잘 쓰는 것만 같이 생각되니 점수가 후하지 않을 수가 없었다.

인기가 있는 둘째 이유로서는 그의 풍채에서 오는 것이었다. 지금엔 그렇다고도 할 수 없겠지만 그때만 해도 그는 여학생들이 좋아할 만한 얼굴이었다. 그렇다고 용모가 대단해서 그런 것도 아니었지만 어딘지 모르게 사람이 좋을 듯싶은 인상이 그들에게 호감을 느끼게 한 모양이었다.

아직 그때는 양복도 십여 벌이나 남아 있었으니 단벌 서지로 춘하추동을 견디어 내는 선생들과는 외양도 자연 달랐을 것은 사실이다. 그는 결코 핸섬보이 같은 그런 가벼운 취미도 아니었다. 어디까지나 노블하고 깊이가 있는 영국신사의 그 취미였다.

커다란 책가방을 들고 천천히 교문으로 들어서는 그의 풍채란—
그야말로 여학생, 그들이 장차 내가 얻을 남편이라고 동경하는 전형
적인 타입이었다.

셋째로 인기가 있는 것은 바이런의 시를 누구보다도 이해한다는
점이다.

하기는 영문과에 다녔다면 들은 풍월로도 바이런 시쯤은 한 두절
못 외우랴. 그러니 자기들의 애타는 마음을 그렇게도 잘 표현해 준
바이런을 이해하는 선생이라면 무조건 존경하는 그들이다. 그러니
인기가 없을 수 있으랴.

그럼에도 결국 학교를 쫓겨나오게 됐으니 도대체 무슨 일 때문
인가.

그가 학생들 간에 인기가 있었다니 여학교에서 흔히 있는 학생과
의 연애사건으로 쫓겨 나온 것인가.

천만에, 그는 여자에 대해서 그렇게도 주책없는 사나이는 아니었
다. 그렇다면 학부형에게 뇌물이라도 받아먹고 학생들의 성적을 고
쳐준 일이라도 있는가.

그것도 아니다.

그는 남에게 뇌물을 받아먹는 약빠른 사나이도 못되거니와 그런
부정은 전혀 생각지도 않는 사나이다.

그가 학교에서 쫓겨나오게 된 것은 앞에서도 이야기한 그대로 남
이 못하는 이야기를 용감스럽게 했다는 것밖에 없다.

그 때문에 그는 교장의 미움을 받게 된 것이고 결국은 학교도 쫓
겨나오게 된 것이다.

하기는 그 여학교 교장이 〈일류병〉만 걸리지 않았더라도 그런 일
이 없었는지도 모른다.

그 여학교의 교장은 무엇이나 자기 학교가 서울에서는 첫째가 되

어야만 한다고 생각했다. 말하자면 그것이 그의 〈일류병〉이라는 것이었다.

권력과 돈 많은 자녀도 자기 학교가 제일 많아야 했고 따라서 학비도 제일 많이 받아야 속이 편안했고 운동도 무엇이나 제일 잘해야만 했고 상급학교도 제일 많이 가야 했고 학교 학생들까지도 제일 맵시를 부려야 했다. 그러한 학교에서 곰보를 받아들일 수 없는 것은 물론이었다.

그러나 그 교장은 다년간 미국에 있었던만큼 학교는 어디까지나 민주주의적으로 운영했다.

예를 들면 이대통령 탄신 팔십 몇 주년을 축하하기 위한 전교생의 매스게임 같은 것도 그는 언제나 의견을 낼 뿐이지 결정은 선생들에게 맡겼다. 이것만 보더라도 과연 S여학교야말로 민주주의적인 운영이라고 하지 않을 수가 없었다.

그러니만큼 여학생에 곰보가 있다고 그것을 자기 혼자의 독단으로 처리하는 일이 없이 입학생 사정회에서 선생들의 의견을 물었던 것이다.

물론 이런 자리에서 곰보학생을 입학시켜야 한다고 강경히 주장할 사람은 하나도 없었다. 그들은 교장선생 자신이 그것을 싫어한다는 것을 알고 있기 때문이었다. 그러므로 약은 선생 몇몇은 교장의 비위를 맞추기 위해서 곰보학생은 다른 학생에게 미치는 영향이 크다는 것을 강조해가며 절대로 입학시켜서는 안 된다고 역설까지 했다.

그것으로써 그 학생은 받지 않기로 이미 결정된 것이나 다름이 없었다. 부창이가 손을 들고 일어선 것은 바로 그때였다. 그 커다란 몸을 바로 하고서 무엇을 심각하게 생각하는 양으로 눈을 감고 있다가 문득 손을 들며,

"저두 한 마디 하겠습니다."

하고 이런 자리에서 한 번도 이야기를 해본 일이 없는 부창이가 일어서자 선생들의 시선이 일제히 그에게 쏠렸을 것은 물론이다.

그러나 그는 그들의 시선을 무시하듯 하는 얼굴로 천천히 입을 열어,

"저는 절대로 지금까지 말씀하신 선생님들의 의견에 찬동할 수가 없습니다. 그것은 결코 교육자로서 할 말이 못된다고 생각합니다."

그 한마디에 방안은 갑자기 조용해졌다.

부창이는 말을 계속하기 위해서 잠시 마른 입술을 축였다.

"지금 어느 선생의 이야기를 들으면 곰보가 무슨 나쁜 전염병이나 되는 것처럼 이야기하는데, 그분도 물론 곰보가 전염병도 아니고 또한 무슨 죄의 표시도 아니라는 것은 알고 있을 뿐 아니라 부모의 부주의로 된 것이라는 것도 알고 있을 것입니다. 그런데도 지금 이 자리에서 곰보학생을 입학시키느냐 않느냐 하고 문제를 삼는다는 것은 저로서는 도저히 이해할 수가 없습니다. 어떤 선생님은 한두 명의 곰보 학생으로 인해 전체 학생에 미치는 영향을 염려하는 모양입니다만 만일 그것이 사실로 나쁘다면 그것은 우리 선생 자신들이 학생들에게 옳은 교육을 못시켰다는 것을 단적으로 증명해 주는 것밖에는 되지 않는다고 생각합니다. 그것을 시정하기 위해서도 곰보학생을 반드시 입학시켜야 한다고 생각합니다. 문교부장관을 지내시고 현재 최고학부의 총장직을 맡아보시는 박성근 박사도 곰보입니다. 우수한 학생을 당신들은 도대체 무슨 권리로 우리나라 헌법까지 무시하면서 학업의 길을 막겠다는 것입니까?"

부창이는 흥분된 눈으로 좌중을 한번 살피고 나서 자리에 앉았다. 방안은 아까보다 더 조용했다. 반응이 컸기 때문이었다.

사실 선생들도 대개는 부창이와 같은 생각이면서도 입을 벌리지 못한 것은 교장의 비위에 어긋나는 말이기 때문이었다.

그러나 부창이는 남이 못하는 그것을 용감히 한 것이다.

교장은 부창이에게 눈을 흘기면서도 가부를 물었다. 그는 어디까지나 민주주의자이기 때문이다. 그 결과로 부창이의 정의파가 이겼다. 그러나 그 때문에 부창이는 학교를 쫓겨나오게 된 것이다.

그렇다고 그는 우는 얼굴이 결코 아니었다. 오히려 정의를 위해 싸워서 얻은 자유가 즐거웠을 뿐이었다.

그가 얻은 자유란 아무런 목적 없이 매일 빈 거리를 쏘다니는 일이었다. 물론 비가 오는 장마철에는 집에서 낮잠이라도 자고 싶었으나 아내에게는 그대로 학교에 나가는 것으로 되어 있었으므로 그럴 수는 없었다. 때로는 영등포 쪽으로 가서 넝마전을 기웃거려 보기도 하고 때로는 왕십리 쪽으로 나가서 맹물 같은 커피에 입맛을 다시고서는 뒤떨어진 영화에 눈물을 흘려보기도 했다.

이렇게도 어이없게 한나절을 보내다가 날이 어두워지면 어느 술집으로 찾아들어가 대포를 한잔 들이켰다.

그 대포 한잔으로 그는 귀족이 된 기분도 될 수가 있었다.

그런 기분이 되면 옛날 버릇으로 되돌아가 사치를 부리고 싶은 마음도 생겼다. 그러나 사치를 부리고 싶대야 별수 없는 일이라, 기껏 노점에서 포도나 한 송이 사는 정도다.

그것을 한 알 한 알 떼어 먹으면서 집으로 돌아오며 오늘은 학교를 그만둔 것을 아내에게 이야기한다고 결심해 보는 것이었다.

그러나 그날도 그 이야기는 못한 채 다음 날도 아내가 싸준 도시락을 들고 나와 빈 거리를 쏘다니게 마련이었다. 이러기를 그는 꼬박 석 달을 계속했다.

세상에 비밀이란 반드시 어느 단계에 가서는 드러나게 마련이다. 부창이의 그 비밀도 역시 마찬가지였다. 그의 비밀도 기껏 석 달을 지속하고 나서는 드러나게 되고 말았다. 그것은 빈 거리를 싸다니는 일이 그만 싫증이 났기 때문이었다. 그렇다고 그는 그런 생활이 결코 즐겁지 않아서가 아니었다. 주머니의 용돈이 떨어졌기 때문이다. 그 동안은 학교에서 받은 퇴직금으로 용돈을 써왔지만 그것도 이제는 떨어지고 말았다. 빈 주머니로 하루종일 거리를 싸다녀 보았댔자 조금도 즐거울 리는 없었다. 그렇다고 아내인 영숙이에게 손을 빌 수도 없는 일이었다. 학교에는 계속해서 나가는 것으로 되어 있으니 월급도 타는 것으로 되어 있을 것은 물론이다.

그러므로 아내는 살림이 전같지가 못하니 월급을 혼자 쓸 생각 말고 집에도 돈을 좀 들여놓을 줄 알라고 앙탈이었다. 그런 판이니 손을 벌린다는 것은 어림도 없는 일이었다.

그러니 날이 갈수록 정의를 위해서 쟁취한 즐겁던 그 자유의 생활이 자꾸만 싫어질 수밖에 없었다. 담배값도 없이 하루종일 거리를 싸다녀야 한다는 것은 사실 중노동보다도 더 괴로운 일이었다.

"돈이 없고선 자유도 없는 거야."

그는 이런 생각도 비로소 느끼게 되었다. 그렇다고 그는 친구를 찾아가서 손을 벌리지도 못하는 성격이었다.

옛날엔 잘 살던 체면이 아직도 남아 있기 때문이었다.

그러니 부창이는 전과는 달리 아침에는 자연 늑장을 부리게 되었다. 아내인 영숙이가 무엇보다도 화를 내는 것은 그가 늑장을 피우는 일이었다. 영숙이도 살림이 전과 같다면야 이런 일에 신경을 쓰지 않았을는지도 모른다. 그러나 살림이 이 지경이 되고 보니 이제 믿을 것은 남편밖에 없는 것 같았다.

그런데 남편이란 사람은 전보다도 더욱 게을러 가니 화가 나지 않을 수가 없었다.

"빨리 일어나 학교 갈 준비해요."

영숙이는 와이셔츠며 양말이며 바지를 한데 둘둘 말아 그의 머리

위에 던져 주었다. 아내로서 못할 일이지만 보통 남편이 아니므로 그만큼 과격한 짓을 하지 않으면 반응이 없는 모양이었다. 사실 부창이는 그만한 자극에도 별 반응이 없었다. 몸을 잠시 꿈틀거리는 것은 이불을 더욱 뒤집어쓰기 위해서였다.

그러나 영숙이는 이만한 자극을 주면 오분 안으로 무슨 반응이 있다는 것을 알고 있어서 안심하고 부엌으로 나가는 것이었다.

부엌에서 식모애를 꾸짖는 영숙이의 잔소리가 몇 마디 나고서 밥상이 들어왔다.

여느 날 같으면 이때는 아무리 굼벵이처럼 이불을 뒤집어쓰고 있던 부창이도 그만 세수까지 하고서 밥상을 받는 것이었다.

그러나 그날은 이불 속에 드러누운 그대로 천장만 쳐다보고 있었다.

그 순간에 부창이는 대답을 어떻게 할까 하고 잠시 망설였다. 몸이 아프다는 핑계도 댈 수가 있었기 때문이다. 그러나 아내는 그럴 여유도 주지 않고,

"정말 어쩌자는 거예요."

들었던 상을 방바닥에 털썩 놓고 그의 머리맡에 주저앉았다. 그 바람에 부창이의 입에서는 드디어

"빨리 일어나야 할 일이 없는 걸."

이런 말이 튀어나왔다.

"네? 그게 무슨 말이에요?"

영숙이의 눈이 퀭해지자,

"매일 빈 거리를 싸다녀 봤자 별 수가 없다는 거지."

여전히 천장에 눈을 둔 채 천천히 입을 떼었다.

"그거 누구 이야기에요?"

"누구 이야기긴⋯⋯."

"아니 그게 그럼······."

영숙이는 믿을 수가 없는 모양으로 말끝을 못 맺었다. 그것을 부창이가 맺듯이

"물론 내 이야기지."

"당신, 매일 거리를 싸다녔다는 말이에요?"

"응."

"그게 정말이에요?"

거듭 다잡아 묻자 부창이는 이번엔 응 소리도 못하고 고개만 끄덕였다.

"정말 학교 간 게 아니란 말이지요? 어린애도 아닌 당신이?"

공부를 싫어하는 애를 앞에 놓고 따지는 어조였다.

"응."

부창이도 이런 대답은 역시 싫은 모양으로 낮고 떨리는 듯한 소리였다. 그러자 영숙이는 아주 크게

"원 세상에 별일이······ 그래 학교엔 안 가구 매일 거리를 싸다녔단 말이에요?"

"나두 그리고 싶어서가 아닌데 별수 없이 그렇게 된 걸."

"알겠어요. 무슨 잘못을 또 하구서 쫓겨나왔군요?"

남편의 무능을 누구보다도 잘 아는 영숙이다. 올 것이 온 것이라고 체념해 보려는 그런 얼굴이었다.

그러나 부창이는 머리를 힘껏 내저어,

"절대루!"

"그럼 학교 그만둔 게 아니에요? 학교 나가는 일이 싫어져서······."

영숙이는 확 생기가 도는 얼굴이 되었다.

하루 이틀도 아니고 며칠씩의 무단결근도 곤란한 일이지만 그러나 학교를 아주 쫓겨 나왔다는 일에 비하면 비할 바가 아니었다. 그

런 일이라면 그를 소개한 이사한테 과자상자나 들고 찾아가서 잘 이야기하면 무사할 수 있으니 다시는 그런 일이 없도록 앞으로 잘 감시만 하면 되는 일이다.

지금까지 월급이란 집에 들고 들어온 일이 없다고 해도 남편이 월급을 받고 있으면 그만큼 마음이 놓이는 것도 사실이다. 남편이 하는 일도 없이 빈둥빈둥 노는 꼴이란 생각만 해도 숨이 막히는 노릇이 아닌가.

"학교가 싫어진 것도 아니야."

"그럼 왜 학교는 나가지 않았어요?"

"그건 아까두 말하지 않았어? 결국 그렇게 됐다구."

"그렇게 됐다니, 도대체 어떻게 됐다는 거예요? 제발 좀 알아듣게 이야기해요."

영숙이는 극도로 초조한 얼굴이었다.

물론 그날은 조반도 먹지 못하고 부창이는 집을 쫓겨나와 한종일 거리를 싸다녀야 했지만 그 일로써 그들 부부가 헤어지는 단계까지는 이르지 않았다. 부부지간엔 미운 것도 일종의 정이기 때문인지도 모른다.

그러므로 다음날부터의 그들 가정은 옆에서 보기에는 조금도 달라진 것이 없다고 해도 좋았다. 부창이가 이야기를 걸면 평소나 다름없이 영숙이는 대답을 했고 방도 치웠다. 다만 달라진 것이 있다면 부창이가 매일 아침 도시락을 싸갖고 출근하지 않아도 되었고, 외출을 하더라도 당당히 아내에게 교통비와 찻값을 탈 수 있는 권리가 생긴 것뿐이었다. 그러니 그 일이 부창이에게는 대단히 유리하게 됐다고 볼 수밖에 없었다.

그러나 영숙이의 마음속은 확실히 달라졌다.

말하자면 부창이는 앞으로도 희망이 없다는 것과 따라서 그를 조금이라도 의지할 생각을 해서는 안 된다는 것, 그러니 자기의 힘으로 살아야 한다는 그런 결심이 가슴속에 꾹 박혀진 것이었다.

오랫동안 같이 지낸 아내의 일이므로 남편인 부창이가 그런 일엔 별로 예민하지 못하다곤 해도 그것을 모를 리는 없었다.

겉으로는 남편이라고 위하는 척하면서 속으론 멸시를 한다면 누구나가 유쾌할 리는 없는 일이다. 그러므로 부부간에는 필요 이외의 말은 자연 피하게 되고 마음으로는 서로 적대시하여 언제나 냉전상태에 있게 마련이었다.

부창이는 처음부터 이 냉전을 원치 않은만큼 어떻게 해서든지 해결해보려고 무척 애를 썼다. 그러나 결국은 미소(美蘇)의 냉전이 해소되지 못하는 것처럼 자기네의 냉전도 역시 해결할 수 없다는 것을 깨닫게 되었다.

그것을 해결하자면 무엇보다도 우선 부창이가 자동차쯤은 타고 다니게끔 출세를 해야 했기 때문이었다. 그러나 그것은 백번 분발해도 될 수 없다는 것은 누구보다도 부창이 자신이 잘 알고 있었다.

그러므로 부창이는 자기의 무능을 깨끗이 시인하고 살림의 일체는 아내에게 맡긴 채 자기는 낚시질이나 할 생각을 했다. 그러나 영숙이가 낚싯대를 두 번이나 꺾은 것을 보면 남달리 맹물고기를 싫어하는 그런 체질 때문만도 아닌 모양이었다.

그러니 부창이는 이 냉전을 그저 참고 견디며 사는 수밖에 없었다.

그 일이 있은 후로 영숙이는 금년 국민학교 삼학년인 찬만이에게 더 관심을 갖는 것만은 사실이었다.

아버지가 저 모양이니 이제는 믿을 것이 찬만이밖에 없다고 생각한 모양이었다. 아니 믿을 뿐만 아니라 기어이 훌륭한 사람을 만든다고 생각하는지도 모른다.

(찬만인 절대 제 애빌 닮지 않고 나를 닮았으니. 꼭 훌륭한 사람이 될 거야)

이런 기색을 영숙이가 노골스럽게 보일수록 부창이로서는 그렇게 기분 좋은 일이 아니었다.

그런 땐 감추어두었던 낚싯대를 꺼내갖고 낚시질을 나가 보는 것이었으나 공연히 쓸쓸하기만 하고 재미가 없었다.

낚시질도 역시 마음이 편안하고서 낚시질이었다.

영숙이는 부잣집 며느리로 들어간만큼 젊었을 땐 뛰어나게 예쁜 것만은 사실이었지만 그렇다고 가문이 좋은 집의 딸도 아니었고 대학을 나온 재원도 아니었다. 그녀는 본시 다방의 레지였다. 그러니만큼 그들의 결혼은 처음부터 결코 순탄할 리가 없었다.

그러나 영숙이는 그러한 역경에 처하면 처할수록 더욱 불이 붙는 성격이었다. 일종의 발악과도 같은 것이다. 열여섯 살 때 계모와 싸우고서 집을 나온 뒤에 시작된 험난한 생활이 그런 기절과 체질을 만든지도 모른다.

그런 여자일수록 결코 남이 하는 일이면 못하는 일이 없는 법이다.

사실 영숙이는 그런 직업의 여자이기는 하지만 자기가 입는 재킷이며 저고리를 한 번도 삯을 주고 해본 일이 없었다. 아니, 무엇이나 손에 쥐기만 하면 삯을 받을 만한 기능을 갖게 된다. 그밖에 음식을 만드는 것도 폐물을 이용하는 것도 가사과를 나왔다는 여자가 발밑에도 못갈 솜씨였다.

부창이 어머니는 영숙이의 그런 점을 볼 줄 아는 역시 현모였던 모양이다.

며느리는 고생한 며느리를 맞아야 한다는 옛날 속담을 받아들여 결국 그들의 결혼을 승낙했을 때 영숙이는 기쁨에 찬 얼굴로,

"저는 당신의 아내로서 일생 몸을 바쳐 내조의 공을 세우겠습니다. 그러니 당신은 훌륭한 사람이 되어 주세요."

무슨 선언서를 낭독하듯이 말했다.

부창이는 그 말에 당황했지만 영숙이는 영화나 소설 같은 데서 그런 말을 하는 것을 보고 자기도 그대로 외어보는 모양이라고 별달리 생각지를 않았다.

영숙이가 그것을 진정으로 이야기한다는 것을 알았다면 그때 부창이는 어떻게 해서든지 결혼을 취소했을는지도 모른다. 왜냐하면 자기는 결코 훌륭해질 수 없다는 것을 자신이 잘 알고 있기 때문이었다.

그는 결혼하고 나서 얼마 되지 않아 왜놈들의 학도병으로 끌려 나가게 되었다. 죽지 못해 끌려 나갔지만 영숙이는 그와 반대로 태연했다. 뿐만 아니라 부창이가 훌륭한 군인이 되어서 돌아오기를 바랐다.

물론 그때는 세상의 바람이 그렇게 불었으니 아직도 어리던 영숙이의 좁은 식견으로서는 그것만이 남편을 위한 일이라고 생각했던지 모른다.

그러나 부창이는 입대하고 나서도 간부후보생 시험 같은 것을 쳐서 장교가 되겠다는 그런 생각은 꿈에도 하지 않았다. 마음 없는 군대의 장교는 더욱 되고 싶지가 않았던 것이다.

훌륭한 군인이 되기를 그렇게도 바랐건만 그럴 생각도 하지 않는 남편에 대한 영숙이의 실망은 그때도 컸을 것이다.

그러나 그때만 해도 부창이를 지금같이 불합격품이라는 레테르를 붙였던 것은 아니다.

돈이 있을 때에는 아무리 모자라는 사람이라 해도 눈에 보이게끔 결점이 드러나지 않기 때문이다.

그 돈까지 없어진 지금에는 남편을 아무리 잘 보려고 해도 거추장스러운 존재로밖에 더 보이지가 않았다.

그래도 부창이가 여학교 선생일 때만 해도 영숙이는 남에게 이야기할 때는 반드시 〈우리 선생〉이니 〈우리 어른〉이니 하는 존대어를 썼다. 〈우리 그 친구〉니 〈그 작자〉니 〈그 멍퉁이〉니 하는 요즘 부인들이 태연히 쓰는 그런 말을 한 번도 써본 일이 없었다.

그것이 요즘에 와서는 남편을 부르는 주어까지 생략하게 된 것이다. 말하자면 그것은 부창이를 남편으로 대할 가치가 아주 없어졌다는 것을 단적으로 표시하는 일이었다.

그러나 그것은 결코 영숙이가 의식하고서 하는 일은 아니었다. 가슴 속에서 끓고 있는 남편에 대한 원망이 자기도 모르는 사이에 그렇게 만든 무의식적인 행동이었다.

물론 부창이만 훌륭한 직업을 갖고서 남편 구실을 했다면 결코 그런 일이 있을 리가 없었다. 그러니 이것도 따져서 말한다면 부창이에게 책임이 있는 일이다.

그렇다고 영숙이로서도 의식적인 불평·불만이 물론 없을 리가 없다. 무거운 짐을 혼자 짊어지고서 투덜거리지 않는 사람이 누가 있으랴.

지금 그 집은 영숙이가 아침부터 밤까지 돌려대는 재봉틀 하나로 살아가고 있었다. 무재주는 상팔자라고 했지만 불행히도 영숙이는 재주를 타고났기 때문에 그러한 짐을 떠맡게 된 셈이다.

재봉틀의 일이란 중노동이나 다름이 없다. 한종일 재봉틀을 돌리고 나면 팔다리가 쑤시고 허리가 시큰거리며 눈이 핑핑 돈다. 더욱이 요즘 같이 습도 구십 오도의 무더운 판잣집 좁은 방구석에서 재봉틀을 돌려대자면 미칠 것만 같다.

잔뜩 화가 난 영숙이가 재봉틀을 밟을 때의 그 야릇한 소리란—

부창이는 특별히 음악에 대한 소질도 교양도 있는 것이 아니므로 소리에 대해서 남달리 예민할 리도 없었다. 그러나 재봉틀을 통해 들리는 그 영숙이의 감정만은 너무나도 잘 알고 있었다. 그것은 정말 바늘 끝으로 콕콕 가슴을 찌르는 소리와 같았다.

그러니만큼 부창이가 귀를 막는 것은 견딜 수가 없어서 막는 것뿐이다. 그런 방법으로 귀를 막고 신문이라도 펴들고 되도록이면 그 소리를 잊어보겠다는 것이었다. 그렇다고 그것이 재봉틀 일에 방해될 이유는 없다.

그러나 부창이가 귀를 막고 신문만 펴들면 영숙이는 눈에서 불이 나고 이가 부득 갈린다. 재봉틀 소리가 시끄럽다구 귀를 막아—그게 자기가 할 짓이야?

무능한 남편을 얻은 팔자로 결국은 이 크렘린 판잣집 동네까지 밀려와서 그래도 여편네는 살아 보겠다고 밤을 새워가며 재봉틀을 두르고 있는데 자기는 두꺼비 같은 허연 뱃가죽을 드러내놓고 아랫목에 잔뜩 누워서 하는 소리가 재봉틀 소리가 시끄럽다구? 정말 그 소린 누가 할 소린가.

그러나 부창이는 이미 귀를 막고 나서 아랫목에 누워 신문을 든 이상 딴 세상 사람이 된 것이다.

영숙이가 아무리 눈을 흘겨도 보일 리 없고 발악치는 재봉틀의 연주도 들릴 리가 없기 때문이다.

이렇게 되면 눈에서 불이 나고 이가 부득 갈리던 영숙이의 화는 더욱 높아지게 마련이다. 이편에서 화가 났을 때 상대편에서 아무런 반응이 없을수록 화는 기하급수로 높아지는 법이니 그럴 수밖에 없었다.

영숙이는 재봉틀을 멈추고서 뛰는 가슴을 진정해 가며 부창이를 진득이 보고 있다가,

“좀 봐요!”

하고 입을 열었다. 전 같으면 〈여보〉하고 부를 일이었지만 남편의 주어가 없어진 지금이니 그렇게 부를 수밖에 없었다.

“오늘도 한종일 그렇게 누워 있을 작정이에요?”

그러나 부창이는 아무런 반응이 없었다. 귀에 솜을 막았으니 듣지를 못한 때문인지—

“시원히 일어나 앉기라두 좀 해요.”

부창이는 역시 대답이 없으면서 신문을 뒤집었다.

“앞으로 어떻게 할 생각이에요. 이 집의 일은 그저 모른다 하고 언제까지나 귀를 틀어막구 있겠다는 거냐 말이에요?”

“이놈의 사회에선 모두 날 싫다는 걸 어떡해.”

귀를 막아서 못 듣는 줄만 알았더니 역시 듣구는 있은 모양이었다.

“그렇게 밤낮 자빠져 누워 있으면서 싫다구 좋다구가…….”

영숙이는 높아지려는 음성을 고치기 위해서 잠시 숨을 내려쉰 후,

“금년에 몇 살인 줄 아세요? 이제는 사십이라면 아무리 철이 늦은 사람이라도 정신 차릴 땐 되지 않았어요?”

“난 그 때문에 지쳤어.”

문득 부창이는 가슴에 품고 있던 생각을 꺼내놓았다.

“그 때문에 지쳤다니?”

“훌륭한 사람이 되는 것에 지쳤다는 거야.”

“아니 언제 훌륭한 사람이 돼봤기에?”

“그러기 말야. 훌륭한 사람이 돼라 돼라하는 그 소리에 지쳤단 말야. 나도 나대로 사는 자유가 있으니 내버려두어.”

뜻하지 않은 대단한 기세였다. 죽어 살던 부창이의 가슴에도 아내에 대한 원망이 있는 모양이었다.

가회동 집은 전쟁 바람에 날아갔으니 누구의 책임이라고도 할 수 없는 일이다. 그러나 원효로 집을 판 것은 영숙이었다. 부창이가 학교를 쫓겨나온 것을 알고 난 어느 날 저녁, 영숙이는 오래간만에 애교 있는 얼굴을 하고 나서,

"난 여러가지로 생각해서 집을 팔기로 했어요."

하고 말했다. 집을 팔아서 장사를 한다는 것이었다. 그것도 보통 장사가 아니고 무역을 한다는 것이었다. 남편에게 아주 절망을 느낀 영숙이는 이제는 자기가 훌륭해지는 수밖에 없다고 생각한 모양이다. 그것이 드디어 행동으로 나타난 셈이었다.

"무역을 하다니?"

여편네가 집을 팔아서 무역을 한다면 백이면 백 모두가 반가워할 사람은 없을 것이다. 부창이도 역시 마찬가지였다.

"무역상을 하는 우리 친구 남편이 대만에서 바나나를 가져온대요. 거기에 투자를 하면 틀림없이 세곱 남는대요."

부창이에게 의논하는 말이 아니라 이미 마음으론 결정한 얼굴이었다.

"있을 집은 어떻게 하구?"

"그래서 오늘 불광동에 영단주택을 나가 봤어요. 건평이 열다섯 평에 대지가 육십 평이라는데 부엌엔 수도도 들어왔고 목욕탕도 있어요. 차양도 한 게 오히려 이런 엉성한 집보다도 살긴 더 좋을 것 같아요. 당신은 하는 일도 없으니 집에서 뜰이나 가꾸구려."

벌써 여기까지 다 생각한 후였다. 그러나 부창이는 여전히 찌뿌둥한 얼굴이었다.

장사도 너무 이야기가 좋으면 그만큼 위험성이 많은 법이다. 부창이는 훌륭한 사람은 못 됐지만 그것은 알고 있다. 알고 있으니 자연 찌뿌둥한 얼굴이 될 수밖에 없었지만 돈을 벌어 집에 들여놓지 못

하는 이상 뭐라고 할 수도 없었다. 아니 뭐라고 해봤댔자 소용이 없다는 것도 알고 있었다. 영숙이는 이미 바나나 장사로 삼곱, 그것이 또 삼곱, 이렇게 불어나 간다면 옛날 잘 살던 그때만큼이 아니라 반도호텔쯤도 지어 살 수 있다는 독장수의 구구를 하고 난 때라 누가 뭐라고 자기의 결심을 굽힐 리가 없었다. 그러므로 부창이는 마음으로 잘되기나 바라며 영숙이가 하는 일을 보고만 있을 수밖에 없었다.

그러나 세상의 일이란 잘되기보다는 못되기가 쉬우니 골치가 아픈 노릇이다. 영숙이의 바나나장사는 두 번도 아니고 단 한번으로 망해버리고 만 것이다. 실패한 원인은 바나나를 잘못 실었기 때문이었다.

바나나 같은 과일을 배에 실을 때는 통풍이 잘되게 실어야 하는 것이다. 그렇지 않으면 다져져서 모두 썩어 버리고 만다.

그들이 사온 바나나는 배에서 꺼낼 필요도 없이 그대로 바다에 집어넣는 수밖에 없었다. 그러니 영숙이가 집을 판 것은 결국 바다 물고기에 바나나를 선심하기 위한 셈이 되고 말았다.

그 때문에 지금의 판잣집 신세가 된 것은 누구보다도 아내 때문이니 부창인들 어찌 원망이 없으랴.

# 책과 애정

송 교수가 취해서 가방을 맡기고 간 다음날 아침, 정담이는 열 시가 거의 되어서 눈을 떴다. 머리가 빠개지는 것처럼 아팠다. 어젯밤에 먹을 줄 모르는 술을 취하도록 마셨으니 그럴 수밖에 없었다.

목이 타는 대로 부엌으로 가서 냉수를 마셨다. 세상에 그렇게 맛있는 것은 없는 것 같았다. 술은 그 맛에 먹는지 모른다고 혼자 생각해 보면서 물을 석 잔이나 연거푸 마셨다.

가게로 나오자 그곳은 어젯밤 벌여놓은 그대로였다. 맥주병도 컵도 접시도 카운터에 마구 넘어져 있었고, 바닥에는 콩깍대기와 담배꽁초가 지저분하기가 끝이 없었다. 마치도 큰댁이 첩의 집에 가서 마음껏 부수고 간 것 같은 풍경이었다.

영업이 끝난 후에는 으레 계집애 셋이서 가게를 치우고 가기로 되어 있었지만 어젯밤은 그녀들도 취했으므로 치우기가 귀찮은 대로 그대로 간 모양이었다.

그러나 정담이는 그들을 나무라고 싶은 마음은 아니었다. 어젯밤은 송 교수와 자기 사이에 여러 가지로 의미 있는 날이었기 때문이었다.

그것은 결코 정담이 혼자만의 생각이 아니라 송 교수도 어젯밤은 내 행복이자 마담의 행복이라고 그것을 분명히 밝힌 것이다. 약혼을 선언한 것이나 다름이 없었다.

그러니 만큼 어젯밤의 일은 그 자축회를 한 것이나 마찬가지였다.

송 교수는 일억 환의 부자가 되고 정담이는 그의 부인이 되는 자축회— 그것을 옥희·난희·영희 셋이서 해준 것이다. 아니 그밖에도 송 교수와 같이 온 두 사나이가 있었고 거기에다 자기까지 합하면 일곱 명이 한 셈이다. 일곱이라면 럭키세븐, 말 그대로 길조를 말해 주는 것이 아닌가.

정담이는 그것을 생각하니 지금까지 머리가 찌근거리던 것도 없어지고 송 교수가 맡기고 간 가방이 생각났다. 그 속에는 일억 환도 더 된다는 책이 들어 있는 가방, 아니 일억 환의 행복이 들어 있는 가방이 생각났다. 그러나 손님의 가방이나 짐을 받아서 늘 건사해 두는 카운터 밑에는 웬일인지 그 가방이 보이지가 않았다. 정담이는 가슴이 철썩했다.

그러나 다음 순간, 어젯밤 영희보고 자기 방에 갖다 두라고 한 말이 문득 떠올랐다.

(그러면 그렇지. 그 가방이 없어질 리 있냐구. 그렇다면 큰일이게?)

정담이는 분주히 자기 방으로 들어가 봤다. 그러나 그곳에도 가방은 보이지가 않았다. 불시에 가슴이 뛰는 대로 벽장과 찬장을 살펴봤으나 역시 보이지가 않았다. 정담이의 얼굴은 더욱 새파랗게 질릴 수밖에 없는 일이었다.

(정말 어떻게 된 일이야)

그녀는 다시 나가서 살펴봤다. 역시 없었다.

이번엔 부엌으로 달려가서 냉장고까지 살펴보았으나 보이지가 않았다. 정담이의 얼굴은 이제 새파랗게 질린 정도가 아니라 껌껌해지고 말았다. 일억 환도 더 된다는 책이란 말에 아이들 셋 중에서 누가 아주 잘 두었기 때문에 보이지 않은 거야, 이제 한 가닥의 희망이란 그것밖에 없었다.

"오늘은 내가 제일 먼저야."

맑은 소리로 문을 연 영희는 실신한 사람처럼 멍청하니 앉아 있는 사람을 보고 깜짝 놀랐다.

"언니 왜 그러구 앉아 있어요?"

영희가 들어오는 것도 모르고 있던 정담이는 그제야 문득 자기 자신으로 돌아가며,

"너 어제 송 교수가 맡기고 간 가방 어디다 두었어?"

"네?"

영희도 지금까지 밝던 얼굴이 흐려졌다.

"넌 건사하지 않은 모양이구나?"

"그게 없어졌어요?"

"아무리 찾아두 보이지 않어."

"어제 제가 집에 갈 땐 카운터 밑에 있었는데."

"그럼 다른 애가 건사하는 것도 못 봤구나?"

"못 봤어요."

"그렇다면 틀림없어. 분명 도둑이 가져갔어!"

정담이는 비명을 치면서 머리를 싸쥐었다.

"도둑이라니요?"

"문고리가 떨어져 있는 걸 봐."

"어마, 뭐가 들어왔을까."

"뭐긴 도둑이지. 그래서 일부러 너보고 가방을 내 방에 갖다 두라고 하지 않던."

소 잃고 외양간 고치는 것 같은 이야기지만 정담이는 그런 말이 나오지 않을 수가 없었다.

"저두 어젠 그만 술에 정신을 잃고 그걸 깜빡 잊은 걸요. 어떻게 하면 좋아요."

영희는 금시에 눈물이 글썽해지며 어쩔 줄을 몰랐다. 그때에 선희

가 차돌이와 어깨를 같이하고 들어섰다. 그들은 오던 도중에서 우연히 만난 모양이었다.

그들도 이야기를 듣고서는 놀라는 얼굴이었다. 그러나 그것은 자기들의 책임이 아닌 만큼 크게 걱정하는 얼굴은 아니었다.

역시 전적으로 책임을 져야 하는 것은 송 교수의 가방을 맡은 정담이었다. 그것만은 뭐라해도 변명할 수 없는 명백한 사실이었다.

이제는 옥희나 기다려보는 수밖에 없다. 그 희망도 십중팔구는 희망 없는 일이라고는 생각되면서도 기다려졌다.

그러나 오늘은 웬일인지 열두 시가 다 돼서도 옥희는 나타나지를 않았다.

옥희도 어제는 혼자서 손뼉을 치며 맘보춤을 추게끔 취했으므로 오늘은 머리를 들지 못하는지도 몰랐다.

열두 시가 넘자 점심 먹으러 오는 손님들이 들어서기 시작했다.

부엌에서 차돌이는 튀김을 부지런히 튀겨댔고 영희와 선희는 그것을 나르기에 바빴다. 그러나 정담이는 장사할 기분도 나지 않아 가게는 그들에게 맡기고 자기 방으로 들어가서 누웠다.

오늘은 술도 마시지 않았는데 천장이 핑핑 돌았다. 핑핑 도는 그 속에 화가 독같이 난 송 교수의 얼굴이 보였다. 그런 무서운 얼굴은 여태까지 보지 못한 얼굴이었다.

이제 몇 시간 후면 그 무서운 얼굴이 지금처럼 환상이 아니고 실물로 나타나게 마련이다. 오늘은 그 가방을 맡겼으니 어제처럼 늦는 일도 없이 정각 일곱 시에 나타날 것은 틀림없었다.

(아하!)

정담이의 한숨은 단순한 한숨이 아니었다. 절망의 한숨이었다.

다섯 시가 되어서도 옥희는 나타나지를 않았다. 그것을 보면 옥희는 오늘도 나오지를 않는 모양이었다.

옥희는 요즘에 와서 나오지 않는 날이 많았다. 그녀에게 무슨 일이라도 생기지 않았는가 하고 정담이는 혼자서 생각해 본 일도 있었지만, 그러나 지금은 그런 것을 생각할 여유가 없었다. 그보다도 옥희가 그 가방을 건사했다면 아무 연락이 없을 리는 없다고 생각됐다. 그녀도 그 가방엔 귀한 책이 들어 있는 것을 알고 일곱 시엔 송 교수가 찾으러 온다는 것도 알고 있으므로 반드시 무슨 연락이 있을 일이었다. 그러나 역시 소식이 없는 것을 보면 모르는 것이 분명했다.

이제는 송 교수가 나타날 시간도 두 시간밖에 남지를 않았다. 송 교수가 나타나서 천만 환 아니 억만 환의 가치가 있는 귀한 책을 잃어버리고 파출소에도 알리지 않았다고 하면 그의 노여움을 더욱 살 일이다.

노여움뿐만 아니라 이 일을 계획적이라고 의심도 사기 쉬운 노릇이다. 정담이는 불쑥 일어나,

"차돌아 너 파출소에 빨리 가서 순경 좀 불러오너라."

하고 소리쳤다.

오후 다섯 시면 식사하는 손님도 끊어지고 제일 한가한 때라 영희와 난희를 상대로 농담을 하고 있던 차돌이는 분주히 파출소로 뛰어갔다. 이제는 파출소에도 알려놨으니 자기는 처벌을 받을 대로 받아야 하는 몸이었다. 그러나 법률에 어두운 정담이는 남의 물건을 잊어버렸을 때에는 어떤 책임을 져야 하는지 알 리가 없었다. 그러면서도 물건을 맡긴 사람도 잘못이랄 수 있으므로 잃은 사람은 절반쯤 변상을 하게 되는지도 모른다고 생각했다.

그렇다면 책값을 천만 환 친다면 오백만 환은 자기가 변상해야 할 일이다.

(그 오백만 환을 변상하지 못하는 날엔 나는 하는 수 없이 감옥살이

를 해야 하는가)

앞이 아득했다. 지금의 자기로서는 도저히 구할 수 없는 돈이니 그럴 수밖에 없었다.

정담이의 나이는 이제 겨우 삼십이다.

삼십이라면 아직도 꽃이 채 진 편은 아니다. 아니 그녀는 지금까지 꽃 시절을 꽃 시절답게 즐겨 본 일도 없었다. 그것이 지금에 와서 겨우 즐겨보려고 할 때 감옥살이의 운명이라니—

정담이는 이렇게 된 이상 이것저것 생각할 것 없이 박 주인에게 몸을 맡길까 하는 생각을 해보았다.

그러나 박 주인이 설사 자기가 그의 전속이 된다고 해도 선뜻 오백만 환을 내어줄는지가 의심스러웠다.

정담이는 자기의 운명이 하룻밤 사이에 뒤죽박죽이 된 것 같은 기분으로 멍하니 앉아 있는데 이제 송 교수와 같이 왔던 상묵이가,

"맥주 하나만 주어요."

하고 들어섰다.

(아! 어젯밤에는 저 사람도 있지 않았는가. 모두 술에 취해서 제 정신이 아니었으니까 저 사람이 가방을 갖고 갔다가 가져오는지도 몰라)

이런 생각이 머리에서 번개치는 대로 정담이는 분주히 상묵이에게로 달려갔다. 남이 보면 기다리던 연인이라도 맞이하는 것 같았다.

"송 선생님 가방 갖고 왔어요?"

정담이는 그가 든 가방을 받아들려고 했다.

"네?"

"선성님이 든 그 가방이 송 선생의 가방이 아니냐 말예요?"

"제가 왜 송 선생의 가방을 들고 오겠어요."

당치도 않는 말을 한다는 그 말을 듣고서는 어젯밤에 있은 일을 정담이는 다시 설명하지 않을 수가 없었다. 그것은 물론 정담이로서

는 괴로운 일이었으나 몇 번이고 설명하지 않을 수 없는 처지가 되었으니 하는 수 없었다. 이야기를 다 듣고 난 상묵이는 정담이를 아주 동정하는 얼굴이 되며,

"내가 이 가방을 가져갈 땐 송 선생님 가방은 분명히 카운터 밑에 있는 걸 봤어요. 그런데 아무도 그걸 치운 사람이 없다면 도둑이 가져갔다고 볼 수밖에 없군요."

무슨 탐정이라도 되는 것처럼 심각한 얼굴로 말했으나 결국은 정담이도 이미 생각하고 난 이야기였다.

"같이 왔던 그분도 역시 알 리가 없겠지요?"

하고 물었다.

"그 사람이 어떻게 알겠어요. 자기가 맡겼던 짐을 갖고 나가는 건 나두 봤지만 가방을 들고 나가는 건 못 봤으니까요."

그리고는 테이블에 가 앉으며 맥주 안주로 새우튀김을 하나 달라고 했다.

그러는 동안에 때때로 일품향에도 들러서 튀김을 얻어먹고 가는 순경이 차돌이를 따라 들어왔다.

"뭐, 어제 무슨 일이 있었다구?"

"어젯밤에 도둑이 들었어요."

"도둑이?"

"네."

"그러면서 왜 지금이야 알리는 거야."

"너무 아뜩해서 그럴 생각을 미처 못 했어요."

"잃은 건 뭔데?"

"아주 대단하고 귀한 물건을 잃었어요."

"귀하구 대단하다는 물건이 도대체 뭔데요."

"책이에요."

"책?"

"책두 보통 책이 아니라 천만 환도 더 된다는……."

"천만 환도 더 되는 책?"

"네."

"마담 왜 이러는 거요. 그렇게 사람을 놀리다간 공무집행 방해죄에 걸리는 것 몰라."

싱긋 웃는 품이 마담의 조롱이니 싫지는 않다는 얼굴이면서 도난 사건은 진담으로 들으려 하지 않았다.

순경은 결국 도난계를 내라는 한 마디를 남기고서는 돌아섰다. 그러나 그걸로써 가방이 나오리라고는 믿어지지가 않았다.

"저런 걸 순경이라구 믿구 살아야 한다니."

순경이 나가기가 무섭게 상묵이가 혼잣말처럼 말했다.

그는 맥주를 혼자서 기울여가며 마담과 순경이 주고받는 이야기를 듣고 있었다.

"물건을 잃었다는데 자기 같은 것하구 농하자는 줄 알지 않어."

"도대체 물건을 찾아주겠다는 성의가 없어요. 물건을 잃었다니까 귀찮다는 얼굴 아니야."

영희와 난희가 모두 불만을 말했다.

정담이는 그런 불만도 말하기가 싫은 듯이 한숨만 푹 내쉬고서는 카운터 옆으로 가 앉았다.

"그러기에 4·19혁명은 아까운 피만 공연히 흘렸다는 거야. 저런 자식들의 머리부터 돌려놔야 할 텐데. 그대로 내버려 두었으니."

차돌이도 가슴에 품고 있던 불평을 한 마디 했다.

상묵이는 그들의 이야기가 재미있다는 듯이 싱글싱글 웃으면서도 무엇을 생각하는 듯이 있다가 문득 정담이에게 고개를 돌려,

"마담, 잠깐만."

하고 엄지손가락을 까딱했다.

"왜요?"

정담이는 급기야 불유쾌한 얼굴이 되었다. 그렇지 않아도 속이 상할 판인데 마치도 술집 갈보를 대하듯이 부르는 것이 비위에 거슬렸기 때문이었다.

"하여튼 가방을 찾아야 할 것 아닙니까."

"그야 말해서 뭣해요."

"그럼 저하구 잠깐만 나갑시다."

상묵이는 마시던 맥주를 그대로 내버려둔 채 일어섰다. 정담이는 가방을 찾는다는 데는 싫어도 따라나가지 않을 수가 없었다.

"마시던 맥준 치울까요?"

누가 뒤에서 물었다.

"곧 돌아올 테니 그대로 두어."

상묵이는 옆집 다방으로 마담을 데리고 갔다. 커피 둘을 시키고 나서,

"물론 마담도 경찰이나 믿어가지구서는 가방이 나올 리가 없다는 것은 알고 있겠지요?"

"그러니 어떻게 하면 좋아요?"

정담이는 상묵이 말에 끌려들며 물었다.

"저한테 맡기시오."

"네?"

"저한테 맡기기만 하면 틀림없이 찾아드릴 테니까요."

"무슨 좋은 생각이라도 있어요?"

"물론 찾을 수 있기에 남의 일을 맡겠다는 것이 아닙니까."

자신있는 어조로 천천히 말했다.

"찾는다면 어떻게 찾는다는 거예요?"

"어떻게 찾건 하여튼 그 물건만 찾아드리면 될 것 아닙니까?"

"그야 그렇지만……."

정담이가 믿어지지 않는다는 표정을 하자,

"역시 저를 믿을 수가 없는 모양이군요. 그렇다면 제가 그 가방 사건에 제일 의심되는 사람을 대볼까요?"

"누구라고 생각돼요?"

"제가 지금 제일 의심되는 사람은 가방을 맡긴 당사자인 송 교수 아닌가 생각돼요."

"네?"

놀라지 않을 수 없는 정담이었다.

"그거 무슨 뜻에서 그런 말씀을 하시는가요?"

정담이는 싸늘해진 얼굴이 되었다.

송 교수는 자기가 지금까지 존경해 왔을 뿐만 아니라 결혼까지 생각했던 사람이다. 아니, 지금도 가방만 찾게 된다면 그럴 생각이 없는 것이 아니다. 그러한 송 교수를 무슨 사기꾼으로 몰려고 하니 정담이로서는 태연할 수 없는 일이었다.

"그렇다면 우선 한 가지 묻겠는데 전에도 송 교수가 집에 가방을 맡기고 간 일이 있었던가요?"

"전에요?"

기분 나쁜 질문이었다. 그러나 막상 생각해 보니 그런 일은 한 번도 없던 일이다. 그는 언제나 가방에는 대단한 것이 든 것처럼 식사나 술을 마실 때도 자기 앞에 놓고 있기가 일쑤였다. 어제도 가게를 닫게 된 시간이 임박해서야 가방을 맡기고 간 것이다.

"그런 일은 없었어요."

"한 번도 없다는 거지요?"

"네."

"그렇다면 그것부터가 이상한 일이 아닙니까. 평소엔 그렇게도 가방을 신중히 다루던 분이 어제따라 귀한 책이 들었다면서도 마담에게 가방을 맡기고 갔다는 것이."

들고 보니 그렇기도 했다. 그러나 그것은 송 교수가 어떤 사람인지 모른다면 그런 의심도 할 수 있을지 몰라도 송 교수를 조금이라도 알고서는 그런 말은 못할 일이었다.

정담이는 더욱 불유쾌한 얼굴로,

"전 어제 송 선생님과 같이 온 분이기에 잘 아는 사인 줄 알았더니 그렇지 않으신 모양이군요."

하고 시무룩하니 말했다. 그러나 상묵이는 그런데는 별로 신경을 쓰지도 않고,

"송 선생과 저는 물론 친분이 두터운 사인 아닙니다. 그렇다고 제가 송 선생이 어떤 분이라는 것을 모르는 것도 아니지요. 그분이 우리나라에서 고명하신 사학가라는 것도 대학에 나가는 것도 알고 있어요. 저도 불과 몇 달이긴 하지만 그 선생님의 강의도 들었으니까요."

"그렇다면서 송 선생님을 의심하신다는 거예요?"

"사실이 그렇게 생각되는 걸 어떻게 하겠어요."

태연스러운 얼굴로 싱글싱글 웃기까지 했다. 그 얼굴을 보니 정담이는 속에서 와락 화가 치밀어 오르는 것을 억지로 참아가며,

"의심이 된다구요?"

"마담두 생각해 보면 알 일 아니오. 일억만 환의 책이 그 가방에 들어 있었다고 송 교수가 어젯밤은 야단을 쳤는데, 호메로스가 자필로 쓴 《일리아드》가 우리나라에서 나올 리 없는 이상 도대체 그 소리가 믿어지냐 말입니다."

"그러나 전 송 선생님이 일억만 환이라고 말씀하신 건 책의 값을

이야기한 것보다도 그만큼 가치가 있다는 것을 말한 것이라고 생각해요. 그러니까 그 가방엔 적어도 천만 환짜리 책은 들어 있었다고 생각해요."

"하하, 천만 환짜리 책이요?"

"그러면 그 가방엔 송 선생님이 말하는 책이 들어 있지 않다는 거예요!"

드디어 정담이는 화가 터져 빽 소리를 쳤다.

정담이는 그곳이 다방이라는 것도 생각지 못하고 언성을 높였던 것이다.

그러나 아차! 했을 때에는 이미 주위의 시선이 그녀에게 집중되었을 때였다. 젊은 남자를 앞에 놓고서 야단을 치는 것을 보고서는 무슨 치정관계라도 있는 모양이라고 생각하는지 모두가 이상스러운 눈으로 정담이를 쳐다봤다.

정담이는 더욱 불유쾌해진 마음이면서도 억지로 언성만은 낮추어,

"젊은 분이 그렇게 말을 함부로 하는 것이 아니에요."

타이르듯이 말했다.

"저는 결코 함부로 이야기한 것이 아니라 제 삼자의 관점에서 냉정히 본 것뿐입니다."

"송 선생님은 절대로 그런 분이 아니에요."

"하기는 그렇지요. 대학 교수란 분이 마담의 돈이나 사기해 먹겠다고 그런 짓을 할 리는 없겠지요. 그러니 역시 그 때문인지 모르겠군요."

"그 때문이라니?"

"말하자면 애정관계로……."

"애정관계라니?"

"두 분은 어떤 사인지는 모르지만 혹시 무슨 약속이 있다고 해도 송 교수로서는 좀 불안할 것이 사실이겠지요. 그건 마담이 너무나도 예쁜 탓도 있지만 자기의 연령도 그렇구…… 그러니까 그런 일을 꾸며갖고서 마담의 약점을 잡아두는 것이 안전하다고 생각해서인지도 모르지요."

들고 보니 그럴 듯도 한 이야기였다. 뿐만 아니라 그것이 사실이라면 그렇게도 반가운 이야기가 없었다.

정담이는 대번에 말씨가 부드러워지며,

"정말 그랬으면 얼마나 좋겠어요."

"그러니 말요, 그 가방을 찾는 일을 제게 일임을 해봐요. 원만히 해결해 드릴 테니."

"선생님께서 수고를 해주신다면야."

선생님이라는 말도 자연스럽게 나오며 이제는 제발 송 선생이 가방을 훔쳐갔으면 하는 그런 마음이었다.

(그래, 이 사람의 생각이 틀림없을 거야. 역시 송 선생은 나를 사랑하기 때문에……)

이런 생각과 함께 정담이의 가슴은 활랑거리기 시작했다. 활랑거린다고 해도 그것은 즐겁고도 간지러운 그런 기분이었다.

그러나 다음 순간엔 그럴 리가 없다는 또 하나의 의심스러운 생각이 문득 머리에 떠올랐다.

그것은 무엇보다도 접시에 있던 음식이 말끔히 없어진 일이었다.

만일 송 교수가 어젯밤에 가방을 훔쳐갔다면 접시에 남은 음식을 말끔히 부셔놓듯이 먹고 갔을 리는 없는 일이었다.

그렇게 생각하고 보면 송 교수는 아무리 애정을 위해서라고 해도 쇠를 부수고 들어오는 그런 어리석은 짓을 할 사람도 아니었다.

정담이는 다시 흐려진 얼굴이 되면서,

"하지만 송 선생님은 그런 일을 못할 분이에요."

"왜요?"

"송 선생님이 어떻게 재밤중에 쇠를 뜯고 들어오는 그런 만용을 해요?"

"아, 이제야 알겠습니다. 그럼 마담은 여태까지 그 일을 송 교수님이 직접 했다고 생각하신 모양이군요?"

"그러면 어떻게 했다는 거예요?"

"그야 물론 사람을 시켜서 했지요. 그렇지 않구서야 정말 마담 말대로 송 교수가 깽 같은 그런 짓을 어떻게 합니까?"

정담이도 그 말을 듣고 나니 지금까지 의심스럽던 것이 대번에 풀리는 마음이었다.

"그렇다면 어젯밤 송 교수가 늦게 나타나서 맥주를 막 터친 것도 모두가 계획적인지 모르겠군요?"

"물론 그렇게 볼 수도 있지요. 그렇다고 반드시 그렇게만 볼 수도 없는 일이지요."

"어째서요?"

"범죄란 처음부터 계획에서만 되는 것이 아니라 일의 진행에 따라 엉뚱한 결과를 갖는 수도 있으니까요. 조사를 해 봐야지요."

"그렇다면 송 선생님이 누구를 시켜 그런 일을 했을 것 같아요?"

"전 일품향에 있는 세 처녀 중의 하나라고 생각합니다."

"네?"

정담이는 다시금 놀란 눈이 되었다.

정담이가 다방에서 돌아오자 시계바늘은 여섯시를 가리키고 있었다. 송 교수가 나타날 시간도 이제는 한 시간밖에 남지를 않았다.

상묵이는 자기에게 일을 맡긴 이상 걱정할 필요는 없다는 말을 몇 번인가 했지만 그렇다고 정담이는 아무 걱정 없이 태연할 수는 없었다.

"너희들, 가게에서 귀한 책이 없어졌다는 그런 소리, 손님들 앞에서 절대로 해서는 안돼. 신문기자 귀에라도 들어가면 우리 집의 신용도 신용이려니와 일은 더욱 커지게 마련이니."

정담이는 이런 말로 영희와 난희에게 주의를 시켰다.

"우리에게 불리한 일이란 걸 알면서 왜 이야기하겠어요."

난희가 말을 받고 나서는,

"그러니 결국 우리 집에 송 교수가 단골손님으로 다닌 게 마담에겐 큰 화가 됐군요."

"정말 그렇게 됐어. 송 선생 때문에 불에 덴 건 나야."

가게에서는 회사원과 문학청년들이 소주를 마시고 있었다. 정담이는 바로 저런 사람들이 일품향엔 어울리는 손님이라고 생각하며 그들의 밀린 외상값도 오늘은 잊은 채 전에 없던 친밀감이 느껴졌다.

"난 머리가 어지러워 방에 들어가 눕겠다. 송 선생 오면 알려줘."

"가겐 염려말구 어서 들어가 누우세요."

상냥한 난희의 말에 뒤이어 영희가,

"송 선생님 오시면 우리 둘이서 멋있게 서비스를 해서 아주 기분 좋게 만들겠어요. 그런 후에 송 교술 만나세요. 그러면 그건 고물상에서 났던 건데, 잃었으면 하는 수 없지. 이런 말이 나올지도 몰라요."

아침부터 온종일 걱정으로 지낸 정담이는 너무나 피곤해져 방에 들어가 누우면서 잠이 들었다.

그러나 그런 잠이 깊이 들 리는 없었다. 자는 듯 마는 듯 그러면서 몸을 뒤채고 있는데,

"어젯밤은 참 즐거웠어요. 오늘 밤두 실껏 먹어요, 네 선생님."

이런 말이 가게에서 어렴풋이 들려왔다. 정담이는 잠결에 그것이

무슨 소린가 하고 생각하다가 그만 놀라면서 벌떡 일어나 앉았다. 송 교수가 온 것이 분명했기 때문이다.

정담이는 문을 방싯하니 열어 문틈에다 귀를 대고 그들의 이야기를 들었다. 송 교수가 뭐라고 하는 모양이었지만 말소리가 낮아서 잘 들리지를 않았다. 그러자 뒤이어 영희의 목소리가 나며,

"마담은 방금 목욕 갔다가 와서 화장하는 중이어요. 곧 나올 텐데. 이것 봐 차돌이 맥주 둘만 더 줘."

대단한 서비스인 모양으로 그들의 모습이 눈에 보이는 것 같았다.

송 교수는 오늘도 계속해서 기분이 좋은 모양으로 그의 웃음소리도 가끔 들린다. 그러나 정담이는 송 교수를 대면해야 할 시각이 이미 당도했다고 생각하니 가슴만이 활랑활랑 뛸 뿐이었다.

"마담의 화장이 왜 이렇게 길어."

송 교수의 말이었다.

"오늘은 아주 송 선생님께 예쁘게 보이려는 것이지요."

난희가 말하는 모양이었다. 정담이는 그 소리에 문득 생각한 듯이 분주히 경대 앞으로 가서 앉았다. 송 교수의 마음을 사는 데는 화장이나 힘껏 해보는 것밖에 딴 길이 없었기 때문이다.

송 교수의 〈이 풍진 세상〉이 들려왔다. 슬프긴커녕 우습기만 할 뿐 노래를 하는지 염불을 외는지 알 수가 없었다.

"송 선생 노랜 그만이에요. 아―가슴이야."

"정말 넘버원이야, 앵콜, 앵콜."

영희와 난희는 박수를 쳤다.

"하나만 더 해 줘요."

"제발 제발 노랜 그만하구 어제 마담한테 맡긴 가방이나 달래 줘."

뒷방에서 그들의 말을 엿듣고 있던 정담이는 이제는 별수 없다고 생각했다. 이 이상 더 송 교수를 기다리게 한다면 오히려 역효과가

날 것만 같았기 때문이다.

"영희 너 좀 들어와."

정담이는 방문을 얼고 얼굴만 갸웃이 내밀고서 불렀다.

"왜요?"

영희는 빨개진 얼굴로 들어왔다. 송 교수에게 술을 먹이기 위해서는 자기도 어쩔 수 없이 취하는 수밖에 없는 모양이었다.

"어떻게 됐어?"

"우리두 할대루 다해 봤어요. 그래두 어디 취해 줘야 말이지요."

영희는 울상이면서도 웃음이 도는 얼굴이었다.

"그러면 됐어. 송 선생을 방으로 좀 들어오시란다구 그래."

"네? 이리루요?"

"그래. 그리구 나가는 김에 맥주 서너 병 들여보내 주어."

영희가 나가서 송 교수에게 정담이의 말을 전하는 모양이었다. 송 교수가 뭐라고 말하면서 웃는 소리가 났다. 그러자 난희가,

"마담이 자기 방으로 손님을 불러들이긴 처음이에요. 이렇게까지 특별 대우해 주는 걸 보니 공연히 샘이 나네."

송 교수는 싱글싱글 웃는 모양이었다.

드디어 노크소리가 나고 송 교수가 정담이의 방으로 들어왔다. 약간 어색한 얼굴이면서도 여전히 싱글싱글 웃으면서,

"무슨 일이야?"

"오늘은 어쩐지 장사하고 싶은 생각이 없네요. 그런데 송 선생하구 둘이라면 맥주를 마시고 싶으니 저두 무슨 일인지 모르겠어요."

정담이도 수줍은 웃음으로 송 교수에게 들어온 맥주를 부어줬다.

"그렇다면 난 영광이지만 혹시 딴사람하구 착각한 것 아냐?"

"또, 저런 소리!"

정담이의 타는 듯한 눈길이 던져지자 송 교수는 당황해서 외면을

하고 맥주를 들었다.

"마담은 여기서 혼자 자나?"

"그럼요, 선생님 뭐 몰라서 물어요?"

"그래?"

정담이의 몸에서 확 끼얹는 분 냄새에 송 교수는 견딜 수 없는 듯이 빈침을 꿀꺽 삼켰다.

"그러면서두 모른 척만 하시구!"

"뭐?"

"뭐긴 아시면서두······."

"오늘은 가야겠어. 일이 있기 때문에."

"못가요."

"아냐, 오늘은 정말 이러구 앉아 있을 수가 없어. 이제 가서 어제 그 책을 정리해야 하기 때문에······ 어서 그 가방이나 빨리 줘."

"······."

"그래야만 돈도 생기는 거야. 그게 얼마가 될지 모르지."

"······."

"왜 그러구 있어. 빨리 가야 한 대두."

"그거 어제······ 도둑맞았어요."

"뭐 도둑을!"

깜짝 놀랐으나 그것은 일순간이었고 이어 웃음을 헤쳐 놓으며,

"농담은 말구 어서 줘."

"농담이 아니에요."

"농담이 아니라니?"

"정말 어떻게 하면 좋아요?"

정담이는 양손에 얼굴을 묻으면서 울음을 터뜨렸다.

# 노다지

  밖에서 누가 찾는 소리가 들렸지만 부창이는 귀담아 들을 생각도 하지 않았다.

  이곳에 이사온 이후로 그를 찾아온 사람은 한 사람도 없었다. 그러니 지금 밖에서 누구를 찾고 있는 사람도 자기를 찾으리라고는 생각되지 않았기 때문이다.

  그는 재봉틀 소리를 들어가며 이대로 오분은 더 견딜 수 있다고 생각했다.

  그러나 갑자기 재봉틀 소리가 뚝 끊어지며,

  "이봐요, 누가 찾는 모양이에요."

  하고 영숙이가 알려주었다.

  "찾긴 누가 찾아."

  부창이는 잠이 설깬 목소리로 몸을 뒤치려고 하는데 밖에서 들리는 소리가 분명 자기를 찾는 목소리였다.

  "저 소리 들리지 않아요. 빨리 나가봐요."

  전같으면 물론 이런 때는 영숙이가 뛰쳐나가서 손님을 맞이했다. 그러나 지금은 경우가 달라진 만큼, 영숙이는 재봉틀에 앉은 채 일어설 생각도 하지 않았다. 하기는 영숙이가 소리를 쳐주는 것도 부창이에게는 처음 오는 손님인 만큼 호의를 보이는 셈인지도 모른다.

  부창이가 바지를 찾아 분주히 껴입고 나가 보니 그곳에는 전혀 뜻하지 않았던 상묵이가 싱글싱글 웃으면서 서 있었다.

"자네가 어떻게 된 일인가?"

"선생님을 좀 뵐 일이 있어서요. 벌써 책을 갖고서 나가지나 않았나 했더니 다행으로 계시구만요."

"일찍 나가봐야 별수 없는 일이 아닌가. 그래서 늘 늦지. 그런데 우리 집은 어떻게 찾았어?"

"선생님이 이 동네 산다는 것을 알고서야 못 찾겠어요? 그러나 이곳에 이렇게도 많은 집이 있을 줄은 몰랐지요."

"사람 살 곳이 아니지, 하여튼 들어가세나."

부창이는 상묵이를 방으로 끌고 들어가고 싶은 마음이 아니면서도 찾아온 손님을 밖에다 세워놓을 수도 없는 노릇이니 이런 말을 하는 수밖에 없었다.

"들어갈 것 있어요? 옷을 갈아입고 나오세요."

"그래두 난 아직 조반을……."

"조반은 아직 저두 전입니다. 해장집이나 가서 해장이나 하시지요."

"그래, 그럼 잠깐만—"

그들은 얼마 후에 시청 뒤에 있는 어느 설렁탕집으로 들어가 앉았다.

부창이는 맛있는 해장국 집을 상묵이에게 안내할 생각이었으나 도중에서 설렁탕이나 먹자는 상묵이의 제안에 코스를 바꾸게 된 것이다.

"내게 의논이 있다니 도대체 무슨 이야긴가."

부창이는 설렁탕 그릇을 밀어놓고서는 이를 쑤시면서 물었다. 어디로 보나 백과사전이나 들고 다니며 팔 사나이 같지는 않았다.

상묵이는 대답을 하기 전에 주위를 한번 돌아봤다. 저편 구석에서 운전수 같은 사람이 설렁탕을 먹고 있을 뿐 텅 비었다. 그러나 상묵이는 이런 곳에서는 이야기할 수 없는 중대한 이야기라는 얼굴로,

"나갑시다."

"왜?"

"이야기가 길게 될지도 몰라요. 역시 이런 곳에서는……."

부창이는 그제야 상묵이의 거동을 알아채고,

"그럼 조용한 다방으로나 갈까."

아내한테서 탄 천 환짜리를 아깝지 않게 놓고 거스름을 받아갖고서 나왔다.

"어느 다방으로 가?"

부창이는 그런 말을 하면서도 기운이 없었다. 천 환짜리가 이제는 사백 환으로 부스러졌기 때문이다.

그걸로 진달래 한 갑을 사고 찻값을 내면 주머니는 아주 가벼워지고 만다. 그러나 집에서 천 환짜리를 타갖고 나온 이상 어둡기 전에 집에 들어갈 수도 없는 일이었다.

(제길, 찻값은 왜 백오십 환이야. 하기는 내가 설렁탕 값을 냈으니 찻값쯤은 저 친구가 내겠지)

그러나 상묵이는 다방도 거리끼는 기색으로,

"다방보다도 더 조용한 데가 없을까요?"

"그렇다면 반도호텔로 갈까?"

물론 부창이는 웃는 말이었다. 그러자 상묵이는 손뼉을 탁 치고 나서,

"그곳이 좋군요, 그리로 갑시다."

하고 앞장을 섰다.

"이 사람아, 자네 정말 반도호텔로 가나?"

"이런 일을 의논하자면 그래두 반도호텔쯤은 가야 할 일이지요."

이런 일이라니, 그것은 자기만 아는 일이었지만 그는 몹시 즐거운 얼굴이었다.

"이 사람아, 그래두 무턱대구 거길 가면 어떡하는 거야."

"선생님은 그런 걱정 말구 저만 따라오세요."

자신 있게 말했다.

(저 사람이 자기 집에 들어가서 돈이라도 훔쳐 갖고 나왔나? 저 사람도 그런 철없는 짓은 할 것 같지가 않은데—)

부창이는 돈 사백 환을 넣고 상묵이를 따라 반도호텔로 들어서자니 불안하지 않을 수가 없었다. 그러나 상묵이는 아주 태연했다. 그곳에 자기 사무실이라도 갖고 있는 듯한 그런 얼굴이었다.

"엘리베이터로 올라갑시다."

그 말도 익숙했다. 그러나 상묵이가 부창이를 데리고 간 곳은 옥상(屋上)이었다. 그제야 부창이는 마음을 놓고,

"참 좋은 곳을 생각했구만, 그래 나한테 이야기한다는 것이 뭐야?"

도대체 이 친구가 무슨 이야기가 있다고 이곳으로 데리고 온 것일까, 궁금한 얼굴로 물었다.

"옥상에 올라왔으니 우리두 서울거리나 바라보면서 이야기합시다."

상묵이는 지붕 기슭으로 부창이를 끌고 갔다.

사방이 산으로 둘러막혀 대접처럼 오목한 서울거리는 아침 해를 가득 받은 채 옛 모습이 점점 사라지고 현대도시로 변해가는 모양이 완연히 눈에 띄었다.

저쪽 늙은 외국인 부부는 덕수궁의 뜰을 보고 있는 모양이다.

"선생님, 서울두 빌딩이 무척 들었지요?"

"그렇구만."

"저 많은 빌딩 중에서 선생님 마음대로 가지라면 어느 빌딩을 갖고 싶어요?"

상묵이는 돌난간에 팔굽을 괴고서 여전히 서울거리를 바라보며 어린애 같은 말을 했다.

"그런 실없는 이야긴 그만하고 어서 자네 하겠다던 이야기나 하게나."

부창이는 장난감처럼 굴러가는 버스에 눈을 둔 채 말했다.

"지금 이야기한 바루 그것이 제가 하고 싶다던 이야기입니다. 마음에 드는 빌딩을 하나 고르세요. 빌딩이 저렇게도 많은데 우리도 하나씩 차지해야 할 것 아닙니까?"

"차지해서 나쁜 일이야 없겠지만 누가 주겠다던가?"

"제가 드리지요."

상묵이는 웃는 일도 없이 말했다.

"자네가?"

"제가 지금 굉장한 노다지를 하나 잡았답니다."

"노다지? 노다지를 잡았다니 굉장하구만. 언제부터 금광을 했기에?"

부창이는 그제야 그의 말을 알 수 있는 모양으로 몹시 감탄하는 얼굴이 되었다.

그러나 상묵이는 고개를 흔들어,

"그런 금광을 잡은 것이 아닙니다."

"그럼 요즘 원자력에 쓴다는 모나자이트 같은 희금속이 나온다는 것인가."

"그것도 아니지요. 광석을 캐내는 광부들을 쓸 필요가 없이 금 나오고 빌딩도 나오는 노다지를 잡았다는 말입니다."

상묵이는 수수께끼 같은 말을 하면서 기쁨을 감출 수 없는 듯이 싱글싱글 웃었다.

"그런 노다지가 세상에 어디 있겠나?"

"그것이 있으니 말이지요. 그것도 이 가방 속에."

상묵이는 자기가 들고 있는 가방을 들어 보였다.

"그 가방 속에?"

"그게 바루 이 책입니다."

상묵이가 가방에서 꺼낸 것은 꽤 부피가 있는 책이었다. 그러나 겉에는 흰 종이를 씌웠기 때문에 무슨 책인지 알 수가 없었다.

"선생님도 이 책이 일억 환 이상의 가치 있는 책이라면 물론 무슨 책인지 알고 싶겠지요?"

하고 말하고 나서는,

"그러나 저와 먼저 약속을 하기 전엔 알려줄 수가 없어요."

"무슨 약속?"

"저와 손을 잡고 앞으로 사업을 하겠다는 약속."

"사업?"

"네, 사업 치고도 대단한 사업이지요."

"그렇다면 그 책을 팔아가지고 같이 사업을 하자는 뜻인가."

"그것이 아니지요. 말하자면 이 책에는 수억만 환의 노다지가 매장되어 있으니 그것을 발굴하자는 겁니다."

여전히 요령부득의 말만 하는 상묵이의 말에 부창이는 그만 참을 수가 없어,

"시원스럽게 책이나 좀 보구 이야기합세나."

하고 책을 가로채려고 했다. 상묵이는 그것을 경계하고 있던 모양으로 그의 손이 와 닿기 전에 책을 가방에 넣고 나서,

"약속하기 전엔 안 된다지 않아요. 그래 저와 같이 해볼 생각은 없어요?"

상묵이는 여전히 싱글싱글 웃으면서 재촉했다.

"흐음……."

부창이는 잠시 팔짱을 끼고서 생각했다. 막상 책을 보고 나서 대단치 않은 책이라면 어린 사람에게 놀림감밖에 안되기 때문이다.

"선생님은 빌딩을 갖고 싶지 않으신 모양이군요?"

상묵이는 부창이의 호기심을 또 돋우었다.

"……."

"저기 달리는 차가 크라이슬러 신형인데, 저런 차도 싫은 모양이지요."

그 순간 부창이는 자기도 모르게,

"그래 약속을 하지."

하고 소리라도 치듯이 말했다. 아내한테 훌륭한 사람이 되라고 늘 듣던 말이 무의식중에 작동해서 그런 대답이 나왔는지도 모른다.

"그렇다면 이 서약서를 읽고 도장을 찍어요."

상묵이는 미리 써갖고 온 서약서를 꺼내 부창이에게 줬다.

그 서약서에는 다음과 같은 글이 씌어 있었다.

〈본인은 귀사의 부사장으로서 취임하여 사장의 명령을 절대복종하고 사의 비밀을 엄수함을 서약함〉

그것을 읽고 난 부창이는 불만스런 얼굴을 들어,

"사장은 자네가 된다는 말이구만?"

"물론 그렇지요."

물을 필요도 없는 말을 묻는다는 표정으로 상묵이는 부창이를 봤다.

"그래서는 안 되지. 이렇게 회사를 만든다면 으레 사장은 연장자인 내가 돼야 할 것 아닌가. 이 서약서도 자네가 내게 내야 하는 거야."

부창이는 상묵이 보고 서약서를 도루 받으라고 했다.

"선생님이?"

상묵이는 어이가 없는 양으로 웃었다.

"그런 법이 어디 있어요. 회사라는 것은 어디나 자본을 낸 사람이

사장입니다. 우리 회사에는 이 책이 자본이고 그것이 내 소유물인
만큼 사장이 누가 돼야 한다는 것은 뻔한 일 아닙니까?"

상묵이는 사장을 양보할 의사를 조금도 보이지 않았다. 그러나 그
책이 사실로 그만한 가치가 있는 것이라면 부창이는 부사장도 싫은
일은 아니었다. 그러므로 지는 척하고서,

"사장은 자네에게 양보할 테니 책이나 빨리 보여주게나."

"그래두 사무적인 절차는 분명히 해야 하는 것입니다. 먼저 거기다
이름을 쓰고 도장을 찍어요."

상묵이는 가방에서 만년필을 꺼내줬다. 부창이는 이름을 쓰고 나
서,

"도장을 못 갖고 나왔는데 지장으로 찍어도 되겠나?"

"지장이면 더욱 좋지요."

"지장을 찍으려도 인주가 있어야 말이지."

"인주도 갖고 왔습니다."

가방에서 인주를 또 꺼내줬다.

"이만했으면 됐는가?"

부창이는 약간 면구스러운 대로 지장을 찍은 서약서를 아무렇게
나 상묵이 앞에 던져줬다.

그 바람에 그것이 밑에 떨어졌다. 상묵이는 못마땅한 얼굴이면서
도 그것을 집어들어 처음부터 쭉 훑어보고 나서는

"약속한 대로 책을 보여주겠지만 부사장에게 특히 한 가지 부탁
할 말이 있어요."

"무슨 부탁?"

"아니 부탁이라니 보다도 앞으로 주의를 해달라는 것입니다. 저와
김 선생의 사이가 이제부터는 사장과 부사장의 사이니까요, 제게 대
하는 언사나 행동이 자연 달라져야 할 것이 아닙니까?"

상묵이는 사장의 지체를 찾듯이 천천히 말했다.

"흐음."

부창이는 자존심이 깎인 얼굴로 팔짱을 꼈다.

"그렇다고 억지로 대답해 달라는 것은 아닙니다. 그런 의사가 없다면 이 서약선 이 자리에서 찢어버리면 그뿐이니까요. 그럴 의사가 있다든지 없다든지 하여튼 분명히 이야기해 줘요. 일분 동안만 여유를 주지요."

팔목시계를 풀어 앞에 놓았다.

"이제부터 일분입니다."

긴 바늘의 초침이 째각째각 움직였다. 어느덧 삼십 초가 지났다. 부창이는 그 초침이 이상스럽게도 빨리 돌아가는 것 같으며 자기가 훌륭해지는 천재일우의 기회를 놓치는 것만 같은 기분이었다.

"앞으로 십 초—."

시계에 눈을 두고 있던 상묵이는 긴장한 소리로 초침을 읽었다.

"앞으로 오 초, 삼 초, 이 초—."

"그래그래 알겠어, 자네 하라는 대로 하지."

부창이는 당황스럽게 말했다.

"잘 생각했어요."

상묵이는 도로 팔목에 시계를 차고 나서는,

"쓸데없는 체면 때문에 자기 일생을 망치는 사람이 많으니 말입니다. 그러나 부사장은 이미 저와 손을 잡은 이상 행운을 탄 것입니다. 그 행운의 열쇠를 이제는 마음대로 봐요."

상묵이는 그제야 책을 꺼내 씌웠던 덮개를 벗기고 부창이에게 내줬다.

"이 책이 어떻게?"

부창이도 그 책을 보기가 무섭게 눈이 둥그래졌다. 그걸 보면 사실로 일억 환의 가치가 있는 책인 모양이다.

그 책은 이재봉(李在鳳)네 집에서 예물을 받은 것을 기록해 둔 목록이었다.

4·19 그때 그 집에서는 세상에 희귀하고 진귀한 별의별 물건이 다 나온 모양이었다. 골동품만 해도 국보의 가치가 있는 것이 백여 점이나 나왔다고 하며 어떤 친구는 금주전자와 금요강을 내다 팔다가 발각되어 감옥살이를 하게 된 자도 있다고 한다.

그 책도 그 어지러운 통에 나온 모양이다.

귀한 물건에 비하면 그런 책 같은 것은 눈에 들지 않았으므로 이 사람 저 사람의 발길에 차이다가 결국 쓰레기꾼이 주워 고물상에 넘어갔던 것을 송 교수가 우연히 발견했던 모양이고, 그것이 다시금 이상스럽게 되어 상묵이의 손에 들어오게 된 모양이다.

그때 그의 집에서는 별의별 물건이 다 나왔던 만큼 그 목록에도 우리가 생각조차도 할 수 없는 가지각색의 물명이 다 적혀져 있었다.

그 목록에 적혀 있는 것을 여기에 모두 소개할 수는 없으므로 첫 장에 기록한 것만을 소개하면 다음과 같다.

〈亞細亞시멘트會社 五千萬圜外人蔘一箱子 韓一紡織會社 自動車一臺 吳致三 象牙스틱一本 原生建物會社 三千萬圜과 메불十箱子 崔仁柱海狗腎四個 李成在 게장一항아리 新興農機製作 五千萬圜外虎皮二枚 太白釀造 一千萬圜外洋酒一箱子 尹太植다이아목걸이一個 劉泰浩 기꼬만醬油一통……〉

이런 것이 2백여 페이지가 적혀 있으니 그 금액이 굉장한 것은 말할 것도 없다. 처음에는 눈이 둥그래져서 보던 부창이도 한참 보고 나서는 그만 지루해진 모양인지 중도에서 책을 덮어 버리고 말았다. 상묵이는,

"그걸 부사장은 어디다 팔아야 될 것 같소?"

하고 부창이를 테스트나 하듯이 물었다.

그 책이 필요하리라고 생각되는 곳은 어디보다도 신문사나 검찰청이었다. 신문사에서는 그것만 있다면 부정축재자들의 기사는 얼마든지 쓸 수 있는 것이고, 검찰청에서도 힘 안들이고 부정축재자들의 증거물을 얻을 수 있는 일이었다.

그러나 그런 곳에서 그렇게도 막대한 돈을 내고 그 책을 사줄 리는 없었다. 고맙다는 인사로서 기껏 점심이나 한 그릇 사주나마나 할 것은 너무나도 뻔한 일이다,

(그렇다면 어딜 가져가야 하는가?)

부창이는 머리를 꼬아가면서 생각해 봤다.

그밖에 그 책이 필요한 곳이라면 민주당이었다. 자유당은 민주당의 정적(政敵)이었던 만큼 그들의 부패상을 폭로하기 위해서라도 그 책이 필요할 것은 물론이다.

그러나 아무리 돈을 물 쓰듯 쓰는 여당이라고 해도 일억 환의 돈을 내고 그 책을 사줄 것 같지는 않았다. 아니, 그보다도 칼자루를 쥔 그들에게 그 책을 잘못 팔다가는 금주전자 훔쳐 팔다 감옥살이하게 된 그 친구의 신세가 될지도 모르는 노릇이었다.

"글쎄 어디 가서 팔아야 할지 난 잘 생각되지가 않는데."

부창이는 꼬았던 머리를 자신 없게 슬슬 돌리면서 말했다.

"그렇다면 곤란한데요."

상묵이는 꺼리는 일 없이 난처한 빛을 나타내어,

"그렇지 않습니까. 적어두 부사장님이란 분이 그렇게도 머리가 돌지 않아서야."

"글쎄 지금의 내 소견 같아서는 민주당이 제일 좋을 것 같지만 거기서두 그렇게 많은 돈을 내고 살 것 같진 않구만."

돌대가리 대접을 받고 나니 부창이는 더욱 자신이 없어졌다.

"부사장님, 제발 말만은 좀 주의해 주어요. 제가 이렇게 빌 테니. 글쎄 사장보구서 어쨌느니, 않구만이니, 그건 정말 곤란하지 않아요?"

"그것두 갑자기 하자니 아무래두 잘 되질 않아……."

부창이는 얼굴이 붉어졌다. 그러나 상묵이는 그것도 알아줄 생각 없이,

"제가 선생님한테 뭐 예를 갖춘 대접을 받기 위해서 이런 겁니까? 이것두 사업을 하기 위해서……."

"글쎄 안다지 않아."

부창이도 내심으론 좋지 않은 대로 반항을 해봤다.

"정말 주의를 해주어요."

아주 낮은 위엄 있는 목소리를 상묵이는 내고 나서,

"그래, 기껏 그 책을 민주당에 가져갈 생각밖에 나지 않아요? 부사장님, 그 책을 다시 한 번 펼쳐 봐요. 거기에는 지금 당당한 자리를 차지하고 있는 민주당 간부의 이름이 눈에 띄지 않나."

부창이는 책을 다시 펼쳐봤다. 아까는 별로 관심 없이 봤던 민주당의 간부 이름이 여기저기서 눈에 띄었다.

"이 사람들의 이름이 여기 있는 건 어떻게 된 거야?"

"어떻게 되긴요. 그 사람들도 자유당 시절에 이권을 얻기 위해서 뇌물을 갖다 바친 거지요."

"흐음—."

복잡한 표정이 되자,

"제가 노다지라는 것은 바로 이겁니다."

비로소 뚜껑을 열었다는 듯이 말하는 상묵이었다.

# 검은 나비

"우리가 그들의 약점을 잡은 이상, 그들을 한번 찾아가서 꼭지를 따놓기만 하면 될 일이 아닙니까. 그다음에야 자기 편에서 질겁을 해갖고⋯⋯."

"그러나 그건 협박이 아닌가?"

부창의 목소리는 뜻밖에도 커졌다. 그 바람에 상묵이는 허(虛)를 찔린 듯이 부창이를 잠시 보고 있다가,

"협박이 아니라 그야말로 애국이지요. 그렇지 않아요? 자유당 앞에 가서 몰래 알랑거리던 자가 세상이 바뀐 지금에도 자기 세상 만났다고 판친다면 어떻게 되겠나 말입니다. 그런 자가 백성을 위해 옳은 정치를 하겠나, 생각을 좀 해보란 말이에요. 자기 먹을 생각만 할 건 뻔한 일이 아닙니까. 그걸 우리가 제재하자는 것인데 뭐가 협박이구 나쁜 일이에요. 부사장님 이야기 좀 해봐요."

"흐음—."

부사장님은 또 말이 막히는 수밖에 없었다.

책가방이 없어진 그 후로도 물론 송 교수는 매일 밤 일품향에 나타났다. 그러나 전처럼 즐거운 얼굴이 아니었다. 금계랍을 입에 문 것 같은 그런 쓴 얼굴이었다.

정담이와 그 집에 있는 처녀애들은 송 교수만 보면 뱀의 꼬리라도 밟은 듯이 화닥닥 놀라곤 했다.

"아직 찾지 못했나?"

"네, 어쩌면 좋아요."

정담이는 고개를 푹 숙인 채 모기소리로 겨우 대답하곤 했다.

"그만큼이나 귀중한 것이라고 말했는데 그렇게 건사해 줄 생각이라면 애당초 맡기는 왜 맡는다고 했어."

송 교수는 어제 한 말과 꼭 같은 말을 반복하면서 거품이 가라앉은 맥주잔을 보고만 있었다. 정담이는 바늘방석에 앉은 것 같은 기분이다.

그 기분을 잊기 위해서 술을 마셔도 송 교수 있는 데서는 취하지도 않았다. 송 교수의 이맛살을 짚은 그 얼굴을 보면 등골이 오싹해지면서 취하려던 것이 어디로 달아나 버리고 말았다.

"하여튼 마담은 그 책을 잃어버렸기 때문에 내 일생을 망친 거나 다름이 없다는 것을 알고나 있어?"

"네."

"아니 그보다도 새 정권에 부정이 다시금 싹트기 시작하는 것도 막을 길이 없게 됐지. 생각하면 생각할수록 통분한 일이야."

"미안한 말은……."

정담이는 무슨 이유로 송 교수가 이런 말을 하고 있는지 모르면서 또 머리를 숙였다.

"도대체 그 책을 잃다니, 정말로 난 정담이가 미워 죽겠네. 그것만 있었더라면 정계와 재계를 쥐었다 폈다 할 판이었는데 그만 그걸 잃어버렸기 때문에."

"할 말이 없어요."

"할 말이 없다기만 하면 해결이 되는 거야."

맥주잔을 들었다 놓으며 언성이 높아졌다.

"저도 아주 나오지를 않는다면 변상은 할 생각이에요. 얼마쯤 내면 될까요."

"글세, 이것은 돈 문제가 아니라 우리나라의 흥망에 관계되는 그런 중대한 일이란 말야."

"그렇지만 그것이 만일 나오지 않는다면 제가 할 일은 그 길밖에 없지 않아요. 그러니……"

"그래, 마담은 돈으로 변상한다면 얼마를 내겠다는 거야?"

"그래서 저도 고서적을 판다는 책방에 가서 알아봤어요. 무슨 책인가 귀한 책인데 50만 환 하는 것이 있다더군요. 그 책도 그 정도면 되지 않을까 하고서."

"50만 환이 무슨 대단한 돈이라고 그걸로 될 줄 알아?"

"그럼 10만 환을 더 내겠어요. 60만 환이면?"

"마담이 그만한 돈이 있기는 하나?"

"제가 무슨 돈이 있어요. 빚이라도 내서 해드릴 생각이지요."

사실은 다음 달에 계를 타는 것이 있었지만 빚을 낸다고 했다. 어쩐지 그것이 유리할 것만 같았기 때문이다.

"마담도 빚을 내서 갚자면 억울하겠지."

이맛살을 짚고 있던 송 교수도 약간 동정이 가는지 어조를 달리했다.

"그걸 말해서야……"

정담이는 금시에 눈물이 쏟아질 듯한 얼굴이었다.

송 교수는 결국 그날 정담이에게 한 주일의 기한을 주고 돌아간 셈이다. 그러나 그 한 주일이라는 것은 그렇게 긴 기한이 아니었다. 어물어물하는 동안에 벌써 절반이 지났으니 말이다.

그 동안에도 정담이는 부지런히 경찰서를 찾아가 봤으나 나올 가망이란 별로 보이지가 않았다. 책 같은 걸 하나 잃은 것이 뭐 그렇게 대단하다고 귀치않게 찾아다니느냐는 그런 태도니 어떻게 나오리라고 생각인들 가질 수 있으랴.

이러다가는 남은 사흘도 아무 대책이 없이 그대로 보낼 것만 같았다.

더욱이나 이상한 것은 이틀에 한 번씩은 으레 나타나던 박 주인까지가 그 일이 생긴 이후로는 얼씬하지 않는 일이다.

(어쩐 일일까, 혹시 앓는 것이 아닌가)

최악의 경우에는 박 주인에게 의탁하면 그뿐이라고 생각하는 정담인만큼 전처럼 태연할 수가 없었다.

오늘은 일주일에 한 번씩 회계를 보는 날이었다. 그러나 역시 나타나지 않았다. 그 핑계로 종로 삼가에 있는 그의 상점에 아이를 보냈더니 동래로 출장을 갔다는 것이다. 장사하는 사람이 부산이나 대구에 갔다면 알 수 있는 일이지만 동래로 출장을 갔다면 아무래도 이상했다.

(그렇다면 박 주인에게 딴 여자가 생겼는가)

정담이는 가슴이 두근거렸다. 박 주인과는 그럴 사이라고도 할 수 없으면서 가슴이 두근거렸다. 무슨 귀한 물건을 잃은 것만 같은 허전한 기분이었다.

(송 교수가 귀한 책을 잃은 기분도 결국 이런 것일까)

박 주인에게 딴 여자가 생기지 않았다고 해도 요즘 같이 매상이 오르지 않는다면 정담이는 불가불 쫓겨날 수밖에 없는 일이었다. 그렇다고 아직 가게를 경영해 나가지 못할 정도는 아니었지만 전에 비하면 절반이나 준 셈이다.

매상이 준 것은 전체적인 경기가 나빠진 때문이다. 그러나 정담이의 서비스가 나빠진 관계도 없지 않아 있다. 술꾼들은 마담이 빈웃음이라도 웃어주는 그것이 좋아서 찾아오는 것인데, 언제 가나 실신한 사람처럼 멍하니 앉아 있다면 누가 그걸 좋아하랴. 문 앞까지 왔던 손님들도,

"이집 마담 실연이라두 한 모양인가, 어째 그 꼴이야? 딴 집으로 가."

하고 돌아서는 손님들도 많았다.

그런 소리를 들으면 이래서는 안 되겠다고 정신을 가다듬어 보는 것이었지만, 근본적으로 그 걱정을 해결하기 전엔 순간뿐이었다.

이런 판에 상묵이는 매일같이 들러 맥주를 마시고는 손만 들고 가고 송 교수한테도 술값을 받겠다고는 못하게 되었으니 사사건건으로 꼬여만 가게 마련이었다.

저편 테이블에서 영희가 오십쯤 난 영감한테 열심히 아양을 떠는 것이 보였다. 그러고 보니 영희의 얼굴이 요즘에 와서 확 펴진 것이 느껴졌다. 정담이는 저 영희가 자기 대신 이집 마담이 될지 모른다는 생각을 해가며 물끄러미 그쪽을 보고 있었다.

영희는 맥주 두병으로 일어선 그 손님을 문밖에까지 바래다주고서 들어오다가 카운터로 왔다.

"언니, 이제 그 손님 누군지 알아?"

"몰라."

"박 주인하구 몇 번 왔다는데 나두 생각은 안나요."

"박 주인하구?"

주인의 친구라면 그렇게 모른 척할 수 없었으니 자연 말끝이 높아졌다.

"그런데 그 영감, 언니가 자기를 몰라준다고 대단히 노여워하지 않겠어."

"그렇다면 정말 안됐구나."

그러고 보면 어렴풋이 생각이 나는 것 같기도 하니 더욱 안 된 생각이 들었다.

"으응 괜찮아요. 그래서 내가 약간 아양을 떨어 주었더니 아주 기분이 좋아서 내일 또 온다면서 껌두 사주지 않아."

영희는 자라목이 되는 자기끼리만의 웃음을 웃고 나서 껌을 하나 뽑아주었다.

"그 영감 영희가 좋아진 모양이지."

정담이도 그런 웃는 말을 해주었다. 그러면서도 마음 한 구석에는 자기는 이미 한고비 지난 것 같은 서글픈 생각이 들었다.

"그런데 언니, 이런 말 알구 있었어요?"

껌을 잘근잘근 씹던 영희가 다시 입을 열었다.

"무슨 말?"

"이 가게를 판다는 이야기?"

"으응?"

"그럼 언니두 모르구 있었어요?"

"처음 듣는 말이야, 넌 어디서 그런 이야기 들었니?"

"이제 왔던 그 영감한테 들었어요. 그 영감 조카가 사고서 양주 전문 스탠드바로 고친다는 이야기에요."

"스탠드바루?"

정담이는 드디어 올 것이 왔다고 생각했다. 그러나 그것이 이렇게도 빨리 오리라고는 생각지 못했던 일이다. 더욱이나 여러가지로 곤란한 이런 때에—

그것을 생각하면 자기와는 한마디 의논도 없이 혼자서 결정한 박 주인이 너무나도 괘씸한 생각이 들었다.

그러나 다시 생각해 보면 의논을 하지 않은 것이 아니다. 박 주인은 자기 심정을 고백하고 나서도 두 번이나 정담이를 조용한 음식점으로 데리고 가지 않았던가. 그것은 사전의 의논과도 같은 것이다. 그러나 정담이는 그때도 그의 말은 듣지 않고 일 년만 더 참아달라는 대답을 했을 뿐이었다. 그것은 싫다는 소리와 마찬가지다. 그러므로 박 주인도 화가 나는 대로 팔 생각을 했는지 모르는 일이었다.

그러니 박 주인을 탓하기보다 자기자신을 탓해야 할 일이었다.

"그렇게 되면 우리도 일할 집을 다시 찾아야 하지 않아요?"

약간 걱정된다는 얼굴로 영희가 말했다.

"영희야 무슨 걱정이야. 사는 사람이 영감 조카라면 그 영감 보고 이야기하면 되잖아."

웃는 말이면서도 정담이는 자기가 생각했던 것이 너무나도 빨리 온 것만 같았다.

"하기는 다음에 오는 사람두 우리를 그대로 쓸지 몰라요. 내일 그 영감을 만나면 말할 테요."

그러나 정담이 생각으로는 바로 고친다면 기분을 바꾸기 위해서 도 사람을 그대로 쓸 리는 없을 것 같았다.

그때 옆집에서 정담이에게 전화가 왔다고 알려 주었다. 정담이는 옆집 그 일식집으로 달려가서 전화통을 들었다.

"저 일품향의 정담입니다."

"아, 마담이시요? 바쁘신 모양이군요."

저편에서는 아주 익숙하게 말했다. 그러나 정담이는 그 목소리가 누군지 알 수가 없었다.

"누구신가요?"

"접니다. 제 목소리 듣고서도 누군지 모르겠어요?"

"누굴까……."

정담이는 수화기를 그대로 귀에 댄 채 자기에게 전화를 걸 만한 사람을 생각해 봤다. 그러나 그 목소리로 문득 떠오르는 사람이 없 었다.

그러자 저편에서 다시,

"마담이 내 목소리를 모른다면 대한 관심이 너무나도 없는데요.

그럴 수 있어요?”

농담도 하는 것을 보니 잘 아는 사람이란 건 분명했다.

“누구예요? 남의 전화가 돼서 빨리 끊어야 해요.”

“상묵입니다. 내 목소리 그렇게도 모르겠어요?”

“네—.”

정담이는 그만 어이가 없었다. 오십만 환이라도 선뜻 내줄 만한 사람한테서나 와주었으면 하는 그런 생각으로 달려왔는데 그것이 반갑지 않은 상묵이라니 맥도 풀릴 일이다.

사실 정담이가 그 일을 상묵이에게 부탁했다고 해도 무슨 기대를 갖고 있는 것은 아니었다. 저편에서 열심히 그 책을 찾아준다니 그래보라고 했던 것뿐이다.

그러나 상묵이는 무슨 큰일이나 해 주듯이 매일같이 나타나서는 단서를 잡게 됐으니 며칠만 참으라느니 그런 소리만 하고서는 맥주만 두서너 병씩 마시고 갔다.

물론 정담이도 그의 말대로 혹시나 하고 처녀애들을 살피지 않은 것은 아니었다. 그러나 의심 가는 데는 하나도 없었다.

오히려 자기를 동정해서 전보다 더 열심히 일할 뿐이다. 가끔 쉬기도 하던 옥희도 그런 일이 있은 후로는 쭉 계속해서 나오다가 오빠 결혼식으로 시골 갔기 때문에 나오지 못하는 것뿐이다.

그렇게 좋은 애들을 그런 사나이 보고 조사해 달라고 부탁한 것이 지금은 후회만 나는 판이다. 이제는 그런 사나이가 가게에 나타나는 것만도 귀치않은데 전화로까지 불러내니 정담이로서는 화가 나지 않을 수가 없었다.

“뭣하자구 남 분주한 사람 불러낸 거예요?”

“마담, 무슨 기분 나쁜 일이라도 있었어요?”

“그런 한가한 이야기할 틈 없어요. 무슨 일로 전활 걸은지 빨리 요점만 이야기해요."

"물론 그 일 때문이지요."

"뭐가 나왔어요?"

"그야 이렇게 전화를 거는 것만 봐도 알 수 있지 않아요."

"왜 젊은 사람이 분명하지 못해요. 나왔다든지 안 나왔다든지……."

"하하…… 나 지금 소공동 〈학〉이란 다방에 있는데 그리로 나와요. 그리로 나오면 뭣이 나왔는지 안 나왔는지 알 것 아니요."

"지금 바빠서 갈 수 없어요."

정담이는 그 한마디로 전화를 탁 끊었다.

정담이는 화가 나서 전화를 끊었지만 막상 끊고 보니 자기가 경솔한 것만 같은 생각이 문득 들었다.

지금까지는 아무 것도 찾지 못했던 상묵이가 오늘 비로소 무엇을 알아냈는지도 모른다는 생각이 들었기 때문이다.

그것은 남의 전화라는 것을 알면서도 자기를 불러내는 것도 그렇거니와 그 말소리도 무슨 자신이 있어서 하는 말 같았다.

(내가 왜 이렇게도 경솔해)

그 책을 찾는다면 우선 오십만 환이 굳는 것도 기뻤거니와 그보다도 더 속 시원할 것은 송 교수 앞에 떳떳이 머리를 들 수 있는 것이었다. 송 교수는 지금까지 자기가 사모하고 있던 사나이인 만큼 그것이 더욱 절실히 느껴졌다. 송 교수가 그런 옹졸한 사나이라는 것을 알고 난 지금에는 어쩌면 자기가 그런 사나이를 사모했던가 자기 자신이 싫어지기까지 했다. 그러면서도 송 교수 앞에 나서기만 하면 쥐가 고양이 앞에 나선 것처럼 사족을 못 폈다. 생각할수록 기막힌 일이었다.

그러나 이제 책만 찾게 된다면 무슨 말이고 실컷 해줄 수가 있다.

정담이는 이런 생각이 한꺼번에 떠오르는 대로 상묵이에게 다시 전화를 걸려고 전화번호부를 찾았다.

그러나 전화번호부가 보이지가 않았다.

"전화번호부 없나?"

그 집 마담에게 물었다.

"분주하다구 일부러 치웠어요, 114에 물어봐요."

정담이는 114에 다이얼을 돌렸다. 그러나 수화기에서는 붕붕 소리만 났다. 수화기를 놨다가 다시 걸어봤다. 역시 붕붕 소리만 났다.

114로 겨우 〈학〉이란 다방의 전화번호를 알았으나 그 다방이 또한 나와 주지를 않았다.

네 번 다섯 번을 걸었으나 역시 마찬가지였다. 소공동은 그곳에서 그리 멀지도 않은 거리니 그동안에 뛰어가도 갈 수 있었다.

정담이는 전화를 단념하고 가게로 돌아와서 영희에게,

"나 잠깐 나갔다 오겠으니 네가 카운터를 좀 맡아봐."

"무슨 일이 있었어요?"

"오빠가 저기서 기다린다구—."

그런 말을 남겨놓고 엎디면 코닿을 거리면서도 택시를 잡았다. 정담이는 차를 타고 나서도 몹시 초조한 마음이었다. 상묵이는 벌써 갔을 것만 같은 생각이 들었기 때문이다.

그러나 정담이가 그 다방 문을 열고 들어서자 상묵이는 히죽 웃으면서 손을 들어보였다. 제가 안 올 수 있느냐는 그런 얼굴이다. 그 얼굴을 보니 지금까지 초조하던 마음은 쑥 들어가고 저런 애한테서 무슨 반가운 이야기가 있겠다고 차까지 집어타고 달려왔던가 후회가 앞서며 자기가 어떻게 된 것만 같았다.

"왜 전화로 불러대는 거예요?"

정담이는 상묵이 앞에 가서 앉기가 무섭게 톡 쏘았다.

"그런 무서운 얼굴을 그만하시고 어디 가 저녁이나 먹으면서 이야기합시다. 그렇다고 마담보구 저녁값 내라는 건 아니니까."

상묵이는 정담이의 기분을 무시하듯이 싱글싱글 웃었다.

"난 저녁 먹었어요."

"그렇다면 맥주는 어때요. 그동안 난 얻어먹기만 했으니 갚기두 좀 해야지요."

"그럴 한가한 사람이 못 된다지 않아요. 이야기 있으면 여기서 해요."

"여긴 분주해서 그런 이야기할 장소가 못되니 말이지……."

"도대체 무슨 이야기예요. 뭐가 나왔어요?"

"뭐가 나왔다는 것보다도 지금 내가 탐정소설을 하나 쓰고 있는데 그 이야기를 들려주고 싶어서."

"뭐라구요? 그 이야기 하자구 오랜 거예요?"

정담이는 기가 차서 상묵이를 쳐다봤다.

"왜요? 그 이야기가 듣기 싫어요?"

"나를 생각해서 책을 찾아준다고 나선 사람이라면 제발 그런 장난은 말아요."

정담이는 그만 새파랗게 질린 얼굴이 되었다.

"마담이 그걸 장난이라고 들으면 내가 곤란한데요."

"내가 무슨 필요가 있어서 그런 걸 듣구 있겠어요."

"그야 필요가 있겠기에 이야기해 주겠다는 것이 아니겠어요."

"무슨 필요예요, 선생님한테 탐정소설 강의 듣자구요?"

그러자 상묵이는 마음 태평한 그 웃음을 다시 웃고 나서,

"그 소설이 바루 그 책 잃은 이야기를 쓴 겁니다. 그런데 그것이 삼분의 이까지 됐기에 그 이야기를 들려주겠다는데 그것이 싫다니."

"그렇다면 소설대로 삼분의 이쯤은 그 책이 나오게 됐다는 건가

요?"

"물론 소설은 독자들의 흥미도 생각해야 하기에 실제 사건과 병행해서 나간다고는 할 수 없지만 이미 소설을 삼분의 이쯤 썼다면 사건의 핵심을 잡았다는 것만은 알 수 있지 않아요?"

"그렇다면 역시 무슨 단서를 잡았다는 건가요?"

"그보다도 제가 한 가지 묻겠는데, 일품향에 늘 나타나는 박화삼이란 분은 어떤 분인가요?"

"그건 왜?"

"글세, 제가 알 일이 있어서요."

"일품향 주인이에요."

"아, 그래요."

뜻밖이라는 듯이 놀라는 상묵이었다.

"박 주인 이야긴 왜 갑자기 꺼내는 거예요?"

상묵이가 이상스러운 얼굴을 하는만큼 정담이도 그 이유를 바싹 알고 싶었다.

"마담, 솔직히 이야기해 줘요. 그 영감과는 주인과 고용인이라는 그런 관계말고 딴 관계가 없습니까. 까놓구 이야기해서 박 주인은 마담의 후원자가 아니냐 말입니다."

난데없이 심각한 얼굴이 되며 물었다. 거기에 압박이나 받듯이,

"아니에요."

정담이는 고개를 흔들어 대답했다. 무엇보다도 자기 자신에게 그런 대답을 분명히 해두고 싶었기 때문이다.

"그렇다면 제가 생각을 잘못했군요. 역시 전 공부를 더 해야겠어요."

실망의 빛을 그대로 드러내면서 고개를 숙였다.

"뭘 잘못 생각했다는 거예요?"

"전 지금까지 옥희를 의심했는데 마담의 대답으로 제 생각은 완전히 착각이란 걸 알았어요. 그러니 제가 쓰던 그 소설도 휴지가 되어 버렸습니다."

"왜요?"

"난 옥희가 마담을 곤경에 몰아넣기 위해서 그 책을 훔친 거라고 생각해 왔습니다."

"옥희가 왜 그런 생각을 하겠어요."

"글쎄 말입니다. 그걸 나는 삼각관계로만 생각했으니…… 내 단순한 머리가 드러난 셈이지요."

"삼각관계라니, 누구와?"

정담이는 아직도 무슨 말인지 알아듣지 못한 어리둥절한 얼굴이었다.

"물론 마담과 옥희 사이 말이지요."

"나와 옥희 사이?"

"그럼 마담은 여태 박 주인과 옥희가 어떤 관계라는 걸 모르고 있었다는 겁니까? 설마 그렇지야 않겠지요."

"무슨 관계가 있다니?"

"역시 모르고 있었던 모양이군요. 옥희가 며칠째 가게에 나오지 않은 이유도 모르겠구만요?"

정담이는 그제야 상묵이의 말을 완전히 알아듣고 가슴이 쿵쾅거렸으나 그 말은 믿고 싶지가 않았다. 믿고 싶지 않은 대로,

"오빠 결혼식 때문에 며칠 쉬었지요."

"하하, 마담은 그걸 진짜로 들었군요. 마담은 사람이 너무나 좋아서 탈이야……. 마담도 이제는 그 사진을 봤으면 내가 그렇게 거짓말만 하는 사나이가 아니란 건 알 수 있겠지요?"

상묵이는 히죽히죽 웃어가며 정담이의 아픈 가슴을 건드렸다.

그러나 정담이는 대답할 말이 없었다. 그저 자기가 기른 개에게 발꿈치를 물린 것 같은 생각뿐이었다.

그러나 분한 마음을 가라앉히고,

(옥희가 정말 그럴 수 있을까? 내가 믿고 있던 옥희가……)

하고 다시 생각해 보면 그렇게 쉽게 믿어지는 일이 아니었다. 무엇보다도 연령의 차이를 생각해 봐도 그렇다. 박 주인과 옥희는 삼십 년도 더 차이가 진다. 아무리 그것을 꺼리지 않는 세상이라고 해도 있을 수 없는 일이다.

그 생각을 하고 난 정담이는 급기야 머리를 흔들었다. 그러나 눈앞에 의심할 수 없는 증거물이 있는 데는 어쩔 수가 없었다. 박 주인과 옥희가 함께 찍은 그것을 보고 나서는 다시 머리를 흔들 수가 없었다. 그저 그런 사진을 구해 온 상묵이가 미울 뿐이다.

"옥희가 박 주인과 관계가 있으면 그 책에는 별로 관심이 없었다는 건 마담도 알겠지요?"

"그럼 영희와 난희가 의심스럽다는 거예요?"

"그럴 수밖에 없지 않아요? 셋 중에서 하나가 떨어져 나갔으니……."

"제발 그 애들까지 그렇게 보지 말아요. 옥희와는 달라요."

정담이는 그래도 그들만은 믿으려고 했다.

"그야 믿고 안 믿는 거야 마담의 자유지요. 그러나 확실한 이야긴 조사가 끝나야 알 수 있는 겁니다."

"그럼 그 애들한테서두 뭐가 나올 것 같다는 거예요?"

"그건 아직 조사 중이니까 딱히 이야기할 수는 없지만 하여튼 냄새가 나는 것만은 사실입니다."

"무슨 냄새가?"

정담이는 거기에 또 끌려들지 않을 수가 없는 듯이 물었다. 상묵

이는 담배를 피워 물고 나서,

"일식집에서 초밥을 빚고 있는 뚝보라는 녀석 알구 있지요?"

"아주 충실한 애예요."

"충실한지 어쩐진 모르지만 난희하구 둘이서 한강에 보트두 타러 다니구, 그러는 모양이더군요."

"믿어지지 않아요. 그 애들은 그런 쫌도 없어요."

"그렇다면 또 증거물을 꺼내봐야 믿겠구만요."

상묵이는 또 한 장의 사진을 꺼내놨다.

난희와 뚝보가 수영복을 입고 보트를 젖고 있는 사진이었다. 그 사진은 전번 사진과도 달라 젊은이의 기쁨이 차 있었다. 수영복 위에 볼록하니 내돋은 난희의 젖가슴도 정담이가 생각하던 어린 것이 아니었다.

"그래서 영희에겐 뭐가 또 있어요?"

정담이는 화가 나는 대로 그것을 재촉하지 않고서는 견딜 수가 없었다.

"영희에겐 아직 그런 것은 없지만 역시 내가 처음 생각한 대로 제일 의심간다고도 할 수 있겠지요."

"아무 것도 없다는 애가 왜요?"

"없다는 것보다도 아직 조사 중이니 할 이야기가 아니라는 것이지요. 그보다도 어디 가 정말 맥주나 합시다. 마담도 대단히 기분이 상하신 모양이니."

"그런 이야기라면 난 가 보겠어요."

정담이는 한 마디 하고서 분주히 일어섰다. 그와 맥주를 마시며 기분을 풀 생각보다도 가증한 계집년들에게 욕을 해주고 싶은 마음이 더 급했기 때문이었다.

# 예쁜 노역

　권오돈이는 아직도 술이 덜 깨어 머리가 어지러웠다. 그 어지러운 머리로 천장을 멀진멀진 보고 있었다.

　천장에는 달빛에 밀리운 나무 그림자가 쳐져 어지러운 무늬를 그려놓은 것 같았다. 그 그림자가 더욱 그의 머리를 어지럽게 했다.

　"내가 이런 실수란 별로 없었는데."

　그는 어쩐지 영희에게 속은 것만 같은 기분이었다. 그러나 삼십 년이나 차이가 되는 이 어린 영희에게 자기가 속았다고 생각하고 싶지 않았다. 그것은 자존심으로도 허용되지 않는 일이었다.

　"이렇게 귀여운 애가 나를 속일 수는 없는 것이지."

　권오돈이는 다시 이런 말을 중얼거리며 영희에게 눈을 돌렸다.

　영희는 세상 모르고 자고 있었다. 달빛에 드러난 그녀 얼굴은 천사처럼 아름다웠다.

　(결국 술 때문이야, 그 지독한 양주를 약주처럼 꼴깍꼴깍 마셨으니)

　카바레로 가자던 편이 영희였다는 것도 벌써 잊은 듯이 이렇게 또 중얼거렸다. 그러니 자기는 얼마의 돈을 지불할 책임이 있다고 생각했다.

　(아무리 술 때문이라고 해도 모른 척 할 수는 없는 일이지. 그렇다면 얼마를 줘야 하나)

　그는 그것을 생각하고 있었다. 너무 많이 주고 싶지도 않았고 너무 적게 줄 수도 없기 때문이다. 그때에 영희가 눈을 반짝 뜨고서,

"어마 깨 있었어요?"

"으음."

"뭘 그렇게 생각하고 있어요?"

"생각하긴."

"알아요. 집의 부인을 생각하구 있지요?"

"아니."

"아니긴 뭐, 내가 나빠요."

영희는 부끄러운 듯이 권오돈의 가슴에 얼굴을 묻었다.

"나쁘긴 뭐가."

"그렇지 않구요, 그렇지만 난 사장님이 좋아진 걸요. 좋아해선 안 되나요?"

"……안 되겠지."

"저두 알아요, 그래서는 안 된다는 거. 그래두 좋은 걸 어떡해요."

"안 되는 거야 안 되는 거지."

"그럼 내 파파가 돼줘요. 그것두 안 되나요?"

그러나 그런 관계는 이미 지난 사이라는 것을 생각하고 권오돈이는 쓴웃음을 웃고 나서 말을 돌려,

"참, 미스 리 아버진 돌아가셨다지?"

"그런 것도 아니에요."

"그럼?"

"이북에 납치되어 갔어요."

"전엔 뭣했는데?"

"닥터, 동대문 밖에서 개업하구 있었어요."

"그땐 잘 살았겠구만."

"몰라요, 어렸을 땐 걸요."

"남은 가족이 많아?"

"일곱."

"큰 가족이구만, 누구 버는 사람 있어?"

"그런 것 자꾸 물으면 싫어요."

눈물이 번지는 눈을 감추기나 하듯이 갑자기 들창가로 눈을 돌려,

"어머 저 달을 봐요. 어쩌면 저렇게도 밝아요."

권오돈이도 영희를 따라 달을 쳐다봤다. 그러면서 인생의 즐거움이란 이런 것이 아닌가하고 생각했다.

다음 날 아침 둘이서는 아홉시가 넘어서 호텔을 나왔다. 호텔 앞은 별로 사람들이 다니지 않는 조용한 언덕길이었다. 그 길을 어깨를 같이하고 내려오다가,

"미스 리, 뭘 사줄까."

하고 문득 권오돈이가 입을 열었다. 어젯밤의 대가를 지불하겠다는 말이다.

"뭘 사주긴요."

영희는 웃었다.

"그러지 말구 갖고 싶은 것 있으면 말해봐."

"싫어요."

"그럼 용돈을 줄까?"

권오돈이는 안주머니에서 돈을 꺼내려고 손을 넣었다.

"돈두 싫어요."

그리고는 약간 노여운 얼굴을 하고서,

"절 그런 여자라고 생각하면 울고 싶어요."

말뿐이 아니라 영희의 눈에는 벌써 눈물이 번졌다. 그 눈을 들어 웃었다.

"내가 주는 돈인데 괜찮아, 받어."

"정말 그러지 말아요. 그건 절 그런 여자로밖에 보고 싶지 않다는 거예요."

"그렇다면 내가 잘못했구만."

권오돈이는 꺼내려던 돈을 도루 넣었다. 그러면서 이렇게도 가슴이 무겁고 뜨거운 기분은 일생 처음 느껴본다고 생각했다. 큰길로 나와서 영희가 차를 잡아주었다.

"미스 리 타지 않아?"

"전 여기서 떨어져 동무네 집에나 가보겠어요."

"틈 봐서 그리로 가지."

"기다리겠어요."

차가 굴기 시작해도 권오돈이는 그 무거운 기분인 채 뒤를 돌아다 봤다. 영희는 가로수 옆에 서서 쓸쓸히 웃으며 손을 흔들어 주었다. 결국 영희는 열아홉 살이라는 자기 몸을 한 닢도 받는 일 없이 무료로 권오돈에게 제공한 것이다.

그러고도 아무 후회하는 빛이 없었다. 오히려 그와는 반대로 일은 잘됐다고 만족하는 얼굴이었다. 영희는 지금 자고 나온 호텔 쪽으로 되돌아 걸었다. 오래간만에 크렘린 판잣집 동네에서 살고 있는 아버지를 찾아갈 생각을 했기 때문이다.

그의 아버지 성팔이는 전에는 자동차 운전수였으나 지금은 노는 것이 업이다.

사년 전 무악재에서 차를 굴린 그는 지금도 그 때문에 다리를 약간 절지만 이 크렘린 동네에서는 누구보다도 행복한 사람의 하나다.

아침엔 대낮 돼서 일어나 조반이나 먹고서는 한종일 나무 그늘 밑에서 장기나 두다 저녁이면 술이나 마시는 팔자니 상팔자란 말도 들을 만한 일이다.

그렇다고 물론 저금 같은 것이 있을 리 없는 그가 그렇게 상팔자로 지낼 수 있는 것은 딸을 잘 두었기 때문이다.

(정말 영희 같은 효녀를 두었기 말이지)

성팔이는 스스로도 그것을 의심하지 않는다. 오십이 넘어가고 이렇게도 팔자가 펴질 줄은 꿈에도 생각지 못했던 일이다. 이런 생각을 하면 삼 년 전에 죽은 아내의 생각이 더욱 절실했다.

그는 술을 좋아했기 때문에 집에는 밤낮 쌀 떨어지지 않는 날이 없었다. 아내는 고생밖에 모르다 죽었다.

"그것도 좀 더 살았더면 이런 세상도 알고 죽을걸."

이런 생각을 하고서는 콧잔등이 매워지는 그였다.

"아버지 계세요?"

성팔이네 집은 대문도 없는 판잣집이지만 영희만 나타나면 갑자기 환하게 밝아지는 것 같았다. 영희의 화려한 옷에서 오는 것도 있겠지만 아직도 열아홉으로 통하는 싱싱하고도 탄력 있는 몸에서 발산하는 매력 때문인 것도 사실이다.

이 영희가 삼 년 전만 해도 이 집에서 제과공장으로 다니던 여공이다. 그 여공이 지금은 이렇게도 달라질 줄은 누가 상상인들 할 수 있었으랴.

영희가 이 집에 들르는 것은 한 달에 한두 번이다. 그 동안에 영희가 어디서 무엇을 하고 사는지 성팔이는 알려고도 하지 않았다. 그 편이 그로서는 마음 편하기도 했고 영희도 역시 그런 모양이라고 생각했기 때문이다.

"이제야 조반이에요?"

성팔이는 조반을 먹으면서 해장으로 한잔 하던 판이다. 그것을 그만 딸에게 들켜 면구스러운 모양으로,

"어쩐지 배가 쌀쌀해서 한잔 먹으면 나을 것 같다."

어색하게 변명했다.

그러나 영희는 그러한 아버지를 나무라는 것이 아니고 오히려 그 반대로,

"제가 한잔 따라 드릴까요?"

"그래, 오래간만에 네가 따르는 술을 한번 먹어보자."

성팔이는 기쁨을 드러낸 얼굴로 딸이 따라준 술을 마시고 나서,

"뭣그래야, 네가 부어준 술이 제일 달다."

"누가 그런 말 하면 모른다구요. 아버지 요즘두 그 빈대떡 아줌마네 집 자주 가지요?"

"그 집엘—그 집엔 정말 가본 지가 오래다."

"안 간다면서 왜 그렇게 놀라세요?"

"놀라긴."

"그걸 뭐라는 건 아니에요. 아버진 아직 젊고, 밖에 나가선 무슨 일을 하구 다녀두 좋아요. 그러나 영선이두 있는 이 집에 들를 생각은 절대 안돼요. 만일 그런 일이 생기면 내가 가만 있지 않겠으니까요."

"나두 그건 다 알구 있어."

"영선인 학교에 갔어요?"

영희의 남동생인 영선이는 중학 삼년생이다.

"오늘은 일요일이라구 벌써 아침에 권투 글러브를 갖고 나갔지."

"아직두 권투에요? 아버지, 제발 못하게 해요."

"아무리 말해두 듣지 않는 걸 어떻게 하니?"

"난 그 애 하나만은 대학을 졸업시킬 생각인데 공분 안 하구 그러구만 돌아다니니."

"그렇다구 너무 걱정은 말어. 권투하는 학생두 대학엔 다 들어가는데 무슨 걱정이니."

권투도 잘만 해주었으면 그뿐이라고 생각하는 성팔이었다. 그동안

에 영희는 핸드백에서 보증수표를 하나 꺼내,

"이것두 저금해 두어요."

하고 성팔이에게 주었다.

"이번엔 십만 환짜리로구나, 그런데 저금도 좋지만 이건 누굴 좀 줘볼까?"

"주긴 누굴 줘요?"

"우리 앞집 부인양복을 하는 집인데, 육부변으로 십만 환만 쓰겠다니 말야."

"그런 소리 말아요. 지금 어느 세월인데 남 돈 준다는 거예요."

"그럼 네 말대로 저금하마, 왜 벌써 갈래?"

"또 오겠어요."

하고 영희는 일어섰다. 성팔이는 딸이 주고 간 보증수표를 다시 꺼내보고 히죽 웃었다.

영희는 크렘린 판잣집 동네를 나올 때는 언제나 걸음이 빨랐다. 그곳에 자기 아버지가 살고 있다는 것을 누가 알기라도 하면 큰일이라고 생각했기 때문이다. 그러나 N여학교 정문 앞까지 나와서는 그럴 필요가 없었다. 영희는 일부러 걸음을 천천히 걸어서 덕수궁 앞까지 나왔다.

(어디를 가야 하나)

영희는 걸으면서 생각했다. 오늘은 아무데를 가도 혼자서는 쓸쓸할 것만 같았다.

생각에 막혀 가로수 옆에 우둑히 서 있는데 차가 와서 멈추어섰다.

영희는 안 탄다고 고개를 돌리다가,

"거기 서요, 탑시다."

분주히 차를 세웠다.

오늘 같은 날은 뭣보다도 집에 가서 옷을 벗고 낮잠이나 자는 것이 제일 편하리라고 생각했기 때문이다. 어젯밤은 잠도 잘 자지 못했으니 잠도 올 법한 일이었다.

영희가 집으로 돌아와 자기 방으로 들어가려는데 신발장 위에 남자 구두 한 켤레 놓여 있었다.

방문이 열리며 최송배의 얼굴이 나타났다. 일 년 전만 해도 영희가 열중했던 사나이다. 그러나 지금은 조금도 반갑지 않은 사나이였다. 영희는 그대로 돌아 나오고 싶은 것을 억지로 참고,

"여긴 뭣하러 아침부터 찾아왔어요?"

"네 소원대로 집을 나왔어. 좋지?"

이런 말이 나왔다. 침 마른 목구멍에 들어붙은 듯한 음성이 홍분에서 오는 것보다도 불안에서 오는 듯한 그 말에 영희는 등골이 오싹했다. 자기도 한때는 그것을 진정으로 바랐던 것이 사실이었기 때문이다.

"네라니, 그런 말은 삼가줘요."

영희는 테이블 위에 놓여 있는 유리컵에 물을 따라 마셨다. 목도 탔지만 자기 감정을 식히기 위해서였다.

"난 송배 씨한테 너라는 그런 말을 들을 일은 없다고 생각해요."

"그럴 자격이 없다?"

반문하면서 스스로 자기를 생각해 보는 듯한 그런 어조였다.

"난 송배 씨 여편네두 아무 것두 아니잖아요."

"집에서 아주 나왔다는데두?"

"왜 나왔어요? 부인이 무서웠어요?"

하고 조롱댔지만 사나이는 심각한 얼굴 그대로,

"집에는 영 못 들어가게 됐어."

"그럼 어떻게 할 생각이에요?"

하고 영희는 말하고 나서,

(공연히 쓸데없는 말을 했구나)

하고 후회를 했다. 집에 들어가건 말건 자기는 아랑곳할 필요가 없었기 때문이었다.

"여기 와 있을 생각이야."

"그래서 지금 여길 찾아온 거예요?"

"응."

"응이라니, 누구의 허락을 받고?"

"이제는 나온 집에 다시 가거나 그런 일은 절대 없이 지금부터 이 집에서 살고 언제까지나 영희 남편이야."

"언제 제가 송배 씨 아내가 된다고 했기에?"

"언제라니, 그게 무슨 소리야? 그건 영희가 바라던 것 아니야."

조금도 틀림없는 말이었다. 일 년 전만 해도 영희가 바라던 것이다. 바랄 뿐만 아니라 영희의 입으로도 송배에게 요구한 말이었다.

〈진정으로 나를 사랑한다면 아내고 자식이고 모든 것을 버리고 와요. 그러기 전엔 저는 믿을 수가 없어요. 그만한 용기도 정열도 없이 저를 뭣으로 사랑한다고 하겠어요〉

그때 영희는 순진했던만큼 이런 말을 했다. 그러나 지금은 다르다. 영희의 요구대로 지금은 그 사나이가 영희의 가슴을 헤치고 들어온 대두 그것이 싫었다.

"그런 말을 송배 씨에게 듣는 것은 지금도 싫은 기분은 아니에요."

영희는 마음없는 말이면서도 조용히 입을 열었다. 그의 내성적인 성격을 잘 아는 영희는 이렇게 타이르듯이 말하는 것이 효과적이라는 것을 알기 때문이다.

"그러나 그것은 이미 지난 이야기예요."

"지났다니?"

급기야 사나이는 숙이고 있던 고개를 들었다.

영희는 일품향에 있기 전에는 어느 바에 나가고 있었다.

송배는 거기의 한 손님이었다. 머리에는 늘 포마드를 발랐고 양복도 언제나 단정했다. 한마디로 여자가 좋아하는 유형이었다. 다른 여종업원들은 그를 최 사장이라고 불렀다. 영희도 그것을 따랐다.

다른 여종업원들에게는 모르지만 영희에게는 봉사료도 언제나 많았다. 그래서 사업도 잘되는 모양이라고 생각했다.

그러나 영희가 그에게 더욱 마음이 간 것은 그가 영화회사 사장이라는 것을 알고서부터였다. 영희에게도 영화배우로 한번 날려보겠다는 꿈이 있었기 때문이었다.

코끝이 약간 하늘로 올라갔지만, 오히려 그 때문에 자기 얼굴은 성적 매력이 있다고 생각하는 영희였다. 그래서 영화배우로서 성공할 자신도 가졌던 것이다.

송배는 영화판에서 군 사나이인 만큼 놀 줄도 알았다. 그는 영희를 춤추러 가자고 끌었다. 영희는 대답 대신 웃기만 했다. 그러나 그 웃음은 싫다는 뜻보다도 오케이라는 뜻을 표시한 것이었다.

"그럼 미도파 앞에서 기다리겠어."

무슨 큰 비밀이나 되는 것처럼 가만히 속삭이고 나서 송배는 먼저 나갔다. 그리고서 십분 쯤 후에 그들은 이른바 아르바이트라는 곳으로 찾아갔다. 그들은 꼭 붙어서 춤을 추었다. 영희의 몸은 불덩이처럼 탔다. 영화배우가 될 생각을 하니 몸이 타지 않고는 견딜 수가 없는 모양이었다. 송배도 그 타는 몸을 붙잡고 돌아가자니 역시 가슴이 타지 않을 수가 없었던 모양이다.

"미스 리가 좋아."

"저도요, 사장님이."

영희는 기다리기나 했던 듯이 대답했다.

이것으로 그들은 연인 동지가 된 셈이다. 동시에 영희는 그것으로 인기 여배우가 된 거나 마찬가지라고 생각했다. 송배가 좋다는 그 한마디로써—말이란 참으로 이상야릇한 것이라고 하지 않을 수가 없다.

　그날 밤 그들이 호텔에 갔을 것은 물론이다. 아니 으슥한 여관에 갔는지도 알 수가 없는 일이다.

　그러나 그날 밤, 영희가 일부러 돈을 받지 않았다. 반한 것처럼 보이기 위해서였다. 송배는 정말 영희가 반한 모양이라고 생각했다. 그러니 약간 코가 우쭐했을 것도 사실이다. 그런 일이란 한번 길만 터놓게 되면 예사로운 일로 되고 마는 모양이다. 둘이서는 매일 밤 그런 일이 계속됐다.

　"이제는 이 방이 우리의 살림방만 같아요."

　송배는 만족한 듯이 웃기만 했다.

　"그런데 숙박료가 대단하죠? 공연한 돈 같아 아까워요."

　"그럼 다음부턴 미스 리의 집으로 가기로 하지."

　"싫어요."

　"왜? 딴사람과 같이 있어?"

　"그렇진 않지만."

　"그런데 왜?"

　"그보다도 제 청 하나 들어주겠어요?"

　영희는 귀여운 눈을 들어 어리광을 피우듯이 말했다.

　"청이라니, 무슨 청?"

　송배는 귀여운 영희를 바라보며 물었다.

　"방을 하나 얻어달라는 거예요."

　"지금 있는 방이 있다면서?"

　"더러워요. 사장님이 절대로 못 올 곳이에요."

"괜찮아, 난 그런 데 별로 신경을 쓰지 않아."

"옆방에서 말하는 소리가 다 들려요."

"어때."

"싫어요, 부끄러운 걸요."

영희는 얼굴이 빨개지며 웃었다. 그 얼굴로,

"그래서 난 아파트 하나 얻을 생각을 했어요. 아무리 우리가 야단을 쳐두 좋은 데루. 당신두 그것이 좋지요?"

"그렇다면 얻지."

"전셋돈 내 주시겠어요?"

"......"

"그 대신 힘껏 서비스하겠어요. 당신 하라는 대로 뭐구."

"하라는 대로 어떻게? 지금 좀 해봐."

송배는 싱긋이 웃으면서 말했다. 영희는 얼굴이 더욱 빨개진 채,

"그런 말 말구 어서 대답해줘요. 난 당신 없이 못 산다는 것 알지 않아요?"

"그건 나두 마찬가지지."

"그러니 말이에요. 아파트를 얻어두 되지요?"

"마음대로 해."

"아이 좋아."

영희는 송배의 목에 매달려 입을 마구 빨았다.

며칠 후에 영희가 찾아낸 곳은 서대문 로터리에서 그리 멀지 않은 새로 지은 아파트였다. 방이 마루까지 세 개요, 거기에다 부엌과 목욕탕이 달렸고 변소도 수세식이었다. 영희는 아파트를 보고 돌아오는 그길로 송배에게 전화를 걸었다. 그 아파트가 꼭 마음에 들어서 남이 손을 대기 전에 빨리 계약을 해야겠다고 생각했기 때문이었다. 그날따라 송배는 나오지를 않았다고 했다.

(갑자기 감기라도 걸린 모양인가)

영희는 다음날 또 전화를 걸었다.

역시 나오지 않았다는 대답이었다.

이렇게 일주일이나 계속해서 전화를 걸었으나 모두가 마찬가지의 대답이었다. 물론 바에도 나타나지를 않았다. 일주일이 지나면서도 바에 나타나지 않는 일이 전에는 절대 없었다. 아니, 하루 건너가 멀다하고 들르던 그였다. 그렇던 사람이—

영희는 전망도 좋고 값도 싼 그런 아파트를 다시는 구하게 될 것 같지가 않아 마음이 초조했다. 그러나 돈을 내주겠다는 그는 좀처럼 나타나지를 않았다. 영희는 기다리다 못해 아파트를 찾아가서 사흘만 더 참아달라고 떼를 썼다. 그 사흘이 지나도 역시 그는 나타나지를 않았다.

(혹시 내가 싫어져서 도망친 것이 아닌가)

그 생각을 하고 나니 여태까지 한 번도 느껴보지 못한 분한 마음이 가슴속에서 부글부글 끓어올랐다. 불에 덴 것만 같아서 앉지도 서지도 못하고 껑충껑충 뛰어야만 할 것 같았다. 더욱이나 자기보다도 예쁜 배우년과 온양온천쯤 갔을지도 모른다고 생각하니.

영희는 분한 마음을 참지 못해 그의 회사를 찾기로 했다.

제일예술영화사가 충무로 이가에 있다는 것은 송배의 명함으로 알고 있었지만 그곳을 찾기까지는 무려 두 시간이나 걸렸다. 그래도 회사라니 빌딩쯤엔 있으리라고만 생각하고 큰집만 찾았기 때문이었다. 그러나 이 사람 저 사람에게 물어 겨우 찾은 것은 넘어져 가는 이층집이었다. 문을 열고 들어가 보니 먼지가 한 뼘이나 앉은 책상 두어 개와 벽에 영화포스터가 몇 장 붙은 방에 젊은 청년 대여섯이 앉아서 장기를 두고 있었다. 그런 곳에 전화가 하나 덜렁 놓여 있는 것은 참으로 기적 같았다.

젊은 청년들은 모두 이상스럽게 빗은 머리에 맘보 양복바지인 것을 보면 햇병아리 배우들인 모양이다. 말하자면 영희와 목적이 같은 사람들이다.

"어떻게 오셨나요?"

그중의 하나가 물었다.

"최 사장님 만나러 왔는데요."

"최 사장?"

그러자 장기 두던 청년이 고개를 들어,

"그런 사람 여기 없습니다."

"최송배 씨 말이에요."

"아— 그 사람은 사장이 아니구 계획부장이지요. 요즘은 잘 나오지 않는데 어떻게 찾으시나요."

그러자 장기 두던 청년이 또,

"물어보나마나 술값 받으러 오셨겠지."

영희는 말도 못하고 얼굴만 빨개서 나오는 수밖에 없었다. 영희는 제일예술영화회사를 찾고 나서는 더욱 분했던 것은 말할 것도 없었다. 대단한 회사의 사장인 줄만 알았던 송배가 제일은커녕 삼류·사류, 아니 칠류·팔류도 못되는 그런 회사의 사장도 못되고 무슨 계획부장이라니—생각하면 생각할수록 속은 것이 분해 견딜 수가 없었다.

(도대체 그런 너절한 회사에 사장은 뭣이구 계획부장은 뭐야)

돌아 나오던 영희는 다시 들어가 그의 집을 알아갖고 나왔다. 그의 상판에 욕이라도 힘껏 뱉어 줄 생각을 했기 때문이었다.

그의 집은 마포 산비탈에 있었다. 아주 낡은 게딱지같은 집이었다. 물론 크렘린 동네에 있는 영희네 판잣집보다 못할 거야 없지만 이런 곳에 살면서도 사장이라고 행세하고 다닌 그 낯짝이 대단했다. 생각해보면 그에게서 여태까지 받은 돈이란 한 푼도 없었다. 만일 이 대로 놓아준다면 비열한 그 사나이에게 자기 몸만 고스란히 바치게 된 셈이 되고 만다. 그 뿐인가, 바에서 그가 마신 삼만 환의 술값도 자기가 걸머지게 되는 판이다.

영희는 "자식, 그리구두 편안할 줄 알어!" 하고 소리라도 치듯이 대문을 밀고 들어섰다.

"최 선생님 계신가요?"

안에서 삼십오륙 세의 겉늙은 부인이 나왔다. 그의 아내라는 것을 영희는 직감적으로 알았다.

"선생님 계신가요?"

"저, 뉘신가요?"

그 순간에 영희는 잠시 생각했다. 그리고는 그를 만나기까지 절대로 화를 낸 기색을 보여서는 안 된다고 생각했다. 영희는 급기야 미소를 지어,

"실례이지만 사모님이 되시는……?"

"네, 바로 제가."

"그러세요? 사장님이 최 선생에게 연락해 달라는 말이 있어서."

"그렇다면 잠깐 기다리세요. 머리가 아프다면서 누워 있는데."

아내는 안에 들어갔다가 다시 나와서,

"자 들어와요. 방이 너무나 누추해서……."

영희는 신을 벗고 툇마루로 올라섰다. 문창지가 구멍이 뻥뻥 뚫려졌고 벽지는 언제나 발라봤는지 파리똥이 새까맣게 앉았다. 어디를 보나 가난의 냄새가 배어 있었다.

언제나 고급 양복만 입고 사장이라고 재고 다니는 송배의 집이라고는 정말 믿어지지가 않았다. 바에서 뿌린 그 일부를 들여 집에 손질을 했어도 이렇게까지 구차스럽지는 않았으련만—

송배는 영희를 보고 벌떡 일어나 앉았다. 공이 튀듯 일어나 앉았다. 수염이 무성한 때문인지 전보다는 몹시 초라한 얼굴이다. 그 얼굴을 영희에게 내대고 있었다. 그 눈은 당황한 것보다도 필사적인 애원이 가득 차 있었다. 영희는 그의 머리맡에 조용히 앉았다. 앉는 순간으로 가지가지의 욕이 마구 머리에 떠올랐다.

"이 녀석아, 네가 무슨 사장이라구 칠류·팔류도 못되는 그런 곳의 심부름꾼으로 있으면서 나한텐 아파트를 얻어준다구."

그러나 영희는 말도 역시 조용히 꺼내,

"사장님이 내일, 꼭 만나야 한다구 해요. 내일 세 시에 명동에 있는 제일다방에서요. 아마 다음 영화제작 때문인 모양인가 봐요."

송배는 더욱 놀란 얼굴이지만,

"그래 알겠어."

그의 아내는 무슨 좋은 일이라도 있는 줄 알고 한편 구석에서 눈을 깜박이고 있었다.

다음날 송배는 약속한 대로 다방에 나타났다. 자기 집에 누워 있던 그와는 딴판으로 머리에 기름도 바르고 옷도 단정했다. 말하자면 영희가 자기 몸을 바치면서도 아깝지 않다고 생각하던 그 사나이로 나타난 것이다.

그러나 그는 무슨 여사장 앞에나 앉은 것처럼 풀이 죽은 얼굴이었다. 영희는 이런 못난 사나이에게 속은 것을 생각하니 이가 부득 갈렸다. 이만 갈릴 뿐이 아니라 막 물어뜯어 주고 싶은 그대로,

(이 뻔뻔한 녀석아, 네가 무슨 영화사 사장이야. 사장이라면 어서 돈을 내놔. 한 번에 만 환씩만, 내가 뭣 바라고 너 같은 녀석한테 그걸 바친 줄 아니, 어서 어서 돈을 내놔)

하고 고함을 쳐주고 싶었다. 그러나 아무리 생각해도 이 사나이에게서는 돈이 나올 리는 없었다. 그 녀석을 힘껏 망신이나 주자고 떠

들어 대봤자 자기도 마찬가지로 그만한 망신은 해야 하는 일이다. 아니 그보다도 그것은 자기가 몸을 파는 갈보년이라는 것을 광고하는 셈이니 그냥 망신 정도가 아니다.

(그런 억울한 일을 내가 왜 해)

영희는 생각을 달리했다. 그리고는 역시 어제와 마찬가지로 부드러운 말로,

"보고 싶었어요."

애탄 듯한 마음 그대로 그를 쳐다봤다. 보고 싶기는커녕 그저 물어뜯고 싶은 마음이면서도 깜찍스럽게 그런 얼굴을 태연히 했다. 이제는 자기가 진정으로 송배한테 반한 것처럼 보임으로써 그를 한껏 골려주는 것밖에 없다고 생각한 것이다.

송배는 뜻하지 않았던 영희의 이런 말에 처음엔 어리둥절했으나,

"제가 어제 집에 찾아갔다구 노했어요?"

미안스럽다면서도 만나고 싶어 참을 수가 없었다는 영희의 얼굴을 보고 나서는,

(이 계집애 정말 나한테 반했구나)

하는 생각을 갖게 되었다. 그러면서도 역시 불안한 대로,

"어제 우리 집을 와보고 나서도 내가 좋다는 거야?"

"어마, 그건 무슨 말씀이세요. 그렇다면 선생님은 여태 절 그런 여자로 봤어요?"

영희는 오히려 그 말에 화가 난 듯한 얼굴을 했다.

"그런 건 아니지만."

"그런데 왜요?"

"……."

"사실 전 어제 선생님 댁을 가보구 아주 마음을 놨어요. 선생님이 사장이랄 땐 정말 불안했어요. 절 장난감으로밖에 보지 않으리라고

생각한 걸요. 머지않아 내가 싫어질 거구, 그러면 날 버릴 거라구요. 그러나 그런 기분이 깨끗이 사라졌어요. 부인에겐 미안하지만 가을 하늘을 쳐다보는 것 같은 그런 기분이에요. 이런 마음 최 선생님 알아주겠어요?"

"……."

"최 선생님이 사장이라구 절 속인 것도 전 충분히 이해할 수 있어요. 선생님이 절 좋아했기 때문이겠죠? 제가 선생님을 좋아하지 않을 것만 같아서겠지요. 그렇지요?"

"사실이야, 그건 정말 그랬어."

송배는 비장하게 말했다. 비로소 영희의 진정한 사랑을 알았다고 생각하는 그는 그만큼 양심의 가책이 컸다.

"그렇다면 선생님을 원망하고 싶어요. 절 그런 여자로 본 것이, 그러나 지금은 오히려 그것이 싫은 기분도 아니에요. 그런 우울한 얼굴 마시고 오늘은 어디 가 춤이나 실컷 추어요."

영희는 레지를 불러 찻값을 주기 위해서 핸드백을 열었다.

춤만은 잘 추는 송배였다. 그러나 영희는 그와 같이 춤을 추면서도 조금도 즐겁지가 않았다. 송배도 풀이 죽은 얼굴로 의무적인 리드만 하니 더욱 그럴 수밖에 없었다.

"뭘 그렇게 생각하는 거예요?"

"아무것도 아니야."

"알아요. 절 의심하는 거지요? 제가 말한 것 다 공연한 소리라구, 그렇지요."

"아니야, 난 그 말에 조금도 거짓이 없다는 것을 믿어."

"그렇다면 왜요?"

"그게 영희가 욕을 해주는 것보다 마음이 더 아픈 거야."

"가족 때문에요?"

"아니."

"그럼?"

"지금 난 거지나 다름없는 무일푼이야. 얼마 되지 않는 밑천이었지만 엉터리없는 영화에 돈을 댔다가 쫄딱 녹은 걸."

영희는 그 말을 들으면서 그 반대일 거라고 생각했다. 어느 물주를 하나 물고 영화를 합네 하다가 그것도 채 만들기 전에 망하고 말았다는 소리로—

그러나 영희는 그런 기색은 나타낼 리 없이,

"선생님은 아직두 제가 돈 때문에 좋아할 줄 아셔."

하고 몸을 바싹 대며,

"제가 있지 않아요?"

"정말이야, 내게 남은 건 영희 하나밖에 없어."

송배는 힘껏 영희를 안았다.

"남이 봐요."

영희는 가만히 그의 가슴을 밀어 몸을 떼고 나서,

"그렇지만, 최 선생님은 말뿐인 걸요."

"내가 말뿐이라구?"

"그렇지 않아요. 제가 지금까지 몸을 바친 것은 제 진정을 보이기 위해서예요. 그렇지만 최 선생님?"

"……."

"여태까지 한 번도 진정을 보여준 일이 없잖아요."

"이렇게도 사랑하고 있었는데."

그는 다시금 영희를 힘껏 안았다. 영희는 안긴 그대로,

"이것만으로는 싫어요. 순간적인 걸요. 영희를 언제나 안아주는 선생님의 영원한 사랑을 구하고 싶어요."

영희는 어쩌면 이런 말이 잘 나오냐고 자기자신도 놀랐다. 이것만

봐도 자기는 배우의 소질이 있다고 생각했다.

"영원한 사랑이라면?"

송배는 정열에 타는 눈으로 영희를 내려다봤다.

"처자를 버리고 저한테 와달라는 거예요. 그렇지 않다면 선생님이 저를 진정 사랑한다는 것을 믿을 수가 없어요."

"……"

"왜 대답이 없어요. 선생님은 그만한 용기도 없어요? 그렇잖다면 역시 저를?"

"그건 절대루 아니야."

송배는 분주히 머리를 흔들었다.

"그렇다면서 왜 대답을 못해 주어요. 저는 선생님과 헤어지고 싶지 않아요. 그렇기 때문에……."

영희는 수건을 꺼내 눈물을 닦았다. 어떻게 이렇게도 눈물이 나오는지 알 수가 없었다. 이런 너절한 사나이를 붙잡고서 연극을 해야 하는 자기 신세가 딱해서 눈물이 나오는지도 모르는 일이었다.

댄스홀에서 나온 송배는 그날 밤도 전과 마찬가지로 영희와 같이 갈 생각이었다. 이제는 여관으로 갈 돈도 떨어진 모양으로 영희 하숙까지 따라가겠다고 했다. 영희의 진정한 사랑을 알았다고 생각한 그로서는 그럴 수도 있다고 생각한 모양이었다.

영희는 뻔뻔스러운 그의 얼굴에 뺨이라도 한대 힘껏 갈겨주고 싶었다.

그것을 억지로 참고,

"안 돼요, 저를 진정으로 사랑한다는 증거를 보여주기 전엔."

"증거를 보여주나마나 우리는 현재 이렇게도 사랑하고 있지 않나, 그런데 무슨 증거가 필요해?"

"여태까지 저 혼자서 선생님을 사랑한 것뿐이에요. 선생님은 절 사

랑하는 기분일진 모르지만 실제로는 조금도 사랑하는 것이 아니에
요."

"이렇게도 내가 영희와 헤어지길 싫어하는 그 마음도 모르겠어?"

"거야 절 장난감으로 생각하는 것밖에 없는 거예요. 그래서는 영희
가 너무나도 가여워요."

"왜 그렇게도 내 마음을 몰라줘?"

"그렇다면 집을 나오겠다는 말을 왜 못해요? 절 진정으로 사랑한
다면 그만한 용기와 정열은 있으리라고 생각하는데."

"……."

그도 양심은 있는지 이 말엔 대답을 할 수가 없는 모양이었다.

그 후로도 그들은 계속해서 만났다. 그때마다 영희는 늘 이런 식
으로 그를 조롱했다. 아무런 이득이 없는 일이지만 만나면 만날수
록 송배가 더욱더욱 자기에게 열중하는 것이 재미도 나고 고소하기
도 했다.

송배는 드디어 영희의 말대로 집을 버리고 나왔다. 그러나 영희는
그 사나이가 필요한 것은 아니었다. 자기를 속인 복수로서 그를 농
락한 것뿐이다.

영희는 자기도 없는 방에 송배가 잔뜩 들어가 앉아서 기다리는 것
도 화가 났지만 달래서 보낼 생각이었다.

송배도 영희에게 딴 남자가 생겼다는 데는 서글픈 마음이면서도
단념하고 돌아갈 생각이었다.

사실 그런 생각으로 그는 영희에게 마지막 악수를 청했던 것이다.
그 순간 그의 가슴에는 무서운 질투심이 끓어올라 와락 달려들어
목을 끌어안았다.

"이렇게 빌 테니 영희 다시 한 번 내게로 와줘."

"늦었다지 않아요. 저도 기다릴 수만도 없는 걸요."

영희도 정녕 서글픈 듯이 말했다. 그러나 이제는 송배도 그런 수단으로는 넘길 수 없었다. 그는 미친 듯이 흥분해서,

"그런 말이 어디 있어. 정말 그 녀석에게 반했어?"

"괴로워요, 목을 늦추어요."

"괴로우면 말해, 나보다도 그녀석이 정말 좋아?"

"……."

"왜 말이 없어. 이 요망한 입을 열어 반했다구 말해봐."

"아하 아하……."

목을 더욱 졸라매는 바람에 영희는 숨이 넘어가듯 킥킥거리며 몸부림을 쳤다.

"어느 녀석이야, 그 놈 이름을 대라."

송배는 목을 낀 팔에 더욱 힘을 주었다.

# 어떤 조건

정담이는 그곳에 서서 송 교수가 가까이 오는 것을 기다리고 있었다. 언제 송 교수가 쳐다봐도 좋아서 기다리고 있는 듯한 그런 얼굴이었다.

송 교수는 무엇을 생각하며 걸어오는 모양으로 흐린 얼굴이었다. 역시 잃은 책 때문인 모양이다.

생각해 보면 그럴 만도 한 일이다. 정담이는 그것을 돈으로 변상할 생각만 해도 우울한 노릇이다. 그런데 송 교수는 일생일대에 남겨 놓을 업적이 그 책을 잃었기 때문에 망쳐버렸다고 한다. 결코 정담이의 우울한 심정에 비할 바가 아닐 것이다.

정담이는 송 교수의 우울한 얼굴을 보니 그에 대한 미안스러운 마음이 지금보다 몇 곱절이나 더 무거워졌다.

송 교수는 두어 발자국 앞까지 와서야 정담이가 거기에 서 있는 것을 겨우 알아봤다.

"어떻게 여기 서 있어?"

"선생님 오시는 것 보고요."

정담이는 힘껏 애교를 피워 웃었다.

"나왔어?"

송 교수는 갑자기 기쁨에 찬 얼굴이 되며 물었다. 정담이의 애교 있는 웃음이 순간적으로 그런 생각을 갖게 한 모양이다. 그러나 다음 순간에 정담이의 웃음이 꺼지며 고개를 흔드는 것을 보자 밝아졌던 그의 얼굴도 어두워지고 말았다. 정담이는 그의 어두워진 얼굴을 보자 다시 애써 웃었다. 물론 억지 웃음이었다. 그러니 부자연스러웠을지도 모른다.

"웃긴 왜 웃는 거야, 책도 찾지 못했다면서."

"이젠 더 찾아봐야 나올 것 같지도 않아요. 그래서 저도 각오를 했어요."

"어떤 각오를?"

"이런 노상에서 어떻게 말해요."

"그럼 가게로 들어가지."

"거기두 이야기할 장소가 못돼요."

"그럼 이 부근 조용한 다방이 어디야, 거기 가서 듣기로 해요."

"거기두 마찬가지에요. 오늘 저녁은 옆 사람들이 우리가 이야기하는 것을 보지도 듣지도 못하는 그런 조용한 곳으로 가서 선생님과 의논을 하고 싶어요."

"거기가 어디야?"

"이제부턴 그렇게 바쁘진 않지요?"

"바빠두 할 수 없지. 대단히 중대한 일인데 안 간달 수가 있어."

"그러면 잠깐만 기다려요."

정담이는 길에다 송 교수를 세워놓고 가게로 뛰어 들어갔다. 그리고는 고속으로 얼굴을 고치고 아끼던 향수도 마구 뿌렸다. 핸드백도 잊지 않고 들고 나왔다.

"간다는 곳이 멀어?"

"멀지 않아요."

정담이는 송 교수와 어깨를 같이하고 걷기 시작했다. 가슴이 자꾸만 두근거렸다. 송 교수가 자기 말을 순순히 들어줄지 안 들어줄는지 자신이 없었다.

(만일 들어주지 않는다면—)

정담이는 가슴이 더욱 뛰었다. 그러나 그때는 무슨 수단을 쓰던지 듣게 할 생각이다.

십 분쯤 걸어 그들은 덕수궁 뒷담을 따라 언덕을 내려가고 있었다. 둘이서 걷기는 아주 좋은 길이다. 오늘 밤같이 달이 있는 날은 더욱 좋았다.

"이리로 어딜 가는 거야?"

"글쎄, 가만히 따라만 오세요."

정담이가 마음먹고 가는 호텔은 바로 거기에서도 보였다. 정담이가 전에도 두서너 번 이용한 곳이다.

그 호텔은 오층 현대식 건물이다. 대학교수가 든다고 해도 조금도 신분이 손상될 리는 없었다.

"제가 오잔 곳이 바로 여기에요."

정담이는 여전히 뛰는 가슴인 채 얼굴이 빨개지면서 말했다. 그러나 그 얼굴은 어둠에 가리워 보이지는 않았다.

"호텔이 아니야?"

송 교수는 생각지 못했던 일인 모양이었다.

"그래요."

"여길 들어가서 어쩌자는 거야?"

"어쩌긴요, 그런 못난 소리 마시구."

정담이는 그의 손을 잡아끌려고 했다. 송 교수는 당황해 뒷걸음치고 나서

"적어두 대학교수라는 사람이 이런 곳에 발을 들여놓을 수가 있어?"

"이곳엔 국회의원들두 많이 와요. 그런 걱정 마시고……."

국회의원이란 말이 쉽게 나온 것은 정담이가 처음에 이 집을 이용

한 것이 그런 사람이었기 때문이다. 송 교수는 그것을 알 리가 없으면서도,

"그렇다면 더욱 그렇지, 난 그런 자들과는 달라."

"길에서 창피스럽게 뭐 그러세요, 어서 들어가요."

"그건 내가 할 소리야."

"정말 안 들어가겠다는 건가요?"

"그래, 못 들어가겠어."

"제가 이렇게도 청하는데 그래두 못 들어가겠다는 거예요?"

"마담이 그런 수단으로 날 어떻게 하겠다는 것은 안된 생각이야."

"어떻게 하긴요?"

"말하자면 날 매수하겠다는 것 아닌가?"

"어마 선생님두 그런 말씀을—."

"아니란 말인가?"

정담이는 얼굴이 빨개지며 말이 막혔다. 그것이 틀림없는 사실이었기 때문이다.

"날 그런 졸렬한 방법으로선 넘길 수 없어."

송 교수는 자기의 굳은 의지나 보여주듯이 한일자로 입을 꾹 다물었다.

"송 선생님은 여태 저를 그런 여자라고 봐 왔어요?"

정담이는 이제 웃는 얼굴이 아니었다. 그 반대로 얼음같이 찬 얼굴이었다.

"전에는 몰라도 지금의 이 태도는 그렇게 볼 수밖에 없어."

"제가 그런 태도를 보였는지는 모르겠어요, 그러나 전 여자예요."

"그래서?"

"그리고 선생님은 남자예요. 여잔 언제나 남자를 의지하고 싶은 거구요."

"그러나 난 그런 비열한 방법은 들을 수가 없어."

"비열한 방법이라니, 너무해요. 설혹 제가 아양을 떠는 이상한 태도였다고 해도 모른 척하고 이야기를 들어주는 것이 남자예요."

"난 절대로 그럴 수가 없어."

그는 고개까지 한껏 흔들었다.

"그렇다면 송 선생은 대학교수의 위신을 지키기 위해선 남자가 못 돼두 좋다는 거예요?"

"무슨 실례의 말을 해?"

"전 그렇게밖에 보이지가 않아요. 사실 전 그 책을 변상까지라도 할 생각을 하고 있어요. 물론 모른다고 배짱을 부릴 줄을 몰라서 그런 것은 아니랍니다. 선생님두 제가 변상할 수 없다면 어쩔 수 없는 일이 아닐까요."

정담이는 대답을 기다리는 양으로 송 교수를 쳐다본다.

"사실 저는 그 가방 속에 뭐가 들었는지 보지도 못한 걸요. 그저 저는 선생님이 늘 갖고 다니는 그 헌 가방을 맡은 것뿐이라고도 할 수 있는 거예요."

정담이는 자기 계획이 틀렸다는 것을 알게 되자 화가 나서 자연 음성도 커졌다.

"그렇다면 내가 잃지 않은 책을 잃었다는 것인가?"

송 교수도 만만치 않은 언성이었다.

"그런 게 아니라 제가 책임을 질 수 없다고 해도 선생님은 어디 가서 이야기할 데가 없다는 거예요."

"내 일생을 망치고서도 그런 말이 나와? 난 정말 마담이 그런 사람인 줄은 몰랐어."

"물론 제가 그러겠다는 것은 아니에요. 저도 그만한 양심이 있기 때문에 그 일로 밤잠을 못자고 걱정하면서 변상할 생각도 하고 있는 것 아니에요. 사실 오십만 환은 제 전 재산이에요."

"그 점은 안됐다고 나도 동정은 해."

송 교수의 어조가 누그러졌다. 그러자 정담이는 지금까지의 작전을 달리 해야겠다고 생각하고,

"선생님이 절 정말 걱정해 준다면 제 이야길 들어줄 성의는 있으리라고 생각해요."

"그래서 나두 예까지 따라온 것 아니야. 그런데 호텔로 들어가자니……."

"남녀가 호텔에 들어간다면 반드시 그런 일로만 들어가는 건가요?"

"남들이 보면 으레 그렇게 생각하게 마련이야."

"그 안엔 당구장도 있고 바도 있고 다방도 있어요."

"하여튼 난 거긴 들어가고 싶은 마음이 없어. 그 대신 나흘만 더 참아줄 테니 그래도 책이 나오지 않으면 오십만 환을 준비해놔요."

송 교수는 그 한마디를 하고서는 어두운 덕수궁 담을 따라 터벅터벅 걸어갔다.

(이 못난 녀석아)

정담이는 급기야 걸어가는 송 교수의 뒤를 향하여 소리라도 치듯이 중얼거렸다. 그러나 그에게서 받은 모욕감은 어쩔 수 없었다. 그저 얼굴이 붉어질 뿐이었다. 돈만 있다면 지금이라도 따라가서 그의 면상에 오십만 환 뭉치를 뿌려주고 싶은 심정이었다. 그렇지 않고서는 지금 가슴속에서 뭉클거리는 불쾌감을 풀어놓을 길이 없을 것만 같았다.

그때 정담이가 문득 생각한 것은 박 주인이 오늘 밤차로 올라올지도 모른다는 이야기였다.

그녀는 시계를 봤다. 이제 급히 나가면 그가 차에서 내리는 것을

만날 수가 있었다.

(만일 박 주인이 밤차로 올라오기만 한다면 내가 정거장에 나온 것을 얼마나 반가워할까)

정담이는 딴생각 없이 분주히 걸었다. 마침 전차가 왔다.

거기서 서울역은 가깝다. 구태여 택시를 잡을 필요도 없어서 전차에 올랐다. 밤거리를 달리는 전차는 씽 하니 스피드를 내었다. 정담이는 자기 몸이 달떠옴을 느꼈다. 생각해 보니 남자의 체취를 맡은 지가 반년이 넘었다. 자기는 누구 때문에 이렇게도 정숙한 여자가 됐는가하고 생각해 봤다.

정담이가 서울역에 이르렀을 때는 부산에서 올라온 차가 막 들어와 있었다. 승강장에는 차에서 내린 사람들이 밀려나오기 시작했다. 정담이는 마중나온 사람 속에 끼여 차에서 내리는 사람들을 하나하나 살피었다.

그러나 박 주인은 오늘 밤도 올라오지를 않은 모양이었다.

마지막 사람이 나오는 것까지 보았으나 그는 끝까지 보이지가 않았다. 정담이는 그것이 오히려 잘된 것만 같은 생각이 들었다.

혼잡이 지나간 서울역 광장은 민물이 찐듯이 조용했다. 그곳을 혼자서 걸어나오는 정담이는 그대로 가게에 돌아가고 싶은 마음이 아니었다. 알 수 없게도 서러워지는 지금의 마음으로 돌아간다면 잠도 잘 수가 없을 것 같았다.

(남자라면 이런 때 술이나 마음껏 마시련만)

그러나 정담이는 혼자서 술을 마실 용기는 없었다. 결국 오래간만에 명동 밤거리나 걸어볼 생각으로 버스를 탔다.

버스가 구르기 시작했다. 사나이의 밤 냄새가 풍겨왔다. 오늘 밤은 왜 그렇게도 그 냄새가 견딜 수 없는지 알 수가 없었다.

(나는 누구 때문에 반년이나 정숙해야 했던가)

아까 전차에서 생각하던 그 생각이 다시금 머리에 떠올랐다. 그러면서 가슴이 활활 타 견딜 수가 없었다. 그 감정이 그대로 얼굴에 드러나 있는 것만 같아 눈을 감았다. 부끄러워 눈을 감았다. 그리고서 얼마동안 있다가 다시 눈을 떴다.

그 순간에 자기를 지켜보고 있는 사나이의 눈과 문득 부딪쳤다. 확실히 어디서 본 사나이였다. 하나, 정담이는 누군지 생각나지가 않았다.

정담이가 다방 마담으로 나가기 시작한 그때부터 지금까지 대해 온 손님의 수를 세자면 몇천 몇만 명이 될지도 모르는 일이다. 그중에서 예를 들어 송 교수와 같이 특별한 인상이 남는 사나이는 불과 사오십 명이 되나마나 하다. 그밖에는 모두 담배연기가 날아가 없어지듯이 머릿속에서 사라져 버리고 마는 것이었다.

그녀는 덧없는 마음인 채 그 사나이를 생각해내는 일도 단념해 버리고 말았다.

버스가 충무로 입구에서 멈추었다.

정담이는 분주히 내렸으나 방향이 있어서 내린 것도 아니니 잠시 그곳에서 주춤거리고 서서 이제부터 갈 곳을 찾고 있었다. 그때 뒤에서 "실례지만?" 하는 소리가 들렸다.

돌아보니 버스에서 본 그 사나이였다. 그 사나이는 싱글싱글 웃고 있었다. 그러나 여전히 생각나지가 않았다.

"저를 찾으신 건가요?"

정담이는 손으로 자기를 가리키며 알 수 없다는 얼굴을 했다.

"저, 일품향 마담이 아니신가요?"

"네, 거기 있어요."

"그러면 역시 제가 잘못 본 건 아니군요."

사나이 어조가 갑자기 익숙해졌다.

"저두 많이 본 분 같은데······."

"일전에 송 교수와 같이 갔던 사람입니다."

"아, 그날 밤······."

그제야 부창이라는 것을 생각한 정담이는 입은 딱 벌렸다. 그날 밤에 본 부창이의 인상과는 판이했기 때문이다. 한마디로 말해서 궁색이 흐르던 실업자가 며칠 사이에 얼굴에 윤기가 흐르는 실업가로 변한 것 같은 인상이었다. 실업자와 실업가의 차이는 〈자〉자와 〈가〉자의 한 글자 차이지만 실상은 이렇게도 다른 인상을 주는 것이었다.

"저두 어디서 본 분이라고 생각했는데 어디 생각이 나줘야 말이지요. 실례했어요."

정담이는 어느덧 침울한 기분에서 벗어나 웃음을 피웠다.

"사실 난 버스에서부터 마담이 아닌가하고 생각했지요. 그러나 제가 본 그때보다 너무나도 얼굴이 여위었기 때문에 딴 사람이 아닌가하고 보고만 있었지요."

"제가 그렇게도 여위었어요?"

정담이는 자기도 모르게 자기 얼굴을 만져봤다. 생각해 보면 그 책 때문에 얼굴이 여월만큼 걱정한 것도 사실이었다.

"그러나 선생님은 그와 반대로 좋은 일이라도 있은 모양이에요. 얼굴이 아주 좋아진 걸요."

"그래요?"

부창이는 싱긋이 웃고서 정담이를 충무로에 있는 어느 다방으로 안내했다.

"오늘 밤은 왜 이렇게도 한가하십니까. 그곳을 그만둔 건 아니겠지요?"

부창이는 차를 시키고 나서 물었다.

"그런 건 아니에요."

"그런데?"

"일이 좀 있었어요."

"무슨 일?"

"참, 송 교수와 같이 선생님이 취해서 왔던 그날 밤 일이에요. 송 선생님이 맡기고 간 가방이 없어졌어요."

"귀한 책이 들었다고 떠들어대던 그 가방 말입니까?"

부창이도 사뭇 놀란 얼굴이 되었다.

"바로 그 가방이에요. 송 교수는 그걸 잃었기 때문에 자기 일생이 망치게 됐다고 하니 저로서 어떻게 해요. 그걸 잃고 나선 하루도 제 대로 잔 날이 없어요."

"그 때문에 얼굴이 그렇게도 여위었군요."

부창이는 알겠다는 듯이 고개를 끄덕이고 나서,

"찾을 만한 무슨 단서는 나왔어요?"

"그것이 나왔으면 제가 왜 이렇게도 실신한 사람처럼 거리를 싸다 니겠어요. 지금도 돈을 얻을 사람을 만나러 갔던 거예요."

정담이는 정거장에 박 주인을 마중 나갔던 일을 이렇게 말했다.

"책을 잃었는데 돈은 왜요?"

"그 책값을 변상이라도 해줘야지 않아요."

"그러면 송 교수는 돈으로 변상하라는 것인가요?"

"네."

"얼마나?"

"오늘도 만났는데 오십만 환은 꼭 해야 한다는 거예요. 그것두 삼 사일 안으로."

"일억 환도 더 된다는 책이 오십만 환의 변상으로 된다면 송 교수 라는 그 양반도 거짓말은 어지간히 하는 분이군요."

"송 교수도 제 사정을 봐준다는 것이지요."

"그렇다면 송 교수가 그만큼 마음이 좋은 사람이 되는군요. 마담은 지금두 그 송 교수를 그렇게 좋은 사람으로 볼 수가 있어요?"

"전에는 좋은 분이라고 생각했는데 알고 보니 답답하고 꼬종꼬종한 사람이더군요."

"그래, 변상할 돈은 마련됐어요?"

"돈을 주겠다는 사람을 만나러 갔다가 못 만나구 돌아오는 길이에요."

그러자 부창이는 무엇을 잠시 생각하고 있다가,

"그 송 교수의 가방이 없어진 건 마담의 책임이라고만도 할 수 없는 일 아니에요? 귀한 책이 들었다면서 가방을 맡긴 그 일부터가 잘못이니까. 마담은 변상까지 할 필요는 없다고 생각되는데."

"그러나 가방을 맡은 이상 제게 책임은 있는 것이지요."

"그건 마담 마음이 지나치게 고운 때문입니다."

"그래야만 마음이 편할 것 같은 걸 어떻게 해요?"

"그렇다면 마담, 그 일을 제게 맡겨줄 수 없어요?"

"네?"

"경우에 따라서는 제가 변상을 해도 좋으니까 모든 일을 제게 맡겨 달라는 겁니다."

"그런 농담은 듣고 싶지 않아요."

정담이는 그 말을 믿으려고 하지 않았다. 너무나 고마운 이야기였기 때문이었다. 그러나 부창이는 심각한 얼굴로,

"제가 농담을 하는 줄 아시는 모양이군요. 전 그런 농담은 할 줄 모르는 사람입니다."

"그럼 정말이란 말예요?"

"물론이지요."

"절 위해서 오십만 환도 내줄 용의가 있다는 거예요?"

"경우에 따라서는 그 이상도 내줄 용의가 있지요."

"그렇지만 선생님이 절 그렇게 도와줄 이유가 없지 않아요."

"남을 돕는 일에 무슨 이유가 필요합니까?"

"그래두 거기에 대한 무슨 조건이야 있겠지요."

"아무 조건도 없습니다."

"무조건으로요?"

"물론."

정담이는 가만히 부창이 얼굴을 쳐다봤다. 그의 말을 아무리 믿으려 해도 믿어지지가 않았기 때문이었다.

그러는 동안에 정담이의 머리에는 무엇이 문득 떠오르는 것이 있었다. 송 교수의 가방을 훔친 사람이 바로 이 사나이가 아닌가 하는 생각이었다.

그렇게 생각하고 나니 이 사나이에게 의심가는 것이 한두 가지가 아니었다.

첫째로 송 교수의 그 가방은 엿장수도 받아가지 않을 헌 가방이었다. 그 속에 그런 귀한 책이 들어 있다는 것을 알지 못하고서는 훔쳐갈 리도 없는 일이다. 그런데 이 사람은 그날 송 교수가 일억 환도 더 되는 귀한 책이 들어 있다고 떠벌리는 소리를 듣지 않았는가. 둘째로는 그런 책으로 횡재라도 하지 않고서는 불과 십여 일 동안에 이렇게도 신수가 훤해질 리도 없거니와 오십만 환의 돈을 헌 신문지처럼 척척 내어주겠다는 말도 나올 수 없는 일이 아닌가.

(이 사나이에 틀림없어)

그러고 보면 송 교수가 행운의 열쇠를 얻었다고 좋아하던 그 행운이 이 사나이에게 옮아간 것도 틀림없는 사실이었다. 정담이는 갑자기 애교있는 웃음을 피워,

"선생님, 요즘에 무슨 좋은 일이 생기신 모양이군요?"

"마담에게두 그렇게 보여요?"

"그럼요, 얼굴에 쓰여 있는 걸요."

"그래요?"

부창이는 웃고 나서,

"사실 얼마 전만 해도 내게 오십만 환이란 돈은 생각지도 못할 돈이었지요. 그러나 지금은 마담을 위한 일이라면 그만한 돈은 언제든지 내드릴 수가 있어요."

"그건 비단 저만이 아니라 딴 여자도 마찬가지겠지요?"

부창이는 말없이 웃기만 하며 고개를 흔들었다. 그러고 나서,

"우리의 약속은 끝났으니 어디 가서 술이나 마십시다."

하고 일어섰다.

그것은 정담이가 기다리고 있던 말이었다. 따라나서며,

(오늘 밤 이 사나이를 꼭 붙잡자. 어떻게 해서든지 붙잡아야 해)

하고 혼잣말로 중얼거렸다.

오늘 밤의 술값은 정담이가 낼 생각을 했다. 송 교수를 위해서 준비해 갖고 나온 것을 부창이를 위해서 쓸 생각을 했다.

그러나 첫 번째 들렀던 바에서 나오며 술값이 얼마냐고 물자 벌써 회계가 다 됐다는 것이었다. 부창이에게 외상이 통하는 모양이었다.

"그러면 딴 집에 가서 또 마셔요. 선생님하고 실컷 마시고 싶어요."

정담이는 이번의 술값은 자기가 꼭 낼 생각으로 부창이를 끌었다.

"마시는 건 좋지만 마담이 그렇게 마셔두 자신이 있어요?"

"염려 말아요. 전 술을 마실수록 얌전해지는 걸요."

"그렇다면야."

그들은 다시금 바의 문을 열었다. 귀여운 여급들이 있는 집이었다. 그러나 정담이도 이제는 술집 마담으로 관록이 있는 만큼 촌닭

관청에 들어간 격은 아니었다. 스카치를 두 잔씩 마시고 일어났다. 그러나 그 집에서도 벌써 회계가 다 됐다는 것이었다.

술값을 내려고 해도 낼 수 없는 그런 일도 결코 싫은 일은 아니었다. 둘이서는 기분좋게 취한 채 명동 뒷길을 걸어나오다가 택시를 잡았다.

"이제부터는 제가 하자는 대로 김 선생은 잠자코 있는 거예요."

정담이는 약간 혀 꼬부라진 말로 말했다. 부창이는 그저 싱글싱글 웃기만 했다. 운전수가 방향을 물었다. 정담이는 아까 송 교수와 갔던 그 호텔 이름을 대려다가 분주히 말을 돌려,

"광화문으로 가요."

그를 호텔로 끄는 것은 너무나도 직업적인 의식이 앞서는 것 같았기 때문이었다.

이윽고 차는 불 꺼진 일품향 앞에 멈추어졌다.

"잠깐만 내렸다 가세요."

"늦었는데 난 그대로 가겠소."

"아직도 시간은 있어요. 차나 한잔 마시고 가요."

"그래두."

"우리 집엔 무서운 사람, 아무두 없어요. 그런 걱정 마시고……."

정담에게 끌리어 부창은 하는 수 없이 차에서 내렸다.

정담이는 복돌이를 찾아 문을 열라고 소리쳤다. 그 동안에 부창이는 하잘 것 없이 부근의 집들을 둘러봤다. 모두 불이 꺼져 있었다. 안에서 전등불이 켜지며 복돌이가 문을 열었다.

"들어가요."

"난 여기서 그만 가지."

"안돼요. 아까두 난 비겁한 사나이가 아니라고 하고서 벌써 그말 잊었어요?"

"잊었어."

"하여튼 십 분만. 그 이상 더 있겠대두 내쫓겠어요."

"그러면 십 분만."

부창이는 정담이를 따라 방으로 들어갔다. 형광등이 켜지며 분냄새가 풍겨졌다. 아까 송 교수를 위해 급히 뿌리다가 쏟은 향수 냄새인지도 모른다.

"방이 참 알뜰하군요."

부창이는 신기한 눈으로 방을 둘러보면서 말했다.

"그렇지두 못하지요. 그러나 남자는 선생님이 이 방에 처음 들어온 분이에요."

"그렇다면 참 영광이군요."

부창이도 그 말이 싫지가 않은 얼굴이었다.

"오늘은 특별이에요. 선생님 덕에 이제는 책 걱정두 없이 발 펴고자게 된 걸요. 기쁘지 않을 수 있어요."

"그렇다면 저도 기쁩니다."

"전 선생님을 만난 것이 너무 기뻐요. 그러니 그대로 헤어지고 싶지 않아요. 이 기분 몰라줄 리 없지요?"

부창이는 대답 없이 웃기만 했다.

"왜 대답이 없어요."

"마담은 정말 내가 그렇게두 좋아요?"

"말할 수 없게 좋아요."

"하루 밤새 그렇게 좋아질 수가 있을까."

"남녀관계가 세월에만 비례하는가요?"

"으음."

부창이는 그것을 수긍하는 얼굴이 되고 말았다. 자기와 아내의 경우를 생각해 봤기 때문이었다.

"처음 만났을 때부터 놓아줄 생각이 아니었어요."

정담이는 드디어 그의 옷에 손을 댔다. 부창이도 이제는 각오를 한 모양으로 그녀의 손을 막으려고는 하지 않았다.

저고리를 벗기고 난 정담이는 다시금 부창이의 넥타이를 풀려고 했다. 그러자 부창이는 분주히 그것을 막고서,

"그렇다면 저도 부탁이 하나 있는데 그걸 들어주겠다면 이 넥타이도 풀기로 하지요."

"무슨 부탁요?"

"마담이 내일부터 이 술집을 그만두어 달라는 것입니다."

"네?"

생각지 않았던 말에 정담이는 놀란 눈이 되었다.

"마담에게 그럴 의사가 있다면 넥타이도 풀고 와이셔츠도 벗지요."

"그렇지만 전 이집을 그만두면 당장에 살 수가 없는 걸요."

"그건 걱정 마시오, 제가 책임을 질 테니."

"그렇다면 선생님의 세컨드가 돼 달라는 건가요?"

"천만에, 앞으로도 이런 우정은 나도 바라는 것이지만 마담을 구속할 마음은 털끝만치도 없소."

"그렇다면 제가 술집을 그만두기만 하면 선생님이 무조건 생활비를 대 준다는 건가요?"

"그건 아니지요."

"그러면?"

"우리와 같이 일을 해 달라는 겁니다."

"네?"

정담이는 눈이 번쩍 뜨였다. 일을 같이 하자는 말에 혹시 이 사람이 간첩이 아닌가 하는 생각이 들었기 때문이었다. 그러나 자기를 그렇게 의심하리라고는 생각할 리 없는 부창이는,

"보수도 딴 데보다는 결코 적게 드리지는 않겠습니다."

이 말을 들으니 더욱 의심이 갔다. 그런 종류의 일이 아니고서는 자기를 그렇게 후한 보수로 쓸 리가 없기 때문이다.

정담이는 지금까지의 달떴던 기분도 싹 씻어 버리고,

"도대체 무슨 일이에요?"

"무슨 일이라고는 좀 설명하기가 힘든데."

부창이가 난처한 얼굴을 하자,

"무슨 일인지도 모르면서 어떻게 같이 일을 하겠다고 하겠어요?"

"하여튼 나쁜 일은 아닙니다. 애국 사업이라고도 할 수 있겠지요."

"애국 사업이라고요? 그건 빨갱이 편에서 하는 이야기겠지요."

벌써 부창이의 속을 알고 있다는 듯이 웃자

"절대루."

하고 펄쩍 뛰고 나서,

"그러고 보니 마담은 내가 무슨 스파이가 아닌가 의심한 모양이군요. 그렇다면 하는 수 없이 사업 내막을 상세히 이야기해 주는 수밖에 없군요."

그러고 나서는 송 교수의 그 책이 자기에게 와 있다는 것과 그 책으로 벌써 천만 환 돈을 벌었다는 것, 그리고 앞으로는 사회사업을 할 계획이라는 것까지 말했다. 그 말을 듣고 난 정담이는 그를 스파이로 봤던 것이 미안했다.

얼굴을 붉히며,

"선생님을 혹시 그런 사람이 아닌가 의심한 것은 미안해요. 조건이 너무나도 좋았기 때문이에요."

"그러면 우리와 같이 일을 해주겠다는 건가요?"

"그럴 테니 어서 목이나 내대요. 선생님의 넥타이를 풀겠으니."

부창이는 약속이니 하는 수 없다는 얼굴로 목을 내대었다.

# 암투(暗鬪)

　일품향 주인 박화삼이와 극동 자동차회사 사장은 전부터 의가 틀어졌던 것은 결코 아니다. 바로 얼마 전만 해도 친형제처럼 지내던 사이였다.

　그들은 둘이 다 왜정 때부터 운전수였다. 그러니 우정도 결코 짧은 사이가 아니었다.

　그것이…… 지금에 와서 한 사람은 서울에서도 자동차 부속상으로서는 첫손가락 꼽히는 제일상회의 주인이요, 또 하나는 지방에 다니는 선로를 대여섯 개나 갖고 있는 버스회사 사장으로 앉게 된 것이다. 운전수로 출발한 그들로서는 그 이상 더 잘될 수 없게끔 출세한 셈이다.

　친구지간에 하나가 잘 살고 하나는 못사는 사람이라면 의가 틀리기도 쉬운 노릇이지만 둘이 다 잘 사는 사이니 틀릴 리도 없는 일이었다.

　권오돈이는 자기 회사 차에 쓰는 부속은 으레 박화삼이 상점에서 갖다 썼고 그 회사에서 쓰는 것이라면 아무리 귀한 부속이라고 해도 박화삼이는 어떻게 해서든지 구해다 줬다.

　이렇게 장사라는 관점에서 보아도 그들은 틀어질 리가 없었다.

　성격상으로 본다면 권오돈이는 체면을 몹시 생각하는 편으로 무더운 여름에도 반드시 넥타이를 매고 저고리를 입었지만 박화삼이는 그와는 반대로 야성적인 기질이 있어 여름에는 남방셔츠 차림으로 지냈고 겨울이면 가죽잠바 하나로 못 가는 데가 없었다. 그렇다고 이런 성격의 차이가 이십여 년이나 가깝게 지내던 우정을 틀어지게 했을 리도 없는 일이었다. 그렇다면 그들은 무엇 때문에 갑자기 틀어지게 되었는가.

그것은 무슨 계집 때문도 아니었고 돈 때문도 아니었다. 바둑 때문이었다. 그 때문에 그들은 이십 년 동안이나 가깝게 지내던 사이가 갑자기 말도 하지 않는 사이가 되고 말았다.

그들은 바둑을 몹시 좋아했지만 좋아한다고 반드시 잘한다고 할 수 없는 일로 그들의 바둑은 급수를 운운할 바도 못 되는 서툰 것이었다.

그런 바둑이라면 실력이 비슷할 수밖에 없는 일이다. 실제로 그들이 바둑을 두면 한번은 이기고 한번은 지는 그런 승부였다. 그러나 서로 자기 역량을 믿는 자존심이 대단히 강하여 권오돈이는 자기 실력이 박화삼이 보다는 월등하다고 생각했고, 박화삼이 역시 그렇게 생각했다. 그러니 둘이서 만나기만 하면 바둑을 네가 잘 두니 내가 잘 두니 하는 그 승강이었다.

그날도 결국 그 승강이로 서로 백을 친다고 다투다가 십일번기(十一番棋)를 두어서 승부를 가리자고 했다. 십번기라면 몰라도 십일번기라는 것은 좀처럼 듣지 못한 말이다. 그러나 그들이 십일번기를 두기로 한 것은 서로 꼭 같이 다섯 번씩 이겨 무승부로 끝날 우려가 있기 때문이었다. 승부를 가리기 위해서 두는 바둑에 승부가 없게 된다면 그야말로 무의미한 일이었다. 그것을 피하기 위해서 십일번기라는 묘한 방법을 생각해 낸 것이다.

실제로 그들이 걱정한 그대로 십회전까지는 오승오패로 성적이 꼭 같았다. 이것을 봐도 그들의 바둑 실력이 얼마나 막상막하라는 것은 알 수가 있는 일이었다.

그 마지막 바둑의 승부는 한 시간쯤 걸렸다. 그들이 이렇게도 오래 바둑을 두어본 일은 없었다. 뿐만 아니라 양편의 실수가 빈발하여 대마가 몇 번인가 죽었다 살았다 했는지 모른다. 그야말로 파란만장의 바둑이었다.

그러나 결국에 가서는 권오돈이가 이긴 바둑으로 이미 대세는 정해지고 말았다. 화삼이는 아무리 악을 써가며 끝내기를 한다고 해야 잃은 집을 만회할 수는 없었다.

권오돈이는 담배를 푹푹 피워가며 박화삼이가 바싹바싹 기어 들어오는 끝내기를 여유 있게 막고 있었다.

그러던 그가 갑자기 얼굴이 벌게지며,

"이게 무슨 바둑인가."

"이제야 자네 그 대마가 죽는 걸 알게 됐나?"

박화삼이는 그제야 허리를 펴며 자기도 담배를 피워 물었다.

단수로 몰아두었던 것을 권오돈이가 잊어버리고 받지를 않기 때문에 반대로 권오돈의 대마가 죽게 되었다. 그것으로 대세는 다시 급작스럽게 역전되었다.

"자넨 이걸 정말로 이렇게 둔 것인가?"

"그건 자네가 그렇게 두었지 내가 둔 것 아닐세."

"이건 바둑이 아니야."

권오돈이가 바둑돌을 도로 떼려고 하자 박화삼이가 분주히 그의 손을 막으며,

"자넨 여태 바둑이란 일수불퇴라는 것두 모르구 둔 모양이구만."

"뭐 어째?"

"어쩌긴."

그 순간에 권오돈이는 가슴에서 불이 확 이는 대로 바둑판을 둘러엎었다. 권오돈이가 바둑판을 둘러엎었으니 박화삼이도 화를 낼

법한 일이다. 그러나 그는 화를 내느니보다도 낄낄 웃고 나서,

"자네는 바둑을 두기 전에 바둑을 두는 태도부터 고쳐야겠네."

하고 한마디 하고서 돌아갔다.

그 말에 권오돈이가 더욱 화를 낸 것은 물론이었다.

(자기는 단수로 다 몰아놓은 곳에 말을 갖다 놓고서도 뻔뻔스럽게 그런 수작이야)

생각하면 생각할수록 화가 나 견딜 수가 없는 일이었다.

그러나 장기나 바둑이라는 것은 두다가 먼저 화를 낸 편이 진 것이 되고 만다. 더욱이 오늘은 바둑판까지 둘러엎었으니 권오돈이는 완전히 진 셈이다.

(그런 너절한 녀석하구 다시는 말도 하지 않을 테야)

그러나 그것만으로는 가슴속에서 들끓고 있는 분한 마음을 누를 수가 없었다. 어떻게 해서든지 복수를 해야만 시원할 것 같았다.

(그래, 그놈의 상점하구 거래를 끊고 말자. 그러면 그녀석의 타격도 크겠지)

권오돈이는 업무부장을 부르는 버저를 눌렀다. 업무부장이 들어왔다. 방바닥에 바둑돌이 널려 있는 것을 보고 약간 놀라는 얼굴이었다.

"제일상점하고는 거래를 끊기로 했으니 이제부터는 그집에서 보도 하나를 사와도 안되네."

"네?"

처음에는 업무부장도 제일상점 주인하고는 사장이 막역한 친구라는 것을 알고 있는 만큼 무슨 소린지 모르겠다는 얼굴이었다. 그러나 바둑돌이 널려 있는 것으로 바둑을 두다가 싸웠다는 것을 알아차렸는지 싱긋이 웃고 나서,

"제일상점하구 거래를 끊으면 당장에 우리가 곤란한 걸요."

"왜?"

"그집 아니고선 구할 수 없는 물건이 있기 때문에……."

업무부장은 머리를 긁었다.

"이 사람아, 돈 가지구 물건도 못사겠다면 업무부장을 내놓고 나가게나."

대단한 언성이었다.

그러나 업무부장은 그 말을 진짜로 듣지 않는 모양으로 여전히 웃으면서,

"네 알겠습니다."

하고 나가려다가 다시 돌아서,

"참 사장님, 최송배란 청년을 아세요? 어제두 사장님 안 계실 때 두 번이나 오고 이제두 사장님 있느냐고 묻는 전화가 왔는데요."

"최송배라구…… 기억 없는데?"

머리를 비꼬고 나서,

"어데 있는 사람이래?"

"그것은 밝히지 않고 사장님을 꼭 만날 일이 있다고만 하지 않아요. 이제 전화로 사장님이 계시다고 했으니까 곧 올 거예요. 어떻게 하겠어요? 만나겠어요?"

권오돈은 요즘에 시끄러운 부정축재 관계로 찾아온 사람이 아닌가 하고 생각했다.

"글쎄, 어떤 사람인지는 알 수는 없지만 찾아오면 들여보내게나."

그 말이 떨어지기 전에 문이 열리며 말쑥하게 옷을 입은 청년이 나타났다. 바로 지금 그들이 이야기하던 최송배였다.

"사장님 뵙겠다는 분이 바로 이 분입니다."

업무부장이 방에 들어선 최송배를 소개하자,

"몇 번인가 오셨다는 이야긴 듣고 있었습니다만 늘 내가 없어서

미안했습니다."

권오돈이는 담배를 꺼내 권했다.

송배는 머리를 꾸벅 숙이면서 한 가치 뽑았다.

"이렇게 여러 번 찾아오신 걸 보면 무슨 볼일이 있는 모양이신데……."

"네, 그래서 몇 번인가 사장님을 뵈려고 왔던 것이지만……."

그러고 나서는 옆에 서 있는 업무부장을 힐끗 돌아다보고 나서,

"사장님만 잠깐 뵐 수 없을까요?"

"그래요? 그렇다면 업무부장 좀 나가주구려."

업무부장은 불쾌한 얼굴을 지어 송배를 훑어보면서 나갔다.

"무슨 이야기인가요?"

권오돈이는 이야기를 재촉했다.

"사장님은 요즘 이영희라는 여자와 대단히 가까우신 모양인데……."

"이영희?"

알 수 없다는 얼굴로 잠시 생각하고 있는데,

"일품향에 있는 이영희를 모른다는 말씀인가요?"

송배가 억지로 험악한 얼굴을 지어가며 말했다.

"아, 미스 리 말입니까? 알지요."

이름은 잊어버리고 미스 리라고만 기억하고 있던 권오돈이는 그제야 이 사나이는 영희 때문에 왔다는 것을 알고 지금까지 긴장했던 것이 풀어졌다.

그리고는 손님을 늘 부드럽게 대하는 그런 어조로,

"실례지만 무슨 일로 그것을 묻습니까?"

"이유 말입니까, 물론 이유가 있기 때문에 태도를 분명히 해달라고 말하기 위해서 온 것입니다."

"분명히 해달라니?"

"영희는 내 아내입니다."

"그래요? 당신이—."

뒤이어 "난 영희가 아직 미스인 줄만 알았는데" 하고 말하려다가 그럴 필요는 없어 입을 다물고 말았다.

"그러니 사장님은 어떻게 해 줄 셈이요?"

대단히 험악한 어세였다.

"어떻게 하다니?"

"내 얼굴에 침을 뱉은 것을 어떻게 보상해 주겠냐 말요?"

"침을 뱉었다니 난 그런 기억은 없는데."

"기억이 없다구요? 그래두 신사라구 할 수 있어요?"

"도대체 날 찾아온 목적이 뭐요? 그것부터 까놓구 이야기해 봐요."

"사람을 그렇게 깔보지 말아요."

송배는 상대편이 조금도 당황해 하는 기색이 보이지 않는 것이 불안했다. 그것을 감추기 위해 더욱 눈을 흘겨 뜨는 표정이 되었다.

"그러니까 분명히 말해 보라는 것 아니요. 무엇을 요구하러 왔다는 것을 말요, 당신은."

권오돈이는 송배의 아픈 곳을 찔렀다.

"하여튼 이야기를 해요. 이야기를 들어보고서 낼 만한 이유가 되면 내지요. 그러나 난 낼 만한 이유는 없다고 생각되는데."

"남이 아내를 훔치고서도 그런 말을 지껄일 수가 있어."

송배는 대들듯이 말했다.

"그러나 영횐 남의 아내는 아니라고 알았는데."

권오돈이는 여전히 여유 있는 태도였다.

"영희는 내 아내요. 나는 영희 때문에 처자까지 버린 거요. 그런데 그걸—"

억지로 인연을 붙여 갖고서 온 그가 대답을 둘러대는 것을 권오돈이는 알고 나서,

"그럴 것 없이 용돈이 필요하다고 솔직히 말하는 것이 좋지 않아."

"사장이라는 미끼로 첩을 만든 게 도대체 누구야?"

"얼마가 필요해?"

"당신들은 돈밖에 모르오?"

송배는 드디어 참을 수 없는 듯이 소리쳤다.

"이건 돈으로 해결될 문제가 아니란 말요. 당신들은 그것이면 모든 것이 해결되는 줄만 알지만 나한테는 그것이 통하지 않는단 말요. 그런 생각을 갖고 있는 당신에겐 사회적인 제재가 필요해요. 이런 비인도적인 행동을 세상에 폭로해서 다시는 낯을 들고 거리를 활보할 수 없게끔 만들어 놓기 전엔."

"사회적인 제재를 한다?"

"고소할 테니 그리 알아요. 그전에 영희와는 손을 끊겠다구 각서를 써요."

"쓸 필요도 없어. 본시 우린 아무런 사이도 아니니까."

"거짓말 말아요."

"남의 말은 전혀 듣지 않는 사나이로군요."

"그런 생각이라면 좋소. 난 법률의 힘을 빌려 어디까지나 해볼 테니까, 당신도 간통죄에 걸려 주먹만한 활자로 신문에 나는 것은 그렇게 반갑지가 않겠지요."

"그것도 좋겠지. 그럴 생각이라면 좋은 변호사나 하나 소개해 줄까?"

권오돈이는 싱글싱글 웃으며 조롱만 대었다.

"그런 걱정은 마시우, 나두 그만한 돈은 있소."

허세를 피우는 말을 남기고서 돌아갔다. 오늘은 아무리 생각해도

돈이 나오기는 글렀다고 생각한 모양이었다.

그가 나가자 뒤이어 업무부장이 들어왔다.

"어떤 사람입니까?"

혹시 무슨 일이라도 있을 것 같아서 밖에서 경계하고 있었던 모양이었다.

"다행히 권총을 들고 들어오지 않아서 크게 놀라진 않았네."

"그러면 무슨 공갈이라도 하러 왔던 친군가요?"

"그런 종류의 사나이야."

그 며칠 후 권오돈이는,

"자네는 요즘도 영희를 늘 만나는가?"

"네."

송배는 대답은 하면서도 비굴한 웃음으로 그 대답을 흘리고 나서,

"만나긴 만납니다만 영희는 나를 반겨하지 않는 걸요."

"사랑하는 사람을 그렇게 대해서야 쓰나."

권오돈이는 그를 동정하듯이 말했다.

"하여튼 나 같은 사람이 나설 곳이 아니야. 크게는 못 도와준다 해도 내가 할 일은 하지. 영희를 행복하게 해주는 것을 자네에게 부탁하네."

송배는 대체로 그의 의도를 안 셈이었다. 자기가 할 일이라는 것은 도대체 얼마를 생각하는 것인가, 문제는 거기에 있다고 그는 잠시 생각했다.

"그야 물론 저로서도 영희와— 그러나 거기에는 장애가 있습니다."

"장애가 있다니?"

"그것도 실상은 대단한 것도 아닙니다. 역시 문제되는 것은 지금 제가 실직을 했기 때문에……."

송배는 영희의 마음을 돌릴 자신은 없었다. 그는 자기가 사업에

실패해서 남의 빚을 많이 걸머졌기 때문에 그것을 청산하기 전에는 영희와 제대로 결혼생활을 할 수 없다는 거짓말을 또 꾸며대려고 했다.

그것으로 돈도 듬뿍 타낼 생각으로— 그러나 그런 말을 섣불리 꺼냈다가는 돈을 준다던 권오돈이의 태도가 달라질지도 모르므로 그의 말에 동의해 버리고 말았다.

"그러면 자네가 영희에게도 충분히 이해할 수 있게 잘 이야기해 주게나."

권오돈이는 이것으로 짐을 푼듯이 어깨가 가벼워지는 듯한 기분이었다.

"염려 마십시오. 영희도 사장님의 뜻엔 눈물을 흘려 감사하다고 생각할 것입니다."

마침 집안 살림에 쓰려고 은행에서 찾아 넣었던 돈이 있어 권오돈이가 그것을 꺼내는 것에 시선을 두면서 그는 조심스럽게 말했다. 일이 이렇게도 잘 되리라고는 생각지도 못했던 일인 만큼 마음으로 기쁘둥했을 것은 물론이다.

당분간 이 중년신사를 속여 영희와의 생활비 조건으로 필요에 따라서는 꽤 많은 돈도 타낼 수 있다고 생각하니 저절로 히죽거리는 웃음이 비어지려고 했다.

"당장에 필요하겠으니 우선 이것만 받게나."

송배는 덥석 돈을 받을 생각을 하지 않고 송구스러운 듯이 머리를 벅벅 긁었다.

"그건 나중에 받기로 합시다. 아니, 받기 전에 영희의 승낙을 받을 생각입니다. 영희는 돈에 대해서는 아주 결백해서 사장님께 이 이상 더 폐를 끼치고 싶지 않다고 할는지도 모르니까요."

"그럴 필요는 없는 거야. 하여튼 그건 넣게."

권오돈이는 일종의 우월감을 느끼면서 그의 주머니에 돈을 넣어 주다시피 하고서는 시계를 보며 먼저 일어섰다. 그러고는 영희가 기다리고 있을까 그런 생각을 했다.

(영희는 다방에서 아직도 기다리고 있을까, 그렇지 않으면 기다리다 못해 뽀로통해서 갔을까)

권오돈이는 차속에서도 이런 생각을 또 했다.

그러나 삼십 분 후에 간다는 약속이 한 시간도 넘었으니 있을 것 같지는 않았다. 그것이 잘됐다고 생각이 들면서도 또 한편 무엇을 잃어버린 것 같은 허전한 감도 들었다. 역시 물고기의 탄력 같은 영희의 매력은 잊을 수가 없었기 때문이었다.

(헤어진다고 해도 마지막으로 오늘 하루만은 둘이서 즐겁게 지낼 수도 있지 않는가)

이런 생각을 하고 나니 영희가 꼭 기다려 줬으면 하는 생각이 더 컸다.

영희는 그가 바라던 그대로 그때까지 다방에서 기다리고 있었다.

그러나 권오돈이는 영희를 본 순간에 지금까지의 생각과는 달리 가슴이 덜컥했다. 역시 영희를 만나지 않은 것이 좋았다는 생각이 들었기 때문이었다.

"늦어서 미안해."

권오돈이는 변명을 대며 히죽 웃었다.

"또 손님이 오셨지요?"

늦은 것을 나무라는 기색도 아니면서 권오돈이가 변명할 말을 먼저 했다.

"응, 말하자면."

물론 송배와 만난 이야기를 할 생각이 아니므로 자연 말이 더듬 거려졌다.

"저두 그런 줄 알았어요. 그래서 여태까지 기다린 거예요."

"그런데 무슨 일로 야단스럽게 호출이야?"

"난처한 일이 생긴 걸요. 사장님, 큰일 났어요."

"무슨 일이?"

"제 하숙으로 귀찮은 사나이가 자꾸만 찾아와요. 자기 말을 듣지 않는다구 못하는 말없이 협박하는 거 아니에요. 무서워 살 수가 없어요."

영희는 치를 떨며 말했다.

"그래두 전에는 좋아했겠지?"

"누가 그런 사나이를 좋아해요? 무서운 협잡꾼인걸요. 생각만 해두 오싹해요."

"그렇다면 전에두 그 사나이와 산 일이 없었어?"

"사장님, 무슨 소리를 하세요? 그런 말 하면 싫어요."

자기는 사장님밖에 모른다는 그런 얼굴이었다. 그 얼굴을 보니 권오돈이는 자기가 성팔이에게 속은 것만 같았다. 그렇다고 그것이 불쾌한 생각은 아니었다. 오히려 그랬으면 하는 생각이었다.

"하여튼 싫은 사나이가 온다면 딴 곳으로 옮기는 것이 좋겠군."

"그래서 아파트를 하나 얻기로 했어요."

"잘했어."

"그런데 계약금이 필요하니 말예요."

이렇게 되면 권오돈이도 영희가 왜 불러냈다는 것을 모를 리가 없었다.

"그건 내가 내주기로 하지."

"정말이에요?"

영희의 눈이 반짝 떠졌다. 권오돈이는 이 계집애도 연극을 하지 않는가 하는 생각이 드는 반면에 이것이 정말일지도 모르는 생각도 있었다. 그러면서 정말이기를 바라는 마음이기도 했다.

"영희를 위한 일인데야……."

"아이구 좋아라. 그러면 이제 둘이서 아파트를 보러 가요."

# 대립

권오돈이가 바둑판을 둘러엎는데도 박화삼이가 대항할 생각이 없이 잠자코 돌아온 것은 거래처를 잃을 그런 염려 때문은 결코 아니었다. 거래가 끊어진다면 오히려 저쪽 회사에서 곤란한 일이다.

그가 잠자코 온 이유는 그의 혈압이 높기 때문이었다. 고혈압에 제일 나쁜 것은 성을 내는 것이라고 의사에게 몇 번인가 들었다.

"화를 내는 것이 술먹는 것보다도 더 나쁘니 주의해요."

의사의 이 말을 듣고 나서는 하는 수 없이 성인처럼 사는 수밖에 없다고 생각했다.

사실 그는 의사의 이 말이 없었더라면 일품향의 마담 정담이도 해고를 시켰을 일이었다. 일 년이나 참아준 정담이가 자기의 말을 들어주지 않는다면 그의 괄괄한 성미로서는 도저히 참을 수 없는 일이었다. 그러나 화를 내서는 안 된다는 말을 들었기 때문에 그대로 내버려 둔 것이다.

물론 오늘도 전 같으면 바둑판을 둘러엎는 권오돈이의 먹살을 끌어잡고 한판 할 판이었다. 그러나 그렇게나 화를 냈다가 뇌출혈이라도 돼서 넘어지는 날이면 바둑이 이기고 지는 문제가 아니었다.

(그런 무식한 녀석하구 다시는 상종을 하지 않으면 그만이야)

권오돈이가 제아무리 사장이라면서 신사답게 옷도 단정히 입지만 박화삼이는 그가 소학교밖에 나오지 못했다는 것을 알고 있었다. 그에 비하여 박화삼이는 중학교 이학년까지 다녔다. 그래서 언제나 권오돈이가 자기보다는 무식하다고 생각하는 박화삼이었다.

그러나 권오돈이가 바둑판을 둘러엎은 것을 그대로 나왔다는 것은 아무리 생각해도 불쾌한 일이었다. 어떻게 생각하면 자기가 진 것 같은 기분이기도 했다.

그는 자기 상점에 가는 대로 점원을 모두 불렀다. 점원이래야 지배인격인 자기 조카 하나와 아이들 셋이 있을 뿐이다. 그는 그들을 앞에 놓고서 무슨 중대한 중역회의나 하는 것처럼 극동자동차회사에 물건을 팔아서는 안 된다는 성명을 냈다.

"왜 갑자기 그런 말씀을 하십니까?"

그의 조카가 물었다.

"이유는 알아서 뭣해. 내가 안 된다면 안 되는 줄만 알아."

"네."

그들은 박 주인의 말이라면 절대 복종을 하도록 훈련이 되었으므로 군소리가 없었다.

바로 그때에 전화가 왔다. 전화를 받은 점원이 수화기를 쥔 채,

"극동자동차 회사에서 카뷰레터 둘만 보내달라는데 어떻게 할까요?"

극동자동차의 업무부장이 권 사장의 말을 듣고서 제일상회에서는 어떻게 나오는지 알아보려고 일부러 전화를 건 모양이었다.

"뭐 극동자동차 회사에서? 내가 방금 뭐라고 했어, 거긴 나사못 하나 팔아두 안된다고 하지 않았어."

벼락같이 소리쳤다.

성인처럼 화를 내지 않기로 결심한 박화삼이면서도 속으로 화가 나는 것은 어쩔 수 없었다. 머리가 띵한 것도 그 때문인 모양이었다. 머리가 아플 때에는 눕는 것이 제일 좋다는 의사의 말 그대로 그는 일찍 집으로 돌아왔다.

그는 아이가 여섯이나 되었다. N여대 가사과에 다니는 큰딸 아래로 모두가 딸이었다. 그것을 생각하면 화가 나서 견딜 수가 없었다. 권오돈이는 그와 반대로 아들만이 셋이기 때문이다.

(어째서 내겐 이렇게도 딸만이 태어낳는가)

그는 첫딸이나 둘째 딸 대신에 아들을 낳았다면 이렇게도 딸을 반 다스나 만들었을 리는 없었다. 서넛쯤에서 적당히 끊었을는지도 모른다.

그러나 아들을 낳지 못했기 때문에 이제나 저제나 하는 사이에 딸만 여섯이나 낳고 말았다.

그는 아내인 복실이를 비롯해 여섯이나 되는 딸들을 머리맡에 불러 앉히고서 오늘 권오돈이가 바둑판을 둘러엎은 이야기를 꺼내었다. 자기가 절교한다고 결심해도 가족들이 그 집에 다닌다면 의미가 없기 때문이다.

"바둑을 두다가 바둑판을 엎는다는 것은 인종지말이야. 다시 말하면 사람 중에서도 제일 못난 녀석이란 말야. 그런 녀석의 집과 우리가 상종할 수 없는 일 아니야."

"물론이지요. 그의 마누라두 광화문통에서 남편 몰래 일식 음식점을 하고 있다는 걸요. 부부간에서두 서로 속이면서 사는 그런 것들이에요."

"그게 사실이야?"

"나한테만 말한다면서 자기 입으로 한 말인걸요. 그러면서 날보구두 그 옆집인 일품향이란 술집을 사서 해보라는 거 아니에요. 거기의 마담이 아주 얌전해서 맡겨만 두면 모두 잘해준다는 거예요. 그러나 난 당신 모르게 그런 일하고 싶은 생각은 털끝만치도 없어요."

복실이의 입에서 일품향의 이름이 나오는 데는 박화삼이도 당황하지 않을 수가 없었다. 그것은 여태까지 아내에게 비밀로 해온 일이기 때문이었다. 그러므로 이런 일은 더 이야기하지 않는 것이 유리하다고 생각하고서 이번엔 딸들에게 고개를 돌려,

"지금 이야기한 대로 아버지는 그 집과 일절 거래를 끊기로 했으니 말야, 너희들도 권오돈이를 만나도 인사를 하지 말어. 아니 권오돈이뿐만 아니라, 그 집 마누라나 아들들을 만나도 모른 척하고 고개를 돌리란 말야, 알았지."

맏이인 은옥이와 둘째인 선옥이는 얼굴을 서로 보며 캐들캐들 웃었다. 그 아래들은 아직도 초등학교 학생들이므로 무슨 영문인지도 몰라 눈이 둥그래졌다. 맏이와 둘째가 웃자 박화삼이는 화가 나서 벌떡 일어나 앉았다.

"웃긴 왜 웃어, 절대로 웃을 일이 아니야."

"그래두 이건 아버지가 싸운 일 아니에요. 우리까지 그 집 사람들과 이야기하지 말라고 강요할 필요는 없어요."

맏딸이 이의를 제기했다.

"그래요, 언니 말이 옳아요. 우리에겐 우리의 자유가 있는 거예요. 그런 일까지 아버지의 구속을 받을 필요는 없어요."

뒤이어 둘째가 말했다.

"뭐 어째?"

성인이 되겠다고 결심한 박화삼이면서도 이 말엔 참을 수가 없어 고함쳤다.

"여보, 혈압이 또 오르겠소. 너희들도 그만큼 알았으면 저리로 가."

아내가 가운데 나서서 말렸다.

박화삼이는 권오돈이와 싸운 것은 좋았을는지 모르지만 그러나 그 때문에 대단히 곤란한 일이 생겼다. 바둑을 둘 상대가 없어졌기 때문이다.

그러면 기원을 찾아가면 될 것 같은 일이었으나 실제로 그렇지가

않았다. 그들은 바둑이 너무나도 서툴기 때문에 기원에 가도 좀처럼 상대할 만한 사람을 만나기도 힘들거니와 만난다고 하더라도 그들 둘이서 두는 것처럼 신이 나지 않았다.

그러나 그들 둘이서는 몇 년 동안이나 매일같이 바둑을 두어온 만큼 담배에 중독되듯이 바둑을 두지 않고서는 클클해 살 수가 없었다.

자기들이 이미 바둑에 중독되었다는 것을 그 일이 있은 이후로 박화삼이는 비로소 깨닫게 되었다.

대체로 오락물이란 중독증에 걸리기 쉬운 노릇이다. 댄스를 배우는 아가씨들이 버스를 기다리면서도 혼자 스텝을 밟는 것을 봐도 알 수 있고, 길가에 벌여놓은 박보로 몇 백 환 잃게 되면 자리에 누워도 장기 쪽만 눈앞에 벌여지는 것만 봐도 알 수 있는 일이다. 마작 역시 마찬가지다. 바가지를 몇 번 쓴 날이면 천장의 무늬가 모두 마작 쪽으로 보이곤 한다. 박화삼이의 경우도 그런 상태 비슷했다.

상점에 앉아 있어도 모두가 바둑돌로 보이며 물건을 사러온 손님의 눈알도 물건값을 내는 동전도 바둑돌로 보였다. 중독도 이쯤되면 정상상태라고는 할 수 없었다.

물건 사러온 손님의 눈알을 말끔히 들여다보면서 고놈의 눈알을 어떻게 해야 잡아낼 수 있을까 생각한다면 손님도 불쾌할 것은 물론, 온전한 사람이라고는 볼 수 없는 일이다. 제일상점 점원들은 아무래도 자기 주인이 머리가 어떻게 된 모양이라고 수군거리기까지 했다.

그러나 권오돈이는 그 일이 있은 이후로 영희와의 연애에 열중하게 되었으므로 바둑 같은 것에는 미련이 있을 리가 없었다. 바둑을 두지 못하게 된 이후로 박화삼이는 얼굴에 핏기가 없이 멀쑥해져 가는 반면에 권오돈이는 얼굴에 윤기가 나는 것이 전보다는 더욱 젊어진 것만 같았다.

그것이 영희를 태우고 매일 교외로 자기가 운전하여 드라이브를 하기 때문이라는 것을 알 리 없는 박화삼이 조카는 단순히 드라이브 때문인 줄만 알고,

"숙부님두 차를 하나 사서 교외로 드라이브를 해 봐요. 그러면 혈압도 내릴는지 모르고 하여튼 건강에 좋을 겁니다. 권 사장은 그래서 아주 몸이 좋아졌는데요."

하고 말했다.

권오돈이와 비교해서 말하는 것은 불쾌했지만 자기도 차를 한 대마련하고 싶은 생각은 전부터 갖고 있었다. 그러면서도 여태 마련하지 못한 것은 권오돈이 갖고 있는 시볼레보다는 월등하게 좋은 차를 살 생각이었기 때문이다. 그러자면 상점에서 오백만 환쯤 뽑아내야 한다. 약간 무리한 일이었다. 그러나 일이 이렇게 된 이상 권오돈이에게 지고 싶지는 않았다.

"누가 고급차를 팔겠다는 사람이 없던가?"

"반도호텔에 사무실을 갖고 있는 미국사람이 크라이슬러를 판다는 이야기가 있었어요."

"그러면 오늘로 그걸 알아보게."

크라이슬러라면 시볼레에 비할 바가 아니었다.

박화삼의 집 앞에는 대단한 고급차가 서 있었다. 차체(車體)가 유달리 긴 것이 틀림없는 크라이슬러였다.

무엇이나 하겠다고 한번 마음먹으면 기어이 하고야 마는 그는 오늘 아침으로 조카를 보내어 차를 사오게 한 것이다.

민간에 매각된 제품이라고는 해도 자동차 본체에 하나 녹슨 곳이 없고 범퍼와 전조등은 눈이 휘부시게끔 반짝였다. 그것을 왁스로 광까지 냈으니 새 차나 조금도 다름이 없다. 더욱이 쿠션에 앉는 맛이

란—

박화삼이는 운전수로 또는 부속품상으로 지금까지 자동차와 밀접한 관계를 갖고서 살아 왔지만 지금까지 자기 차를 갖기는 이것이 처음이다. 그러니만큼 그의 기쁨이란 말할 수가 없었다. 그는 우선 처자를 태우고 한남동으로 한 바퀴 돌고서 명동으로 나가 저녁을 한턱 쓰기로 했다.

옛날의 운전수로 되돌아가 엔진오일과 물과 타이어의 바람을 일일이 조사해 봤다. 라이트도 켜봤다. 아무 것도 부족한 데가 없었다. 뒤에는 딸들을 태우고 조수석에는 아내를 앉게 하고서,

"자 갑시다."

하고 그는 차에 스위치를 넣었다.

광이 나게 닦은 크라이슬러는 별로 소리도 없이 골목을 빠져나와 큰길로 나섰다.

그는 기어를 바꿔 액셀러레이터를 밟았다. 차는 급기야 쏜살같이 달렸다.

"그래두 차가 이만은 해야지……. 잘 가는데!"

박화삼이는 아주 만족해서 말했다.

동아백화점 앞을 지나 퇴계로로 나왔다. 버스와 택시와 지프차들이 연달아 달렸다.

그들의 차도 그 속에 끼어서 한남동 쪽으로 달렸다.

드라이브가 끝나고서 그들은 처음 계획대로 소공동에 있는 어느 그릴로 갔다. 그런데 그 자리에서 박화삼이는 이야기해서는 안 될 말을 그만 해버리고 말았다.

"내 일생 소원이 두 가지가 있었는데 그 중의 하나는 자가용을 갖는 것이었어. 그건 이미 이루어졌으니 이제는 소원이 하나밖에 없지."

"또 하난 뭐예요?"

여고 일학년인 셋째 딸이 물었다. 그 말에 모두가 박화삼이의 대답을 기다렸다.

"그 하나가 말야."

히죽거리던 박화삼이는 급기야 당황한 빛을 드러내며 대답을 어물거렸다.

"이 이상 또 뭐를 바라는 것이 있어요? 그것이 대관절 뭐예요? 우리가 도와서 소원을 풀어줄 수 있는 일이라면 도와드릴 테니 이야기해요."

아내인 복실이가 옆에서 입을 열었다.

"당신이 그런 말을 해주니 고맙소. 고맙지만……."

박화삼이는 여전히 대답을 어물거렸다. 대답을 어물거릴 수밖에 없는 것은 남은 하나의 소원이 첩을 얻는 일이었기 때문이다.

앞에서도 이야기한 것처럼 그는 한번 결심한 일이라면 꼭 하고야 마는 성격이었지만 이것만은 자기 생각대로 되지가 않았다. 물론 돈도 있고서 아무나 첩을 골라잡자면 그렇게 쉬운 노릇이 없다. 그러나 그가 첩으로 얻으려고 생각하고 있는 사람은 일품향의 마담 정담이다. 말을 들어주지 않으니 답답한 노릇이다. 들어주지 않을 이유가 없는 것 같은데도 들어 주질 않으니 화도 나는 일이다.

(일품향에 한 달만 가지 말자. 그러면 내가 얼마큼 화가 났다는 것을 알고 그녀도 생각을 달리 할지 모르지)

그는 이런 생각을 하고서 동래온천을 갔다는 핑계로 그동안 일품향에 통 가지를 않았다.

이야기를 이 자리에서 할 수 없는 것은 말할 것도 없다. 그러니 대답을 더듬거릴 수밖에 없다.

"뭐예요? 그 소원이 뭔지 분명히 이야기해 봐요."

복실이는 또 재촉했다.

"그것 말이야, 그건……."

박화삼이는 양요리가 입에 맞지 않는다고 내어놓은 막내딸의 치킨까지 먹었으니 배는 한껏 불렀을 터인데도 대답을 피하기 위해서 먹다놓은 닭 뼈다귀를 집었다.

"또 한 가지의 소원, 그건 말이지."

그는 닭다리를 뜯으면서도 뭐라고 대답해야 할지 모르고 있다가,

"그건 말이야, 그건 별다른 것이 아니구 이런 맛난 음식을 너희들에게 매일 먹일 수 있는 큰 음식점을 하나 해보고 싶다는 거야."

하고 말했다. 닭다리를 뜯으면서 생각해 낸 대답이었지만, 이 대답을 하기까지는 등골에서 식은땀이 흐를 지경이었다.

"어마 난 굉장한 건 줄 알았더니."

딸 여섯이 모두 기대에 어그러진다는 얼굴이었다. 복실이까지도 그런 얼굴이었다.

(아, 첩을 얻고 싶다는 말을 솔직히 했으면 얼마나 시원할 것인가. 나는 아들을 낳기 위해서도 첩을 얻을 자격이 있지 않을까)

그는 딸 여섯을 둘러보며 혼자서 한숨을 지었다.

"음식점을 또 할 생각이에요?"

복실이가 깜짝 놀란 얼굴이 되었다.

"전부터 그런 생각을 갖고 있었어. 제일상회가 자동차부속상으론 서울서 제일인 것처럼 음식점도 서울서 제일 되는 것을 만들어 서울시민에게 봉사할 생각이야."

무슨 자선사업이라도 하겠다는 사람처럼 말했다.

"그렇지만 몸도 생각하면서 해야지, 사업에만 열중하다가 만일의 일이라도 생기면 어떻게 해요."

남편을 생각해서 한 말이었으나,

"그런 불길한 말은 하지 말어. 난 아직도 오십이야. 인생은 오십부 터란 말두 몰라."

"인생은 사십부터란 말은 있어두 오십부터라는 말은 없어요."

셋째 딸이 정정했다.

"그랬던가, 그건 아무래도 좋아. 하여튼 난 한다면 하고야 마는 사 람이니 기어이 하고야 말 테야."

지금까지 없던 생각이면서도 이렇게 이야기를 해놓고 보니 그 사 업도 한번 해보고 싶은 생각이 들었다.

"더군다나 권오돈이 여편네가 일식점을 한다는 것을 안 이상, 그걸 눌러주기 위해서도 이건 꼭 해야겠어."

"알았어요."

복실이는 엄숙한 얼굴로 고개를 끄덕이었다.

"사실 전 그런 사업보다도 뚱딴지같은 생각을 하지 않나 걱정했어 요."

"뚱딴지같은 생각이라니, 적어두 제일상회를 내 손으로 이만큼 키 워 놓은 사람이 그런 뚱딴지같은 생각을 할 리가 없잖아? 국회의원 이 되겠다고 출마해 돈을 뿌린다든지 첩을 얻어……."

"네? 첩이요?"

첩이란 소리에 급기야 복실이의 눈은 전조등처럼 커졌다.

박화삼이는 당황해서,

"예를 든다면 그렇다는 거야. 세상 사람들은 돈을 모으게 되면 첩은 으레 얻는 것으루 생각한단 말야. 그러나 난 그렇지 않아. 그 건 여태까지 첩을 얻지 않았다는 것으로도 알 수 있는 일이지, 하 하……."

"그러나 앞으루 얻을지 누가 알아요."

둘째 딸이 어머니 대신으로 따지고 들었다.

"절대루 절대루……."

박화삼이는 히죽히죽 웃으면서 말했다. 물론 절대로라는 말은 그 자리에선 절대로 아니란 말로 통했지만 박화삼의 가슴속에는 첩을 절대로 얻겠다고 소리치는 소리나 마찬가지였다. 그릴을 나와 다시금 크라이슬러에 처자들을 태우고서 박화삼이는 차를 몰았다.

돌아오는 길에서도 딸들은 카들거리며 야단을 쳤지만 조수석에 앉은 복실이는 이상스럽게도 침울한 얼굴이었다. 드라이브할 때는 남편을 잘 얻었기 때문에 자기는 행복하다는 그 표정이 그대로 나타나 있었는데 돌아오면서는 침울한 얼굴이 되었으니 박화삼이도 마음을 쓰지 않을 수가 없었다.

(역시 첩 이야기가 나온 때문인가. 역시 복실이는 내속을 들여다본 것일까. 절대로라는 말을 절대로 아니란 말로 들은 것이 아니고 절대로 얻는다는 말로 들었을까)

그렇다면 집에 돌아가도 무슨 일이 생길 것만 같았다.

복실이는 차에서 내리자 말도 없이 자기 방으로 들어갔다. 화가 난 것이 틀림없었다.

화가 났을 때에는 되도록 건드리지 않는 것이 제일 상책이므로 박화삼이는 모르는 척하고 자기 방으로 들어갔다.

그는 라디오를 켜고 잠시 귀를 기울여봤으나 역시 마음은 불안했다.

이제라도 아내가 방문을 열고 들어와서 야단을 칠 것 같았기 때문이었다.

그는 결국 약장으로 가서 혈압 낮추는 약을 꺼내 먹었다.

그때 복실이가 가만히 문을 열고 들어섰다. 눈을 아래로 내려뜬 긴장한 얼굴을 보니 그녀도 무서운 결심을 하고 들어온 것이 분명했다.

"뭣하러 들어오는 거야?"

"당신 아까 그릴에서 식사하며 이야기한 것, 너무 훌륭한 생각이에요."

난데없이 이런 말을 꺼냈다.

"훌륭하다니?"

"나도 전부터 당신과 같은 생각을 하고 있었으니 말이에요."

"그게 정말이요? 당신두 그럼……."

박화삼이는 다음 말은 못하고 마른 침을 꿀꺽 삼켰다. 그가 계속하려던 말은,

(당신두 아들이 소원이라서 내게 첩을 얻어줄 생각이었소?)

하고 물으려던 것이었다. 그러나 그 말은 입에서 나오지 않아 빈침을 삼킨 것이다.

복실이는 정말 그 말을 꺼낼 생각인듯 히죽히죽 웃으면서,

"어쩌면 우리 생각이 이렇게도 같을 수 있었어요. 그래서 부부일신이라고 하는 모양이지요."

하고 남편의 무릎을 탁 쳤다.

"그러면 나는 그럴 자격이 있다는 말인가?"

첩을 얻으라는 말에 틀림이 없다고 생각하면서도 박화삼이는 이런 정도로 물었다.

"자격이 있다 뿐이겠어요. 당신은 음식점을 해도 반드시 성공할 거예요."

"그렇지, 바루 그 이야기였구만. 그 이야길 내가 했지."

박화삼이는 첩이란 이야기를 꺼내지 않은 것이 천만다행이라고 생각했다.

"그런데 난 당신에게 용서를 빌 일이 있어요."

복실이는 무슨 부끄러운 일이라도 있는 듯이 고개를 숙이며 얼굴

이 붉어졌다. 삼십년 전 선을 보던 그때를 연상시키는 얼굴이었다.

"무슨 일을?"

"아까 자동차로 돌아오면서부터 이야기를 해야 좋을지 안 해야 좋을지 수차 망설였어요. 그러나 결국 이야기를 하는 것이 좋다고 결심했어요."

아주 중대한 이야기인 모양으로 신중한 얼굴이 되었다. 그렇게도 신중한 얼굴이 되니 박화삼이도 약간 불안했다.

(이 여편네가 혹시 춤바람이라도 난 것 아닌가)

그런 일은 항간에 흔히 있는 일이다. 자기 여편네라고 반드시 그럴 리가 없다고 단정할 수는 없었다.

"뭐인지 어서 이야기해봐."

재촉하는 말이 자연 거세게 나왔다.

"당신은 혈압이 높지 않아요. 그래서 만일에 무슨 일이 생기더라도, 하고 몰래 저금을 해 왔어요."

"저금?"

"그래요. 만일의 일이 생기고서 부채를 정리하고 나니 한 닢도 없더라, 이렇게 되면 어떡하겠어요. 돈 많다는 사람들도 정리를 하면 오히려 빚만인 사람이 많지 않아요. 그래서 생각한 것이지요."

"그게 얼마나 되는데?"

"음식점 할 빌딩 하나는 살 돈이 될 거에요."

"뭐 빌딩?"

박화삼이는 너무 놀랐다. 복실이는 남편이 놀라는 것도 본척만척하고,

"돈을 매양 은행에 넣어둘 필요는 없지 않아요. 그래서 나두 마땅한 땅을 하나 사려고 그동안 여기저기 알아봤는데 광화문에 좋은 집터가 하나 있어요."

"광화문의 빈터라면 지금 재목상을 하는?"

"네, 바로 그 터 말이에요. 그걸 어떻게 그렇게두 잘 아세요."

"사실 나두 그 터를 사고 싶은 욕심이 있었기 때문이지."

"그래요? 어쩌면 그것도 나와 마음이 같아요. 그 터라면 빌딩도 지을 수 있고 음식점도 되겠지요?"

"거기에다 빌딩만 짓는다면야 서울에서 제일가는 음식점을 만들긴 문제 없지."

"그러면 내가 당신 소원을 완전히 풀어주는 것이 되는군요."

"정말 그 터를 살 돈이 있구서 하는 말인가?"

한참 듣다보니 혹시 아내가 머리라도 돌지 않았나 싶어졌다. 그러자 복실이는 히죽 웃고 나서,

"내 말을 믿을 수 없다는 거군요. 하기는 믿을 수 없는 것도 무리 아니에요. 그러나 이 통장을 보면 믿지 않으려야 믿지 않을 수 없겠지요."

통장을 꺼내 펼쳐 보였다. 저금잔고 액에는 0자가 소풍이나 가듯이 나란히 있는 것을 보니 틀림없는 사실이었다.

"도대체 이 돈은 어떻게 훔쳐 만든 거야?"

박화삼이는 0자가 소풍가는 저금통장에 놀란 그 얼굴로 물었다.

"훔치다니, 남 듣기 이상한 그런 소리 말아요."

복실이는 살짝 자기 코를 집어 세웠다. 본시 남보기에 흉한 납작코이지만 이런 때는 코를 집어 올릴 필요가 있다고 생각한 모양이었다.

"하여튼 이 돈이 하늘에서 떨어졌을 리는 없지 않아?"

박화삼이는 여전히 놀란 얼굴이었다.

"물론 이 돈을 만들기까지의 밑천은 당신 주머니에서 나온 거지요. 당신이 주는 용돈을 절약해서 밑천을 삼아 계니 돈놀이로 불렸으니

까요."

"흐흥, 그런 짓 하구두 용케 잘리지 않았구만."

"내가 바본 줄 아나봐. 날 보고 그런 소리를 하니."

"바보가 아니라 똑똑하다는 사람도 남에게 돈을 주고 잘리는 사람이 많으니 말야."

"그야 똑똑한 것 같으면서도 사실은 똑똑하지 못한 사람이지요."

복실이가 오늘은 어쩌면 이렇게도 말을 잘하는지 알 수가 없었다. 말뿐만 아니라 얼굴까지도 예뻐 보였다. 복실이의 몸 전체가 금덩이로 보이기 때문에 그렇게도 예뻐 보이는지— 하여튼 이렇게도 늘 예뻐만 보인다면 구태여 정담이 같은 첩을 얻을 필요가 없을 것 같았다.

"권오돈이 여편네가 자가용을 타구 재면서 다니는 걸 보고 우리두 자동차를 사야겠다고 생각하고 있는데 당신이 내 마음을 알아주고 벌써 사놓지를 않았어요. 난 오늘같이 기쁜 날은 없었어요. 그런데 당신은 아직도 소원이 하나 더 있다니 내가 도와주고 싶은 생각이 왜 없겠어요. 그 소원이 또 당신 소원이나 내 소원이 꼭 같지를 않아요. 오늘 나는 권오돈이 여편네 음식점 옆에 굉장한 음식점을 해서 눌러주고 싶은 생각이었던 걸요. 그런데 당신 몰래 돈을 만든 것이 마음에 꺼려 이야기를 못하고 있었지 않아요. 이제는 그 비밀도 다 털어놨으니 이렇게 기쁜 일이 또 어디 있겠어요."

복실이가 이런 말까지 하니 더욱 예뻐 보일 수밖에 없었다. 박화삼이는 복실이가 한껏 예뻐 보이는 대로 쓸어안아 입을 쭉 맞추었다.

"왜 이러세요. 약주도 자시지 않은 사람이……."

복실이는 남편의 가슴을 떠밀었다. 물론 싫어서 떠민 것은 아니었다.

"나두 실은……."

박화삼이는 감격한 나머지 일품향의 주인이 자기라는 것을 실토하려고 했다.

그러나 다음 순간 아차! 하고 입을 다물고 말았다. 만일 그 말이 입에서 나왔다면 지금의 행복이 산산이 부서질 것이 분명했기 때문이다.

"나두 실은이라니, 무슨 말이 또 있어요?"

남편의 마음을 알 리 없는 복실이는 재촉했다.

"실상은……."

대답을 못하고 더듬거리다가,

"난 오늘처럼 행복하긴 처음이야. 그리구 당신이 이렇게두 훌륭한 아내였다는 것두."

"그게 다 당신이 훌륭했기 때문이지요."

"우리 키스해, 이렇게 기쁜 날 가만 있을 수 없잖아. 서양 활동사진 식으로 멋지게."

그러나 복실이는 이번에도 먼저 고개를 돌렸다.

그날 밤 권오돈이는 잠을 들 수가 없었다. 박화삼이가 빌딩을 짓는 생각을 하면 피가 술렁거려 잘 수가 없었기 때문이다.

(박화삼이가 이제 빌딩을 지어 놓고 뻐기는 꼴을 어떻게 본담. 벌써부터 크라이슬러를 굴리면서 다니지를 않는가. 하기는 빌딩쯤 짓게 됐으면 크라이슬러도 굴릴 만하지)

권오돈이는 몸을 뒤채면서 생각했다.

(그 녀석이 둔하고 미욱한 줄만 알았는데 자기 궁리는 있었단 말야. 거기다가 음식점을 계획했다는 건 정말 놀랄 일이야. 이제 그 녀석이 거기다 빌딩을 짓게 되면 내가 하고 있는 자동차 회사가 아무리 잘된다고 해도 그녀석의 수입을 당해낼 재간이 없지 않은가. 결코 이대로

보고만 있을 일이 아니야)

권오돈이는 그곳에 빌딩을 못 짓게 무슨 방해공작이 없을까 하고 무척 생각해 봤으나 도시계획선에도 들지 않은 자기 땅에 자기 돈으로 집을 짓는 이상 방해할 길은 없었다.

(도대체 박화삼이 마누라는 뭣을 했기에 그렇게도 많은 돈을 벌었을까. 그 여편네두 역시 돈놀이로 벌었을까)

권오돈이는 그것이 박화삼의 마누라가 아니라 자기 마누라가 그렇게도 돈을 많이 벌었다면 얼마나 기쁜 일인가 하고 한숨을 쉬었다.

그런데 아까부터 보고 있자니 자기 아내도 잠을 자지 못하고 몸만 뒤채고 있었다. 잠만 못자는 것이 아니라 이따금씩 자기처럼 한숨도 쉬었다. 그것을 보면 분명 무슨 걱정이 있는 모양이었다.

(이 사람은 왜 잠을 못자고 저러고 있을까)

권오돈이는 알 수가 없었다.

(나처럼 박화삼이네가 빌딩을 짓는다고 화가 나서 잠을 못잘 리도 없는 일이고 그렇다고 그 나이에 사나이가 생겨서 잠을 못 자게끔 번민할 것 같지도 않은데……)

아무리 생각해도 아내가 잠을 자지 못하는 이유를 알 수가 없었다.

아내가 또 한숨을 내쉬었다. 이만저만한 심각한 숨소리가 아니었다. 그 숨소리에 문득 권오돈이는 가슴에 짚이는 것이 있었다.

(자기와 영희 이야기를 어디서 듣고 와서 저렇게도 속을 앓고 있는 것이 아닌가)

권오돈이는 지금보다도 가슴이 더욱 뛰었다. 아내가 그것을 알았다면 언제 이불을 끌어내고 달려들지 모르기 때문이었다.

"으음."

권오돈이는 신음 같은 한숨을 지으며 돌아눕는데,

"여보."

하고 아내가 드디어 입을 열었다.

"당신한테 할 말이 있어요."

아주 심각한 어조였다. 그 어조로 봐서도 아내가 영희의 말을 꺼내려는 것이 틀림없다고 권오돈이는 생각했다. 아니 그 말을 꺼내기 전에 아내의 손이 어디로 와서 자기 몸을 꼬집어댈지 모른다고 생각했다.

권오돈이는 돌아누운 채,

"무슨 이야기가 있다는 거야?"

"아주 중요한 이야기에요. 이쪽으로 좀 돌아누워요."

"안 돌아누어도 이야기는 다 들어."

돌아누울 생각을 하지 않자, 아내는 권오돈이의 엉덩이를 꼬집었다. 화가 나서 꼬집은 투가 아니었다. 그러나 권오돈이는 극도로 긴장해서 몸을 도사리고 있는 만큼 후닥닥 놀라며 몸을 돌렸다.

"그렇게 뭐 아파요? 공연한 엄살을 피우며……."

역시 화가 난 말투는 아니었다.

"이야기라니, 도대체 무슨 이야기야. 그렇지 않아도 난 화가 나서 잠을 못자고 있는데."

영희의 이야기는 아닌 것 같으므로 권오돈이는 어느 정도 안심이 되며 성가시다는 듯이 말했다.

"정말 당신은 무슨 일로 그렇게 잠을 못 자는 거예요?"

아내는 남편이 오늘따라 잠을 못 자는 것이 이상하다고 생각한 모양으로 되물었다.

"그야 뻔한 일 아니야, 박화삼이 그 녀석 때문이지."

"그 녀석 때문이라면?"

"그 녀석이 광화문에 굉장한 빌딩을 짓는 것을 봤으니 내 속이 편안할 수가 있냐 말야."

"어머? 그럼 당신두 그 때문에 여태 잠을 못 잤어요?"

"못 잔 것이 아니라, 지금두 못 자고 있잖아."

"어쩌면 그렇게두 우리는 꼭 같은 생각으로 잠을 못 잤을까요. 부부일신이라니 정말 그 말이 옳아요."

"그럼 당신두?"

"네, 더욱이나 그 빌딩이 박화삼이가 번 돈으로 짓는 것이 아니구 여편네가 번 돈으로 짓는 것이라니 더욱 화가 나지 않아요."

"나두 사실 그 때문에 더욱 화가 나는 거야. 당신은 왜 쓸 줄만 알구 벌 줄은 모르느냐 말야."

"그렇다면 가령, 정말이 아니구 가령 말이에요……."

그 말을 강조하고 나서,

"당신 몰래, 박화삼이 여편네처럼 돈을 벌었다면 화내지 않겠어요?"

"화를 왜 내, 좋아서 춤을 출 일이지. 그러나 가령이라니 무슨 쓸데가 있어."

"실상은 나두 당신 몰래 돈은 좀 만들었답니다."

"응? 그것이 가령이 아니구 정말이야?"

아내는 그 대답을 하지 않고,

"박화삼이네가 지금 빌딩 짓는 그 옆에 일식집이 있지 않아요?"

"응, 있지 있어, 그 집 뒤로는 공터두 이삼백 평 되지."

"그걸 얼마 전에 내가 사서 당신 몰래 잡고 있었답니다."

"정말이오?"

"그러니 박화삼이네가 팔층 빌딩을 짓고 음식점을 한다면 그 집과 경쟁이나 되겠어요?"

"그것이 우리 땅이라면 우리도 빌딩을 지으면 되잖아."

"당신에게 빌딩을 지을 돈이 있어요?"

"땅만 있다면 우리두 빌딩을 지을 수가 있어. 땅을 은행에 넣으면 돈을 돌릴 수 있으니 말야."

권오돈이는 기뻐서 아내를 힘껏 껴안았다.

물론 영희를 껴안던 맛 같지는 않았지만 그래도 기뻤다.

제일상회 사무실에서 박화삼이와 지배인 격인 그의 조카 덕표가 무슨 이야기인지 얼굴을 맞대고 소곤거리고 있었다.

"그렇다면 그것이 권오돈이 마누라가 산 땅이고, 구층 빌딩을 짓는다는 것도 틀림없구만."

박화삼이는 자기가 가장 신임하고 있는 덕표의 얼굴을 쳐다보며 말했다.

"네, 제가 조사한 그것으로써는."

"그러면 그의 마누라가 빌딩을 지을 돈을 가지고 있었던가?"

"돈까진 없었어요. 그러나 땅을 담보하고 은행에서 건축비의 절반 쯤은 얻기로 한 모양이고, 그 나머지는 긴축을 해서 짓는다는 것이지요."

"긴축을 한다니?"

"말하자면 생활비를 극도로 줄여서 그의 버스회사에서 나오는 수입을 모두 빌딩 짓는데다 넣기로 했다는 겁니다. 집에서는 보리밥을 먹는 모양이고 권 사장이 영희와의 관계도 끊었다는군요."

"영희와의 관계두 끊었다구? 그말 어디서 들었나?"

박화삼이는 눈을 껌벅였다. 권오돈이가 첩을 버렸다면 자기도 첩을 얻는다는 건 생각할 문제였기 때문이다.

"어젯밤, 손님과 같이 바엘 갔더니 거기에 영희가 있지 않아요. 그 영희한테 직접 들었어요."

"그렇다면 권오돈이 대신 자네가 영희 뒤를 돌봐주겠다는 그런 약속을 혹시 하고 온 것 아니야?"

"천만에요, 저는 지금의 아내로서 만족합니다."

"그래두 자네가 손님을 데리고 바에 간다는 것을 보면 딴 생각이 있다는 걸 알 수 있어."

"절대루 그런 것이 아닙니다. 손님이 먼저 바를 구경시켜 달래서 하는 수 없이."

"그런 곳엔 누가 가재두 피하는 것이 제일이야. 알겠나?"

"네."

"하여튼 권오돈이가 구층 빌딩을 짓는다니 별 수 없이 우린 처음의 생각을 달리해서 십층 빌딩을 짓는 수밖에 없어. 그러나 이건 절대 비밀일세. 그 녀석이 알게 되면 십일층을 지을는지도 모르니"

"그렇대두 증축비는 어디서 가져올 생각입니까? 이 이상 더 돈을 돌릴 데가 없으니 말이에요. 달러변이라도 돌려 쓸 생각인가요?"

"달러변, 이 사람아 내가 망하는 것을 보자는 소린가?"

박화삼이는 몸부림을 쳤다.

"그러면 어떻게 할 생각입니까?"

"권오돈이가 긴축으로 한다면 나도 긴축으로 대항할 생각이야. 나도 오늘부터 담배를 끊겠네."

"담배를요?"

"담배뿐 아니라 술도 끊겠네."

"한꺼번에 그렇게 끊을 수 있어요?"

"한다고 결심했으면 난 뭐이구 하는 사람이야."

사실은 이번 기회에 고혈압에 나쁘다는 술과 담배를 끊어 병을 완전히 고치고 나서 자기가 지은 빌딩 꼭대기에서 술도 한껏 먹을 생각이었으나, 덕표에겐 우선 이렇게 말했다.

"그렇다면 점원들의 월급도?"

덕표는 자기와 직접 관계되는 일이므로 물었다.

"응, 일률적으로 삼할 씩만 감할 생각이야. 빌딩을 십층 올리기 위해선 어쩔 수 없는 사정이니 그건 자네가 점원들에게 잘 이야기하게나."

"점원이라면 거기에 저두 들어가는가요?"

"물론 들어가지. 그 대신 이 싸움에 이겨 십층 건물을 짓게 되면 자네만은 오할을 올려주기로 하지. 그러면 불만이 없겠지?"

그러나 충실한 지배인 덕표가 울상을 한 것을 보면 불만이 없는 것 같지는 않았다.

그날 저녁 박화삼이의 마누라 복실이는 아버지의 중대한 성명이 있다면서 딸들을 큰방으로 불렀다.

딸들은 차를 타고 여행이라도 떠난다는 이야기인 줄 알고 모두 좋아서 둘러앉았다.

박화삼이는 딸 여섯이 한자리에 둘러앉은 것을 보니 역시 마음이 좋지를 않았다. 그중에서 아들이 하나만 있더라도 권오돈이와 싸우는 보람이 지금보다는 몇 갑절 있을 것 같았다.

박화삼이는 어쩔 수 없는 듯이 찌뿌듯한 얼굴을 들어,

"오늘 너희들을 여기 모이게 한 것은 다름이 아니다."

하고 허두를 꺼내고서는 헛기침을 두어 번 했다. 아버지의 위신을 세우기 위해서였다.

"우리가 지금, 광화문에 팔층 빌딩을 짓고 있는 일은 너희들두 잘 알고 있지? 그런데 그걸 보고서 권오돈이 녀석이 샘이 나 우리가 짓는 바로 그 옆에다 구층 빌딩을 짓는다는 거야."

박화삼이는 딸들을 둘러봤다.

"그렇다면 우리두 구층을 지으면 되잖아요."

셋째 딸이 말했다.

"구층을 짓는다면 그 집과 경쟁해서 결국 비기기밖에 더 돼? 그러니까 우린 십층을 지어요."

둘째 딸은 운동선수인 만큼 딸 중에서도 제일 경쟁심이 왕성했다.

"응, 네 말이 옳다."

박화삼이는 둘째 딸 말에 흡족한 얼굴을 하고 나서,

"그래서 오늘 어머니와 둘이서 의논을 했어. 우리가 절대루 져서는 안 되겠으니 십층 빌딩을 짓기로."

그 말에 딸들은 모두 손뼉을 치며 브라보 하고 소리쳤다. 딸들도 역시 아버지의 피를 받아 남에게 지기 싫어하는 성격이 있는 모양이었다.

"그러니 말야, 이제 이층을 또 올리자면 그만한 돈이 더 들어야 할 것 아닌가. 그래서 앞으로 상점의 수입은 모두 그곳으로 돌리기로 했고 점원들의 월급을 삼할씩 감봉하기로 했다."

"이제는 딴 곳에서 돈을 돌릴 수도 없으니 그럴 수밖에 없어요."

복실이가 옆에서 덧붙여 설명했다.

"그러니까 앞으론 우리 생활비도 줄어질 수밖에 없어. 그 점을 너희들도 알고서 빌딩을 다 짓기까지는 옷을 해 입겠다거나 구두를 사달라는 그런 말은 일절 입 밖에 내지 말어."

"그건 너무해요."

먼저 맏딸이 불평을 말하자 모두가 이구동성으로 항의를 했다. 젊은 여성으로 옷을 해 입지 못 한다는 금지령은 무엇보다도 가슴 아픈 일일 것이다.

"우리가 옷을 해 입는다고 그렇게 큰 영향이 미칠 일은 아니라고 생각해요."

둘째 딸도 여기에는 불만이었다.

"그런 말은 말어, 너희가 옷을 해 입는 대신에 벽돌을 한 장 올리겠다는 그런 정신이 없고서는 십층 빌딩을 지을 수가 없어!"

박화삼이가 소리치는 바람에 딸들은 쑥 들어가고 말았다.

"다음엔 내일부터 보리밥을 먹기로 했어."

"네? 보리밥을요?"

딸들이 다시금 비명을 쳤다.

"어머닌 감자를 먹자는 걸 그래두 내가 너희들의 영양을 생각해서 보리밥을 먹자고 한 거야, 나한테 고맙다고 생각해."

위압적인 말이 계속되던 그 때 책상 위에 있던 전화벨이 울려 중단되었다.

"네 바로 제가……."

수화기를 들은 박화삼이는 당황해서 어쩔 줄을 몰랐다. 정담이에게서 온 전화였기 때문이었다.

"박 주인님은 왜 자꾸만 절 피하세요?"

전화에서 금속성 같은 정담이의 말소리가 들려왔다.

"그런 것두 아닙니다, 내일 찾아가 뵙지요."

"내일은 늦어요. 지금 꼭 만나야 될 일이 있으니 덕수궁 앞으로 좀 나와 줘요."

"네, 그럼 지금 곧 가겠습니다."

박화삼이는 수화기를 놓고 손잔등으로 땀을 씻었다.

"어디서 온 전화에요?"

복실이가 분주히 물었다.

"상, 상점에서 온 전화야. 손님이 와서 기다린다구 곧 나가봐야겠어."

그 기회를 잃지 않고 일어섰다. 그리고는 다시 한 번 딸들을 둘러보고 나서,

"그러니까 내가 지금 말한 것을 잘 명심하란 말야."

박화삼이는 차를 몰고 가면서 대단히 화가 난 얼굴이었다. 집에 전화를 걸면 안 된다고 그렇게 말했는데 정담이가 전화를 걸었기 때문이었다.

(하여튼 빌딩을 짓기까지는 나도 첩 같은 것을 생각해서는 안돼, 그러니 정담이도 오늘 밤으로 해고를 시키는 것이 제일 상책이야)

그러나 사나이라는 것은 자기가 반한 여자 앞에는 그런 결심도 소용이 없는 모양이다. 박화삼이는 정담이를 보는 순간에 그런 결심은 없어지고 오래간만에 만나는 반가운 생각이 앞섰다.

그는 차에서 내리기가 무섭게 첫마디로,

"호텔이 많은 이런 곳에서 만나자는 것을 보니 이제야 오케이란 말인가, 자 들어가."

정담이의 손을 덥석 잡고 호텔로 끌었다.

"그래두 잠깐만 기다려요."

"이젠 더 기다릴 수가 없어."

"그렇다면 제게 오십만 환만 준다고 약속을 해요."

"오십만 환?"

"네, 그것이 꼭 필요해서 전화루 건 거예요."

"나두 지금 오십만 환은 대단한 돈이야."

"그러면 하는 수 없지요."

정담이는 실망하는 얼굴을 했다.

"도대체 그 오십만 환은 뭣에 필요해?"

"여기선 말할 수 없어요."

"그럼 어서 호텔로 들어가 이야길 해."

"들어가두 좋지만 약속을 들어줄 생각이 없다면 싫어요."

"염려 마, 난 절대로 비열한 사나이가 아니니까."

호텔로 들어가자, 정담이는 그 동안에 송 교수의 책을 잃은 이야기와 그 책값을 변상해 주겠다던 부창이도 말뿐으로 나타나지 않는다는 이야기를 쭉 말했다. 박화삼이는 잠자코 듣고만 있었다. 정담이의 이야기가 끝나자 그제야 알겠다는 듯이 고개를 두어 번 끄덕이고 나서 주머니에서 수표책을 꺼내 오십만 환이라고 쓰고서는 도장을 내어 찍하고 찢어 주었다.

"이거면 만사가 해결이지?"

"네."

정담이는 눈물을 양손으로 닦았다.

"내가 좋아하는 정담이가 그런 걱정이 있다는데 가만 있을 수가 있어, 절대로 없지."

"박 주인님은 참으로 훌륭한 분이에요."

"그 대신 오늘밤부터는 내 전속이야. 딴 남자를 생각하거나 절대로 그래서는 안돼."

"절대로 그럴 리 없어요. 혈서라도 쓰라면 쓰겠어요."

정담이는 이렇게도 좋은 사나이를 여태까지 몰라준 것이 부끄럽기까지 했다.

다음날 아침 정담이가 일품향으로 돌아오자 복돌이가 뛰쳐나오며,

"마담, 굉장한 것이 왔어요."

"굉장한 거라니?"

"잃었다는 그 책이 우편으로 왔으니 말예요."

그것은 부창이가 부쳐준 것이었다. 그 우편물엔 부창이의 서툰 글씨로 이 책에 기록된 것은 어떤 장난꾸러기가 만든 모양으로 사실과는 전혀 맞지 않는다는 것과 그 때문에 자기는 오십만 환 가량의 빚을 지게 됐다는 사연이 적혀 있는 편지도 함께 들어 있었다.

정담이는 송 교수에게 오십만 환을 주지 않아도 되는 것이 기뻤거니와 그보다도 그 책을 그의 면상에 내댈 생각을 하니 통쾌해 견딜 수 없었다.

# 동화

　언덕길을 올라서면 앞이 확 터진 바다가 바라보였다. 바로 그곳에
서는 M신문사 지국이라는 공연히 큰 간판도 보였다. 그곳이 바로 내
가 살고 있는, 아니, 내가 아버지와 어머니에게 붙어서 먹고 자고 있
는 집이다.

　나는 오늘도 어쩔 수 없이 그 집을 찾아 들어가야 했다. 나는 언
제나 마찬가지로 사무실 유리문을 열기 전에 주춤하니 서서 안을
살폈다. 빈 책상만이 보일 뿐 오늘은 배달부인 정 영감도 보이지가
않았다. 나는 무엇보다도 아버지와 부딪치지 않는 것이 대견한 대로
조심스럽게 유리문을 열었다. 더렁하고 문소리가 크게 울렸다.

　이놈의 문은 아무리 가만히 연다고 해도 늘 그 모양이었다. 그 문
소리가 나면 하다 못해 식모라도 쫓아나오게 마련이었다. 그러나 오
늘은 이상스럽게 아무도 얼굴을 내미는 사람이 없었다 ― 아버지와

어머니는 오늘도 또 동부인으로 행차를 합시고 할멈은 아랫목에서 코라도 골고 있는 모양인가—.

나는 안으로 들어서며 그런 생각을 했다. 그렇다고 그것을 불평하거나 아랑곳하려는 심사는 아니었다. 그보다는 아무도 없는 이 집에서 잠시나마 크게 숨쉴 수 있는 것이 다행이라고 생각될 뿐이었다. 나는 거의 마음을 놓다시피 하고 안방으로 통하는 장짓문을 열어젖혔다. 뜻밖에도 거기에 아버지의 뒷모습이 눈에 띄었다. 뒷뜰에서 꽃나무를 가꾸고 있는 아버지의 뒷모습이 창너머로 보였던 것이다. 나는 가슴이 덜컥 했다. 그 서슬에 이층으로 올라가는 구름다리를 다람쥐처럼 뛰어 올라갔다. 하나, 둘, 셋—셋만 올라서면 일단 아버지의 시야에서만은 벗어날 수가 있었다. 나는 거기에서 '후유'하고 숨을 돌렸다. 그리고 나선 그제야 어머니가 없는 것이 이상하다고 생각했다. 그러면서 지금까지 헛짚은 반동으로 천천히 구름다리를 올라가 내 방문을 열었다. 그 순간 나는 깜짝 놀라지 않을 수가 없었다. 방 한복판에 어머니가 앉아 있기 때문이었다.

나는 놀라는 기색을 그대로 드러낸 채 문턱 위에서 버티고 말았다. 그러나 어머니는 나를 쳐다보는 일도 없이 멍하니 들창 밖만 바라보고 있었다. 나 같은 것은 안중에 두지도 않는다는 그런 눈치였다. 나는 치미는 역정을 꾹 누르고 아무 일도 없은 듯이 방안으로 들어섰다. 으레 책상 위에 놓아야 할 가방을 아무렇게나 방바닥에 내동댕이 치고는 옷을 갈아입으려고 교복을 벗기 시작했다. 그때야 어머니는 무겁게 고개를 돌려 내게로 시선을 던지는 기색이었다. 그러나 나는 그것도 아랑곳하지 않고 그저 옷만 갈아입고 있었다.

내가 옷을 다 갈아 입을 때까지도 어머니는 여전히 내게 시선을 둔 채 돌리려고 하지 않았다. 나는 참을 수가 없었다. 머리 속이 불꽃이 튀듯이 지끈거렸다. 그러면서도 한편 이상한 생각이 들었다.

—어머니는 본시 영리한 분이라 우리들의 생활감정 같은 것을 좀처럼 건드리려고 하지 않았는데, 어째서 오늘은 이렇게도 지질스럽게 행동하는가. 도대체 무슨 일이 있기에 이렇게도 내 방까지 들어와서 말야…….

옷을 갈아입고 난 나는 이번엔 책가방을 뒤지기 시작했다. 공연히 도시락 뚜껑도 열어보고 책갈피에 넣었던 은행잎을 꺼내들고 하잘 것 없이 손 끝으로 만지작거리기도 했다. 그러는 동안에 우리 둘은 다 창밖을 내다보는 꼴이 되고 말았다. 그 모양으로 얼마나 앉아 있었는지—하여튼 나는 어깨가 늘어지리만큼 지루하고 클클한 채 눈을 꾹 감고 눕고만 싶었다.

어머니가 책상 밑에 손을 넣어 소포지로 싼 꽤 큰 곽 하나를 끄집어낸 것은 그 때였다.

어머니는 그것을 끌으면서도 여전히 내게는 별반 관심이 없는 양으로 손을 놀렸다. 그것은 끄나풀로 꽁꽁 묶여 있어서 손으로는 풀 수가 없는지 나더러 가위를 달라는 시늉을 했다. 나는 못난 심술을 부리지 않고 가위를 내주었다.

가위로 어머니가 끄나풀을 툭툭 자르고 소포지를 풀자 어느 백화점의 '레테르'가 붙은 큰 종이곽이 나왔다. 뚜껑을 열자 그 속에는 눈이 부신 무용복을 입은, 거진 내 키의 절반이나 될 만한 인형이 들어 있었다.

나는 지금까지의 독살을 피우던 감정도 잊어버리고, 그것을 들쳐 보고 싶은 마음에 끌리면서 그냥 창밖으로 눈을 돌렸다.

—그 물건이 나와 무슨 상관이야.

그러나 타고난 계집애의 본성은 어쩔 수가 없는 모양인지 어떻게 된 물건인지도 모르면서 거기에 자꾸만 마음이 씌워지는 것도 사실이었다.

어머니는 그것을 쳐들고 무용복의 주름을 하나하나 펴치는 눈치였다. 그렇다고 그것에 정신이 쏠려 있는 것 같지도 않았다. 그저 자동으로 손을 움직이는 것 같은 느낌이었다. 그러던 어머니가 문득 손을 멈추고서,

"은옥아, 내가 오늘 소영이라는 사람을 만났단다."

하고 조용히 입을 열었다.

(소영이?)

나는 처음 듣는 이름이었다. 그런데 웬일인지 알 수 없게도 내 가슴이 마구 설레여댔다. 아니 눈가에 욱기가 확 퍼지는 것도 분명히 느껴졌다.

"그 분이 이걸 네게 주래더라. 처음이자 또 마지막이라면서……."

어머니는 앞뒤 연결이 없는 이런 말을 혼잣말처럼 말했다. 그러나 나는 그 한마디로 모든 것을 안 듯이 '역시! 역시!'하고 가슴속으로 부르짖으며 얼굴이 불처럼 홧홧 타올랐다. 눈시울이 뜨거워 눈도 제대로 뜰 수가 없었다. 그 한편에서는 지금 나 혼자 멋대로 생각하고 있는 것이 혹시 억측이 아닌가, 하는 불안스러운 생각도 가슴속에서 요동치고 있었다.

그 때문에 가슴이 더더욱 뛰어서 아까처럼 냉정하게 도사리고 있을 수는 없었다.

"누구예요, 소영이라는 그 사람이?"

결국 나는 가슴속에 차 있던 불안이 터져나오면서 가쁜 숨소리로 물었다.

그러나 어머니의 대답은 지극히 고요했다.

"너를 낳은 어머니란다."

나는 오뚝이같이 일어섰다. 눈앞이 노랗게 가물거렸다.

(역시 그렇구나)

번개치는 생각과 함께 어머니 앞으로 달려가 그 인형을 빼앗아 갖고서는 창문을 열어 팽개쳤다. 그와 동시에 결국 울음이 터져 나왔다. 생각지 못했던 울음이다. 울음이 터져 나오는 대로 나는 목청을 더욱 돋우어 왕왕 울어댔다. 죽는 한이 있어도 새어머니 앞에서는 눈물은 보이지 않겠다는 결심도, 뒷마당에 있는 아버지가 무섭다는 생각도 온데간데 없어지고 그냥 울었다. 가슴속에 뭉쳐 있던 불덩이를 그대로 쏟아 놓듯이 울었다.

우리 집은 바로 큰 길가였으니 행길에서는 지금 그 물건을 보고 야단법석일 것이 짐작되었다. 말많은 옆집 쌀가게 아주머니가 그것을 보고 눈이 둥그래지는 꼴도 눈에 보이는 것 같았다. 아니 그보다도 시궁창에 떨어져 흙탕구리가 되었는지도 모른다고 생각되었다.

아닌게 아니라 내가 이렇게도 울고 있는 동안에 나의 추측대로 아래에서 웅성거리는 소리가 들려왔다. '민 선생, 민 선생!'하고 아버지를 부르는 소리도 들려왔다. 이웃집 싸전 주인의 목소리였다.

와르랑하고 유리문이 열리는 소리에 뒤이어 쿵쿵거리며 구름다리를 뛰어올라오는 소리.

방문을 차고 들어선 것은 역시 아버지였다.

"무슨 지랄들이야?"

아버지는 먼저 나를 쏘아 봤다. 그 얼굴에는 '저것이 또'하는 증오의 빛이 역력히 드러나 있었다.

본시 허대가 크고 얼굴의 기복이 뚜렷해서 표정이 분명한 아버지는 특히나 기분이 언짢은 이런 때면 그 눈시울에 찬 서리가 서렸다. 그 얼굴은 상상만 해도 풀이 죽어버리던 나였다. 그러나 지금은 그런 아버지도 겁나지가 않았다. 악이 받치는 대로 더욱 울음소리가 커질 뿐이었다.

그제서 아버지는 나만을 나무라는 것이 안됐다고 생각한 모양인

지,

"왜들 이래?"

하고 처음으로 어머니에게 시선을 돌렸다. 그러나 어머니는 여전히 몸을 도사린 채 조용히 앉아 있을 뿐이었다.

"왜 말이 없어?"

아버지도 이제는 극도로 화가 덥친 모양으로 빽 소리쳤다.

그러는 판에 식모 할멈이 내가 팽개친 인형을 들고 눈이 휘둥그래져서 들어왔다.

"웬일이세요, 세상에 이런 귀한 물건이 흙탕구리가 되었으니……."

할멈도 무슨 곡절인지 알고 싶은 모양으로 물었다. 그러나 어머니의 눈짓에 고개가 숙여지고 인형을 놓은 채 바로 아래로 되내려갔다. 얼마 전까지도 우리 집 살림을 도맡아 보는 것이 큰 유세거리처럼 생각하던 이 식모도 요새는 새어머니 손안에서 완전한 고용인이 되고 만 것이다.

"이 계집애 울음 못 그쳐!"

아버지는 다시금 나를 향해 소리쳤다. 그렇다고 내 울음소리가 숙여질 리 없었다. 오히려 더 커질 뿐이었다.

"이 계집애야!"

계속해서 쇠소리 같은 날카로운 소리가 터져 나왔다. 그 순간에 이젠 주먹이 날아오는구나—나는 발딱 머리를 쳐들었다. 조용히 앉아 있는 줄만 알았던 어머니가 어느 사이에 아버지를 막아섰다. 그리고는 눈짓 손짓으로 아버지를 아래로 몰아내기에 필사적이었다.

'옳지—'하고 나는 못본 듯이 머리를 되숙였다.

결국 아버지는 어머니에게 끌려서 아래로 내려갔다. 이렇게 되고 보니 마음속에 품어온 독을 풀 길이 없어지고 말았다. 맥이 풀리는 대로 이제는 신경을 모아 아랫층의 기동이나 살피는 수밖에 없었다.

그것이 내겐 아무런 도움이 안 된다는 것을 잘 알고 있으면서도—.

바로 그 때였다. 아래서 무슨 소리가 난 것은—그것은 분명 뺨치는 소리였다. 그 소리가 연이어 들려왔다.

(누가 때린 거지?)

속이 뒤짚힌 아버지의 짓이라는 걸 빤히 알면서도 그런 말을 혼자 중얼거려 보며 내 입가에는 빨쭉거리는 웃음이 돋아났다가 스러졌다. 아니 그 웃음이 미쳐 스러지기 전에 아버지가 질풍처럼 뛰어 올라오는 소리가 났다. 내 방으로 들어온 아버지는 인형을 움켜쥐고 다시 뛰어 내려갔다. 나는 그 동안 숨도 못돌리고 있다가 분주히 뒷마당이 내려다보이는 창가로 갔다. 아버지는 벌써 그것을 뒷마당 한 구석에 내던지고는 주머니를 뒤지고 있었다. 성냥을 찾는 것이었다. 성냥을 꺼낸 아버지는 그 속에 든 성냥개피를 모조리 꺼내어 뿌욱 그어서는 인형 위에 내던졌다. 나와는 등지고 있기 때문에 아버지의 얼굴은 볼 수가 없었지만 나를 낳았다는 그 여자 얼굴에 던지기나 하듯 증오에 떨고 있는 것이 분명했다. 불이 닿은 옷에서는 불길이 피어오르기 시작했다. 그리고는 인형이 타는 노린내가 이층인 이 곳까지 풍겨 왔다.

나는 그것을 멍청하니 보고 있으면서 (그 여인이 저것을 내게 보내기까지 얼마나 생각하고 또 망설였을라구)라는 생각을 하고 나서는 지금까지와는 또 다른 새로운 눈물이 내 뺨 위에 주룩 흐르고 있음을 느꼈다.

나는 나를 낳은 어머니를 모른다. 나를 길러 준 이는 둘째 엄마다. 나를 낳은 어머니는 모두가 죽었다고들 했지만 나는 철이 들면서 그것이 거짓말이라는 것을 알게 되었다. 이 사람 저 사람의 말이 통 들어가 맞지 않기 때문에 의심을 품기 시작하면서 알게 된 것이다.

그러나 나는 생모에 대한 기억이나 지식이 통 없었고 또한 둘째

엄마가 비교적 나를 귀애해 줬기 때문에 이렇다 할 그늘은 모르고
자랐다.

둘째 엄마가 나를 귀애한 것은 천성으로 사람이 좋은 탓도 있었
지만 자기 소생이 없는 이유도 있었을 것이다. 아니, 어쩌면 그것도
아니고 둘째 엄마와 나와 둘이서는, 아버지의 사랑을 받지 못한데서
서로 의지하려는 마음이 자연 생기게 된지도 모른다.

"얌전한 애를 갖고 왜 그럴까? 너만 보면 눈을 찌푸리니."

아버지가 무서워서 몸을 움츠리고 있는 나를 보면 엄마는 늘 이렇
게 내 편을 들어 줬다. 그러나 사실은 아버지가 그렇게 나를 세차게
대하는 것은 아니었다. 평소에 말이 많지 않는 아버지이기도 했지만
내게 대해선 그것이 좀 더 심했을 뿐이다. 다시 말하면 자기 자식이
라는 것을 의식하고 싶지 않다는 그런 무관심한 태도였다. 그러나
나는 아버지만 보면 감전이라도 된 것처럼 전신이 찌릿했다.

"너나 내가 무슨 대천지 원수라구 그 야단이니."

둘째 엄마는 겨우 초등학교에 들어갔던 나를 붙잡고서 곧잘 이런
하소연으로 혀를 찼다. 나뿐만 아니라 동네 마실꾼이 와도 그런 말
을 꺼내지 않고서는 견디지 못했다. 그러면서도 아버지가 들어서기
만 하면 사죽을 못 펴는 엄마였다.

첫번 결혼에 실패를 하고 난 아버지는 평범한 아내를 맞는다고 둘
째 엄마같은 시골 여자를 택한 모양이다. 그러나 막상 둘째 엄마를
맞고 나서는 그저 무지에 대한 환멸로 그것도 오산이라는 것을 분명
히 안 모양이었다.

내가 알기로는 아버지와 둘째 엄마는 그저 그런 생활을 계속해
왔다. 그런 타성 속에서 사느니 못 사느니 하는 어머니의 푸념도 나
는 예사로 넘기게 됐고 둘째 엄마를 본받아 나도 아버지를 피하는
일에만 머리를 쓰게 되었다. 그런 사이가 결국 내가 열살 나던 해에

그들의 부부 사이가 그만 끊어지고야 말았다.

나는 그 때 무척이나 슬펐다. 주책이 있건 없건 그래도 나를 귀애해 주던 엄마였으니 그럴 수밖에 없는 일이었다.

엄마가 나간 후로는 아버지도 나를 전보다는 측은히 생각하는 모양이었지만 그러나 나는 그러면 그럴수록 더욱 아버지를 피하려고 했다. 그러기 위해서 늦게까지 학교에서 놀지 않으면 동무 집에 따라가서 세간 놀이로 저녁이 다 되어서 돌아오는 것이 일쑤였다. 그러나 이러한 고독은 어린 나에게 참으로 견뎌 낼 수 없는 일이었다. 빈 방에 혼자서 공부나 하고 있을 때면 둘째 엄마가 그리워 눈물만 닦고 있었다.

(엄마가 바보야. 아버지가 무슨 상관이라구 모르는 척 하구 우리 둘이서만 살면 되잖아)

때로는 이런 생각을 하고 나서는 뒤이어 (나를 낳은 엄마가 아니니까 버리고 간 것이지)

이런 못된 생각이 불쑥 치솟기도 했다. 그리고는 다시,

(진짜 엄마도 나를 버렸는데—)

하고 누구를 그리워한다는 것이 어리석은 것만 같아 눈물에 젖은 눈으로 이불을 둘러쓰고 잠드는 밤이 많았다.

그렇게도 그립던 둘째 엄마 생각도 나이를 먹으면서 점점 엷어지면서 나도 중학교에 들어가게 되었다.

바로 그 해 가을, 우리 윗집인 싸전 가게 아주머니에게서 나는 처음으로 내 생모에 대한 이야기를 듣게 되었다. 그 집에도 나와 같은 딸이 있어서 아침에 학교를 같이 가려고 기다리고 있는데,

"너두 커가면서 네 에미처럼 예뻐가는구나. 네 에미는 얼굴은 예뻤어두 못된 사람이란다. 나라 일루 감옥에 간 너의 아버지를 버렸으니……."

뜻하지 않았던 그 말을 듣고 난 나는 아주머니 치마에 매달려 떼를 써서라도 생모의 이야기를 더 해 달라고 조르고 싶었지만 생모가 못된 사람이라는 데는 그런 용기도 그만 쏙 들어가고 말았다.

그 후부터 나는 나의 생모는 아주 못된 사람이라고 생각하고 그런 몸에서 태어났다는 것이 부끄러워 어머니에 대해서 더 알려고도 하지 않았다. 그러면서도 내 마음 한 구석에서는 그 어느 때보다도 내 생모를 생각하는 미음이 커가는 것도 숨길 수 없는 사실이었다.

그러면서 나는 아버지가 어떤 사람이라는 것도 분명히 알게 되었다. 아버지는 본시 언어학자였다. 내가 나기 전인 해방 전부터 우리나라 어학에 꽤 큰 공이 있는 모양으로 감옥살이를 하게 된 것도 한글학회 사건에 관련된 때문이었다고 한다. 그러나 아버지는 해방과 함께 몸이 풀려 나왔어도 학계에 나서서 일을 할 생각은 없이 이곳서 신문사 지국으로 생계를 삼는 한편 낚시질로 소일을 했다. 그것은 아버지가 옥에 있을 때 서방을 맞아가지고 달아났다는 내 생모에게 받은 타격이 너무나도 컸던 때문인지 그렇지 않으면 또 다른 무슨 이유가 있었던지—

아버지는 둘째 어머니를 보내고 나서도 재취할 생각은 없이 여전히 낚시질이 아니면 서재에서 고서만 뒤지며 살아왔다.

그러다가 내가 여고에 들어간 작년 봄에야 식을 갖추어 새어머니를 맞아들였다. 그러니 아버지는 꼬박 칠년 동안 혼자 살아왔다. 두 번이나 결혼에 실패했고 더욱이 6.25동란의 어설픔을 겪게 되니 다시 결혼 같은 것은 생각도 하고 싶은 마음이 없었던지…… 새어머니는 외양도 얌전했고 대학도 나온, 교양도 있는 분이었다.

우리를 모르는 남들은 나와 새어머니가 형제냐고 물었다. 나이 차이가 그렇게밖에 보이지 않아서 그렇게 묻는 것이겠지만 그뿐만 아니라 우리들의 얼굴도 비슷하다는 것이다.

새어머니가 오게 된 것을 알고 나는 좀 멀기는 하지만 시골에서 과수원을 하고 있는 숙부님과 같이 사는 할머니 집에서 통학할 생각을 했다. 그러나 새어머니는 필사적으로 내 말을 들어주지 않았다.

어머니는 학교 행사에도 잘 참석해 주었고, 학교 지시에 따라 내가 새꼬리만한 머리를 킹킹거리면서 묶고 있으면 어느 틈에 내 뒤로 돌아와서 그 머리를 묶어주는 일도 있었다. 그런 때 곧잘 머리카락이 묻어나듯 당겨지며 콧구멍이 뼁 했지만 나는 아프다는 (실상은 아파 죽을 지경이면서도) 그 표정을 한 번도 나타내 본 일이 없었다.

구경같은 것을 갈 때도 어머니는 기어이 나를 앞세우려고 했다. 그러면 나는 또 나대로 무슨 핑계를 대서라도 안 가려고 했다. 이럴 때마다 어머니는 몹시 서글픈 얼굴이 되었고 아버지는 노골스럽게 양미간을 찌푸려 나를 흘겼다. 그러나 나는 그런 것엔 아랑곳도 하지 않고 내 고집만 부렸다. 스스로도 미우리만큼—어째서 이렇게도 심술궂은 반발심이 끓어오르는지 나 자신도 알 수 없는 일이었다.

바로 며칠 전 학교에서 소풍 가던 날의 일이다. 나는 아무 말도 안 했는데 어머니는 어디서 그 말을 듣고 온 모양이었다. 아침에 부엌에서 도마 소리가 야단스러웠다.

그러나 사실은 그날은 가을마다 있는 '무용경연 대회' 연습 때문에 무용부 학생들은 소풍을 못 가기로 되어 있었다.

그래서 나는 소풍 간다는 말을 어머니에게 알리지를 않았던 것이다.

그러나 그것을 모르는 어머니는 맛난 도시락과 함께 과일 보따리를 내주었다. 나는 잠자코 그것을 받았다.

"전 안가기로 됐어요."

그 한마디만 하면 내 마음이 편할 것을 뻔히 알면서도 종시 입을 다문 채 그 음식 보따리는 내 방 책상 밑에 처박고 학교에 갔던 것이다. 나는 그것으로 아무 일도 없을 줄만 알았는데 그 날 저녁 집에 돌아와 보니 뜻밖에도 눈이 퉁퉁 분 어머니가 나를 보자 그만 외면하는 것이었다.

나보다 한 걸음 뒤에 들어온 아버지도 우리들의 눈치를 알아채고 어머니가 운 이유를 캐기 시작했다.

"속 시원히 말이나 해야 알 게 아니요?"

몇번인가 이런 말을 되풀이하던 아버지는 끝내 짜증을 내다시피 소리쳤다. 밤을 새워서라도 기어이 그 이유를 알고야 말 작정인 모양이었다. 그러나 어머니는 또 어머니대로, 그게 나를 위한 무슨 큰 시련이나 되는 것처럼 입을 다물고 있었다. 나는 더 참을 수가 없어서,

"내가 소풍을 안 가서 그렇대요."

누구에게라고 할 수 없게 한마디 쏘아 부치고서는 불쑥 일어나 나와 버리고 말았다.

둘째 엄마가 떠날 때만 해도 아직 어리던 나는 매사에 그저 눈물이었다. 그러나 지금은 울고 싶은 마음은 털끝만치도 없었다. 가슴 속에서 끓고 있는 반감을 뱉아주고 싶은 마음뿐이었다.

(내가 소풍은 언제 간댔기에 그런 친절을 베풀어주며 야단이야. 구경을 가겠으면 자기들이나 가지 왜 나를 못 끌고 가서 안달을 피우냐 말야. 내가 언제 그런 것을 바랐기에? 그런 애정의 부스럭지를 원했기에? 귀찮기만 한걸 그런 따위 애정으로 섣불리 동정만 해 봐라, 이놈의 집 모두 부수고 바수고 말 테니……)

이런 못된 생각이 가슴 속에 부글부글 끓고 있을 뿐이었다. 그들에 대해 아무런 반항할 이유가 없으면서도—

앞으로 무용경연 대회도 며칠 남지를 않았다. 그 연습으로 오늘도 늦게 돌아왔다. 그 길에서 다른 애들은 그날 입을 의상 자랑을 했다.

'드릴'이니 '태피터'니 나로선 처음 듣는 옷감 이름을 지껄이며 자기
는 어느 양장점에서 맞췄다는 둥—

나는 그 이야기를 들으면서 서글퍼지는 한편 걱정이었다. 아직까
지 의상 준비가 되어 있지 않았기 때문이다.

어머니에게 그 의논을 한다면 물론 기뻐할 것을 내가 모르는 것은
아니었다. 그러나 나는 그 이야기를 하지 않기로 했다.

어머니도 내가 무용경연 대회에 출연한다는 것을 모를 리 없으면
서도 입을 다물고 있었다. 소풍 사건 이후로 어머니는 나에 관한 일
엔 무관심한 것이 현명하다고 생각한 모양이었다. 나 역시 학교에서
돌아와서는 내 방에 틀어박혀 잡지나 뒤지기가 일쑤였다. 그러면서
도 역시 걱정되는 것은 그날 입을 의상이었다. 나는 전부터 약간 모
아 둔 돈이 있어서 그것으로 어떻게 해 볼 생각도 해보았지만 애들
의 이야기를 들으면 도저히 될 것 같지가 않았다. 나는 하는 수없이
할머니를 찾아가서 거짓말로 떼를 쓰는 수밖에 없다고 생각했다.

나는 동무들과 헤어져 목장 뒷길을 혼자 걸었다. 우리 집까지 약
간 도는 길이었지만 좁고 굽은 그 길은 언제나 한적해서 내가 좋아
하는 길이었다. 더욱이나 오늘처럼 덧없이 슬플 때는—

목장 언덕진 풀밭에는 저녁 햇빛을 받은 '홀스타인'종인 듯한 소
가 대여섯 마리 누워 있었다. 그것은 무심하기 짝이 없는 인간 감정
같은 것은 깡그리 무시하는 듯한 풍경이었다. 나는 눈이 끌리는 대
로 잠시 그 광경을 바라보고 있었다. 그러자 지금까지 생각할 수 없
던 아주 놀라운 생각이 떠올랐다.

(가서 어머니더러 무용복을 해 달라자)

이것은 하나의 타협이나 항복이라기보다도 내 반항에 대한 허탈
감에서 비롯된 것인지도 몰랐다.

나는 눈을 감고서 눈물어린 어머니의 미소를 그려봤다.

(남을 미워한다는 것은 그 얼마나 고역이라구. 지금까지의 고역도 힘이 들었는데 새어머니에 대한 고역을 내가 뭐라구 또 짊어져)

한참만에 목장 나무 바주에서 몸을 일으킨 나는 곧장 집으로 돌아왔다. 나의 걸음은 줄곧 줄달음치고 싶었을 수 밖에 없었다. 아니 나의 얼굴빛도 요즘에 볼 수 없던 생기가 돌았을 것임에 틀림없었다.

집에 들어선 나는 아무 주저 없이 안방문을 열었다. 아랫목에서 주단 같은 값진 옷감을 만지고 있던 어머니는 섬뜩 놀라는 표정으로 나를 칩떠보았다. 그러면서 손은 무의식적으로 펼쳤던 옷감을 걷고 있었다.

그 순간, 나는 내가 하려던 말이 아주 야릇한 때에 부딪쳤다는 것을 느꼈다. 그렇다고 아무 말도 없이 그냥 나가고 싶지가 않았다. 그것은 더욱 우습고, 또한 나를 속이는 것이기 때문이다.

"어머니, 이번에 입고 나갈 옷, 저도 어서 해야겠는데……"

사실은 의상이라고 했어야 옳을 일이다. 그러나 그 말이 어쩐지 쑥스러워 옷이라고만 했는데, 어머니는 손에 잡고 있던 옷감에 눈을 둔 채,

"옷이 필요하면 아버지에게 말하렴."

극히 사무적인 한 마디를 해줬을 뿐이었다.

결국 돈은 아버지가 던져줬다. 빳빳한 지폐였다. 나는 그 돈을 받지 않을 것은 없었다. 그러나 눈시울이 약간 뜨거워졌다.

나는 그 돈으로 의상을 지을 생각은 없었다. 그러니까 무용경연 대회도 단념하는 수밖에 없었다.

(이 돈을 무엇에 쓸까)

그것은 나도 모를 하나의 시험 같은 것이었다.


드디어 무용경연 대회의 날은 왔다.

어머니는 내가 싸들고 나가는 보자기가 무용경연 대회에서 입을 의상을 싼 것으로 아는 모양이었다. 부엌을 치우다 분주히 뛰쳐나와,

"잘해요, 나두 있다가 구경 갈게."

하고 내 옷깃을 고쳐줬다.

그러나 맞추지도 않은 의상이 그 보자기 속에 들어있을 리는 만무했다. 의상을 맞추라고 아버지가 돈을 던져주던 그 날, 무용경연 대회 같은 것은 결코 나가지 않기로 결심한 것이다. 그 결심이 변하지는 않았다. 그 보자기에는 당장에 필요한 속옷 몇 가지와 입던 '스웨터'하나를 싼 것뿐이었다. 그러니까 내 결심은 확정된 셈이었다.

나는 사무실로 나와 '드렁'하고 유리문을 열었다. 내가 늘 원수처럼 생각하던 문이었다. 그러나 지금은 그 문소리도 이별을 알리는 듯한 소리로 들렸다. 한길에 나선 나는 아무런 주저도 없이 학교 가는 길과는 반대쪽인 해안동을 향해 걷기 시작했다. 거기서 정거장까지는 '버스'가 있었다. 그러나 나는 걷기로 했다. 내가 자라난 이 거리에 그래도 무슨 미련이 남아 있는 때문인지!

해안동은 이미 아침이 아니라는 듯이 들끓어댔다. 나는 어느 서점에 들러서 동화책을 하나 샀다. 빨간 뚜껑을 한 안데르센의 동화집이었다. 나는 지금 어떠한 책보다도 그 책이 필요했던 것이다. 구름을 타고 이머니를 찾아다니는 이야기를 읽어가며 나도 기차를 타고 어머니를 찾아갈 생각이었다. 내가 역에 이르렀을 때는 서울 가는 급행열차는 이미 떠난 후였다.

맞이방에는 대개가 무거운 짐을 앞에 놓고 있는 장사꾼 할머니와 아주머니였다. 요지경을 옆에 놓고 묵묵히 앉아 있는 영감도 있었다. 모두가 피곤에 지친 얼굴들이다.

나는 그들 틈에 끼어 다음 열차가 오기를 기다리고 있었다. 다음 열차는 읍까지 가는 완행 열차였다. 그러나 나는 어디라고 목적이

있어 가는 것도 아니니 완행 열차라고 타지 않을 이유는 없었다. 이윽고 기차가 들어왔다.

화물차 맨 끝에 객차가 두칸 달린 차였다. 열차 안은 몹시 비좁았다. 그래도 나는 요행히 창 옆에 자리를 하나 얻어 앉을 수가 있었다. 나는 그제야 나 혼자가 되었다는 실감을 분명히 느꼈다. 기차는 움직이기 시작했다. 그러자 나는 거리에서 사온 동화책을 펴들고 처음부터 읽기 시작했다.

시가지를 벗어난 기차는 제법 속도를 내어 달리는 모양이다.

# 장도

  갑오난(甲午亂)으로 어수선했던 평양성도 이제는 안정이 된 셈이었다. 입동(立冬)을 맞이하자 집집에서는 김장준비에 부산했다.

  배추밭은 외성(外城)에도 넓은 벌판을 이루고 있었지만 그것만으로 평양사람을 먹이기엔 어림도 없는 일이었다. 그러니 물아래(大同江下流)에서는 연일 계속해서 배추 배가 올라 왔다. 배추를 푸는 능느무 선창에는 아침부터 배추를 사러온 사람으로 하얗게 깔려 여기저기서 배추 세는 소리가 소란스러웠다.

  "요즘같이 물건이 안 팔려서야 밥인들 먹겠다구."

  상로에는 김장 바람에 통 흥정이 없었다. 한종일 팔짱만 끼고 앉아서 배추바리만 지나가는 것을 멀건히 구경만 하게끔 되고 말았다.

  남문거리를 올라가다가 색주가 집들이 즐비한 전주(廛主)골을 지나서면 피륙과 비단을 파는 큰 상전(床廛)들이 있었다. 그 중에서도 김대우네 상전의 물건이 제일 많다는 소리였다. 겉에서 보기에는 납작한 단층 집이라 대단스럽게 보이지 않았지만 전포 안으로 들어서면 역시 눈을 놀라게 할 만큼 물건이 많았다. 그때는 비단이라면 으레 중국 것을 일러 주던 때이다. 법단 홍단 같은 모본단을 비롯해 가지 각색의 비단이 갖춰 있었고 또한 일본에서 들어오기 시작한 광목이며 옥양목, 융같은 것도 산더미처럼 쌓여 있었다.

이렇게도 큰 상전이라 아무리 김장 바람에 흥정이 없다 해도 전혀 없을 수는 없는 일이었다. 늘 거래하는 장돌뱅이들은 들르지 않는다 하더라도 시골서 볏섬이나 배추밭을 팔아가지고 올라와서 아들의 예장을 봐 가는 사람도 적지 않았다. 그러나 상전에 들어서며 흥성흥성했던 성내 사람들과의 흥정에 비하면 역시 우스운 것이었다.

이러한 어느 날 저녁의 일이었다. 손님이 뜸해지자 대우 영감은 여느 날보다도 일찍 시재를 보고 나서 점원애들에게 가게문을 닫으라고 했다. 건너편에서 지전을 보는 영팔 영감의 생일에 초대를 받았기 때문이었다.

점원애들은 전포 앞에 벌려놔 있던 물건들을 정리하고 나서 가게문을 닫기 시작했다.

바로 이때였다. 신수가 환한 육십가량 나보이는 점잖은 분이 점포 안으로 들어서며

"주인장 계시니?"

하고 점원에게 물었다. 점원 하나가 주인에게 손님이 찾아왔다고 알리자 돈을 세어 묶고 있던 주인은 분주히 돈을 궤에 집어넣고 나서 손님을 맞이했다.

"아직 해가 멀었는데 벌써 문을 닫으셨우?"

"오늘은 제가 좀 딴 볼 일이 있어서요."

"그러면 흥정은 할 수 없겠구만요."

"그럴 리야 있겠습니까. 저희야 언제나 물건을 파는 것이 장사인데 무엇을 쓰실라구요?"

대우 영감이 보기에 손님이 보통 손님이 아닌듯 싶어 손을 비벼가며 공손히 대했다.

"사실은 내 집의 막내 녀석의 예장을 보러 왔었는데 주인장이 바쁘시다면 내일로 다시 들리도록 하지요."

손님은 그대로 나가려고 했다. 대우 영감은 아무리 친구의 생일놀이가 좋다고 해도 예장장을 보러 온 손님을 놓칠 수는 없는 일이었다. 그것도 보통 예장이 아니라 큰 집의 예장이다. 상로에서 자라난 그의 눈은 그것은 대번에 알아낼 수가 있었다.

"저의 집을 일부러 이렇게 찾아 주셨는데 다시 걸음을 걷게 할 수 있어요. 어서 방으로 들어 갑시다."

"그렇지만 남 봐야 할 일을 나 때문에 못보게 할 수 없지."

"그런 건 염려 마세요. 그리 대단한 일도 아닙니다."

대우 영감은 손님을 사랑에 모시고 나서

"저희 집은 늘 이렇습니다. 이렇게 누추한 곳을 찾아 주셔서 황송할 뿐입니다."

하고 통성을 했다.

그 손님은 의성 양반치고서도 돈 많고 세도 있기로 유명한 홍지령이었다.

대우 영감은 자기 눈이 틀림없다고 생각하면서도 약간 이상한 점이 없지 않다고 생각했다. 그와 같은 큰 집의 주인은 좀처럼 자기가 손수 예장장을 보러 나오는 일이 없기 때문이었다.

"친히 나오시지 않더라도 댁에서 사람을 보냈으면 저희가 알아서 하지 않을라구요."

대우 영감은 그것이 이상스러운 대로 말을 돌려가며 슬쩍 물었다.

"그래도 댁과는 거래가 처음 아니요. 사실은 지금까진 남문안 유일령 상전과 거래를 해왔는데 물건이 시원치 않다면서 집에서들 딴 집으로 옮겨보자구 하더구만."

하고 말하고 나서

"그런데 또 우리 집엔 웃지 못할 가풍이 있다니까. 막내 자식의 예장은 제 애비가 나가서 봐야 잘 산다는……. 그래서 이런 기회에 내가 와서 댁과 거래도 터 둘겸."

하고 손님은 너털웃음을 웃어댔다.

"아무렴요. 가풍을 어떻게 웃을 수 있어요. 오래 전부터 내려오며 되어진 일인데요."

대우 영감은 그의 말을 맞춰 줬다. 그러면서 속으로 유일령의 상전이 전에는 자기 상전과 적수가 되었지만 지금은 비할 바가 아니라고 생각했다. 그러니 그 집에서도 거래처를 옮길 만한 일이라고 생각했다. 그럴수록 귀중한 손님을 맞게 되었다는 생각이 앞서며 아까보다도 더욱 말이 공손해졌다.

"그러면 물록은 준비해 가지고 오셨습니까?"

"물록이래야 대강 적어는 왔소만 나날이 달라지는 비단 이름이야 우리같은 놈이 알 수 있어야지요. 그저 가지수나 적어 온 셈이지, 그러니까 그건 주인장이 잘 생각해서 적당히 끊어 주구려."

하고 손님은 안주머니에서 적어 온 물록을 꺼내놓았다.

물록에는 신부의 치마 저고리가 각기 스무 벌, 금침이 역시 스무 벌 그것만 해도 대단한데 명주가 열 필, 광목과 옥양목이 합해서 다섯 통이나 되었다. 대우 영감은 가게문을 닫으려다가 이런 홍정을 하게되었으니 기쁘지 않을 수가 없었다. 그러나 얼굴엔 그런 기미를 보이지 않은 채

"그러면 제게 맡기는 대로 끊어 보겠습니다."

하고 점원을 불러 이런 비단, 저런 비단을 들여오라고 지시했다.

"하여튼 사돈댁에 수치는 당하지 않도록 해주시우."

"그런 염려는 마십시오. 물건도 갖춰 놓지 못하고서야 어떻게 큰 집의 예장장을 맡겠다고 하겠습니까?"

대우 영감은 점원들이 가져온 비단필을 자도 후하게 넘기면서 손수 끊기 시작했다.

손님은 구색을 갖추라는 그런 잔소리도 한마디 없이 점잖게 앉아서

"그거참, 요즘엔 보지 못하던 훌륭한 비단이 많구만."

하고 감탄할 뿐이었다. 그때마다 대우 영감은

"이것은 이번에 안동헌에서 가져온 우리집 밖에 없는 물건이지요."

하고 물건 자랑을 했다.

옷감을 다 끊고서 명주필과 피륙과 함께 보자기에 싸 놓고 보니 커다란 짐이 되었다.

"그래, 얼마인가?"

손님이 값을 묻자 대우 영감은 한참이나 산판을 놔 보다가

"이렇게 나가는구만요. 그러나 이 우수리만은 감해드리기로 하지요."

하고 산판을 내어 보이면서 밑에 올라 갔던 주산 알을 내렸다.

"감해 준다니 고맙기는 하외다만 주인장이 너무 손해 보는 것은 아니요?"

"그렇기 앞으로 많이 찾아 달라는 것이지요."

대우영감은 어디까지나 장사의 속셈을 잊지 않았다. 손님은 돈을 치르려고 두루마기 자락을 헤치고서 주머니를 찾다가 갑자기 난처한 얼굴이 되었다. 그러나 이어 그런 기색을 감추고 태연한 얼굴이

되며

"주인장, 이거 초면에 실없는 이야기를 하게 된 모양이오."

하고 나서는

"장가 가는 놈이 무엇 떼어 놓고 온다는 격으로 예장장을 보러 온 사람이 주머니를 잊구 왔구만."

하고 자기 자신도 어이가 없다는 듯이 허허 웃음을 헤쳐 놓았다. 그 소리에 대우 영감은 지금까지의 기쁘둥하던 마음이 한꺼번에 꺼지는 것 같았다. 그러나 손님의 기풍을 보니 일부러 그러는 것 같지는 않았다. 대우 영감은 앞을 생각해서 이런 때엔 자기 아량도 보일 만한 일이라고 생각했다.

"그런 염려는 그만 하세요. 돈은 내일이구 차차 올려 보내두 괜찮습니다."

"그래도 그럴 수야 있어요. 댁과 우리가 지금껏 거래나 해 왔다면 또 모를 일이지만, 처음 거래에 적지 않은 물건인데."

"글쎄, 그런 염려는 마시라니까요."

"주인장, 그럴 것이 아니라 우리 과실을 과히 책하지 마시구 이 물건을 그대로 두어 두시오. 그러면 내일 아침 돈과 함께 사람을 보낼 터이니."

이렇게까지 말하는 데는 조금도 의심할 바가 없었다. 대우 영감은 첫거래에 상대방의 기분을 조금이라도 나쁘게 해서는 안 된다고 생각하며

"그렇게 말씀하시면 결국 우리가 홍대감을 믿지 못하는 셈이 되는 것과 같지 않습니까?"

하고 말하자

"우리가 처음 거래인데 믿지 못하는 것은 지당한 일이지요."

손님은 어디까지나 사리에 맞는 말만 했다. 그럴수록 대우영감은

손님을 믿어 틀림없다는 생각이 부쩍 생겼다.

"처음 거래라 해두 그렇지요. 믿지 못할 사람이 따로 있지 홍대감 같은 분을 믿지 못하고 누굴 믿겠어요."

"내가 언제 대감 벼슬을 지냈다고 대감 대감하시우? 그런 말은 그 만 하시구 주인장이 나를 믿어 주겠다니 그러면 집의 사람을 시켜 이것을 내 집까지 져다 주기로 해주시오. 그러면 그 편에 돈을 올려 보내도록 할 터이니."

이 말은 사실 대우 영감도 하고 싶던 말이었다. 그러나 이런 말도 손님의 기분을 상케 하지 않을까 하고 염려되어서 꺼내지 못하고 있 던 판이라 대우 영감은

"대감께서 정 그러신 마음이라면 그렇게 해주시지요."

지는 척하면서 점원 중에서 제일 똑똑한 찬두란 애를 불러서 그 짐을 손님의 댁까지 져다 주라고 했다.

손님은 짐을 진 점원을 앞세우고 나서

"주인장이 이렇게 내 낯을 세워주니 말입니다만 그래두 오늘은 실 례가 너무 지나친 것 같소."

하고 가게 앞까지 따라나온 대우 영감에게 점잖게 사과를 했다. 대우 영감은 그 말이 오히려 황송한 듯

"그런 말씀을 하시면 앞으로 대감을 대할 면목이 없습니다."

허리를 굽혀가며 손님을 보냈다. 손님은 몸이 장대한 만큼 걸음도 거분거분 잘 걸었다. 찬두가 짐을 지고 따라가기에 숨이 찰 지경이 었다.

남문을 나서자 여남은 발짝 앞섰던 손님이 뒤에서 따라오는 찬두 를 기다리고 섰다.

"짐이 무거운가?"

하고 물었다. 찬두는 땀을 팔굽으로 씻어 내면서도 괜찮다는 얼굴

을 했다.

"조금만 더 가서 쉽세."

다시 그들은 걷기 시작했다. 그러나 의생으로 가자면 왼쪽 길로 들어서야할 것 같은데 가막재로 넘어가는 바른 쪽 길로 들어섰다. 찬두는 이상한 대로

"대감댁이 의성이라면서 왜 이리로 가십니까?"

하고 물었다. 손님은 돌아 보지도 않은 채

"이리로 가는 것이 길을 좀 지른다."

한마디 대답하고서는 그대로 걸었다.

그렇게 대답하는 데는 다시 무엇이라고 물을 수도 없는 일이었다. 찬두는 잠자코 따라가는 수밖에 없었다.

가막재에 이르렀을 때에는 해도 이미 기울어져 행인도 별로 없었다. 고개 위로 올라서자 커다란 소나무 밑에 바위가 있어 길을 쉬고 가기에 알맞은 곳이 나섰다.

"우리 여기서 좀 쉬어 갈까?"

손님이 말했다. 찬두는 무엇보다도 그 소리가 반가웠다. 짐을 내려 놓고 땀을 씻으니 한숨이 나가는 대로 날 것만 같았다.

손님은 담배를 담아 피우고 나서 먼 눈으로 서쪽 하늘의 저녁 노을을 잠시 바라보고 있다가 찬두에게로 고개를 돌렸다.

"자네 몇 살인가?"

"열 여덟 살입니다."

"열 여덟이면 한참 기운 쓸 놈이 그까짓 짐을 지고 헐떡인담."

손님은 호인답게 웃음을 웃어 놀렸다.

"대감님은 이 짐을 잘 들지도 못할 걸요."

찬두도 한마디 했다. 그러나 손님은

"저 놈 봐라. 날 그렇게 허술하게 보는구나."

하고 더욱 크게 웃고 나서

"참, 자네 얼굴이 남의 집 사환이나 할 상이 아닌데…… 주살이 서려 있구나."

한탄하듯 말했다.

"주살이라니요?"

찬두가 묻자

"자넨 아직 주살이라는 것도 모르나, 모른다면 이제 차차 알게 되지."

손님은 무엇을 생각하는지 눈을 감고서 잠시 비통한 얼굴을 하고 있다가

"그래, 부모는 모두 계시나?"

하고 다시 물었다.

"아버지는 지난해 난리통에 돌아가시고, 고향에 어머니 혼자만 계십니다."

"고향이 어딘고?"

"영유골에서 좀 떨어진 곳입니다."

"그곳에서 어떻게 지금 있는 집에 오게 되었나?"

"제 삼촌이 장돌림을 하면서 지금 주인집과 거래가 있어서 오게 되었어요."

"그럼 그 집에서 사는 지가 오랬나?"

"열다섯살 때 왔으니 벌써 사년이나 되지요."

"그래서 어머니는 늘 만나러 가나?"

찬두는 별 것을 다 묻는다고 생각하면서도 어른이 묻는 말에 대답을 하지 않을 수도 없는 일이었다.

"작년까지는 갔지만 금년엔 갈 생각두 없어요."

"왜?"

"어머니를 만나서 무엇해요. 돈이나 벌어서 가지고 가야지."

"그래서 돈 벌 자신은 있어?"

"글쎄요, 지금 같아서는 자신도 있는 것 같지만 돈이란 마음처럼 벌어지는 겁니까?"

그 말에 손님은 아주 감탄하는 모양이었다.

"그놈 참 말을 제법 잘하는구나. 그래, 네 말이 옳다. 돈이야 태울래야 태우는 것이지."

하고 다시금 찬두의 얼굴을 유심히 쳐다보았다. 찬두는 그 눈길이 이상스럽게 가슴에 와 닿는 채 땀도 걷힐대로 걷혔으니

"그러면 또 가 볼까요."

하고 길을 재촉했다. 그러나 그 손님은 일어날 생각도 하지 않고

"네가 그 짐을 다시 질 필욘 없다. 힘들게 여기까지 지고 왔으니 이젠 내가 지고 가마."

하고 말했다.

부드러운 어조이면서도 그의 눈에는 갑자기 화광이 켜졌다. 그순간 찬두의 가슴은 덜컥 내려앉는 것만 같았다.

"그건 무슨 말씀입니까?"

"그 짐은 거기다 두고 넌 그대로 돌아가란 말이다."

"네?"

찬두의 놀라는 소리가 떨어지기도 전에 손님은 두루마기 자락을 슬쩍 뒤치며 닭의 다리 같은 것을 꺼내 놓았다. 찬두는 물론 그것을 처음 보지만 그것이 무엇인지를 알 수가 있었다.

"너 이것이 뭐인지 아니?"

찬두는 대답할 용기도 잃고 벌벌 떨고만 있었다.

"육혈포라는 것이다. 육혈포가 무엇하는 물건인지 너두 들은 일이 있겠지?"

"……"

"그러니까 이제는 내가 누구라는 것도 분명히 알 수 있는 일이겠다—"

의성양반 홍가라는 자는 그제야 찬두에게서 눈을 슬그머니 돌렸다. 그리고는 허공에 눈을 둔 채

"너두 참 불운한 녀석이다. 어쩌다가 나같은 음흉한 녀석을 만났으니 말이다. 들어보니 네 신세도 가긍하다만 지금엔 나로서는 어쩔 수 없는 일이구나. 어서 돌아가거라."

하고 한숨을 휴하니 길게 쉬었다. 그 숨소리를 따라 찬두도 한숨이 저절로 나오는 대로 그의 앞에 가서

"저도 존장의 말씀이 옳다고 생각합니다. 존장 같은 분을 만나게 된 건 제가 타고난 불운 때문인 걸 어찌 하겠습니까. 그래도 제 목숨만은 건져 주는 것을 고맙다고 생각할 뿐입니다."

머리를 숙여 절을 했다.

"그렇기 어서 돌아 가라니까."

홍가라던 자는 찬두를 보기가 괴로운 듯이 얼굴빛이 흐려졌다.

"네, 곧 돌아가겠습니다. 그러나 전 이제는 주인 집에 돌아갈 면목도 없는 놈이 되어 버리고 말지 않았습니까? 그러니 마지막 소원이니 하나 들어 주기 바랍니다."

"소원이 뭣인데?"

"뭐 대단한 것도 아닙니다. 이제는 고향의 어머니나 찾아가서 남의 집 머슴이나 사는 수밖에 없지요. 그러니 가지고 갈 댕기나 한 감이 짐 속에 있는 비단에서 끊어주기 바랍니다."

듣고 보니 그의 말대로 대단한 청이 아니었다.

"그거야 못하겠나. 그러면 짐을 풀어 네 마음대로 그 속에서 한 감 끊게나."

대뜸 청을 들어 주었다.

찬두는 짐속에서 숙고사 한 필을 꺼냈다. 그리고는 그의 앞으로 가서

"이걸로 한 감 끊겠으니 좀 잡아줘요."

하고 비단 한 끝을 잡아달라고 했다.

비단을 끊을 때에는 누구나 잡아주는 것이다. 홍가라던 자는 바른 손엔 육혈포를 들었으니 왼 손으로 한 끝을 잡았다. 찬두는 허리에 늘 차고 있던 장두칼을 꺼내어 댕깃감을 뜨기 위하여 쭉 밀어 나갔다. 밀어 나가다가 댕깃감이 끊어지는 그 순간에 홍가라던 자의 목을 찔렀다. 지금까지 살았다고 야단치던 홍가라던 자는 그만 '킥' 하고 소리도 맥없이 지른 채 네 활개를 벌리고 나자빠지고 말았다. 찬두는 그가 들었던 육혈포부터 빼앗아 들었다. 그리고는 그곳에 번진 핏자국을 말없이 보고 있다가 짐을 다시 싸들고 돌아왔다.

집에서 저녁을 먹고 있던 점원들이 찬두가 짐을 그대로 지고 돌아오는 것을 보고 무슨 영문인지 몰라 모두 눈이 둥그래졌다. 그러나 찬두는 짐을 내려놓은 채 아무 말도 없었다. 그저 짐속에 넣어 가지고 온 육혈포를 그들 앞에 꺼내 놓고서

"너희들 이것이 무엇인지나 아니?"

하고 한마디 했을 뿐이었다.

그날 밤 생일 집에 갔던 대우 영감이 돌아온 후에야 비로소 찬두는 입을 열어 말을 했다.

생일 집에서 약간 취해가지고 돌아온 대우 영감은 고개를 끄덕이며 잠자코 듣고만 있었다. 그러다가 다 듣고 나서

"나두 너를 지금껏 허술히 보아 오지는 않았지만 그렇게도 무섭게 머리가 비상한 녀석인 줄은 몰랐다. 너를 내 집에 두었다가는 틀림없이 내가 망하는 날이 있겠으니 하는 수 없다. 너를 내 집에서 나가

라는 수밖에. 그 짐만 가지고 나가면 장돌림 밑천은 되겠으니 네 재주로 힘껏 힘써서 성공해 보거라."

한마디 하고서는 그대로 일어서 자기 방으로 들어가 버리고 말았다.

그 후 십여년이 지난 정찬두는 평양 서문 네거리에 있는 큰 상점의 주인으로 들어 앉아서 역시 장칼을 꺼내들고 비단 필을 끊고 있었다.

물론 같은 상로에 있는 대우 영감도 늘 만나게 되었고 어쩌다가 같은 술좌석에 앉게 되면

"그때는 정말 주인님이 너무 했어요."

하고 찬두가 그때 일을 꺼내어 대우 영감을 나무라듯 놀려댔다.

그러면 대우 영감도 지지 않고

"이사람, 그렇지 않았으면 나 망하구 임자두 망했을지 알 수 없는 일이야."

하고 허허 웃어 넘겼다.

그러면 찬두는 또 입을 열어

"그러니 주인님을 그저 고맙다는 수밖에 없군요. 그 값에 술이나 한 잔 더 받으시오."

하고 술잔에 술을 부어 주면

"그런 치사말고 이번 자네 집에 들어온 중국 홍전이나 반 나누어 주게."

"주인님은 모신 혼자 팔아 치우면서 또 그런 소리지요."

자연히 그런 이야기로 돌아갔다.

장도를 찬 상전꾼이란 잇속을 차리는 데는 어쩔 수 없는 모양이다.

# 허장

"때로 들에서 이런 곳을, 우리가 지금 걷는 것처럼 걸었지. 그런 때에 무심중 '아, 별 장가 간다'그런 말을 꺼내는 것 아냐. 센스가 대단해두 이만저만이 아니었어. 내가 좀 서툰 말이라두 꺼내면 별 장가 간다는 그런 말로 슬쩍 돌려 버렸다니까"

윤필이는 그 여자의 이야기를 또 꺼내고야 말았다는 생각에 자기 혀라도 깨물고 싶은 자책을 느끼면서도 그 이야기가 나오게 되면 호흡이 달떠지며 자꾸만 이야기에 신이 나는 것도 정말 알 수 없는 이상스러운 일이었다.

하늘에 무수히 깔린 별들이 반짝이고 벌레 소리가 요란스러운 가을밤이었다. 그러나 발걸음 소리가 귀에 거슬릴 만큼 사방은 고요했다. 윤필이는 아내인 영숙이와 같이 어깨를 겨누워 창경원의 긴 돌담을 끼고 걷고 있었다. 습기에 젖은 낙엽의 짙은 향기가 창경원의 숲속에서 담을 넘어 풍겨왔다.

(이런 곳을 걷는 젊은 부부라면 둘이서만이 즐길 수 있는 좀 더 달콤하고도 정다운 정서적인 이야기가 있을상 싶은데!)

윤필이는 아까부터 벌써 몇년 전의 과거의 여자인 선희의 이야기만 하고 있었다. 그러나 사실을 이야기한다면 그 여자가 그와 이렇다할 깊은 관계가 있었던 것도 아니다. 그가 대학 때에 하숙하고 있던 집의 딸이었다. 그 이상으로 더 이야기할 것은 아무 것도 없었다.

그러니까 그때, 어느 친구가 놀러 왔다가 카메라로 찍어 준, 그녀

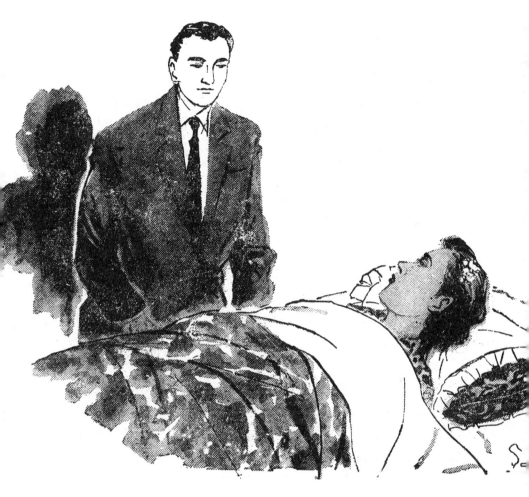

　와 함께 찍은 사진이 어느 책갈피에서 나오게 되자

　"이거 누구예요?"

　하고 아내가 물었다.

　"나두 한 땐 이런 좋은 사람두 있었지."

　하고 윤필이는 태연스러운 웃음을 웃어보았다. 물론 아내에게 숨
길 것이 없으니 이런 지나친 농담도 태연스럽게 꺼내 놀 수가 있었

다. 그러나 아내는 사진을 들여다보는 그대로 낯빛 하나 구기는 일 없이

"당신두 그런 일이 있었어요."

오히려 의외란 듯 웃어가며 말을 맞춰줬다. 마치 자기와는 가벼운 여자친구쯤 되는 태도에 윤필이는 어이없기가 그지 없었다. 그러한 기분이 반발심이 되어서 더욱 선희를 추거주고 싶은 마음이 일어났다.

"그 사진은 덜 됐지만 얼굴의 선이 아주 부드러웠어. 그 때가 봄이었는데 안개나 자욱한 달밤, 같이 걷노라면 긴 살눈썹에 이슬이 앉아, 달빛에 반짝일 땐 참……그리구 걸을 땐 고개를 약간 숙이고 걸었는데 언제나 가슴 속엔 무엇을 깊이 간직하고 있다는 표정이었어."

이런 말에도 아내는 아무런 동요도 보이는 기색이 없이

"그러니 이것은 당신 첫사랑의 기록이구만요. 당신에겐 아주 귀한 것이니까 제가 잘 건사해 두지요."

이런 투로 웃는 얼굴이었다. 다른 여자를 사랑했다는 이야기가 신기한지 두 달도 못 되는 남편으로부터 들으면서도 이렇게도 평온한 아내의 마음을 그로서는 이해하기가 곤란했다. 혹시 아내도 자기와 결혼하기 전에 딴 남자를 사랑한 일이 있었기 때문에 이런 이야기에서 자기도 그 남자를 생각하며 즐기고 있는 것이 아닌가고 의심해 보기도 했다.

지금 그들은 을지로에 있는 K극장에 구경을 갔다가 돌아오면서 아내인 영숙의 의견으로 명륜동 집까지 걸어오는 길이었다.

인적이 끊어진 어두운 대학병원 정문 앞을 지나서게 되자, 영숙이가 그의 옆으로 한걸음 다가서 바싹 붙으며

"선희란 그 여자와 이 길을 수태 다녔지요?"

하고 은근히 놀리듯 그 말을 또 꺼내었다.

그 말에 윤필이는 끌려들듯 거짓말을 줏어대기 시작했다. 그러는 사이에 자기도 어쩔 수 없게 얼뜽해 버리고 만 것이었다.

"별 장가 간다구요. 호호……그렇게 영리한 사람이니까 결국 당신이 장가를 못들구 실연을 했구만요."

"천만에, 그와 반대지."

"그래요?"

"백부가 그 여자와 결혼하는 걸 절대 반대했지, 혈통적으로 폐가 좋지 않은 집이라구."

"어마나, 그런 일루 실연시키다니요? 당신이란 사람 몰랐더니 너무 무정하군요."

"그러나 책임을 져야 할 일은 아무 것두 없었으니까."

"이런 어두운 길을 걸으면서두요?"

"그 여자가 아름다운 때문이었던지, 하여튼 너무나도 정결한 것을 대하는 것 같아서 그런 마음조차 느껴지지 않던 걸."

이것은 너무나도 지나친 말이라고 윤필이는 자기자신이 어이 없어지기까지 했다.

선희라는 여자는 실상 그렇게 아름다운 여자도 아니었고, 신비스러운 데가 있는 것도 아니었다. 키는 작은 편이 아니었으나 얼굴 윤곽이 긴데다가 아래턱까지 길어, 얼른 보기에도 그리 예쁜 인상은 아니었다. 뿐만 아니라, 그녀와 같이 그가 길을 걸은 것도 엄밀하게 따지자면 영화구경을 갔다가 우연히 만나 한번 같이 걸어 온 일밖에 없었다. 같은 집에 있으면서 으레 있을 수 있는 일이었다.

그 밖에 지금까지 아내에게 이야기한 연애담 같은 것도 모두가 이 비슷한 것인데 그 중엔 전혀 근거가 없는 것도 있었다. 잡지에서 읽은 연애소설을 그대로 자기와 선희의 이야기처럼 한 것도 있다.

말하자면 어처구니 없는, 남자의 일종의 허영과도 같은 것이었다.

삼십세나 나면서 깊은 연애도 한 번 없이 결혼한 윤필이는 너무나도 화려한 현대적인 아내 앞에 공연히 기가 꺾이는 것만 같은 기분이어서 그런 말도 해보는 것이었다.

사실 영숙이는 여대 재학 당시부터 남자친구들이 있어 같이 하이킹을 다녔고 결혼 후에도 때때로 그들과 만나는 모양이었다. 그렇다고 영숙이는 한 번도 숨기는 일 없이

"오늘 S은행에 있는 K를 만나서 영화를 보았어요. 오는 일요일엔 남한산성으로 하이킹을 가자고 하더군요. 모두 옛날 친구에요, 당신 두 같이 가요."

윤필이는 이런 말을 들을 때마다, 쓴 웃음을 웃다 못해 기가 죽었다.

"아무리 백부님이 나선 일이고 저편에서 간청하는 일이었다 하더래도 이런 결혼은 좀 생각했어야 할 일이었다. 돈냥이나 있는 집에서 큰 계집이란, 고학생과 거의 마찬가지로 살아온 나와는 여러 가지로 맞을 리가 없는 거야."

아름다운 아내가 신선한 매력을 느끼게 할수록 그의 감정은 더욱 우울해지며 기가 죽어버리고 마는 것이었다.

"그 선희란 사람과의 순결한 연애이야기, 좀 더 계속해서 해요. 그래 한 주일에 몇 번씩이나 만나서 산보했어요."

"한 주일에 몇 번이구 만나구 싶은 마음이야 있었지만, 그렇게 만날 시간이 없었어. 백부님의 집이 부산에서 서울로 올라오게 되자 우리들 사이를 알아채고 강제로 집에 와 있게 했으니까."

그것도 전혀 거짓소리였다. 선희 때문에 하숙을 나온 것은 물론 아니다. 윤필의 부모가 6.25동란 중에 돌아가게 되어 그의 뒤를 돌봐주게 된 백부가 학비를 한 닢이라도 덜 들게 하기 위해서 자기 집에 와 있으라는 것 밖에 없었다. 그러니까 백부는 사실 선희는 알지

도 못하는 것이다. 그것을 이렇게도 아내에게 과장하여 이야기하는 자기의 심리상태가 우습기도 하고 또한 부끄럽기도 했다.

아내는 자기의 연애 이야기만 나오면 귀가 쏠리는 듯 공연히 좋아한다. 그것을 알기 때문에 윤필이는 거짓 연애 이야기로 아내의 흥미를 돋우어주어 겨우 화제의 균형을 맞추는 셈이다. 생각해 보면 비참한 일이다. 이런 이상한 부부가 세상에 또 있을 수 있는가. 윤필이는 얼굴이 뜨거워 오는 대로 혀를 찼다.

"못 만났다해두 한 주일에 한두 번은 만났겠지요."

"만날 수가 없었다니까."

"그렇게 만나구 싶은 사람을 그렇게두 못만나구 어떻게 지냈어요?"

"하는 수 없었지, 백부의 감시가 대단했으니까."

"당신의 백부님 그렇게두 젊은 사람의 마음을 이해하지 못하는 분인가요?"

윤필이는 당신의 백부라는 소리에 아내와의 사이가 더욱 벌어지는 것 같은 기분을 느끼며

"지금은 당신의 백부도 됩니다."

하고 뚝하게 말해봤다.

"그렇구만요."

하고 영숙이는 순순히 말을 받고 나서

"하긴 입이 오므려진 걸 보면, 고집불통으로 생겼어요."

마치도 복덕방의 할아버지를 대하는 투였다. 이러고 보니 윤필이는 할 말이 없어지고 말았다. 얼마큼 묵묵히 걸어가다가

"그래두 한 달에 한두 번씩은 만났겠지요."

하고 영숙이가 그 말을 또 꺼냈다.

"그래, 그 정도지."

윤필이는 마지못해 수긍해 보이는 척 했다. 그러나 뒤이어 생각지

도 않았던 말이 꼬리를 이어,

"하여튼 백부님은 내가 외출만 하면 뒤따르기까지 했으니까."

하고 말해 놓고서는 자기가 말할 수 없이 싫어졌다. 사실 연애를 할 여유조차 없는 구차스러운 청춘을 보낸 자기의 과거가 반사적으로 뭉클하게 가슴속에 스며 올랐다. 이렇게까지 되고 보면 선희란 그 여자가 정말 자기를 생각하고 있었던 것만 같은 생각이 들었다. 그것을 자기가 돌진할 용기가 없어 놓쳐 버리고 지금에 와서 이러한 부질없는 공상을 하고 있는 것만 같아 자기 자신이 가련해졌다.

"그 사람과 어딜 잘 갔어요, 영화구경?"

"그런 데두 가고 저런 데두 갔지."

"저런 덴 또 어디에요?"

"……"

"하이킹을 둘이서 갔단 말이지요?"

"그런 거지."

"그때 당신을 보았다면 참 재미났을 거에요. 당신이 어떤 얼굴로 그 여자와 걸었을는지."

영숙이는 구두 끝으로 그의 앞의 조약돌을 찼다. 전신이 간지러워 견딜 수 없다는 그런 동작이었다.

아내가 그런 감각적으로 접근해 오는 것은 확실히 즐거운 것이었지만, 그러나 그것은 과거에 자기가 사랑하던 남자에 취해 보는 그런 회상을 돋우어주는 것이 아닌가고 그는 불시에 불안해졌다.

그리고 보면 지금까지 떠벌린 것은 아내를 속인 것이 아니고, 결국 자기를 속인 것과도 같은 느낌이었다. 마치도 자기 그물에 자기가 든 셈과 같았다.

그는 아내의 과거 이성관계가 더욱 불안한 대로

"당신은 내 이런 이야기를 들어두 그렇게 태연할 수 있어요?"

그 대답이 사랑이 있는가 없는가의 증거처럼 가슴이 두근거렸다.

"그건 지난 일 아니에요. 지난 일은 지난 일인걸요. 냉정히 판단하기로 했어요."

그런 간단한 대답에 윤필이는 더 할 말이 없었다.

그 후로도 윤필의 가공적인 연애이야기는 기회가 있을 때마다 화제에 올랐다. 그도 그러는 사이에 익숙해져 공상 속에서 선희를 사모하며 그것으로 영숙이의 실제적인 애정을 돋우게 하는 이상스러운 분위기를 만들게 되었다. 이것도 자기와 같은 침울한 과거를 가진 사람과 극단적으로 밝은 공기 속에서 자유롭게 자라난 영숙이와 지내기 위하여서는 없어서 안 될 향료와도 같은 것이라고 생각했다.

그날은 시골에서 올라 온 친구가 회사로 찾아왔기 때문에 윤필이는 그와 같이 저녁을 먹고 좀 늦어서야 집으로 돌아오게 되었다. 그는 별로 술을 좋아하는 편은 아니었지만 그날은 오래간만에 입에서 약간 술냄새도 풍겨졌다. 그는 명륜동 전차정류소 앞까지 '승합'으로 와서 걸어 올라오며

(오늘두 그 이야기가 나오면 좀 더 대담한 이야기를 해서 영숙이를 더 놀래보게 할까)

그리고 나서는 무슨 이야기가 좋을까하고 생각해 보다가

(옳지, 오늘은 우연히도 길에서 선희를 만나 같이 저녁을 먹었다구 하자. 그래두 아무런 반응이 없으면……입을 맞췄다구, 아니 그건 너무 지나친 일이구 내 앞에서 울더라고 하지. 그러자면 나두 아주 침울한 표정을 하구 들어가야 할 게 아니야)

이렇게 생각한 그는 혼자서 좋아라고 웃었다.

윤필이는 늦게 돌아오는 날이면 대문 틈으로 영숙이 방에 불이 켜 있는가 않는가를 먼저 살폈다. 그것은 지금까지 자지 않고 기다

리고 있는 아내에 대한 미안한 생각이 앞섰기 때문이었다. 그러나 언제나 불이 켜져 있던 방이 컴컴하다.

그는 지금까지 아내를 놀려주려든 생각이 쑥 들어가고 그 반대로 이상스럽게도 쓸쓸한 것이 가슴속에 스며오르는 것 같았다.

초벌 건 대문을 손가락을 넣어 열다 못해 대문을 열라고 소리치자 밥하는 애인 문희가 나왔다. 영숙이가 집에 있다면 첫마디로 뛰쳐 나왔는데

"아주머니 어디 나가셨니?"

하고 윤길이는 첫마디로 그것부터 물었다.

"아니요, 오늘 하루종일 집에 계셨는데 벌써 주무세요."

뜻밖인 대답이었다. 자기가 돌아올 때까지는 열시구 열한시구 기다렸다가 맞아주던 아내가 오늘 밤은 아홉시가 좀 넘었는데 벌써 자리에 누웠다는 것은 이상스러운 일이었다.

"몸이라두 편치 않다든?"

"그런가구 물었더니 그렇지두 않데요."

"그럼 오늘은 무슨 바람이 불어서 벌써부터 자는 거야?"

영숙이 방을 향해 걸어가는 것을

"저, 아주머니가……."

하고 문희가 분주히 앞을 막아섰다.

"저 아주머니가 선생이 돌아오셔두 아주머니 깨우지 말라고, 그렇게 말하라고 했어요. 지금 주무시는 모양인데요."

아내가 그것을 얼마나 무섭게 이야기했다는 것은 그의 몸짓과 표정을 보아서도 넉넉히 알 수가 있었다

자기 집에서 무슨 기분 나쁜 일이라도 생겼는가.

윤필이는 그렇게 밖에 더 생각할 수 없어서 자기방으로 들어가 옷을 갈아입고 있자, 문득 책상 위에 영숙이의 글발이 눈에 띄었다.

'오늘부터 당신과는 그 문제를 해결할 때까지 별거생활을 하겠으니 그리 아세요.'

윤필이는 지금까지 약간 취했던 기분이 한꺼번에 깨는 것 같았다.

그러나 문제를 해결할 때까지라니, 무슨 문제를 해결한다는 것인지 통 알 수가 없었다.

윤필이는 그 종잇조각을 쥔 채, 바로 영숙이 방으로 들어가 불을 켰다. 영숙이는 눈을 감고 있었으나 자지 않고 있다는 것을 알 수가 있었다.

"왜 갑자기 그런 거야?"

"……."

"문제를 해결하다니, 도대체 무슨 문제를 해결한다는 거야?"

"……."

영숙이는 어디까지나 입을 봉하구 있을 작전인 모양이었다. 윤필이는 하는 수 없이

"왜 골을 낸 거야?"

하고 영숙이의 겨드랑이에 손가락을 넣어 깔락을 시켰다.

"왜 이래요, 누가 이야기하겠대요."

하고 뾰로통해서 손가락을 탁 치며 돌아누웠다.

"왜 성을 내는지 나두 알기나 해야지, 서로 불쾌한 노릇 아니야?"

"정말 불쾌한 일이에요. 난 거짓말하는 사람처럼 싫은 사람이 없으니까요."

그러나 윤필이는 자기가 거짓말을 해서 아내가 불쾌한 일이 무엇인지 생각나지 않았다.

"내가 무슨 거짓말을 했다는 거야?"

"그럼 제가 이야길 다 해야 알겠어요? 오늘 당신의 애인이었다는 선희란 사람이 찾아 왔답니다. 지금 시골가서 교원노릇을 한다면서

서울 왔던 길에 당신이 결혼한 이야기를 듣고 당신에게 인사라도 하려고 왔다는 것이 아니에요. 인사가 뭐에요, 나를 구경 온 것이지요. 참 낯짝두 대단한 사람이더군요. 내가 아무 것도 모를 줄만 알구, 태연스럽게 찾아온 것 아니에요. 어쩌면 그렇게두 뻔뻔할 수 있어요."

그 소리에 놀란 그 순간, 윤필이는 웃음이 갑자기 터지려고 했다.

아내는 지금까지의 그것이 거짓말이라는 것을 모르고 있는 모양이다. 그렇다면 무엇을 거짓말이라고 화를 내고 있는 것인가.

"그 사람이 그래서 무엇이라고 합디까?"

"아무 말도 않고 새침을 따는 걸요. 그래서 화가 나는 거지요. 한 시간이나 같이 앉아 있으면서 내가 전엔 산보도 같이 자주 다녔고 구경도 늘 같이 다녔다지요, 하고 말하니까 그런 일은 한번도 없었다고 고개를 살랑살랑 흔드는 것 아니에요. 어쩌면 그렇게도 얄밉게 새침을 떼는 거에요. 그보다도 당신이라는 사람은 더 무섭지요. 아무 일도 없었듯이 척척 드러내서 이야기하는 척하면서 사람을 속이는 거지요. 왜 아무 일두 없었으면 선회란 그 사람이 구경쯤 같이 다닌 걸 다녔다고 이야기했겠지, 감출 리가 없지 않아요. 이제는 다 알았어요. 당신의 이야기란 한마디도 믿지 못할 것이란 걸……."

영숙이는 잠옷 소매 끝에 얼굴을 대고 울기 시작했다.

아내의 그런 모양을 보고 윤필이는 속에서 웃음보가 터지려는 것도 억지로 참아가며

"그 사람이야 정말 아무 것두 없으니까 아무 것두 없었다는 것이지."

하고 변명대기에 급급했다.

그러나 영숙이가, 그 소리를 곧이 들을 리가 없었다.

"무엇이 아무 것두 없었다는 것이에요?"

"정말 아무 것두 없었으니까 없었다는 거지."

"당신 입으로 절절 이야기 하구서두 아무 것두 없었다는 것이에
요?"

"사실은 내가 그저……."

윤필이가 영숙이 앞으로 바싹 다가앉자, 영숙이는 불시에 몸을 움
치며

"옆으로 오지 말아요. 더럽구 징그러워요. 당신 같은 사람……."

그 소리에 윤필이는 처음으로 아내의 감정이 생생하게 가슴속에
젖어듦을 느끼며 부끄러움과 즐거움 속에서 눈물 어린 아내의 아름
다운 얼굴을 물끄러미 보고 있었다.

# 금붕어의 기억

은희는 대단히 미인이었지만 금붕어를 싫어하는 이상스러운 괴벽
이 있었다.

여자로서 거미나 두꺼비를 싫어하는 것은 알 수 있는 일이다. 남
자들 중에도 고양이나 뱀을 죽어라 싫어하는 사람도 있다. 그러나
철부지 어린애들까지도 좋아하는 금붕어를 싫어하는 사람은 좀처럼
없다.

금붕어를 은희는 무슨 이유로 그렇게도 싫어하는가.

하여튼 은희가 금붕어를 싫어하는 것은 거의 병적이다. 문안에 들
어가려고 '버스'를 타러 가다가도 금붕어 장수를 만나면 가던 길을
돌아서 가기가 일쑤였다. 물론 금붕어 파는 가게 앞을 태연히 지날
수도 없었다.

그러나 금붕어 장수라는 것은 늘 일정한 곳에만 있는 것이 아니
었다. 어제는 종로 네거리 종각 앞에서 보이는가 하면 오늘은 광화
문 윗길 어구에서도 보인다. 더욱이 광주리 어항을 담아가지고 메고
다니면서 파는 금붕어 행상은 언제 어디서 부딪칠지 모르는 일이다.

그러니만큼 그녀는 길을 걸으면서도 늘 긴장해야 하는 수 밖에 없
었다.

생각해 보면 자기 자신으로도 우스운 일이었다. (금붕어가 어떻다
고 그런 바보 같은 생각을 하고 있어)

은희는 그 반발로 때로는 금붕어 행상이 지나가는 것을 일부러

따라가서 봐주기도 했다. 그러면 그런 날은 반드시 무슨 불길한 일
이 생기고야 말았다. '버스'안에서 '핸드백'을 찢긴 날도 그런 날이었
다. 선이가 앓기 시작한 것도 생각해 보면 금붕어를 보고 들어온 날
이다.

　말하자면 은희가 금붕어를 싫어하는 것은 그런 불길한 일이 자꾸
만 생기는 때문이었고, 그런 일이 자꾸만 생기는 동안에 지금은 자
기 자신도 어쩔 수 없는 일종의 공포증으로 고질화 된 셈이다.

　언젠가는 옆집에서 아이 백일 떡을 가져왔는데 그 접시에 금붕어
가 그려져 있었다. 은희는 당장 떡그릇을 내가라고 식모에게 소리쳤
다. 그러니 식모는 무슨 영문인지 몰라 눈이 둥그래지는 수밖에 없
었다.

　그런 일은 그뿐만이 아니다. 지난 가을 외래품이 없어진다고 하자
은희는 딴 것은 몰라도 화장품만은 몇가지 사두고 싶었다.

　백화점으로 가서 그걸 사고나서 이왕 왔던 길에 양산 하나만을

더 사고 싶은 생각이 났다. 양산이 못쓸 정도는 아니었으나 요즘 유행에 뒤떨어졌기 때문이었다. 은희는 그런 데도 역시 과민한 편이었다.

양산부가 있는 이층으로 올라가서 은희는 그곳에 진열된 양산 하나를 집어들어 아무 생각없이 펼쳐 봤다. 그것이 공교롭게도 푸른 바탕에 붉은 금붕어가 그려진 무늬였다. 은희는 질겁을 하며 양산을 덮고 돌아섰다. 그리고는 양산 사고 싶다는 생각도 쑥 들어가고 말았다.

은희는 돌아오던 길에 소꿉장난을 시작한 자기 딸을 생각하고 장난감 집에 들렀다.

토끼, 기차, '공', 개, 곰, 고양이 등 '비닐'로 만든 장난감이 쓸어나와 눈이 어지러울 정도로 많았다.

그 많은 중에서 막상 장난감을 고르려고 보니 거기에도 금붕어가 많았다. 마치 금붕어가 아니면 아이들이 좋아하지 않는다는 것처럼.

은희는 눈살을 찌뿌려가며 함석으로 만든 '양동이'를 하나 골라들고

"이거 얼마요?"

하고 값을 물으려다 보니 그 속에도 금붕어가 그려져 있었다. 은희는 그만 뱀이라도 본 것처럼 놀라며 '양동이'를 집어던지고 나왔다.

아내가 이렇게도 금붕어를 싫어한다면 남편도 전혀 무관심할 수는 없었다. 일요일 같은 날, 금붕어 장수라도 지나간 후면

"그걸 그렇게 싫어할 법이 어디 있소?"

남편인 덕수가 어이 없다는 얼굴을 했다.

"그러게 말이에요. 나두 생각하면 우습지만 그런 걸 어떡해요."

"금붕어 어디가 싫어서?"

"나두 모르지요."

"모른다면서두 싫다니……."

"아이 그런 말 그만 해요. 금붕어가 자꾸만 보이는 것 같아 메스꺼운 걸요."

"그런 소리 말구 금붕얼 사다 차라리 국을 끓여 먹어."

"그만둬요."

은희는 그만 양손으로 귀를 막고서 몸을 떨어댔다. 금시에 창백한 얼굴로 돌변한 걸 보면 공연한 수선 같지도 않았다.

은희는 얼굴이 동그스럼한 것이 어린애 같은 애티가 있는 얼굴이다. 그 얼굴이 징그럽다고 떨어대면 더욱 귀엽게 보인다. 나쁜 것은 아무 것도 모르는 것만 같은 얼굴이니 남자의 눈으로 본다면 누구나가 귀엽다고 하지 않을 수가 없다.

덕수는 평소엔 볼 수 없는 아내의 그런 얼굴을 보고나면 자기의 행복이 새삼스럽게 느껴지는 모양이다. 그래서 아내가 금붕어를 싫어하는 것도 행복에서 생긴 괴벽인지도 모른다고 생각했다.

　그들은 자하문 고개를 넘어 세검정으로 가는 골짜기에서 살았다. 집이 들어선 사이사이에는 아직도 감나무밭이 있었다. 그들의 집터도 얼마전까지는 감나무 밭이었다. 그것이 '아이·시·에이'자금으로 짓는 주택들이 이 골짜기에 들어앉게 되자 그들은 한 채 얻어 들게 된 것이다.

　그들의 집은 바로 개울 옆이었다. 현관 앞에는 전부터 있던 감나무도 한 그루 그대로 남아 있었다. 마루까지 합해서 방 네 개가 있는 집으로 식구가 단출한 그들에게는 오히려 넓은 편이었다. 집 앞이 개울이라 밤이면 물소리가 그치지 않았다. 마루에 앉으면 눈 앞이 바로 산이라 계절이 바꾸어지는 것도 분명히 눈에 띄었다.

　말이 서울이지 실제로는 깊은 산속에 있는 산장에서 사는 것만 같았다. 게다가 요즘엔 '버스' 편까지 좋아졌으니 나무랄 데가 없었다. 아니, 그 때문에 은희는 나무랄 일이 생긴 것이다. 교통이 좋지 못하던 그곳까지는 금붕어 장수가 별로 들어오는 일이 없었다. 그것이 요즘 와서는 부쩍 늘었으니 말이다. 그리고 보면 금붕어 장수들도 이런 조용한 곳에서 사는 사람일수록 금붕어를 좋아한다는 것을 아는 모양이다.

　그런데 은희는 어째서 그렇게도 금붕어를 싫어하는가.

　"금붕어 사려, 금붕어요."

　그 소리는 하루에 한두번 나는 것도 아니고 몇 차례씩 났다. 그때마다 은희는 몸을 떨어대며 귀를 막아야 했으니 신경질도 날 만한 일이다. 그렇다고 하루종일 귀를 솜으로 틀어막고 있을 수도 없는 일이었다. 그것은 또 남편이 안다면 뭐라고 놀려줄 것인가.

　(내가 금붕어 때문에 아주 미쳐버리는 것 아냐, 금붕어 장수의 목소리가 뭐 어떻다구!)

은희는 그런 말을 혼자 중얼거리며 금붕어에 무관심하려고 했다.

그러나 그러면 그럴수록 더욱 눈앞에 금붕어가 징그럽게 보이는 것도 어쩔 수 없었다.

은희가 금붕어를 싫어하는 것은 역시 남편의 생각대로 행복한 때 문인가. 만족을 느낄 땐 싫은 것이 생기는 것처럼…….

사실 은희는 지금의 생활이 행복하다고도 할 수 있었다.

남편이 나가는 회사는 꾀 이름 있는 광업 회사였다. 절대로 생각 날 때에 월급을 주는 그런 회사가 아니었다.

남편은 아직 평사원이었지만 그의 집은 포항에서 어선을 대여섯 척 갖고 있는 만큼 다달이 얼마씩 보조도 받을 수가 있었다. 그러나 그의 월급만으로도 그들 둘의 생활은 부자유를 느낄 정도는 아니었 다. 그러니 구태여 그럴 필요도 없었다.

아이를 낳자 그들은 좀더 절약해서 살 것을 생각했다. 그 집의 가 계부는 전문가인 남편에게 배워가며 은희가 썼다. 그녀는 무엇이나 깨끗한 것을 좋아하는 성격인 만큼 글자도 단정히 썼다.

가계부 잔고는 다달이 늘어갔다. 그것은 그 집의 행복을 단적으로 증명하는 것과 같은 것이다.

작년 한해의 잔고로 십만환이 훨씬 넘어섰다. 그들은 그것으로 온양온천을 갈 계획을 세웠던 것이다.

그러나 막상 예금을 찾을 생각을 하니 아까웠다. 옆집에 '텔레비·안테나'가 올라간 것을 보고나서는 생각도 달라졌다.

그들은 내년 한해를 더 예금해서 '텔레비'를 살 계획을 세운 것이다. 액수가 저금은 훨씬 넘어섰다. 그러나 저금을 찾아 '텔레비'를 살 생각은 하지 않는 것을 보니 생각이 또 달라진지도 모르겠다. 이번에는 하다못해 '신발'이라도 살 계획을 세웠는지—

남편은 회사 일이 늘 바쁘다면서 늦는 날이 많았지만 그렇다고 한번도 심심하다는 것을 느껴본 일이 없었다. 집에서 아이의 시중을 드는 밖에도 부인잡지에서 양재를 배우기도 하고, 빨래를 하면서 노래도 부르고, '라디오'에서 배운 공연히 손만 드는 이상야릇한 요리를 만들어 남편을 즐겁게 하려고도 했다. 그녀는 누구보다도 연속 '라디오 드라마'를 열심히 듣고서는 남편이 돌아오면 이야기를 했다.

별로 그런데 흥미가 없는 남편은 그저 귓등으로 듣다가 코를 골 때가 많았다. 그런 땐 남편이 밉기도 했지만 역시 피곤한 때문이라고 자기 생각을 돌려가며 이불을 내리워 덮어줬다.

은희의 좋은 점은 정결한 것과 남을 의심하는 일 없이 감동하는 것이다. 그녀는 '라디오 드라마'에 눈물도 흘려가며 감동했지만 그것은 듣는 사람이 그대로 받아들이지 않으면 아무런 의미도 없어지고 마는 것이다.

그녀의 남편으로서 마음 편한 것은 은희가 아무것도 해 달라는 것이 없는 것이다. 이렇게도 욕심이 없는 여자는 세상에 없을 것만 같았다. 남처럼 패물을 탐내는 일도 없었고 여행을 가고 싶어하는 일도 없었으며, 하여튼 다른 여자를 부러워하는 일이란 한번도 본 일이 없었다.

'라디오 드라마'는 이 세상의 가지가지 슬픔과 기쁨을 들려주지만, 그녀의 생각으로는 사람에겐 제각기의 운명이 있다고 생각했다. 그렇게 행복하지 않은 것은 그렇게 불행하지 않은 것과 마찬가지로 그만큼 행복한 것이라고 생각했다.

"당신을 보고 있으면 크게 놀래게 해주고 싶은 생각만 나니 어쩐 일이요?"

얌전한 남편도 때로는 이런 말을 했다.

"사는 것이 즐거워 어쩔줄 모르는 것 같으니."

"나두 불만이 있어요. 닭장을 지어준다는 것이 언젠데 선이에게 거짓말만 하게 되지 않아요."

은희는 이번 봄에 닭을 칠 생각을 했다. 그렇다고 욕심을 부려 몇 십마리를 치겠다는 것은 아니었다. 집에서 달걀이나 받아 먹을 수 있게 심심풀이로 대여섯 마리 쳐 보겠다는 것이었다. 그래서 십여일 전에 맞은편 양계장에서 닭도 가져오기로 이야기를 해놓고 남편에게 닭장을 지어달라고 했다.

그러나 회사 일로 늘 바쁜 덕수는 그것을 지금까지 미루어왔던 것이다. 은희는 그것을 나무랐다.

덕수는 아내의 불만이 기껏 닭장을 지어 주지 않는 일이라는 데는 그만 웃음이 터지고 말았다.

"여태 닭장을 못 진 것이 그렇게도 한이라면 목수라도 데려다 져."

"싫어요, 당신이 지어준다고 약속했으니 지어줘요."

은희는 목수의 공전이 아까운 모양이었다.

"그럼 오는 일요일엔 내 지어주지."

그러나 그 일요일에도 닭장을 지을 수 없게 되었다. 일본에 광석

을 실어 보낼 선편(船便) 관계로 그는 일요일에도 회사에 나가지 않을 수가 없었기 때문이다.

덕수는 그 일올 끝내고 나자 전무에게 알려야 했기 때문에 그의 집에 전화를 걸었다. 전무는 몹시 갑갑했던 모양으로 사무적인 전화가 끝나자

"지금 별일 없으면 집에나 오게나. 바둑이나 둠세."

이런 말로 끌었다.

덕수는 집에서 아내가 기다리고 있는 것을 생각지 않은 것은 아니었으나 전무의 이야기니 거절할 수도 없었다.

덕수는 가던 길에 과일을 사갖고 박 전무의 집을 찾았다. 박 전무는 하잘것없이 잡지를 보고 있던 모양이다.

"오늘은 집에서 다 나가구 식모애와 내가 집보기가 됐네."

그는 회사에서는 별로 웃는 일도 없는 뻐딱한 사람이었지만 집에서는 그와는 아주 반대로 반갑게 맞아줬다.

응접실겸 서재로 쓰는 방에 안내되어 이조자기(李朝磁器)를 몇점

보여줬다. 덕수는 아무리 봐도 뭐가 좋은지 알 수가 없었다.

"난 귀족적인 고려자기보다는 역시 서민적인 이조자기가 좋단말
야."

이런 식의 자기에 대한 강의를 들려주고 나서는 바둑판을 꺼내놓
았다.

박 전무의 바둑에 비해서 덕수의 바둑이 약하지는 않았으나 오늘
은 어쩐 일인지 두 판 둬서 다 졌다. 박 전무는 아주 기분이 좋아서

"집사람도 없으니 집에선 저녁 대접도 못하겠구만. 산보삼아 거리
나 나가봅세."

이렇게 말하고서는 옷을 갈아 입었다. 덕수는 별로 반갑지 않은
일이었다. 영광이긴 했으나 웃사람을 따라다닌다는 것은 피곤할 뿐
만 아니라 재미도 없었다.

명동에 나가 요즘 새로 생긴 '그릴'로 들어갔다. 처음엔 '수프'가 나
오고 다음엔 덕수가 처음 먹어보는 것이 서너가지 나왔다. 물론 집
에서 아내가 해주는 이상야릇한 요리보다는 맛도 있었다. 식사가 끝
날 쯤 되어

"자네 잘가는 바가 어딘가."

하고 박 전무가 물었다.

"그런데 없습니다."

"숨기지 말고 이야기해 보게나. 술은 내 살테니 자넨 앞서기만 해."

"정말 없습니다. 바는 5·16혁명 전에 회사에서 망년회가 있은 그날
밤 사원들에게 끌려서 한 번 가본 일이 있었는데, 지금은 어딘지 기
억도 못하고 있습니다."

"그것 정말이야?"

박전무는 감심한 얼굴이 되었다.

'그릴'을 나와서 덕수는 전무와 헤어질 생각을 했다. 그러나 박 전

무는 덕수를 놓아주지 않고

"이 사람아, 젊은 사람이 그렇게 술집을 몰라서야 쓰겠나? 장사꾼이 되자면 그런 곳도 다 알아둬야 한다네."

이런 말로 명동 뒷골목에 있는 '바'로 데리고 갔다.

"오늘은 이 사람이 손님이니 잘 모셔."

박 전무는 이 집과는 단골인 모양으로 앉기가 바쁘게 이런 말을 꺼내자 여종업원들이 덕수를 싸고 앉았다. 덕수는 이것 또한 반갑지는 않은 것이었다. 별로 할 이야기도 없었거니와 술도 이 이상 더 마시면 괴로울 뿐이었다.

그러나 여종업원들은 술을 파는 것이 위주이므로 어떻게서든지 덕수에게 마시게 하려고 야단이었다. 약한 덕수는 어느덧 원숭이 같이 빨간 얼굴이 되어 박 전무가 딸년 같은 계집애를 데리고 조롱대는 것을 멀진멀진 보고만 있었다.

그러면서 덕수는 속이 괴로워졌다. 맥주는 배가 불러 마실 수 없어 인삼주라는 이상한 술을 서너 너 댓 잔 받아 마셨던 것이 나빴던 모양이다.

"여기서 전 먼저 실례하겠습니다."

견딜 수 없어 변소에 갔다 온 그는 찔린 얼굴이 되어 박 전무 옆으로 가서 가만히 말했다.

"괴로운가?"

"네."

"술을 마시기도 전에 그렇게 취하는 법이 어디 있나?"

박 전무는 어이가 없다는 듯이 그를 쳐다보았다.

"저두 어떻게 됐는지 잘 모르겠습니다."

박 전무는 뭐라고 또 말하는 것 같았으나 머리가 어지러워 무슨 말인지도 알 수가 없었다.

덕수는 박 전무와 헤어져 '바'를 나왔다. 나오면서 느끼고 보니 여자의 손이 자기 몸을 부축하고 있었다. '네온'의 빛 때문인지 그녀의 손이 빨갛게도 보이고 파랗게도 보였다.

"난 선생님이 좋아요."

어두운 골목에 나와서도 그녀는 그의 몸에서 떨어지지 않고 달뜬 소리로—덕수는 분명 그런 목소리라고 생각했다.

덕수는 자기 귀를 의심했다. 사람을 잘못 보고 이런 소리를 하지 않는가 하고 고개를 돌렸다. 그러자 눈이 굉장이 큰 귀여운 얼굴이 덕수를 말끔히 쳐다보고 있었다.

"어제 그 말, 나보고 하는 소리야?"

타는 입을 연 그 순간에 잡힌 손을 꽉 잡아 주었다.

"돌아가신 오빠하고 꼭 같아요."

"누가?"

"누구긴 선생 말이에요."

"무슨 실없는 소릴?"

"실없는 소리래두 사실이 그런 걸 어떻게 해요? 실상은 오빠가 아니구 내가 처음으로 사랑을 안 사람이지요. 그 사람과 어쩌면 그렇게도 같아요? 말이 없는 것두, 술에 약한 것두 모두가—명함 넣은 것 있으면 줘요."

"명함이라니, 누구 명함?"

"그러지 말구 어서 줘요."

덕수는 넣구만 다니면서 별로 써보지 못한 명함을 윗주머니에서 꺼내줬다.

"다음 일요일 만나서 이야기하고 싶어요. 뉴서울 아시지요?"

"무슨 이야기가 있기에?"

"무슨 이야기라기보다도 제 이야기를 좀 들어달라는 거예요."

"그래."

"대답만 아니구 꼭 약속이에요."

새끼손가락을 걸고 두 서 너 번 흔드는 듯 하더라 가게 안으로 들어가 없어지고 말았다.

'바'의 여자와 헤어진 덕수는 어두운 골목을 나와 앉을 만한 다방이 없는가 하고 둘러봤다. 달려드는 불빛과 함께 자기가 명동 어느 한 모퉁이에 서 있는 것을 느꼈다.

그는 이렇게도 취해 보기는 처음이었다. 양 손을 수평으로 들고서 거기에 맞춰서 걷지 않으면 쓰러질 것만 같았다. 그러니 다방에 들어갈 자신도 없었다.

전차 통행로까지 나와 합승을 타야할 생각을 하고 나니 그제야 겨우 자기 정신을 찾을 수가 있었다. 합승은 연달아 왔다 연달아 떠났다.

"딴 곳에 가는 차에 올랐다. 큰일이다."

이런 생각을 해보기도 처음이다.

세검정으로 나가는 차가 다행히도 빈차가 왔다. 그는 자리에 앉고 눈을 감았다. 그 여자의 얼굴을 생각해 보려고 했으나 조금도 생각나지가 않았다. 눈이 크던 것과 입술이 발갛던 그것만이 겨우 떠오를 뿐이다. 그런데도 그 여자가 풍긴 분 냄새는 아직도 그대로 풍겨지는 것 같았다. 부드러운 촉감도 잊을 수가 없었다.

(그 여자는 정말 내가 좋아서 그런 말을 한 것일까)

이런 일을 처음 당한 그는 그만 가슴이 뛰기 시작했다. 불안스럽기도 하고 즐겁기도 한 그런 기분이었다.

그는 그 여자가 말하던 말을 혼자서 외어봤다.

"다음 일요일 어디서 만나요?"

자기를 쳐다보던 그 서글서글한 눈까지 생각하고 나서

(참 어디서 만나기로 했던가)

하고 그것을 생각했다. 그 다방의 이름이 머리에 빙빙 돌면서도 갑자기 생각나지를 않았다.

(취한 때문인가)

갑자기 무엇을 잃은 것 같은 아쉬운 마음이 되었다. 그러나 그 이름은 기억해 낼 수 있을 것만 같았다.

그는 자기가 아는 다방의 이름을 하나하나씩 외어봤다.

'포노아미' '포노소아' '마드모아젤' '세스포' '샹제리아' '세잔느'……

그는 자기가 프랑스 말을 이렇게도 많이 알고 있는데 약간 놀랐다. 그러나 그 여자와 약속한 다방은 생각나지를 않았다. 기어이 생각해 낼 필요도 없어서 그런 일은 없었던 것처럼 잊어버리기로 했다. 그리고는 집에서 기다리고 있을 아내를 생각하기로 했다.

은희는 지금쯤 무엇을 하고 있을까. 이번엔 그 '바'의 이름을 다시 생각해봤다. '바'의 이름도 역시 생각나지를 않는다. 그 '바'가 어느

골목이었든지 다시 찾아가도 찾을 것 같지가 않았다. 아니 그 '바'를 찾아갈 수 있다고 해도 자기 혼자서는 찾아갈 용기가 없을 것 같았다.

그러는 동안에 차는 어느덧 자하문 고개 너머의 집 앞에 이르렀다.

그는 자동차 값을 꺼내다 보니 '메모'같은 흰 종이가 한 장 묻어나왔다.

"뭐야?"

차에서 내린 그는 궁금한 대로 그 '메모'종이를 전주에 달린 전등불에 비춰봤다.

(저와의 약속을 벌써 잊었을 거에요. 그래서 여기에다 다시 제 주소를 세 넣었어요. 꼭 편지해 줘요. 김춘자)

서툰 여자의 글씨로 그 옆에는 주소를 써넣었다. 말할 것도 없이 '바'의 여자가 어느 틈에 써서 주머니에 넣어준 것이다. 덕수는 그 메모 종이를 아내에게 보이면 어떤 얼굴을 할까, 하고 잠시 생각해봤다. 그는 미소를 지으며 그것을 접어서 윗주머니에 집어넣었다.

집에는 식모애 방 말고는 모두 불이 꺼져 있었다. 이런 일은 좀처럼 없던 일이다. 그가 아무리 늦어도 아내는 불을 켜고 기다리고 있었다.

(어쩐 일인가)

그는 고개를 기웃거려 보고 나서 문을 열라고 소리쳤다. 식모애가 달려나왔다.

"아주니머는 벌써 자니?"

"네, 오늘 닭장을 만들고 나서 몸이 불편하신 모양이예요."

"아주머니가 그걸 만들었어?"

"네, 저와 둘이서요."

덕수는 약간 미안스러운 생각이 들었다.

방으로 들어가서 전등을 켜자 아무 것도 모르는 아내는 선이를 데리고 자고 있었다. 반쯤 벌린 입에 미소를 짓고 있는 품이 무슨 꿈이라도 꾸고 있는 모양이었다.

덕수는 그때부터 다시 속이 괴롭기 시작했다. 아내를 깨울까 하다가 그만두고 머리맡의 물을 들이켰다.

"저녁상 들여올까요?"

식모애가 들어와서 물었다.

"먹었다."

그 소리에 자고 있던 은희가 그만 눈을 떴다.

"언제 오셨어요?"

"지금. 박전무와 술을 마셨더니 취했어."

"술을 좋아하지도 않으면서 왜 그렇게 마셨어요?"

"나도 모르겠어."

덕수는 여자에게서 받은 메모 종이를 꺼내 놓자면 이때라고 생각

했다. 그러나 그는 그런 말 대신에

"몸이 괴롭다구?"

"괜찮아요. '아스피린'을 먹었더니."

은희는 벗어놨던 '스웨터'를 껴입었다.

"닭장을 지었다지? 그런 짓 하니 열이 나지."

"뭐 그럴라구요. 당신이 지어주지 않으니…… 저것 봐요. 선이두 한
목 하고서 곤히 자는 걸."

은희는 자기 한 일을 변명하듯 웃으면서 남편이 벗어놓은 옷을 챙
겨 옷걸이에 걸었다. 덕수는 그러한 아내의 뒷모습을 바라보며 오늘
따라 측은한 생각이 들었다.

불을 끄자 아내는 곧 잠이 들었지만 덕수는 잘 수가 없었다. 그것
이 마신 술이 괴로운 때문인지 여자와의 약속 때문인지 분명히 알
수가 없었다.

새벽녘에 그는 토했다. 토하고 나니 뱃속이 어느 정도 좋아지는
것 같으면서 머리가 이상스럽게 맑아졌다. 그 맑아진 머리 속에서
그는 자기가 그 여자에게 명함을 준 것을 생각해 내고 이제는 어쩔
수 없게 일을 저질러 논 것 같이만 생각되었다.

그는 옆에서 자고 있는 아내의 얼굴을 봤다. 달빛에 드러난 아내
의 얼굴은 천사같은 얼굴이었다. 그러한 아내에게 비밀을 가졌다는
죄의식이 급기야 느껴졌다. 그러자 그 반발로 자기가 바람을 피워
아내가 놀라는 꼴을 보고 싶은 충동도 일어났다. 그 충동은 더욱 커
지며 그 여자와 새끼손가락을 걸었을 때의 달콤한 감촉이 되살아
느껴졌다.

(김춘자)

그는 그 여자 이름을 가만히 외어봤다. 어디서 들은 이름 같기도
했다.

(춘자라면 하두 많은 이름이니 그렇기두 하겠지)

그 순간에 문득 머리에 떠오르는 것이 있었다.

(이름이 춘자라고 설마 그 여자야 아니겠지)

그는 급기야 머리에 떠오르는 춘자의 연령을 생각해 봤다. 그 때에 열 여섯이었으니 지금은 스물 다섯은 났으리라고 생각했다. 그러나 '바'의 여자는 기껏 스물 한두살로 밖에 뵈지가 않았다. 그러니 '바'의 여자가 그의 머리에 떠오른 춘자와는 같은 여자일 리 없다고 생각했다.

그러나 다시 생각해 보면 '바'의 어두운 불빛 속에서 더욱이 자기처럼 취한 눈으로 여자의 나이를 제대로 봤다는 것이 우스운 일이다.

(그렇다면 역시—)

그의 눈앞에 떠오른 열여섯 살난 춘자의 얼굴은 그대로 확대되어 '바'의 그 여자의 얼굴이 되고 말았다.

(그렇지, 춘자란 계집애의 눈도 굉장히 컸지)

그리고 보면 춘자는 벌써 자기가 누구라는 것을 알고 있는 모양이라고 생각됐다. 길까지 부축하고 나온 것도 자기 주소를 써준 것도 그 때문이라고 생자됐다. 그렇지 않고서는 아무리 '바'에 있는 여자라고 해도 그런 노골스러운 친절은 없으리라고 생각됐다.

(그 춘자임에 틀림없어)

그는 앞으로 무슨 사태가 벌어질지 모른다는 불안 속에서 한숨을 내쉬며 돌아누웠다.

덕수가 아직 학생으로 삼선교에서 하숙을 하고 있을 때 그는 하숙집에서 가까운 '코스모스'라는 다방에 잘 나갔다. 거기에는 '카네이션'이라는 별명을 가진 계집애가 있었다. 손님이 '밀크'를 청하는 데도 반드시 '카네이션'이라고 하기 때문에 그의 별명이 된 것이다. 그것이 바로 춘자였다. 그 다방의 먼 일가로 6·25때 고아가 됐다는 말을 듣고 덕수는 몹시 동정하게 되었다. '카네이션'은 열여섯 살로 공연히 웃기를 잘하며 빨간 '코듀로이' 바지를 입고 차를 나르는 것을 보면 아직 어린애라고 밖에 볼 수 없었지만 피곤에 지친 모양으로 앉아 남달리 큰 눈을 섬벅거리고 있을 때는 제법 어른 같이도 보였다. 예쁘기도 했고 영리도 한 계집이었으나 여러 손님을 대하는 그런 다방에 있으면 자연 조숙해지기 마련이었다.

"'카네이션' 커서 나하고 결혼하기를 약속해."

덕수는 농담처럼 말했으나 전혀 농담만도 아니었다. 그때부터 그의 동무는 춘자를 덕수의 아내라고 놀려댔다.

"누가 저런 사람한테 시집간댔어요. 다방 와서도 어린애처럼 '카네이션'만 먹는 사람."

그 말에 둘러 앉았던 학생들의 웃음이 터졌다. 그러니 덕수도 얼굴만 붉히고 있을 수는 없었다.

"그럼 이제부터 '커피' 먹을 테니 시집 올래?"

"그것만 가지곤 안돼요, 좋은데 데리고 가줘 봐요."

"그럼 오는 주일엔 창경원 동물원에 데리고 가 주지."

"싫어요, 누가 그런데 말인가."

그 후로 둘이서는 영화를 보러 갔다. 그들이 본 영화는 '행복의 초
대'라는 프랑스 영화였다. 춘자는 어린애이면서도 아주 감동해서 자
동차 운전수와 미용사가 춤을 추는 마지막 장면을 보면서는 숨도 제
대로 내쉬지 못하며 덕수의 팔을 꼭 붙잡고 있었다.

"나두 연애하려면 그런 연애하고 싶어."

영화관에서 나와서도 춘자는 그 꿈속 그대로 취해 있는 듯한 얼
굴이었다.

"나와 그런 연애하면 되지 않아."

덕수는 역시 농담처럼 말했다.

"덕수씬 날 어린애로만 보는 걸요."

덕수는 지금도 별로 영화를 보지 않지만 그러면서도 프랑스 영화
라면 가끔 볼 생각이 나는 것도 그때 춘자에게서 받은 감동 때문인
지도 모른다.

춘자는 덕수의 하숙에도 놀러오게 되었다.

덕수가 학년말 시험으로 이불을 둘러쓰고 공부를 하고 있는데 춘
자가 찾아왔다. 늘 말이 많던 춘자인데 그날은 이상스럽게도 풀이
죽은 얼굴이었다.

"다방 분주하지 않아?"

"그런 것도 아니지만……"

춘자는 눈을 내려뜨고 있다가

"결혼하고 싶어졌어요."

문득 이런 당돌한 말을 했다.

"그런 다방에서 아무리 일해야 뭣해요. 그렇다구 어디 갈데도 없
고……"

"결혼한다니, 누구하구?"

"누구긴요. 제가 싫어졌어요? 언젠 좋다구 하더니."

덕수는 놀랐다. 옷같은 것을 싼 보자기를 들고나온 것을 보니 '코스모스'를 뛰쳐나온 모양이었다.

"마담하구 싸우고 나온 모양이구나. 그렇다구 마담 양해도 없이 이렇게 나한테 오는 건 좋은 일 아니야."

덕수는 그녀가 알 수 있게끔 차근차근 이야기해 주었다. 그러나 그녀는 더 초조한 빛을 드러내고 있다가

"사람이 왜 그렇게도 비겁해요. 언제는 결혼하겠다구 하고서. 그건 거짓말이에요?"

하고 대들었다.

"나두 거짓말로만 한 건 아니야. 그러나 결혼이란 보자기나 싸갖고 와서 우리 이제부터 결혼해요, 하고 그렇게 간단히 되는 것이 아니야."

"그런 말은 마시구 제가 싫으면 싫다구 솔직히 이야기해요."

"내가 왜 춘잘 싫어하겠어?"

"그런데 왜 그런 딴청을 부려요?"

"무슨 딴청?"

"결혼하는데 무슨 복잡한 수속이나 있는 것처럼."

"응, 그건 춘자가 아직 결혼이 뭔지 몰라서 그런 거야."

"뭘를 몰라요. 결혼이란 남자와 여자가 자면 돼잖아요. 그런데 뭐가 그렇게 복잡한 것처럼……."

덕수는 그만 막혀버렸다. 그 대신에 뜨거운 숨결이 높아져 갔다. 그 숨결은 춘자도 마찬가지였다. 둘이서는 잠시 서로 쳐다보고만 있었다.

"내가 좋다는 거 정말이에요?"

이윽고 춘자는 말끔히 쳐다보던 눈 그대로 말했다.

"응."

"그렇다면 저를 안아 줄 수 있잖아요, 힘껏 절."

춘자는 불쑥 일어나 덕수가 쓰고 있던 이불 속으로 파고 들어갔다.

덕수는 눈앞이 아찔했다. 어둠 속에서도 그는 두 가지 길이 있다는 것을 생각했다. 춘자를 밀쳐버린다면 비겁자, 겁쟁이, 거짓말쟁이가 된다고 생각했다. 그렇다고 끌어안으면 더욱 무서운 무엇을 끌어안는 것 같은—

밖에서 센 바람이 나뭇가지를 울리는 소리가 들렸다. 문풍지가 떠는 소리도 들렸다.

덕수는 부들부들 떨리는 손으로 춘자를 안았다. 조그마한 몸이었지만 그래도 포근한 몸이었다.

거기에다 춘자는 적극적인 태도로 나왔다. 덕수는 당황했을 뿐 지금까지 자기를 지키고 있던 수치와 이성 같은 것은 완전히 잊어 버리고 말았다. 이리하여 그들은 동정과 처녀를 버리고 말았다.

춘자는 그 후로도 '마담'의 눈을 속여가며 계속 덕수의 하숙방을 찾았다. 뿐만 아니라 그 날에 맺어진 정렬의 폭발도 계속되었다.

그런데 이상스러운 것은 그날은 그렇게도 당황했던 덕수가 한번 불에 닿고 나서는 아주 적극적이었다. 그는 자기가 없을 때 춘자가 올 것만 같은 생각에 산보도 나가지 못하고, 손에 당기지도 않는 '경제개론'만 뒤지며 하숙방을 지키고 있었다. 춘자를 하루도 보지 않으면 견딜 수 없는 마음이었다.

그러나 춘자는 오히려 반대였다. 날이 갈수록 그를 찾는 횟수도 뜸해지고 처음의 정열은 이미 식었다는 듯이 와서도 별로 말이 없었고 그 일이 끝나면 일어서기가 바빴다.

그가 바래다 준다면

"그럴 필요 없어요."

두 말도 못하게 거절했다. 그리고서 봄도 채 되기 전에 그녀는 오지 않고 말았다.

그는 춘자와 관계가 있은 후로는 어색해서 '코스모스'에 통 간 일이 없었다. 그러나 그 소녀가 너무 오래 나타나지 않아서 학교에서 돌아오던 길에 들렀다.

춘자의 얼굴이라도 보지 않으면 견딜 수 없었기 때문이었다. 그러나 그 곳에도 춘자는 보이지가 않았다.

"춘자 어떻게 됐어요?"

"그건 내가 묻고 싶던 말입니다."

'마담'은 첫마디로 쏘아붙이고 나서

"난 덕수 씨인 줄만 알고 있었는데, 그렇다면 그 계집애가 유행 가수라는 그 자식을 따라갔구만."

'마담'은 별꼴이라는 듯이 춘자를 유인한 사나이를 이야기했다.

덕수도 그 사나이는 '코스모스'에서 몇 번 본 일이 있었다. 머리에 '포마드'를 잔뜩 바른 그런 종류의 사나이였다.

"덕수 씨는 역시 얌전하니까 손을 못댔을 거야. 그렇지만 그 계집애가 어떤 계집애라구."

'마담'은 비열한 웃음을 웃었다. 그 웃음에 덕수는 소름이 끼치며 주책없는 자기 자신이 막 싫어졌다. 그러면서도 '유행가수'라는 그 말이 가슴이 아프게 젖어들었다.

그 후로 덕수는 '코스모스'는 고사하고 그 부근도 발길하기 싫어져 하숙을 딴 곳으로 옮겼다.

그 춘자를 오늘 '바'에서 우연히 만난 것이다. 그 춘자를 팔 년 만에 만났으니 자기가 몰라본 것도 그렇게 이상한 일이 아니다. 더욱이 취한 눈으로 어두운 불빛 밑에서 보았으니—

그러나 춘자는 처음부터 자기를 알고 있은 모양이었다. 알지 않고서는 자기를 만나기 위해서 편지까지 써 주는 그런 용이주도한 일은 없다는 생각을 그는 거듭했다.

그런데 첫사랑을 나눈 여인을 만난다는 기대가 자꾸만 가슴속에 부풀어졌다. 다음 날 덕수는 회사에 나가자 춘자에게 보내는 편지부터 썼다. 오는 일요일 열두 시에 창경원 연못가에서 만나기로 했다. 그리고는 사환을 시키는 일도 없이 자기가 직접 회사 앞에 있는 우체통에 갖고 가서 넣었다. 편지가 떨어지는 소리를 들으며 이제는 좋건 싫건 춘자를 만나지 않으면 안된다고 생각했다.

그리고는 되도록 아내에게 비밀을 갖는 통쾌감을 느껴 보려고 했다.

그는 지금까지 경험해보지 못한 충실한 하루 하루를 보내었다. 일도 손에 붙어 일주일이나 걸리던 일을 하루에 해치우기도 했다. 그러면서 일요일까지 기다리기가 몹시 긴 것 같기도 했다.

하루만 더 지나면 춘자를 만날 수 있는 토요일이 되었다. 덕수는 경리부로 가서 한 달 치 월급을 가불했다. 춘자와의 하루를 마음껏 즐기자면 우선 돈의 준비가 필요하다고 생각했기 때문이다.

한 두 달 치 가불은 사원치고서 하지 않은 사람이 없었다. 지금까지 하지 않은 사람이라고는 덕수 혼자뿐이었다.

"덕수 씨가 가불하는 것을 보니 무슨 대단한 일이라도 생긴 모양이군요. 혹시 부인이 잃는 것은 아닙니까."

동년배인 경리부원이 말했다. 칭찬을 하는지 빈정을 대는지 알 수가 없었다.

"그런 일은 아니지만 갑자기 좀 필요한 데가 생겨서……."

덕수는 자기가 연애를 하기 위해서 돈이 필요하다는 것을 이 사나

이는 생각지도 못할 일이라고 생각하며 돈을 받아 넣었다.

그는 돌아오던 길에 백화점에 들러서 구두와 '넥타이'를 샀다. 그리고는 아내에게 예비막을 치기 위해서 '케이크'도 한 상자 사들고 들어갔다.

"어마, 당신 어떻게 된 일이에요?"

지금까지 덕수는 그런 물건을 사갖고 들어온 일이 없으니 아내는 놀랐다.

"내일 회사 일로 서독에서 온 손님을 찾아보래지 않아. 그래서 너무 초라스럽게 하구 갈 수도 없어."

이런 일은 없는 일도 아니었으니 그는 힘들지 않게 주워댔다.

"훌륭한 분인가요?"

"그 나라 경제사절단으로 왔으니 어떤 사람이란 건 알 수 있잖아."

이런 거짓말은 첫머리만 꺼내면 다음 말은 술술 나오는 법이다.

아무 것도 모르는 은희는 훌륭해진 것만 같은 기분이었다.

"그래두 당신 독일어도 실수하지 않을 자신 있어요?"

"그건 하여간에 내일은 당신하구 오래간만에 영화나 볼 생각이었는데 또 글렀지."

덕수는 그런 일이 귀찮다는 얼굴을 했다.

"그런 건 괜찮아요. 우린 아버지가 사다준 '케이크'가 있는데요 뭐. 그렇지, 선이야."

은희는 선이에게 얼굴을 돌려 고개를 끄덕이며 웃었다. 선이는 벌써 '케이크'를 뜯어 와구와구 먹고 있었다.

다음날 그날, 일곱시에 일어나 머리를 감고 면도를 했다. 출근하는 날도 아내가 깨워주지 않으면 일어나지 못하던 남편이 이렇게도 부지런을 피는 것은 놀랄 일이었다.

아홉시에 아침을 먹고나서 바지를 다린다, 구두를 닦는다, 부산을 피고서 열시반에 집을 나섰다. 외국 손님을 대하기에 조금도 손색이 없는 미끈한 차림이었다.

"너무 덤비지 말고 조심해요."

선이를 데리고 대문까지 남편을 따라나온 은희는 마음이 놓이지 않는 모양이었다.

"염려마."

"참, 저녁은 어떡해요?"

"아마 거기서 먹고 오게 될 거야."

덕수는 이런 말도 태연했다.

"선이는 아버지 가시는데 바이바이 해야지."

은희가 선이의 손을 잡고서 흔들어줬다.

"바이바이."

뒤에서 선이의 야무진 소리가 났다. 그 소리에 쫓기기나 하듯이 덕수는 분주히 걸었다.

덕수가 창경원 연못에 이른 것은 약속 시간보다도 십분 전이었다.

창경원은 아직 제철이 되지 않은 때문인지 일요일이라고 해도 별로 사람들이 많지는 않았다. '회전목마'가 빙빙 돌고 있는 아이들의 놀이터와 동물원에 가족을 동반한 몇 패가 보일 뿐이다.

연못가에는 벚꽃나무가 여남은 그루 서 있었다. 여기도 꽃이 핀 때라면 앉을자리가 없게끔 혼잡하겠지만 지금은 극히 조용했다.

덕수는 그 곳에 있는 '벤치'에 자리잡고 앉았다.

다시 시계를 보니 열두 시 십분이었다. 그러나 아직 춘자는 나타나지를 않았다.

덕수는 초조한 마음으로 연못을 바라보고 있었다. 그곳에는 팔뚝보다도 더 큰 금붕어들이 떼를 지어 밀려다니는 것이 보였다. '비스켓'을 던져주면 저마다 먹겠다고 뛰어올랐다.

덕수는 금붕어를 싫어하는 편도 아니었지만 그것을 보니 징그러운 생각이 났다.

(아마 아내가 저걸 보면 기절할지도 몰라)

문득 이런 생각을 하고 나서는, 지금 자기가 저런 금붕어가 뛰노는 연못 앞에서 어떤 여자를 기다리고 있는 것을 아내가 안다면 어떤 얼굴을 할까, 역시 기절할 것만 같았다.

덕수가 몇 번인가 시간을 보고나서 주위를 둘러보자, 무슨 약속이나 했던 것처럼 누구를 기다리고 있는 듯한 사람이 대여섯 명 보였다. 주의해서 보니 여자가 두 명 남자가 세 명이었다.

덕수는 두 여자 중에 춘자가 있는 것이 아닌가 하고 그쪽을 슬금슬금 걸어가 봤지만 모두가 여대생이었다. 덕수는 다시 앉았던 자리로 돌아와서 징그러운 금붕어를 들여다 보고 있었다.

그러는 동안에 와주지 않기를 바라고 있는 자기를 느꼈다. 연못가로 오는 여자가 있을 때마다 그는 달아나고만 싶은 마음이었다. 자신도 알 수 없는 이상한 현상이었다.

약속한 시간이 벌써 삼십 분이나 지났다. 여태까지 기다려서 오지 않으면 이제는 자기 책임이 아니라며 그는 분주히 일어섰다.

창경원을 나오자 맞은편 정류소에 합승이 와 닿으며 세 여자가 내렸다. 젊은 여자들이었다. 여자가 셋씩이나 내렸으니 그중의 하나는 춘자일 것 같은 생각이 들었다. 먼데서 보는 그의 눈엔 모두가 춘자같이 보였다.

(저 회색 오바를 입은 여자가 분명—)

그 순간에 덕수는 황급히 여자들의 반대 방향으로 걸었다. 걷기 시작하자 돌아다 볼 마음도 없었다. 드디어는 뛰기 시작했다. 뒤에서 무서운 악마가 따라오는 것만 같았기 때문이었다.

그는 창경원 정문이 보이지 않는 곳까지 뛰어와서 바로 나가는 택시를 향해 손을 들었다.

덕수는 광화문까지 가자는 한마디를 하고서는 '쿠션'에 기대어 눈을 감았다. '로맨스'는 지금 확실히 그의 눈앞에서 사라지고 있었다. 기쁜지 불안한지 안심이 되는지 알 수가 없었다. 극도로 긴장했던 것이 풀리면서 전신이 솜처럼 맥이 풀리는 것을 알 수가 있었다.

"광화문이라면 어디 멈춰요?"

운전수 말에 문득 정신을 차리고 보니 차는 광화문 네거리에서 신호를 기다리고 있었다.

"넘어서 내려요."

그는 저녁에 집에 들어갈 때까지 하잘 것 없이 영화나 볼 생각을 했다.

덕수는 그후 며칠 동안은 춘자에게서 전화나 편지 같은 것이 회사로 올지도 모른다고 생각했다. 그것이 불안하기도 하면서 기다려지기도 했다. 그러나 춘자에게서는 아무 소식이 없었다. 그녀는 역시 덕수를 만나지 않는 것이 좋다고 생각을 달리한 모양이었다. 그러면서 덕수도 자연히 그 일을 잊게 되었다. 나뭇잎들이 퍼지기 시작한 오월 어느날 저녁이었다. 저녁을 먹고 난 덕수는 오래간만에 선이를 데리고 집을 나섰다.

초등학교 마당에서 해병대 군악대의 연주회가 있다는 말을 듣고 산보삼아 나선 것이었다.

아내는 식모애가 집에 다니러 갔기 때문에 집이 비어 갈 수가 없었다. 옆집에 부탁하면 갈 수는 있었지만 그렇게까지 하고서 가고 싶은 연주회는 아니었다.

집 앞길을 나서자 어둠에 가리운 개울에서 물소리가 요란스럽게 들리며 언덕 위의 감나무 울타리에서는 달콤한 아카시아 꽃 향기가 풍겨왔다.

거기서 반 마장쯤 걸어 돌다리를 지나서 구멍가게가 있는 모퉁이 집을 돌면 넓은 밭 서쪽에 학교가 있는 상점거리의 불들이 나무 사이로 보인다.

그곳에는 이발소 세탁소 미장원 양재점 식료품상 같은 가게들이 요즘와서 부쩍 늘어 밤이면 집집의 전등불이 휘황찬란하여 제법 번화한 거리와 같은 감을 주고 있었다.

연주회가 있는 학교 어귀에는 '칸델라'로 불밝힌 노점과 구경온 사람들로 혼잡을 이루고 있었다.

마치도 옛날의 야시장 같은 기분이다.

운동장에선 벌써 연주회가 시작된 모양으로 군악소리가 들려왔다. 그러나 선이는 그런 것보다도 노점에서 팔고 있는 물건들이 더 흥미가 있는 모양으로 노점 앞에 서서는 좀처럼 발을 떼려고 하지 않았다.

선이는 풍선장수를 보자 그것을 사내라고 떼를 썼다.

덕수는 긴 것과 둥근 것을 같이 묶은 풍선을 하나 사줬다. 선이는 아이스크림과 솜사탕에도 대단한 매력을 느끼는 모양이었으나 풍선을 샀기 때문에 참는 얼굴이었다. 덕수는 그것을 모르는 척했다.

  그러나 학교문 앞 문방구에서 파는 금붕어를 보고나자 선이는 그 앞에 가서 주저앉고 말았다. 어항 속에는 붉은 금붕어와 검은 금붕어가 해초가 깔려 있는 사이를 분주히 헤엄치고 있었다.

  그것을 정신없이 들여다보고 있는 선이는 손에 들었던 풍선을 아버지에게 주며

  "금붕어 사줘."

  하고 눈을 반짝거렸다.

  "그건 안돼. 어머니가 제일 싫어하기 때문에."

  "엄마가 왜 싫어해?"

  덕수는 어떻게 대답해야 할지 몰랐다. 모르는 대로 선이를 잡아끌어

  "그만 보구 빨리 가서 군인들 나팔부는 거나 봐."

  "싫어, 난 여기서 금붕어 더 볼래."

  "그럼 보기만 하구 사달래서는 안된다."

  "응."

선이는 그런 대답이면서도 금붕어를 몹시 갖고싶은 얼굴이었다. 그때 선이보다도 두서너 살 위인 듯한 계집애가 어머니와 같이 와서 금붕어 두 마리를 샀다. '비닐' 주머니에 넣어 준 금붕어를 받아들고 기쁜 모양으로 어머니에게 들어보였다.

뒤이어 회색 '플란넬 원피스'를 입은 젊은 부인이 금붕어를 샀다.

얌전한 부인이라고 생각하던 그 순간에 덕수는 흠칫 놀랐다. 그것이 바로 춘자였기 때문이다.

덕수는 모르는 척하고 피할 생각도 했으나 그의 손이 먼저 춘자의 어깨를 잡고야 말았다.

금붕어가 든 '비닐' 주머니를 받아들고 돈을 주던 춘자는 깜짝 놀라 돌아다보고 나서는

"정말 그날은 미안했어요."

사과하듯이 미소를 짓고 나서

"그때 제가 약속을 어겼다구 아주 노했던 건 아니예요?"

"그야 누구나가 노할 일이지."

"그런 분이 왜 바에서 저를 보구두 모른 척하세요?"

약간 빈정대는 투로 말했다.

"그건 춘자가 더 나쁜 거야. 난 그날 취했기 때문에."

"그건 저두 알아요. 그래서 덕수씨를 나무라는 건 아니예요. 사실 저두 그때까진 덕수씨를 무척 만나고 싶었던 걸요. 그런데 막상 만나고 나서 다시 생각해 보니 만나지 않는 것이 좋다고 생각했어요."

"무슨 이유로?"

"만나야 제 불행한 신세타령 밖에 들려줄 이야기가 없는 걸요."

춘자는 약간 서글퍼진 얼굴을 했다.

"춘자가 좋아하는 사나이가 있지 않았어? 유행 가순가."

"덕수씨두 그 사람 아시는 군요."

"모를 리 없지. 그땐 무서운 질투까지 한 걸."

덕수는 멋적은 웃음을 웃었다.

"그런 모르는 소리 하는 것 아니예요."

"어떻게 됐어?"

"헤어진지 오랬어요."

"그리고 나선 여태까지 죽 혼자인가?"

"혼자였어요. 혼자였던 것이 요즘은 조금 달라졌어요."

"그렇다면 좋은 사람이라두 생긴 모양이구만."

"그렇지요. 내게 그렇게 고마울 사람이 없지요. 내 일체의 생활비를 대 주겠다, 그렇다고 매일 귀치않게 붙어 있는 것도 아니고 한 주에 한 두 번 생각나 찾아오는 분인 걸요."

하고 약간 부끄러움을 띤 눈을 흡떠 덕수를 쳐다보며 웃었다. 그리고는 그런 이야기는 잊고 싶은 듯이

"집이 이 부근이세요? 따님을 데리고 나온 걸 보니."

"저 건너 마을. 춘잔 언제부터 여기 나왔어?"

"아직 한 달도 못돼요. 바로 담배가게 옆집이예요."

"그럼 앞으로 자주 만날 수도 있구만."

"좀 들려요. 그런데 왜 오늘은 부인 동반이 아니예요. 아주 예쁜 분이라던데."

"식모애가 집에 가놔서……."

"그렇다면 혼자 집을 보구 있구만요. 가엾게두 엄마가 예쁜 분이니까 따님두 아주 귀여워요. 이름이 뭐야?"

춘자는 선이에게 눈을 돌려 물었다.

"선이예요."

선이는 몸을 비꼬다가 겨우 대답했다.

"아이구 착해라, 선이 맛나는 것 뭐 사 줄까?"

선이는 갑자기 눈이 반짝이면서도 고개를 돌렸다.

"그럼 재미나는 장난감 사줄까?"

선이는 여전히 고개를 돌리다가 춘자가 들고 있는 금붕어를 달라고 했다.

"오 이거, 그래서 아까부터 이 금붕어를 보고 있었구나."

하고 춘자가 그것을 주려고 하자, 덕수가 급히 입을 열어

"그만 둬요. 애 어머니는 금붕어를 보면 질겁을 하기 때문에 사줘두 가져갈 수가 없어요."

그 말에 선이는 그만 울먹한 얼굴이 되었다.

"그럼 이렇게 하자. 이건 선이의 금붕어라 하고 내가 맡아 둘게, 언제구 아버지와 보러 와요."

춘자는 울먹해진 선이가 가엾은 대로 이런 말을 해줬다.

다음날 저녁을 먹고 나자 선이는 아버지에게 산보를 가자고 졸라댔다. 어제 춘자가 해준 말을 그때까지 잊지 않고 있는 모양이었다. 덕수는 어제 일이 켕기는 대로 분주히 선이를 데리고 나왔다.

"아버지, 우리가 금붕어 보러가는 걸 엄마가 알면 야단나지?"

어두운 길을 걸어가며 선이는 문득 이런 말을 했다. 덕수는 아버지로서 등골이 오싹한 전율을 느꼈다. 그러면서

"엄마가 알면 선이가 금붕어 보러 다시는 못가지."

하고 말했다.

그들은 그러한 산보를 며칠 동안 계속했다. 그러면서 시골 갔던 식모애가 돌아왔다. 그날도 선이가 아버지에게 산보를 가자고 졸라 댔다.

"옥분이가 왔으니 오늘은 나도 가요."

하고 은희도 나서려고 했다. 그러자 선이는 갑자기 낯빛이 흐려지며

"난 엄마하고 안 갈래. 아빠하고만 갈래."

"왜 내가 가면 싫어?"

"싫어 싫어, 싫다니까."

엄마와 싸우기나 하려는 듯이 울면서 대들었다.

"얘가 왜 이러는 거에요?"

은희는 이상한 눈으로 덕수를 쳐다봤다. 마음이 약한 덕수는 그 이상 더 지금까지의 비밀을 감출 수는 없다고 생각했다.

"당신과 안 가겠다는 이유가 있어."

"무슨 이유에요?"

"듣고서 후회하지 않겠어?"

"안 해요."

"사실은 그것두 금붕어 이야기야."

"금붕어?"

덕수는 전날 해병대 군악대 연주회에 선이를 데리고 갔던 그날 밤 대학시절에 안 춘자를 우연히 만난 이야기와 춘자가 선이 금붕어라 하고 맡아둔 이야기를 했다. 그리고 나서는

"그 집에 금붕어를 보러 가자고 조르는 거야."

그러나 은희는 조금도 동요되는 빛이 없이

"어마 그랬으면 진작 이야기해 주지 않구. 선이가 가엾게도 엄마 때문에 금붕어를 못가졌구나. 내일 사주지."

"그래도 당신 자신 있어?"

"염려 말아요. 선이의 편식을 고쳐주는 엄마가 자기 금붕어를 싫어하는 괴벽 하나쯤 못고치겠어요."

은희는 육아원(育兒院) 원장 같은 말을 하며 미소를 지었다.

다음날 덕수가 회사에서 돌아오자 선이가 달려나오며

"엄마가 오늘 굉장히 큰 어항에 금붕어를 열 마리나 사왔어."

하고 기뻐서 야단이었다. 들어가보니 어항은 딴 방에 놓은 것도 아니고 은희가 늘 있는 안방에 놓여 있었다.

"당신 이렇게 갑자기 용기가 생겼어?"

"어제 당신 이야기에 용기를 얻었어요."

은희는 가만히 웃었다.

"내 이야기에?"

"이야길 듣고서 후회하지 않겠어요?"

"안 하지."

"사실은 제가 여태까지 금붕어를 싫어한 데엔 이유가 있었답니다. 저도 당신을 알기 전에 사랑 비슷한 것을 한 일이 있어요. 의대를 나온 오빠의 친구였어요. 그런데 그 사람이 군의관이 되어 일선에 가면서 제게 금붕어 두 마리가 든 어항을 하나 주고 갔어요. 저는 그것을 일년이나 정성껏 길렀어요. 그런데 어떻게 된 일인지 금붕어가 죽던 바로 그날 그가 전사했다는 통지도 받게 되었답니다. 이만하면 금붕어를 싫어한 이유를 알겠지요."

"그래서 지금은?"

"그보다도 당신이 어제 춘자란 그 여인의 이야기를 해주지 않았다면 저는 일생 금붕어를 두려워하는 여자가 되었을는지도 모르지요."

은희는 밝은 얼굴에 미소를 지었다.

# 누가 몰랐던가

**[등장인물]**
돼지장수
문선생
박씨
득실
선덕

　어느 조그마한 도시에서 그리 멀리 떨어지지 않은 농촌.
　좌편으로 쏠리어 대청마루가 보이는 농가. 집 뒤에는 잎이 거의 떨어진 버드나무가 대여섯 그루 보기 좋게 서 있고, 그 아랜 돼지울이 있다. 그곳에 연달아 있는 마주문은 활짝 열린 채 마을의 어둡기 시작한 저녁 노을을 배경으로 동구앞 길의 풍경을 받아 들이고 있다.
　막이 열리면 선덕이 대청마루에서 글을 읽고 있다.
**선덕**　(낭독조로) 글을 모르는 것처럼 부끄러운 일이 없다. 그렇지, 우리는 글을 배우고 배우고 또 배우자, 옳은 말이야. 글을 아무리 배워도 끝이 없지만, 으응? 아무리 배워도 끝이 없다니(머리를 갸웃거리며) 아무리 배워도 끝이 없다?(생각에 젖는다)
　(득실이 부리나케 나오며, 그 뒤로 자전거를 끌고 오는 돼지장수 등장)
**득실**　여보……
**선덕**　(역시 생각에 젖어서)아무리 배워도 끝이 없다.

**득실**  뭘 혼자 중얼거려요.

**선덕**  (깜짝 놀라며) 으응.

**득실**  미쳤나봐, 나이 삼십에 무슨 글을 한다고…….

**선덕**  (열적은 얼굴로 글을 읽다가) 모른 것이 있어서…….

**득실**  글이구 뭐이구 아까 근수까지 달궈 논 돼질 안 팔긴 왜 안 판다고 했어요.

**선덕**  돼질 팔다니, 어느 돼질 말이야?

**득실**  어느 돼지라니, 저 양돼지 말이지요.

**선덕**  저 양돼질?

**득실**  (어이가 없는 듯) 그럼 어느 돼질 팔겠어요?

**선덕**  저 돼진 동네에서 종자 돼지루 두기로 하지 않았소?

**득실**  그 돼지 값이 언제 된다고요?

**선덕**  이제…… 이제 곧 곗돈을 모게 되면…….

**득실**  (핀잔 주듯) 이제가 오늘이요, 내일이요?

**선덕**  그래서 저런 돼질 또 그렇게 쉽게 구할 수 있을 줄 알아?

**득실**  그럼 백예순 근이나 맞는 돼질 그냥 부락 부락 먹이구 있잖말요.

**선덕**  그래두 저 돼지가 있으면 온동네가 좋을 것 아냐?

**득실**  (빈정조로) 아이구 당신 언제부터 그런 인심 쓰게 되었어요?

**돼지장수**  (돼지를 살피고 오며)대관절 돼진 파는 겁니까, 안 파는 겁니까. 딱이 결정을 져 줘야지.

**선덕**  (급하게) 동네에서 종자 돼지로 쓰기루 돼서 안 판다지 않아요.

**득실**  안 판다고 누가 그랬어요. 어서 팔아서 무를 사야겠는데.

**선덕**  무는 무엇하려 그렇게…….

**득실**  아니 모르면 부처님처럼 그저 잠자코나 계시구려.

**선덕**  글쎄 뭐를…….

**득실** (말을 막아)글쎄가 아니라. 이제 무를 사 묻어두면 한 달이 못 가서 갑절이 되는 걸 왜 모르시오?

**돼지장수** 정말 난 어둡기 전에 들어가야겠습니다.

**득실** 왜 어서 묶어 실을 생각않고 우두커니 서 있기만 해요.

**돼지장수** 그럼 아까 아주머니하고 근수랑 값은 다 했으니까.

(돼지장수 다시금 돼지울로 간다.)

**선덕** (불시에 돼지 장수 앞으로 가 막아서며) 안 파는 돼지란데 왜 이래?

**득실** (선덕에게 눈을 흘기다가) 내 돼지 내가 팔겠다는데 당신이 무슨 걱정이에요?

**선덕** (급하게) 그……그게 어떻게 당신 돼지만 되는 거여.

**득실** 내 돈 주구 사다 내가 길렀으니까 내 돼지지요.

**선덕** 그……그래 당신 혼자만 길렀단 말여?

**득실** 도대체 부대에서 돼지물은 누가 모아 왔어요?

**선덕** 그래두 돼지물은 내가 더 많이 주었어.

**득실** 하여튼 저 돼진 내가 두부 장사로 사 온 것 아니에요. 그러면 응당 돈 낸 사람이 임자라고요.

**선덕** 그렇지만(말문이 막혔다가) 그렇지. 저 돼진 내가 농사 시험장에 서 사 온 것 아냐.

**득실** 그래, 당신 돼지란 말요? 저 사람이 야학엘 다니더니 정말 어 떻게 된 모양이야. 여보, 길을 막고 물어봐요, 누구 돼지인지.

**선덕** 물어봐야 내 돼지도 된다겠지.

**득실** 된다니 팥을 되는 거요, 콩을 되는 거요?

**돼지장수** (약간 화가 나서)이거 내외분끼리 판다 안 판다 하기만 하니 어디 알겠어요?

**득실** 어서 내 말만 듣고 묶어 실어요.

**선덕** (애원하듯)정말, 팔아야겠어?

**득실** 지금껏 한 이야기가 그것 아닙니까.

**선덕** 정말이야?

**득실** 그럼요. 어서 팔아서—.

**선덕** (화가 벌떡 나서)어디 팔아 보겠으면 팔아 봐. 저건 내 돼지도 되니까 결판을 짓기 전에 못 팔아. 못 팔지 않고……(부리나케 퇴장)

**득실** (따라 나가며) 여보 여보, 왜 저럴까…….

**돼지장수** 그 참 바깥양반은 그렇지 않을 것을 가지고 괜히……다 큰 돼지 어서 팔아야지 만여 원이나 넘는 돈에 하루에 금리만 해두 어떻게 된다구?

**득실** (화풀이로) 어서 돼지값이나 치러요.

**돼지장수** 그야 어련히 치르다 뿐이겠소 (수첩을 꺼내 계산하며) 돼지가 백 예순근에 매근당 팔십원을 잡으면 육팔이 사십, 아니 삼십팔 해서 (힐끔 본다) 만천팔백 환이지요?

**득실** (어쩔줄 몰라) 이 사람이 정말 어딜 가서……돼지값이나 받아주지 않고.

**돼지장수** 바깥주인이 없어도 돈이야 못받겠소.

**득실** (무안해서) 내가 회곌 알아야지요.

**돼지장수** (놀랍다는 듯) 아주머니 같이 이해타산이 밝은 이가 회곌 모르시다니?

**득실** 돈은 우리 주인이 와야 받겠는데요.

**돼지장수** 오나 마나지요. 내 회곌 일전 일푼이 틀리는 법 없습니다.

**득실** 그래두 돈을 모르구 어떻게 받아요. (동구 앞을 살피다가 반색하며) 저게 옥순 어미니가, 옥순 어미니 빨리 좀 오세요.

**박씨** (나오며) 왜 그래?

**득실** 돼질 팔구서두 난 회곌 못해서.

**박씨** 그 양돼질?

**득실**  그래요.

**박씨**  몇근이나 나간?

**돼지장수**  백예순 근이 맞았답니다.

**박씨**  (놀라며) 원 석달두 못 먹인 돼지가!

**득실**  그래두 석달이야 실이 먹였지요.

**박씨**  그렇기 말이지 저런 돼질, 그저 육고에 내 주긴 아깝다. (학술 안경을 꺼내 끼고 나서 수첩을 받아보고) 근에 팔십원씩 잡았구만.

**득실**  그래요.

**박씨**  그러니…….

**돼지장수**  (외면을 하며) 제 회계에 틀림은 없을 것입니다.

**박씨**  아니 이게 어떻게 된 회계야.

**돼지장수**  뭐, 회계가 틀렸어요?

**박씨**  (수첩을 주며) 여긴 육팔이 삼십팔루 회계됐으니. 천환이 틀리지 않아요.

**득실**  (놀라며) 뭐, 천원씩이나요.

**돼지장수**  (일부러 지은 말로) 네, 네, 참 그렇군요. 내가 어떻게 정신이 나갔던 모양이지…….

**박씨**  (안경을 벗고 나서) 정신이 나가두 분수가 있지 (득실에게) 그래 저 울질은 옳게 핸?

**득실**  그것두 모르지요.

**돼지장수**  (당황해서) 모르시다니, 아주머니와 나와 같이 하지 않았소…….

**박씨**  그랬으면 안 되겠다. 대충 저울은 이삼십 근이나 속이긴 누워 떡먹기라는 데 네가 봤으면…….

**득실**  (놀라며) 이삼십을요?

**돼지장수**  저 아주머니가 나를 무슨 사기꾼으로 보는 모양이요. 그런 소리 그만 듣고 어서 돈이나 받아요.

**득실**   그렇게 틀릴지도 모른다는 돈을 어떻게 받아요?

**돼지장수**   (답답하다는 듯이) 같이 달군 저울이 왜 틀리겠습니까?

**득실**   하여튼 우리 주인이 달궈 보고 나서 내일 팔겠어요.

**돼지장수**   (화를 내며) 돼진 아주만네 집밖에 없는 줄 아시고 품 놓고 다니란 말요?

**박씨**   이 사람 싫으면 그만 둘 것이지, 거위 고길 먹었나 왜 소릴 꽥 꽥 치면서…….

**돼지장수**   (어조를 고쳐) 사실 그렇지 않습니까? 지금껏 다 된 흥정에…….

**득실**   뭐래든 오늘은 못 팔겠어요.

**돼지장수**   (다시 화가 나며) 못 팔겠으면 그만둬요. 이놈의 돼지 사러왔다가 공연히 해만 지우지 않았나. (자전거를 끌고 퇴장)

**박씨**   별 흉한 놈 다 보지 않았나, 생 눈알 파먹을 놈이라니까.

**득실**   그렇기 알고 살아야겠어요.

**박씨**   말해서…… 그런데 넌 아직 회계두 못하면서 야학엔 왜 안 나와?

**득실**   나까지 멍청하니 그곳에만 가 앉아 있으면 집의 일은 어떡하구요? (콩을 담은 이남박을 마루에서 밀어놓고 앉는다)

**박씨**   어떡하긴?

**득실**   우린 아직두 밀두 못 묻은 걸요.

**박씨**   (어이가 없다는 듯) 넌 별 걱정을 다 한다. 부지런한 농꾼으로 소 문난 사람이 그런 생각 없을라구.

**득실**   그전엔 정말 그렇지 않았어요. 야학에 다니면서부텀 그 모양 되었다니까요.

**박씨**   (당치 않다는 듯) 야학에 다니더니?

**득실**　나아진 것이란 하나도 없지요.

**박씨**　그래서 낫 놓고 기역자도 모르던 사람이 이젠 신문을 줄줄 읽게 된 것이?

**득실**　(약간 샐쭉해서) 난 신문 볼 짬 있으면 짚신이라두 한 짝 더 삼아요.

**박씨**　글쎄 그건 네가 아직 글재미를 몰라 하는 소리지, 내 말 좀 들어봐요. 군대에 간 우리 경손에게서 온 편질 내 손으로 척 뜯어 읽구나니 (혼자 감격해서) 그저 지금까지 글 모르구 산 건 헛 산 것만 같더라.

**득실**　(약간 부러워서) 옥순 어머닌 이젠 글두 쓸 줄 아시나요?

**박씨**　쓸 줄이야 나두 알지. 그래두 그건 아직 멀었다니까. 글쎄 우리 경손이한테 편질 쓰려두 너 잘 있니, 나 잘 있다. 그러고 나선 글문이 딱 막히는 걸 어떡해. 그래두 너희 남편은 참 잘 쓴다.

**득실**　(내심으로 기뻐하며) 말두 변변히 못 하는 사람이 뭘 잘 쓰겠어요.

**박씨**　글쎄, 글재준 그렇지 않는가봐. 언젠가 너한테 한다는 편질 작문으로 졌는데 얼마나 잘 썼겠. 너같이 삽삽하고 부지런한 사람이 없다면서……그리고 뭐라구 했더라. 참 네가 글배우지 않는 것이 걱정이라던가…….

**득실**　(뾰루퉁해서) 별 망칙한 소릴 다…… 남 망신이나 시키느라고…….

**박씨**　그렇기 너두 어서 글을 배워야할 것 아니가.

**득실**　(잠시 생각하듯) 하긴 나두…… 나두 정말 글을 좀 알았으면 좋긴 좋겠어요.

**박씨**　좋겠다고 생각하면서야 어서 배울 거지.

**득실**　(부끄러워) 이 나이에 이제 무슨 꼴루 가갸거겨를 배우겠어요.

**박씨** (어이가 없어) 그럼 내 나이룬 어떻게 글을 배웠겠.

**득실** 옥순 어미니와 나하구 같애요?

**박씨** 뭐가 다르니?

**득실** 옥순 어머니야 이젠 부끄럼 할 나인 다 지나지 않었어요.

**박씨** 얘가 나이 들면 부끄럼은 다 없어지는 줄 아는가보지.

**득실** 그렇지요 뭐.

**박씨** 그런 까치 뱃바닥 같은 소리 그만둬라. 나두 처음엔 글 배운
다는 것이 미친 년 같더니 그런 건 사흘두 못 가 없어지더라.

**득실** 그래두 난 그럴 것 같지 못해요.

**박씨** 내가 딴소리 하나? 야학에 가서 세상이 어떻게 돈다는 이야
길 한 번 들어봐요. 어쩌나…….

**득실** 야학에선 그런 이야기두 해주나요?

**박씨** 해 주다 뿐이겐. 참 재미난 이야기가 많지.

**득실** 그래두 우리 주인은 집에 와서 그런 소리 한 마디 없다니까.

**박씨** 거야 네가 야학을 싫어할 듯 싶으니까 그렇겠지.

**득실** 요즘엔 괜히 시무룩 해가지구서

**박씨** 그게 다 네 탓이라니까. 오늘부턴 나가기로 하자.

**득실** 글쎄, 난 오늘은 두부망질 때문에…….

**박씨** 또 저런 소리지. 하여튼 오늘은 내가 꼭 데리고 갈테다. (퇴장)

(득실이 부엌 쪽으로 퇴장했다 다시 나와서 동구 앞을 살핀다)

**득실** 이 사람이 정말 골이 나서 저녁 먹으려두 안들어 올 셈이야.
어서 저녁 먹고 야학갈 생각두 않고. (퇴장)

(무대 잠시 비었다가 선덕이 야단치며 들어온다.)

**선덕** 어서 빨리 와요. 동장님, 빨리 와요 빨리요.

**문선생** (헐떡이며 등장) 그렇게도 덤비는 사람 보았다구.

**선덕** 덤비지 않게 되었어요. 돼지장수가 벌써 갔나? (눈이 둥그래지어

돼지울로 가보고) 돼진 여게 있는데 이거 어떻게 된 셈이야?

**문선생**  그래, 돼지가 도대체 어떻게 됐어?

**선덕**  그 글쎄 말입니다, 저 돼지가 내집 사람의 돼지만 될 린 만무한 것 아닙니까?

**문선생**  그래서?

**선덕**  그……그러니까, 그 그러면 저건 분명 내 돼지군요.

**문선생**  이 사람이 무슨 소릴 하는지……. 부부간에 무슨 네해 내해란 말야?

**선덕**  (무르팍을 탁 치며) 옳게 말했습니다. 그런 걸 가지고. 저 돼질 혼자서 팔겠다니, 팔 권리가 없는 것 아닙니까.

**문선생**  (놀라며) 돼질 팔다니? 동네 종자돼지로 두기로 하구서.

**선덕**  그렇기 말입니다. 그걸 우리 집사람이 돈을 돌려 써야 한다면서…….

**문선생**  그래서 돼질 팔겠다구?

**선덕**  팔겠다구가 아니라 지금 막 돼지장수가 와 있었어요.

**문선생**  돼지장수가?

**선덕**  그래서 내가 부리나케 문선생님을 찾아간 것 아닙니까?

**문선생**  하여튼 저 돼지만은 절대루 팔아선 안 되네.

**선덕**  안 되는 걸 자꾸 판다니 답답해서.

**문선생**  (꾸짖듯) 이 사람아, 사나이루 그래, 여편네 그것 하나 마음대루 못해?

**선덕**  (부끄러운 채) 글쎄, 그건 과부의 딸루 길러나서 제가 들을래야 듣지…….

**문선생**  그래두 그렇지 아무런들…….

**선덕**  그렇기 말요. 선생님이 어떻게 해야지.

**문선생**  내가 당장에 돼지값을 돌릴 수 있으면 문제가 없지만…….

**선덕**  그거야 내가 모릅네까. 그렇지 않구서두…….

**문선생**  어떻게?

**선덕**  모르는 건 욱박아 주는 법이 있지 않습니까?

**문선생**  욱박아 주다니?

**선덕**  동네를 그렇게 생각지 않겠으면 이 동네서 썩 썩 나가라고 호령만 쳐 봐요.

**문선생**  내가 어떻게 그런 소릴 해?

**선덕**  그럼 그런 권리도 없이 무엇하자고 동장이에요?

**문선생**  (약간 노염을 띠어) 이 사람아, 내가 무슨 빨갱이 동장인 줄 아는가?

**선덕**  (무안해서) 하긴…… 그래두 나하구 짜구 하는 데야 관계 있습니까?

**문선생**  하여튼 권리행세를 하는 것은 옳지 못한 일이야.

**선덕**  그래두 꼭 한마디만 하면 듣긴 듣겠는데…….

**문선생**  (혼잣말처럼) 참 좋은 방법이 없을까?

**선덕**  모르는 건 그저 욱박아 줘야 한다니까.

**문선생**  (그 소리에 문득 생각하듯) 옳지, 좋은 수가 있네. (선덕에게 귀속말을 하고 나선) 알겠나?

**선덕**  알겠어요. 글쎄, 그게 될까요?

**문선생**  그 편진 어디다 두었어?

**선덕**  저게 걸린 저 양복 저고리에 있어요.

**문선생**  그러면 마침 잘 되었네. 그러니까 임자 아내가 들어오기만 하면 다짜고짜 성을 내서 야단을 치란 말야.

**선덕**  (난처해서) 네? 제가 먼저 성을 내야 합니까?

**문선생**  그래야 쌈이 되지 않겠나.

**선덕**  그래두 전 성을 먼저 내 본 일이 없는데 어떻게 해요?

**문선생** 이 사람아 그것두 못하겠다면 다 글렀지.

**선덕** (비장한 결심으로) 네, 네, 염려마세요. 제가 먼저 성을 내지요. 그리고는요.

**문선생** 그리고는 따귀를 한 대 갈기란 말야.

**선덕** (무슨 말인지 몰라) 누가 누굴요?

**문선생** (어이없어) 임자가 임자 아내를 치는 것이지.

**선덕** (깜짝 놀라며) 네? 제가, 제가요?

**문선생** 따귀를 쳐두 본때 있게 쳐야 하네.

**선덕** (울상이 되어) 제가 어떻게 따귀를? 정말 그건 못하겠어요.

**문선생** 그러면야 할 수 없지. 종자돼지니 뭐니 나두 모르겠네. (나가려 한다)

**선덕** (분주히 붙잡으며) 따귀, 따귀 말이지요. 내가 그까짓 것을 못 치겠다구요. 이렇게, 이렇게 말이지요. (손이 뒤로 움치기만 한다)

**문선생** 그래 가지고야 되겠나. (본을 보이며) 머리카락을 그러쥔 채 철썩하니 소리가 요란스럽게—

**선덕** (좋기도 하고 급하기도 하면서 울상이 되어) 에그……에그……참…….

**문선생** 알겠지?

**선덕** (자신이 없어지며) 선생님, 아무리 생각해두 뺨은 못 칠 것 같아요. 그러면 우린 아주 갈라지는 판입니다.

**문선생** 저렇게두……. 글쎄 뒷일은 다 내가 처리해 줄 터이니 안심하고 하라는 대로만 하라니까.

**선덕** 그래두 내가 쫓겨나지 않아요?

**문선생** 이 사람아, 그런 못난 소리 말구 용기를 내라니까.

**선덕** 그럼 전 꼭 문선생만 믿겠습니다, 믿어요.

**문선생** 염려 말구……여보게, 저게 오는가 봄세. 그럼 난 저 바주 밖에서 보고 있겠으니까. 절대로 기가 꺾여서는 안되네

**선덕**  (흥분해서) 네, 알겠어요.

  (문선생 바주 뒤에 가서 숨자 선덕이 불안스러운 얼굴로 천장을 바라보고 앉아 있
  다. 이윽고 득실이 약주 주전자를 들고 등장)

**득실**  (부드러운 말로) 어델 갔었어요?

**선덕**  괜히 동뚝에 나갔다 왔지.

**득실**  난 그걸 모르고서 한참 찾아 다녔어요. 참, 배나무 집에서 술
  을 담았다기에 한 되 받아가지고 왔어요.

**선덕**  (입이 헤작해서) 약주야?

**득실**  가만 계셔요. 찌개 끓여 놓았으니.

**선덕**  찌개까지…….

  (문선생 살망해 있다가 득실이 상을 가지러 나가자 때리라는 손짓을 맹렬히 한다.
  선덕이 난처한 표정으로 외면해 버린다. 이윽고 득실이 밥상을 들고 다시 등장)

**득실**  (약주를 부어 주며) 찌개맛이 어때요?

**선덕**  무던한데 무슨 찌개야?

**득실**  버섯을 좀 썰어 넣었더니……. (약주를 다시 부어 주며) 야학에 가
  겠는데 약준 많이 하지 말아요.

**선덕**  응…….

**득실**  참, 야학에선 재미난 이야기도 많이 해 준다지요?

**선덕**  그럼.

**득실**  그런데 집에 와선 한 마디도 없다니까.

**선덕**  내가 뭐 말할 줄 알아야지.

**득실**  다 알아요. 글두 잘 짓는다면서 뭐…….

**선덕**  (좋아서) 내가 뭘…….

  (문선생 때리라는 손짓을 하다 못해 어이가 없어 멍청하니 보고만 있다.)

**득실**  약주는 그만 하고 이젠 밥을 잡수세요.

  (문선생 이 틈을 타서 맹렬히 손짓)

**선덕**  그럴까.

**득실**  잠깐 나갔던 사이에 밥이 타서 어떻게 하나.

**선덕**  탄 건 내가 먹을 테야.

**득실**  내가 먹을 테니 어서 이걸 잡수셔요.

**선덕**  내가 먹어.

**득실**  내가 먹겠어요.

**선덕**  이리 줘.

**득실**  글지 말구 어서 잡수세요. 그러다 야학에 늦겠어요.

　　(이때 문선생 꼴 좋다고 손가락질한다. 문득 선덕이 생각난 듯 화를 벌떡 낸다)

**선덕**  이리 못주겠어!

**득실**  왜 그러세요. 나 먹는다는데.

**선덕**  정말 이리 못주겠어!

**득실**  못 주겠어요.

**선덕**  원, 요렇게두 고집이 세다구야. (때리려다 손을 멈추고 만다. 문선생 어서 때리라는 손짓을 한다)

**득실**  (어이가 없다는 듯) 당신이 벌써 술에 취했어.

**선덕**  뭐 어째, 이년 누구 보고 하는 소리야!

　　(일어나 뺨을 친다. 득실이는 너무나도 뜻밖인 일에 뺨을 쓸며 먹먹하니 쳐다보고 있다.)

**득실**  보긴 왜 봐!

　　(소리치고 뛰쳐 나간다. 문선생 잘했다고 선덕의 잔등을 쓸어준다. 선덕이는 그제야 한숨을 쉰다. 득실이는 실신한 사람처럼 앉아 있다. 잠시 사이 두었다가 문선생 헛기침을 하며 뜰안에 들어선다)

**문선생**  선덕이 있나?

**득실**  (상을 밀어 놓으며) 동장님 어서 오세요.

**문선생**  야학엘 올라가다 잠깐 들러보았어.

**득실**  참, 동장님은 얼마나 바쁘세요. 동네 일을 보라, 또 저녁에 야학일을 보랴.

**문선생**  그것이 나의 직분인 걸. 그런데 선덕인 어디 나갔나?

**득실**  (당황해서) 방금 저녁을 먹고 어딜…… 아마 야학엘 갔을 겝니다.

**문선생**  야학엘? 그럼 어제두 그제두 야학엘 간다면서 나갔나?

**득실**  그럼요.

**문선생**  (혼잣말처럼) 그렇다면 그 소리가 역시 뜬 소리가 아닌 성 싶은데.

**득실**  (불안스런 얼굴로) 무슨 소린데요?

**문선생**  (일부러 당황해 하며) 아니, 뭐 아니야.

**득실**  무슨 일이 있어요?

**문선생**  뭐 별 일 아니구, 선덕이가 요 며칠 야학엘 통 안 나왔기에 말이야.

(선덕이가 그런 소리하면 어쩌냐고 울상이 된다)

**득실**  (놀라며) 야학엘 안 갔어요?

**문선생**  그렇게 말야. 그 사람이 요즘 전보다 행동이 좀 이상한 데가 없던가?

**득실**  (더욱 놀라며) 글쎄요, 모르겠어요.

**문선생**  전에 없던 버릇으로 공연히 화를 낸다던가 혹은…….

**득실**  (놀라다 못해 울상이 되며) 그 사람은 본시 화를 내는 성미가 아닌걸요.

**문선생**  그러니까 물론 뺨을 치는 일도 없겠지.

**득실**  (울먹해지는 말로) 물론이지요.

(이때 선덕이 당황했다가 약간 안심하는 표정)

**문선생**  그렇다면 나두 안심되네. 하긴 그 소문이야 집에서두 다 들었겠지.

**득실** (불안스러워) 무슨 소문을요?

**문선생** (뜻밖이란 듯) 그럼 엽때 몰랐나?

**득실** 전 아무 것도 몰라요.

**문선생** 몰라?

**득실** (더욱 불안한 얼굴)……?

**문선생** 하긴 그랬으면 잘 된 편이지. 젊은 놈들이 장난으로 지어
낸 말인걸.

**득실** (설레어) 그게 무슨 소리인데요?

**문선생** 글쎄, 어느 녀석이 지어 낸 소린지 선덕이가 어느 여자와 밤
중에 동뚝을 걷는 것을 봤다는 소문이 있기에…….

**득실** (깜짝 놀라며) 네?

(선덕이 절망의 얼굴)

**문선생** 그럴 리가 없잖아?

**득실** (가쁜 숨소리와 함께) 그래요, 그 사람은 절대로 그럴 사람이 아
니야요.

**문선생** 그래도 난 그 사람이 너무나 야학엘 안 나오기에 혹시나
하고…… 참 동네에선 그동안 별소문이 다 있었지. 선덕이두 이젠
글을 배웠으니까 글 모르는 아내가 싫어진 모양이라고.

**득실** 할 소리들이 없어 별소리가 다 많지.

**문선생** 그렇지만 사람의 마음이야 또 안다구. 너무 그렇게 믿지만
말구, 책상 서랍이나 양복 주머니 같은 데 혹시 편지 같은 무슨
그럴만한 것이 없는가구 간간 살펴보는 것이 좋을꺼야.

**득실** 글쎄 우리 일은 걱정마세요.

**문선생** 그렇다면 난 말해주러 왔다 밑천도 못찾고 가는 형편 아
닌가?

**득실** 정말 고마워요. 동장님이 아니고 누가 이렇게 걱정해 주겠
어요?

**문선생** 그럼 난 쫓겨 가겠네.

**득실** 올라가실라면 어둡겠어요.

**문선생** 늘 다니는 길인걸

(문선생 나와서 야단치는 선덕에게 안심하고 어서 가서 누구를 데려오라는 손짓
을 한다. 선덕이 분주히 퇴장)

**득실** (혼자서) 별소리가 다 있지, 그 사람이 무슨 바람이 나겠다
고······. 내가 글 모른다고 수모를 해두 너무들 하지. (마루에 가서 잠
시 시름없이 앉아 있다가 갑자기 질투심이 폭발되며 바람벽에 걸린 양복저고리를
뒤지다 헌 봉투 편지를 발견한다)

**득실** (미친듯이) 이게 어느 년의 편지야. 정말 이것들이······(편지를 들
고 어떻게 읽는지 몰라 거꾸로 쥐었다 바로 쥐었다 한다) 여게 뭐라구 썼어.
도대체 이년이 무슨 수작을 썼어. 난 그걸 아무 것두 모르고 믿기
만 했더니 내가 이걸 읽을 줄 알아야지(편지를 다시 돌려쥐며) 왜 글
은 안 배워 가지고서······. (뜰로 나온다. 이때 선덕이 들어오며 누가 온다는
손짓을 문 선생에게 한다. 이윽고 책보를 들고 들어오는 박씨와 득실이가 마주친
다)

**득실** (애원하듯) 옥순 어머니, 이 일을 어떻게 해요? 세상에 이런 일
이······.

**박씨** 무슨 일이게······?

**득실** 이런 변이······ 글쎄 어느 년이 우리 주인을 홀려가지구······
이 편질 보세요.

**박씨** (고개를 끄덕이며 천천히) 응······ 그것이 어느 계집이 네 남편에게
보낸, 이를테면 연애편지로구나!

**득실** (울음이 터질라며) 그렇기 말입니다. 난 어떻게 해요.

**박씨** (역시 고개를 끄덕이다) 나두 이런 일이 필시 생기지나 않을까 했더니 기어이 터지고야 말았구나.

**득실** 그걸 알면서 왜 옥순 엄만 벌써 좀 알려주지 않고 가만 있었어요?

**박씨** 그렇기 내 언제부터 글을 배우라지 않던. 요즘 같은 세월에 누가 글 모르는 여편넬 좋아하겠다구……

**득실** (후회막급해서) 참 내가 몰랐어요. 난 그저 돈만 벌면 개도 명첩지만 되는 줄 알고서……

**박씨** (동정하듯) 그렇지. 이제라두 눈곱 탓을 해야지 개천 나무래야 쓸데없지.

**득실** 도대체 이게 어느 년의 편지야요. 어서 좀 읽어나 줘요.

**박씨** 그래…… 나 안경 좀 쓰구서 (주머니에서 안경을 꺼내 쓰고 편지를 받아쥔다)

**득실** 어서, 어서……. 무슨 수작을 썼어요?

**박씨** (편지를 돌려 쥐며) 넌 아직두 글씨가 거꾸론지 바론지도 모르는구나.

**득실** (무안해서 고개를 떨어친다)

**박씨** 자, 읽을께. (고담소설 낭독조로) 내가 제일 사랑하는 사람이여—

**득실** (얼굴을 번쩍 들며) 뭐 어쨌다구. 그걸 빡빡 찢고 말아요.

**박씨** 이걸 찢구 말라구?

**득실** 아니, 아니, 그냥 읽어 줘요.

**박씨** 나는 세상에서 당신처럼— (뚝 끊어지고 편지지를 훑어본다)

**득실** 어서 그 아래를 읽어요.

**박씨** (그래도 훑어만 보고 있다가 갑자기 웃음이 터지며) 아니 이게 하하…… .알겠다, 알겠어. 아이구, 이거야 우스워 못견디겠다구. 하하…….

**득실** 답답해서 어서 읽지 않고 왜 웃기만 해요. 어서, 어서 읽어요.

**박씨**  아이구, 난 이렇게 우스운 일 처음이다. 자, 읽을게. 나는 세상
에서 당신처럼…… 하하…… 아이 죽겠다. 이거야 정말 우스워 참
을 수 있다구. 하하…….

**득실**  (속이 상해) 뭐가 그리 좋아, 자꾸 웃기만 해요?

**박씨**  (웃음을 참으려고 애쓰며) 글쎄…… 글쎄. 가만 좀 너무 우스워…….
웃음 좀…… 참아가지고…… 내 읽을테니…….

**득실**  어서 읽어요, 난 화가 나서 죽겠는데.

**박씨**  (겨우 웃음을 참고) 가만, 처음부터 다시 읽을게―내가 제일 사
랑하는 사람이여, 나는 당신처럼 부지런하고 삽삽한 사람은 없다
고 생각합니다.

**득실**  (삐쭉해서) 그것이 뭣 그렇게 우습다고…….

**박씨**  글쎄, 다음 좀 들어봐. ―당신은 먼동이 트는 새벽에 두부를
팔러 가지요. 그리고 돌아올 때는 돼지물을 모아가지고 오지요.
우리 돼지가 무럭 무럭 자라나는 것을 보면 그저 당신의 부지런
한 것을 보는 것만 같습니다.

**득실**  (이상한듯) 그게 어떻게 된 편지야?

**박씨**  (모른 척하고) 당신은 일찍 내 겨울사리를 두벌씩이나 해 놓았
지요?

**득실**  누구 편지야요?

**박씨**  (대답없이) 물론 나도 당신을 사랑합니다. 그러나 나는 그것을
어떻게 표시해야 할지 정말 나는 주변이 없는 놈입니다.

(득실이는 그것이 누구의 편지인지 짐작이 가는 모양. 이때 문선생과 선덕이 대문
안으로 들어선다)

**박씨**  (계속해 낭독) 지난 날 장에 갔다가 당신 준다고 구리무를 사 가
지고 와서도 주기가 부끄러워서 외통 밑에 넣어 놓았답니다. 당신
도 어서 글을 배워서 이 편지를 읽게 되면 그 구리무를 찾아 쓸

것 아닙니까. 나는 하루바삐 그날이 오기를 바라며 이만합니다.

**득실**　그거 누가 누구한테 쓴 거야요?

**선덕**　(불쑥 나서며) 누가 누구한테 쓰긴, 내가 당신한테 썼지.

**박씨**　이게 바루 야학에서 작문 진 편지라니까.

**득실**　뭐 어째요.

**문선생**　(나서며) 선덕이 우린 오늘 일평생 두구두구 잊지 못할 좋은 구경하지 않았나.

**선덕**　뭐요? (고개를 들어 돌린다)

**득실**　어머나, 문선생두. (부끄러워 어쩔 줄 모른다)

**박씨**　그럼 저게서 모두 보고 있었구만.

**문선생**　보다 뿐이겠어. 어서 그 편지를 읽고나야 '구리무'를 찾아 쓰겠기에 잠깐 연극을 꾸몄지요.

**박씨**　그랬구나. 그러니까 득실이가 망신을 해두 아이구 톡톡히…… .아 얘야, 그러니 너두 야학엘 안 간다구 하겐.

**득실**　(멋적은 김에 샐쭉해시) 누가 안 간다고 했어요? 아까두 간다 했는데.

**선덕**　(기뻐서) 당신 정말이야?

**득실**　(성풀이하듯) 누군 야학이 싫어 안간 줄 아는가 보지. 자긴 편질 그렇게 잘 쓰면서도 혼자만 가겠다니…… 글쎄, 동장님! 저 사람이 오늘두 저 돼질 혼자 판다구 야단 쳤어요.

**문선생**　(시침을 떼고) 이 사람아, 그건 동네서 쓰게 하구서는 판다는 것이 그 무슨 소리야?

**선덕**　(좋아서 돌아가다 돼지 우는 소리에) 저놈의 돼지도 그저 좋아서.

**득실**　오늘은 두부매질이나 해요.

**선덕**　그건 걱정 말아.

**박씨**　아이구 선덕이 좋아하는 꼴…….

(득실이와 선덕이 눈이 마주치자, 박씨 샘을 내듯 득실을 끌어당겨)

**박씨**  어서 야학이나 가자 야!

**문선생**  (그들이 나가는 모양을 잠시 바라보고 나서) 이만 했으면 임자 한턱 낼 만하지.

**선덕**  (이남박을 들고 들어가며) 네, 오늘 두부해선 선생님부터 먼저 갖다 드리지요.

**문선생**  이거 두부가지고 안 되겠는데…….

**선덕**  선생님두, 두부처럼 좋은 것이 어디 있다구요? 맛좋고, 값싸고, 굳길하나, 영양이 없나, 게다가 가시가 있나요.

**문선생**  가시가 없다구…… 저 사람두 참…… 어서 매질이나 하게…….

**선덕**  오늘 우리집 사람한텐 특별히 잘 배워줘야 합니다.

**문선생**  염려 말게나. (나간다. 선덕이 문선생 나가는 것을 보고 혼자서 삘쭉 웃고나서 방 한구석에 보를 씌워둔 매를 갖다 놓고 매질을 하려다 다시 한번 헬쭉 웃는다. 그리고는 안주머니에서 책을 꺼내 놓고 매질을 하며 읽기 시작한다.)

**선덕**  (낭독조로) 글을 모르는 것은 부끄러운 일이다. 우리는 글을 배우고 배우고 또 배우자. 글은 아무리 배워도 끝이 없다. (매를 힘주고 잠시 생각에 젖었다가) 옳지, 그럴 것 아니야. (전보다 더 크게) 배우면 배울수록 재미가 난다.

(뒤에서 여러 사람이 따라 읽는 소리로 '배우면 배울수록 재미가 난다'는 소리와 함께 막이 내린다.)

# 김이석 연보

1914년 평안남도 평양 출생
1933년 평양 광성중학교 졸업
1936년 서울 연희전문학교 문과 입학
1937년 〈환등(幻燈)〉 발표
1938년 연희전문학교 중퇴. 〈부어(腐魚)〉 동아일보 입선
1939년 문학동인지 《단층(斷層)》 발간
1940년 〈공간(空間)〉 〈장어(章語)〉 발표
1951년 1·4후퇴 때 월남
1952년 문학예술에 〈실비명(失碑銘)〉 발표. 문학예술 편집위원. 〈악수〉 〈분별〉 등 발표
1954년 〈외뿔소〉(신태양) 〈달과 더불어〉 〈소녀태숙의 이야기〉(문학예술 3)
1955년 〈춘한(春恨)〉(문학예술 7)
1956년 〈추운(秋雲)〉(문학예술 1) 〈학춤〉(신태양 9) 〈파경(破鏡)〉. 단편집 《실비명》 출판. 제4회 아시아자유문학상 수상
1957년 〈광풍속에서〉(자유문학 창간호) 〈뻐꾸기〉(문학예술 5) 〈발정(發程)〉(문학예술 11) 〈비풍(悲風)〉(신청년 2) 〈아름다운 행렬〉을 조선일보에 연재
1958년 〈한일(閑日)〉(신태양 1) 〈풍속〉(자유문학 1) 〈화병〉(희망 1) 〈한풍(寒風)〉(신청년 2) 〈어떤 여인〉(자유세계 2) 〈청포도〉(신태양 7) 〈동면(冬眠)〉(사상계 7, 8) 〈종착역 부근〉 〈잊어버리는 이야기〉(사조 9) 〈이러한 사랑〉(소설공원 10)

1959년 〈적중(的中)〉(자유문학 3) 〈세상(世相)〉 〈기억〉 〈해와 달은 누구를 위해〉(새벗에 연재)

1960년 〈지게부대〉(현대문학 8) 〈흐름속에서〉(사상계 8) 〈흑하(黑河)〉를 10월부터 민국일보에 연재

1961년 〈밀주〉(자유문학 10) 〈허민선생〉(사상계 12) 〈창부와 나〉(자유문학) 발표. 《문장작법》 출판

1962년 〈관앞골 기억〉(자유문학) 〈난세비화(亂世飛花)〉를 한국일보에 11월부터 연재

1963년 〈장대현 시절〉(사상계) 〈편심(偏心)〉. 〈사랑은 밝은 곳에〉 〈사랑사, 사랑에 연재〉

1964년 〈교련과 나〉(신세계 3) 〈탈피〉(사상계 5) 〈금붕어〉(여상 8) 〈리리 양장점〉(여원 8) 〈교환조건〉(문학춘추 10) 〈재회〉(현대문학 10) 〈신홍길동전〉을 대한일보에 5월부터 연재. 단편집 《동면》 《홍길동전》 《해와 달은 누구를 위해》 출판. 9월 18일 급서(急逝). 제14회 서울시문화상 수상

1970년 《난세비화》 출판

1973년 《아름다운 행렬》 출판

1974년 《김이석 단편집》 출판

2011년 《한국문학의 재발견 김이석 소설선》 출판

2018년 《김이석문학전집》(총8권) 출판

김이석(金利錫)

평양에서 태어나 평양 광성중학교 졸업 연희전문학교 문과 수학. 1938년 《부어(腐
魚)》가 〈동아일보〉에 당선. 전위적인 성격 순문예동인지 〈단층〉 창간 멤버. 1·4 후퇴
때 월남해 1953년 〈문학예술〉 창간 편집위원, 1956년 《실비명》으로 아세아 자유문학
상. 1958년 박순녀와 결혼. 〈한국일보〉에 역사소설 《난세비화》 〈민국일보〉 《흑하(黑
河)》를 연재 사회적 인기를 얻었다. 문학적 업적으로 서울시문화상에 추서되었다.

김이석문학전집 4
아름다운 행렬/허풍지대
# 달과 판잣집
김이석 지음
1판 1쇄 발행/2019. 3. 1
발행인 고정일
발행처 동서문화사
창업 1956. 12. 12. 등록 16-3799
서울 중구 다산로 12길 6(신당동 4층)
☎ 546-0331~6 Fax. 545-0331
www.dongsuhbook.com

＊

ISBN 978-89-497-1702-9  04810
ISBN 978-89-497-1687-9  (세트)